Volker Streiter

Das Geheimnis des Strandvogts

Amrum 1845
Bei der Schilderung der Lebensverhältnisse habe ich mich an Reisebeschreibungen aus dem 19. Jahrhundert orientiert. Wer sich bereits mit der Geschichte Amrums beschäftigt hat, wird einigen Personen begegnen, die tatsächlich gelebt haben. Doch alles, was sie in diesem Roman tun, geschieht auf Veranlassung des Autors, hat in Wirklichkeit so nicht stattgefunden.
Volker Streiter

Originalausgabe August 2014
Zweite Auflage 2015

Tel.: 0561/766 449 0, Fax: 0561/766 449 29

Lektorat: Anette Kleszcz-Wagner
Korrektur: Christiane Helms
Titelfoto: »Mondaufgang am Meer« von Caspar David Friedrich
© bpk / Nationalgalerie, SMB / Jörg P. Anders
Druck: CPI – Clausen & Bosse, Leck
ISBN: 978-3-95475-096-2

www.prolibris-verlag.de

Volker Streiter

Das Geheimnis des Strandvogts

Historischer Amrum Krimi

Prolibris Verlag

Der Autor

Volker Streiter ist 1961 in Soest geboren. Seit 1980 arbeitet er bei der Polizei in Köln. Sein Interesse für Gesellschaft, Geschichte, Reisen, gutes Essen und Literatur verband sich irgendwann mit dem Spaß am Erzählen, und so begann er zu schreiben, am liebsten Kriminalromane. Häufige Ferienaufenthalte auf Amrum gaben den Anstoß, die Insel zum Schauplatz seiner kriminellen Geschichten zu machen. Nach »Mörderische Nachsaison« und »Grab mit Meerblick« ist »Das Geheimnis des Strandvogts« erstmals ein historischer Amrum Krimi.

Mehr Informationen zum Autor: www.volker-streiter.de

Für Pierre E.

Kutschfahrt

Die dunklen Konturen des Gespanns schälten sich lautlos aus den Nebelschleiern. Schwer zogen die beiden kräftigen Gäule an dem Leiterwagen. Ihre Mähnen trieften, und müde setzten sie die Hufe auf den Schlick. Dann und wann zog der Kutscher an den Leinen und korrigierte die Richtung. Die hohen Speichenräder drückten sich in den nassen Sandboden und hinterließen so eine flüchtige Spur. Die nächste Flut würde sie verwischen. Immer wieder unterbrachen Pfützen den lehmbraunen, von schwarzen Schlieren durchzogenen Meeresboden. Er wirkte wie eine immergleiche Scheibe, die sich unter dem Gespann zu drehen schien. Der Rand dieser kleinen Welt lag in den wabernden Schwaden des Nebels.

Die Passagiere saßen neben ihren Körben, Bündeln und Koffern steif auf harten Stühlen, die auf die Ladefläche montiert waren. Seit sie an diesem Septembermorgen in der Dämmerung die Küste der Insel Föhr hinter sich gelassen hatte, war die Reisegesellschaft in ein stummes Grübeln verfallen. Die feuchte Kälte legte sich auf die Gesichter der Reisenden, die Kragen hatten sie hochgeschlagen, die Halsbinden zugezogen. Die Kleidung aus wollenem Tuch, in kluger Voraussicht für die Strapazen der Überfahrt angelegt, war klamm.

Ein hochgewachsener Herr, um die 35 Jahre alt und in einen Reisemantel gehüllt, nahm seinen hohen Hut vom Kopf und fuhr sich übers Haar. Nachdem er ihn wieder à la mode leicht schräg aufgesetzt hatte, atmete er hörbar wie aus einem Schlaf erwacht ein und strich seinen hängenden Schnauzbart glatt. Mit munteren Augen blickte er um sich. Neben ihm saß eine alte Frau, die ihr Gesicht unter einer großen Haube verbarg. Mit ihren faltigen, abgearbeiteten Händen zupfte und zog sie stetig an dem schweren Schultertuch und suchte vornübergebeugt Halt, obwohl der Wagen nur wenig rumpelte.

Im Rücken der beiden vorderen Fahrgäste saßen zwei weitere Passagiere kerzengerade auf ihren unbequemen Stühlen. Plötzlich brach ein heiseres Husten und Krächzen in die Stille, gefolgt von dem Geräusch ausgespuckten Schleims. Der Herr im Reisemantel zuckte zusammen. Der alte Mann, der das Schweigen derart derb zerrissen hatte, rief etwas aus und der elegante Reisende drehte sich fragend zu ihm um.

»Na, nichts verstanden?«, wandte sich der Alte, der gerade seine Stimmbänder von einem Belag befreit hatte, an seinen Mitreisenden und lachte. Dann beäugte er den Fremden. »Sie sind wohl nicht aus der Gegend. Das eben war Friesisch. Sprechen wir auf den Utlanden hier alle. Nur in der Schule und in der Kirche regiert das Deutsche. Und hin und wieder taucht das Dänische auf, ist ja auch die Reichssprache.«

»Utlande?«, wiederholte der modische Herr.

»Ja, so nennen wir die Inseln und Halligen vor der Küste Nordfrieslands. Das Wattenmeer dazwischen war mal bewohntes Land, bevor eine Schicksalsflut alles Leben tilgte. Aber das ist Jahrhunderte her.« Nach dieser Erklärung sah er zum Kutscher hinüber und wiederholte seine Frage. »Krino, was denkst du, wie lang wird die Überfahrt auf deinem unbehaglichen Körwagen heute dauern?«, rief er. »Nicht dass wir uns im Wattenmeer verirren, da möge Gott vor sein. Kommt ja immer mal wieder vor.«

»Tadeus Lindhorst! Du hast doch auf den Weltmeeren so manches erlebt.« Der Kerl auf dem Kutschbock klang ungehalten und verwundert, drehte sich aber nicht nach hinten um. »Wirst du jetzt auf deine alten Tage ängstlich oder willst du nur die anderen Gäste erschrecken? Und was heißt unbehaglich? Mein Körwagen ist praktisch. Sind die Sitze abmontiert, transportiere ich große Fracht. Von den paar Fahrgästen kann ich nicht leben, so kniepig, wie die sind.«

Der Kapitän lachte heiser auf. »Aber kennst du denn nicht die Geschichte von dem Schlickfahrer, der sich mit seinem Wagen verfuhr und keinen Kompass dabei hatte?«, fragte er. »In seiner Panik, schließlich stieg die Flut immer schneller, muss er im einsamen Watt hin und her geirrt sein. Keine Menschenseele, ihm zu helfen. Der Himmel wolkenverdüstert, kein Polarstern, ihn zu leiten. Mann und Pferd von den Wellen verschluckt und von der See wieder freigegeben, haben sie ihn später gefunden.«

»Ja, sein Gaul war wohl nicht flutfest«, erwiderte der Kutscher und blickte dabei nach vorn über die Rücken seiner Kaltblüter in den undurchsichtigen Dunst. »Das kann uns bei meinen beiden Schönen hier nicht passieren. Die Tiere stehen im Wasser wie die Säulen des Herkules.« Wie zur Bestätigung der Güte seines Gespanns schnalzte er und ließ die Peitsche knallen. Der Wagen machte einen Ruck, die Pferde trabten an. Die Fahrgäste stießen ein überraschtes »Oh« aus und krallten sich an ihre Stühle. Der elegante Herr im Reisemantel ergriff geistesgegenwärtig den Henkel eines wackeligen Korbes zu seinen Füßen und rückte seinen verrutschten Zylinder zurecht.

»Heda, Kutscher, keine Kapriolen!«, rief er. »Solange die Richtung stimmt, soll uns die Zeit egal sein. Mir selbst ist an einer sicheren Überfahrt gelegen, ohne vom Wagen zu stürzen. Ich denke, ich spreche da im Interesse aller.« Augenblicklich drosselte der Wagenlenker das Tempo, und die Tiere setzten ihren gemächlichen Gang fort. Die ältere Dame sah zu dem energischen Herrn auf und lächelte ihm dankbar zu. Danach sank ihr Gesicht wieder unter die Haube. Erneut erklang das heisere Lachen des Kapitäns.

»Krino, Krino, du Teufelskutscher. Wenn wir mal heile ankommen. Da bist du wie dein Vater, der war auch so ungestüm. Ja, ja, die ganze Familie Brahms hat ein heißes Blut.«

»Das ist der Walfänger in mir, Tadeus. Noch mein Großvater hat die Harpune geworfen und sich vom Wal in rasender Fahrt über die Wellen ziehen lassen. Alles vorbei, die goldenen Zeiten kommen nicht wieder. Wer zupacken konnte damals und sich was traute, ja, der hatte ein löbliches Auskommen. Wir heute müssen sehen, wie wir unser Dasein fristen. Es kann ja nicht jeder zu den Handelsschiffen.«

Die Reisegesellschaft verfiel in grüblerische Stille, leise rumpelnd rollte der Wagen durch das Watt. Allein das Schnauben der Kaltblüter begleitete das leise Klirren von Zaumzeug und Trensen. Zaghaft eroberte das Licht des frühen Tages die Erde, durchdrang aber die nassen Schwaden kaum.

Immer wieder kam die Kutsche auf ihrem Weg an Sträuchern

vorbei, die mit Seetang und Schlamm behangen im Meeresboden eingegraben waren. Der elegante Herr runzelte die Stirn. Nachdenklich legte er den Kopf in den Nacken und ließ seinen Blick auf dem Rücken des Wagenlenkers ruhen.

»Kutscher, sagen Sie, was hat es mit den Büschen auf sich, die hier im Wattboden stecken? Sind das Wegmarkierungen?«

Krino Brahms auf dem Kutschbock blickte kurz über die Schulter. Silberne Bartstoppeln überzogen die Wangen und das Kinn seines pausbäckigen Gesichts. Unter dem Schirm einer Kappe sahen zwei wache Augen aus feisten Augenlidern hinweg in die Welt. Der Mann nickte und zog dann wieder leicht an den Leinen. Er wird, dachte der Fragesteller, so um die zehn Jahre älter sein als ich.

»Ganz recht, mein Herr, diese Marken zeigen uns den Weg. Ist Sache des Postläufers, sie immer so zu setzen, dass jeder sicher zur anderen Insel hinüberfindet. Von Zeit zu Zeit wandern ja die Priele, dann muss der Weg neu gekennzeichnet werden. Busso Dahl macht das auch sehr gewissenhaft.«

Aus dem hinteren Teil des Wagens ertönte erneut ein verschleimtes Husten, gefolgt von dem Geräusch herzhaften Ausspuckens. »Sagen Sie«, krächzte die Stimme des Kapitäns, »was führt denn einen Herren wie Sie eigentlich nach Amrum? Außer wenigen Fischerkaten und einer wilden Dünenlandschaft haben wir nichts zu bieten. Unsere Kirche hat nicht mal einen Turm.«

Der Angesprochene drehte sich zu dem Mann in seinem Rücken, lüpfte kurz seinen Hut und deutete eine Verbeugung an. »Wenn ich mich vorstellen darf – Johann Georg Kohl. Ich bin ein neugieriger Mensch und bereise die Welt. Hin und wieder schreibe ich meine Eindrücke auf und es wird ein kleines Buch daraus. Zuletzt habe ich die Weiten Russlands gesehen. Nun richte ich meine Neugier auf das Königreich Dänemark und seine friesischen Inseln. So, um den Kutscher zu zitieren, friste ich mein Dasein. Und von den Sandbergen Amrums hab ich einiges vernommen. Eben wegen dieses Dünenlandes bin ich hier.« Damit streckte er seinen Rücken gegen die unbequeme Lehne und ließ den Blick über den Wattboden gleiten.

Die übrigen Anwesenden hatten ihm gut zugehört und bei seinen letzten Worten bestätigend genickt. Jeder dachte jetzt vor sich hin.

»Ja ja«, setzte Lindhorst hinzu, »die Dünen.« Sein leicht gekrümmter Oberkörper steckte in einem hochgeschlossenen Rock aus dunkelblauem Tuch, auf dem Kopf trug er eine weite schwarze Schirmmütze. Sein weißes Haar rollte sich über dem hochgestellten Rockkragen. Kohl blickte in zwei stahlgraue Augen, die ihn aus einem braungegerbten Gesicht prüfend ansahen. »Auf Föhr, ja da gehen die feinen Leute in die Sommerfrische«, erklärte der alte Kapitän. »Selbst unser König Christian. Vergangenes Jahr hat er es sich aber nicht nehmen lassen, von dort einen Ausflug in hiesiges Dünenland zu wagen. Er soll sich ordentlich gegruselt haben in der Einöde. Aber es wird viel geredet.«

»Ja, die Dünen sind tückisch.« Die Frau neben Kohl, einen halb von ihrem Rock verdeckten Korb zwischen den Beinen, zog ihr Schultertuch enger und seufzte. »Mal schenken sie, mal entreißen sie.« Dabei sah sie dem Reiseschriftsteller ins Gesicht und lächelte traurig.

Was für schöne wasserblaue Augen, dachte der. Sie waren umrandet von vielen dünnen Falten, die auch Mund und Wangen durchfurchten. Wie zerknülltes und wieder glatt gestrichenes Papier sah das aus. Diese Frau hat bestimmt schon einiges erlebt, ihre vergangene Schönheit erahnte er trotzdem. Jetzt erzählte ihre Erscheinung von harter Arbeit und einem entbehrungsreichen Leben. Er legte seine Hand an die Hutkrempe und deutete abermals eine Verbeugung an. Vielleicht würde er mit diesem Fahrgast noch mal auf der Insel ins Gespräch kommen, wer wusste das schon.

»So so«, meldete sich Kapitän Lindhorst zurück, »ein Schriftsteller. Das hat man ja selten. Aber wir Seeleute haben es auch nicht so mit der Schriftstellerei, bei uns stehen eher Bücher über Arithmetik und Algebra hoch im Ansehen. Ohne das Spiel der Zahlen lässt sich kein Kurs setzen. Für uns Friesen ist Rechnen lebenswichtig. Aber wenn Sie weit herumgekommen sind, dann müssen Sie mit unserem Pastor sprechen. Der Mann ist an allem interessiert, was draußen in der Welt vor sich geht, Sprachen interessieren ihn besonders. Er arbeitet sogar an einem Wörterbuch über das Friesische.«

Johann Kohl hatte gut zugehört. Ja, nach seinen Erfahrungen war die Autorität eines Priesters umso größer, je abgelegener der Landstrich war. Das galt allerdings auch für den Lehrer. So kam er auf Amrum wohl nicht umhin, bei der Geistlichkeit und in der Schule vorzusprechen. Niemand würde mehr über die Insulaner und ihre versteckten Geheimnisse wissen.

Unbemerkt von den Fahrgästen hatte der Kutscher seine Pferde angehalten und die Reisegesellschaft war zum Stehen gekommen. »Nun, Krino, was gibt es?«, rief der alte Lindhorst. »Hast dich doch verfahren, oder warum halten wir?«

Brahms schüttelte langsam den Kopf und kratzte sich am Kinn. »Seltsam ist das, darauf soll sich mal einer einen Reim machen.« Er starrte in den Nebel, als suche er etwas.

»Die Markierungen«, murmelte Johann Kohl, »wir haben schon geraume Zeit keine Büsche mehr gesehen.« Er drehte sich auf seinem Stuhl nach hinten, um seine Feststellung anhand der gefahrenen Strecke zu überprüfen. Ja, soweit die Sicht es zuließ, war das zutreffend. Die Radspur im Schlick lag von eingegrabenen Sträuchern unbegleitet da. Die alte Frau neben ihm zuckte zusammen und blickte sich ebenfalls um. Mit ein wenig zittrigen Händen ordnete sie ihr Schultertuch, löste die Schleife ihrer Haube am Kinn und band sie erneut fester. Kapitän Lindhorst sprang auf.

»Das kann nicht angehen«, schrie er in die Schwaden feuchter Luft hinein, »da muss ein Weg sein! Die Marken können nicht einfach verschwinden, da stimmt was nicht.«

Der Kutscher suchte durch den Nebel die Sonne, doch die gelbe Scheibe zeigte sich nur zögerlich. Mit seiner Hand wies er nach oben in die ungefähre Richtung, griff erneut die Leine und schnalzte seinen Pferden zu. »Wird schon gutgehen, bald lichten sich die Schleier und wir können klarer sehen«, versuchte er, sich und die anderen zu beruhigen.

Lindhorst setzte sich, brummte und spuckte, wie um das Watt zu bestrafen, im hohen Bogen auf den Schlick. Eine Zeit lang verfolgten die Fahrgäste schweigend und mit ängstlichen Blicken das Lenken des Kutschers.

Schriftsteller Kohl zog eine Taschenuhr aus seinem Reisemantel und sah prüfend auf das Zifferblatt. Sie waren jetzt gut fünfundvierzig Minuten unterwegs, in etwas mehr als fünf Stunden dürfte das Meer ihren Weg gänzlich geflutet haben, rechnete er. Seufzend verstaute er seine Uhr. Wie immer war er in Gottes Hand, Verzweiflung war hier nicht angebracht. Ich muss mich, dachte er, ganz in die Obhut dieser Insulaner begeben. Wenn sie in dieser sandigen Einöde nicht zurechtkommen, wer soll es dann tun?

»Na, wer sagt's denn«, rief der Kutscher aus und deutete nach vorn ins Ungewisse. Die Fahrgäste folgten seinem Finger, und wirklich, die Nebelschwaden lichteten sich. Schon wenige Minuten später lag die Schlickebene klar und weit sichtbar vor ihnen. Kohl sah nach vorn und zurück. Die Küste Amrums war mit ihrem Auf und Ab in den Konturen besser zu erkennen als die Umrisse Föhrs, die in einem verwaschenen Strich aus dunkelgrauer Farbe hinter ihnen lagen.

Wie um den Eindruck eines grauen, feuchtkalten Tages Lügen zu strafen, zeigte sich der Himmel in einem hellen Blau, durchzogen von weißen, wattigen Wolken. Der schlammfarbene Grund zog sich bis zum Horizont, und in großen wie kleinen Pfützen spiegelte sich das Licht. Die Reisegesellschaft atmete befreit auf, froh sahen die Gesichter in die Sonne. Kutscher Brahms blickte über den Rücken seiner Tiere nach vorn, um den richtigen Weg auch ohne die Buschmarkierungen zu finden. Plötzlich sprang der vierte, bisher stumm gereiste Fahrgast neben Kapitän Lindhorst auf. Stotternd, seinen speckigen Zylinder vom Kopf reißend, wies er nach rechts.

»Da ist doch was – da liegt einer!«, rief er aus und sackte auf seinen Stuhl zurück. Dabei trat er ungeschickt gegen einen hochkant stehenden Holzkoffer, dessen Deckel sich im Umkippen öffnete und seinen Inhalt preisgab. Hastig sammelte der Mann farbige Rollen Nähgarn, weißen Spitzenbesatz wie auch bunt bestickte Bänder ein und verstaute sie wieder im Koffer. Die Übrigen sahen aufgeschreckt zu ihm, dann in die gezeigte Richtung. Nur der Blick der alten Frau verharrte auf der Handarbeitsware und seinem grünen Gehrock, auf dem eine lange Reihe goldener Knöpfe glänzte. Sie zuckte mit den Schultern und murmelte »nichtsnutziger Tand.« Erst danach schenkte sie dem Watt etwas Aufmerksamkeit.

Kapitän Lindhorst schaute auf den Schreier und grinste. »Ja, ja, dass nur nichts davon in den Schlick fällt. Da musst du aufpassen. Sonst sind die Frauenzimmer enttäuscht und haben weder Garn noch Spitzen für die fleißigen Finger. Schließlich gibt es ja immer etwas auszubessern und zu verzieren.«

Mit unsicheren Händen löste der Angesprochene sein Halstuch, sah sich flüchtig nach dem Kutscher um und knöpfte den Rock auf. Er schien unter plötzlicher Hitze zu leiden. Dann lüpfte er seinen Zylinder und deutete eine Verbeugung an. »Wilhelm Poppenbüttel«, stellte er sich Kohl mit verhaltener Stimme vor, »Kurzwaren aller Art und Schnittbögen nach der Pariser Mode. Sehr zu Diensten.«

»Pariser Mode, soso«, wiederholte Lindhorst und spuckte aus. »Ich wüsste nicht, wer so was auf Amrum trägt.«

Der Kurzwarenhändler kümmerte sich nicht weiter um den brummigen Alten und wandte sich an den Reiseschriftsteller. »Mein Bruder hat auf Amrum gelebt, hat hier eingeheiratet. Er war Steuermann, viel unterwegs. Vor zwei Jahren hat er mündlich für einen Frachtschoner angeheuert. Aber die Nachricht, wann das Schiff ablegen sollte, kam nicht rechtzeitig an. Pünktliche Postzustellung ist hier Glückssache. Der Schoner hat dann ohne ihn abgelegt, die Heuer fiel für ein Jahr aus. Mein Bruder soll sehr getobt haben. Er hat dem Postläufer dafür eine gehörige Tracht Prügel verpasst. Nur, Arbeit bekam er trotzdem keine. Die Familie musste sich danach als Tagelöhner über die Zeit retten. Auch bei dem Müller in Norddorf haben sie es versucht. Aber es ging mehr schlecht als recht. Na, und dann kam der Winter. Sie hatten schnell kein Auskommen mehr und haben sich auf dem Festland verdingt. Ich selbst besuche die Insel zweimal im Jahr, im März und im September.«

»Wo ist denn Ihr Heimathafen?«, wollte Kohl wissen.

»Ich stamme aus Tondern«, antwortete er, »aber dann bin ich nach Hamburg übergesiedelt. Die Stadt bietet einem Kaufmann einfach mehr Möglichkeiten.«

»Tondern und Hamburg, so, so, das war mir nicht bekannt.« Der alte Kapitän wandte sich dem Fund im Watt zu und hustete. Bedächtig nickend sah er auf den Kutscher. »Krino, wie es scheint, haben wir dort drüben etwas zu bergen. Noch ist es ja Zeit, bis die Flut kommt. Lass uns das Gut einmal ansehen.«

Der Händler warf seinem Nachbarn einen strengen Blick zu, senkrechte Zornesfalten zerfurchten die Stirn. »Das Gut«, wiederholte er empört, doch Lindhorst winkte ab.

»Das geht nicht gegen dich, Wilhelm Poppenbüttel. Was du zu erkennen glaubst, liegt weit vor uns. Unsere Augen werden dabei oft getäuscht. Ich habe hier draußen schon so manches gesehen, oft war es nicht das, was es zu sein schien. Da wird ein Segeltuch, sandverkrustet und von den Wellen zusammengeschoben, schnell mal zu einem Körper. Aber«, und er hob in einer gewichtigen Geste den Zeigefinger zum Himmel, »du hast es entdeckt. Was auch immer es sei. Da darfst du deinem gesunden Blick dankbar sein. – Auf, Brahms! Lass uns bergen wie in der guten alten Zeit!«

Unterschlupf

Das Dorf Nebel lag auf flachem, sandigem Grund. Gras- und kräuterbewachsene Wege schlängelten sich zwischen den Gebäuden und Gärten. Die Siedlung, schon vor Generationen von wohlhabenden Walfängern und Handelsfahrern zum bevorzugten Wohnsitz erklärt, lag im Osten der Insel, nah am Watt. Ziegelrote und weiß getünchte Häuser duckten sich unter reetgedeckten Dächern. Um die Obst- und Gemüsegärten legten sich niedrige, grasbewachsene Wälle, von den Inselleuten Deiche genannt. Hier und da schützten hohe Sträucher und Bäume die Fassaden vor einem rauen Wind. Nur wenige waren von einem hölzernen Gartenzaun umgeben. Holz war schwer zu bekommen und teuer, ein großer Luxus.

An diesem Morgen öffnete eine junge Frau in einem dunkelblauen Kleid die reich geschnitzte Eingangstür eines dieser Friesenhäuser und trat hinaus in die diesige Luft. Die Hähne in den Verschlägen hatten gerade den Sonnenaufgang verkündet. Draußen war es frisch, sie trug ein über der Brust gekreuztes Schultertuch. Blonde Haarsträhnen lugten unter einer bestickten Haube hervor. Zuerst galt ihr neugieriger Blick dem Himmel mit seinen grauen Schleierwolken, dann sah sie prüfend auf die Apfel- und Pflaumenbäume im Garten am Weg. Bald mussten die Früchte geerntet werden. Mit einem Handfeger in der Hand bückte sie sich und kehrte einige Dreckklumpen aus der Diele vor die Tür. Sie verschwand im Haus, kam mit einem Eimer zurück und ging wenige Schritte die Hausfront entlang zur Stalltür. Der Geruch von Dung und warmem Tierdunst schlug ihr entgegen. Aus dem Halbdunkel begrüßte sie das Meckern ihrer Ziegen und das leise Muhen der einzigen Kuh. Die Hühner, die am Ende des Stalls hockten und nur langsam den Tag mit ihrem Scharren begrüßen, gackerten verschlafen.

Plötzlich zuckte sie zusammen und machte einen Satz nach hinten. Ihr stockte der Atem. In der Ecke, in der das wenige Heu lagerte, sah sie auf zwei bloße Fußsohlen. Vorsichtig ging sie darauf zu, den Eimer wurfbereit in den Händen. Ihr Blick glitt von den schmutzstarrenden, rissigen Füßen die nackten Waden entlang hinauf zu einer löchrigen Hose und einer etwas zu groß geratenen Jacke. Als sie die zerzausten, hellblonden Haare des bäuchlings Schlafenden sah, atmete sie auf.

»Herr du Gerechter. Nickels, wie kannst du mich nur so erschrecken!«, rief sie. Endlos langsam räkelte sich der widerwillig Geweckte, drehte sich auf den Rücken und gähnte. Er setzte sich auf und blickte sich kopfkratzend um. Dabei schielte sein rechtes Auge leicht nach außen. Der junge Mann mochte an die 16 Jahre alt sein und war damit zehn Sommer weniger auf der Welt als seine unfreiwillige Gastgeberin, die auf ihn niederblickte. »Wie kommst du dazu, dich hier bei mir einzuschleichen? Wie ein Dieb in der Nacht, nichts Gutes verheißend. – Nun, ich höre.«

Der Gescholtene lächelte schief, was sein vorstehendes Kinn noch mehr betonte, verschränkte seine Finger und knackte mit den Gliedern. »Ja, ich wo-wollte niemanden we-wecken. Wusste gestern nicht wohin.« Langsam rappelte er sich auf und strich einige Grashalme von der durchlöcherten Kleidung. »Ich hab auch nichts kaputtgemacht oder gestohlen, die Stalltür war gar nicht zugesperrt.«

Schnell wechselte Dina Martensen von Ärger zu Mitgefühl. Ihr Bruder segelte zum Robbenfang auf den Nordmeeren und überließ es ihr, sich um das Haus und die Tiere zu kümmern. Darin erging es ihr wie den meisten Frauen auf Amrum. Nun war ihr Nickels zugelaufen, ein auf der Insel wohlbekannter, streunender Waisenjunge.

»Weißt du, wer ich bin?«, fragte sie.

Der Gefragte nickte. »Dina, die Schwester von Steuermann Boy Jonas Martensen.«

»Ja, das ist richtig. Und ich weiß, wer du bist. Nickels, der Dünenjunge.« Der Junge grinste stolz, als handle es sich bei der Bezeichnung um einen Ehrentitel. »Also vielleicht kann ich dich einige Tage gebrauchen. Du musst dich aber nützlich machen und sauberer werden. Mit solchen Dreckfüßen möchte ich dich nicht im Haus sehen, du brauchst Holzschuhe. Und dein verlaustes Zeug ist gerade gut genug für den Stall. Ich such dir anderes raus. Du kannst die Arbeitssachen meines Bruders tragen. Er ist ja nun auf See und braucht sie nicht.«

Den Mund zu einem stummen Lachen verzogen, wackelte Nickels mit dem Kopf. Aufgeregt hob und senkte er seine Arme. »Du meinst – also du sagst, ich da-darf hierbleiben? Ich mache auch ganz bestimmt keinen Ärger.«

Sie hob ihre Augenbrauen und sah ihn abschätzend an. Ihr Blick fiel dabei auf einen großen Beutel aus Segeltuch, den Nickels als Kopfkissen benutzt hatte, obwohl er vor Dreck starrte. Mit einem leichten Lächeln drückte sie dem Jungen den Eimer in die Hand.

»Nun, dann sei nützlich und melk fürs Erste die Tiere, sonst fällt die Morgensuppe aus. Deine Sachen lässt du erst mal hier. Und nachher wäschst du dich gründlich, auch die Füße!«

»Ja, Dina. Aber ich bin das Arbeiten mit dem Vieh nicht gewöhnt und jage in den Dünen.«

»Ach komm, die Amrumer kennen dich. Die alte Meta aus Norddorf war voll des Lobes, wie du mit ihren Tieren umgegangen bist. Die Hippen, das hat sie mehrmals betont, hätten sogar mehr Milch gegeben. Und ihre Schafe wären zutraulicher geworden.« Meta hatte auch weniger Schönes über ihn gesagt, was Dina lieber für sich behielt. Ein versponnener Tunichtgut sei er, den man nicht unbeaufsichtigt ins Haus lassen sollte. Immer gehe etwas verloren oder zerbreche. Dann streite er alles ab. Außerdem pflege er mit den Toten Umgang und meide die Kirche. Kurzum, der Junge gehöre besser aufs Festland und nicht nach Amrum. Das mit den Toten, dachte Dina, war mal wieder typisch für die alte Frau. Die Insel schien für sie voller Geister und Dämonen.

Sie fuhr Nickels durch das struppige Haar und deutete einen Klaps auf die Wange an. »Also spiel nicht den Tölpel und mach dich nützlich. Du wirst sicher auch noch mal bei anderen Leuten unterkommen müssen, und einem Faulen gibt niemand eine Herberge.«

»Hat Steuermann Martensen denn seiner Schwester keine Hilfe im Haus zugeteilt?«, murmelte Nickels vor sich hin. »Das kann doch nicht angehen.« Damit griff er den Eimer und wandte sich den Ziegen zu.

»Und bring nachher Wasser vom Brunnen mit!«, rief Dina ihm zu, als sie den Stall verließ, um ins Haus zu gehen.

Der Dielengang führte sie in die Küche. An der Feuerstelle, deren nächtliche Glut noch eine schwache Behaglichkeit verströmte, wollte sie sich einige Bohnen Kaffee rösten. Sie hantierte mit dem Schürhaken und entfachte eine Flamme, indem sie auf die letzten glimmenden Holzreste zusammengedrehte, getrocknete Heidepflanzen legte. Diese Puppen entzündeten sich sofort. Kopfschüttelnd dachte sie an das Schicksal des großen Jungen. Eine Schande, dass diese Waise so liederlich aufwuchs und sich niemand, nicht einmal der Pastor, wirklich um ihn kümmerte. Seine Mutter, Gott habe sie selig, war schon vor vierzehn Jahren gestorben. Was die junge Dina damals über diese Familie mitbekommen hatte, erklärte Nickels' manchmal wirres und auffälliges Verhalten. Herumgereicht, immer hungrig, nie ein echtes Zuhause, der Junge hatte wohl Schaden an der Seele genommen. Ob man den noch heilen könnte?

Wattfund

Die Pferde des Körwagens gingen immer langsamer, je näher sie dem kamen, was dort im Watt lag. Fast schien es, als ob Wagenlenker Brahms lieber sofort wieder den direkten Pfad zur Inselküste eingeschlagen hätte. Seine Fahrgäste sprangen von ihren Sitzen auf und verfolgten aufmerksam, wie sie auf den Fund zufuhren. Nur die alte Frau blieb sitzen, umklammerte ihren Korb und zupfte nervös an ihrem Kleid. Doch die schärfer werdenden Konturen am Boden gaben dem Händler grausam Recht. Da lag jemand.

Der Kutscher zog an den Leinen und wickelte sie am Bock fest. Die Tiere, als spürten sie die Anspannung der Menschen, schlugen ihre Vorderhufe in den Schlick, schnaubten ein letztes Mal, dann herrschte Stille. Ungläubig starrten die Fahrgäste mit weiten Augen und aufgesperrten Mündern auf den Körper eines Mannes, der bäuchlings dalag, Arme und Beine von sich gestreckt. Seine Kleidung war nass, in den Falten lag Sand. Das schleimige Räuspern des alten Kapitäns zerriss die gedankenschweren Betrachtungen der Anwesenden, ein herzhaftes Ausspucken folgte.

»Da steckt ja eine Harpune in der Schulter«, stellte der ehemalige Seefahrer Lindhorst fest.

»Und der Stoff von Rock wie Hose scheint entlang des Leibes mit Pflöcken in den Grund genagelt«, ergänzte Schriftsteller Kohl.

Entschlossen sprang der Kurzwarenhändler, dessen gute Augen sie hierher geführt hatten, auf den Schlick. Die goldenen Knöpfe an seinem Gehrock blitzten im Morgenlicht auf. Ohne Zögern ging er zu der Gestalt.

»Wir müssen sehen, ob er noch lebt.« Damit beugte er sich hinunter und rüttelte zuerst zaghaft, dann kräftiger an der Schulter des Liegenden. Entsetzt wich er zurück, als kleine Taschenkrebse, durch die Bewegung in ihrer neuen Behausung aufgeschreckt, unter dem Kopf des Gefundenen hervorkrabbelten und flohen.

»Kein gutes Zeichen«, kommentierte Kapitän Lindhorst und kletterte mit einem Stöhnen vom Wagen. Kohl, darauf bedacht, den Saum seines Reisemantels nicht durch den Schlick zu schleifen, legte das Kleidungsstück wie den Hut ab und folgte ihm. Hinter sich vernahmen die Männer ein Murmeln. Sie drehten sich zur Kutsche um. Da saß die alte Frau, die Fingerspitzen aneinandergelegt und betete ein Vaterunser. Der Wagenlenker löste sich nicht vom Bock und starrte auf den am Boden Liegenden. Geistesabwesend fuhr er sich mit seiner Hand immer wieder durchs Gesicht.

»Wir müssen ihn wenden, auch wenn er schon tot ist«, bemerkte Kohl und begann, auf einer Seite des Körpers die unterarmlangen Holzpflöcke aus dem nassen Sand zu ziehen. Es waren grob zurechtgespitzte, unterschiedliche Hölzer. Manche schwer und dunkel, andere hell und leicht.

»Treibholz«, befand Kapitän Lindhorst, der Kohl aufmerksam beobachtet hatte. »Da ist kein Stück wie das andere.«

Der Schriftsteller betrachtete die Rückseite des Toten genau und stutzte. Mit einem der Pflöcke in der Hand wies er auf dessen Hinterkopf. Er erkannte eine rosafarbene Schlagwunde, deren Hautränder weißlich glänzten.

»Oh leeve Heimatland«, murmelte Lindhorst, »da wollte aber einer ganz sichergehen.« Er wandte sich an den Händler, der kopfschüttelnd dabeistand. »Kommen Sie, werter Herr, wir müssen alle mit anfassen.« Damit trat der alte Kapitän an den Körper, setzte einen Fuß auf dessen rechte Schulter, griff den Stiel der Harpune und riss sie mit einem beherzten Ruck aus dem Toten. Die Männer raunten entsetzt, kamen dann aber neugierig hinzu.

»Die Jagdwaffe der Walfänger«, befand Lindhorst mit Kennerblick, »schon lange nicht mehr in Gebrauch. Nach dem Krieg war es vorbei für uns mit den Grönlandfahrten und überhaupt schwer, auf See zu arbeiten.«

»Was denn für ein Krieg? Ist die Franzosenzeit nicht lange vorüber?«, fragte Kohl, der zwar die Welt bereist, aber nicht jede Schlacht im Kopf hatte.

»König Christian der Siebte von Dänemark gegen die Krone von England«, antwortete Kapitän Lindhorst. »Zuerst hat Napoleon die See unsicher gemacht, dann haben die Engländer die dänische Flotte geraubt und Kopenhagen zerschossen. Dabei waren wir doch neutral bei dem großen Brand Europas, den der Korse gelegt hat. Aber die Engländer befürchteten, wir würden uns mit Frankreich verbünden, und wollten deshalb Dänemark schwächen. Das war anno 1807. Sieben Jahre hat das Ringen um die Macht auf See dann gedauert. Der König hat seine Armee schließlich doch an die Seite Napoleons gestellt und dabei Helgoland an die Engländer verloren. Ja, und danach war die goldene Zeit der Walfänger vorbei. Wir Amrumer haben kaum noch Anstellungen auf See bekommen. 31 Jahre ist das nun schon her.«

Vereint drehten sie den Leichnam um und traten zurück. Die herbeigesehnte Sonne warf jetzt einige unbarmherzige Strahlen auf einen bärtigen Toten in den Vierzigern. Seine Gesichtshaut war aufgeweicht und bleich. Die Taschenkrebse hatten gerade erst mit ihrem Zerstörungswerk begonnen und nur eines der Augenlider und die Unterlippe angefressen. Vom Kutschbock her erklang ein entsetzter Ruf.

»Mein Gott, das ist doch Busso!« Krino Brahms wies mit der Peitsche in der Hand auf die Leiche und sprang ins Watt. »Busso Dahl, der Postläufer. Wer bringt den denn um?«

Kohl stand neben dem Toten und ließ seinen Blick über den weiten Meeresgrund schweifen. Amrum war sehr nah, Föhr dagegen war im Dunst verschwunden. Dort, wo der Körper gelegen hatte, sah er in den Sand gedrückte, grobe Holzspäne. Er bückte sich und steckte sie kopfschüttelnd in die Tasche. Was wollte dieser Fund ihm sagen? Er sah auf einen der Sträucher, die in den Schlick gesetzt, mit feinem Sand überzogen waren. Einen Augenblick dachte er nach.

»Sie als Kutscher kennen sich doch aus. Unsere Wegmarkierung von Föhr aus hat ja vor einiger Zeit aufgehört. Und hier gibt es nun wieder eine, die vermutlich an die Amrumer Küste führt. Gehören die beiden Strecken zusammen?« Brahms nickte stumm, ging, ohne den Toten eines Blickes zu würdigen, zur nächsten Markierung und rüttelte an den vertrockneten Ästen.

»Gute Arbeit«, rief er, »die sitzt fest. Ich denke, die ist von Busso Dahl gesteckt worden, also für die Strecke Amrum-Föhr.«

»Aber wie erklären Sie sich dann die Unterbrechung des markierten Wegs?«, fragte Kohl. Er sah von Brahms zu Lindhorst, als erwarte er von diesen beiden eine Antwort.

Bedächtig wiegte der Kutscher seinen Kopf hin und her und kratzte sich am Kinn. Dabei suchte er den Blick des alten Kapitäns. »Tadeus, sag auch mal was dazu. Du hast Busso doch gekannt.«

Lindhorst zuckte die Schultern und blickte in das Gesicht des Toten. »Er wird wohl mal wieder nicht nüchtern gewesen sein. Hat ja seinen Schnaps stets selbst gemacht und bei sich getragen. Oder er hatte keine Lust, die ganze Strecke entlang die Büsche einzugraben.« Nachdenklich legte er den Kopf in den Nacken und sah in den Himmel. »Er wird am rechten Punkt von der Amrumer Nordspitze losgelaufen sein, diese Stelle kannte er im Schlaf. Wäre er weitergelaufen, hätte er sich den Weg suchen müssen. Und ob er ihn trotz seiner Ortskenntnis gefunden hätte, bleibt im Ungewissen. In der Nacht oder bei Nebel jedenfalls wäre es selbst für ihn schwierig gewesen. Es scheint fast wie ein Wunder, dass der Weg, den Krino uns gesucht hat, uns ziemlich genau zu ihm geführt hat. Hier beginnt die Markierung für uns wieder und hörte für Busso auf. Und wenn der Kaufmann nicht so gute Augen hätte, wären wir doch glatt am armen Busso vorbeigefahren. »

Kohl zog seine Taschenuhr hervor und prüfte mit gekräuselter Stirn die Zeit. »Wie dem auch sei, meine Herren, wir dürfen hier nicht länger verweilen. Ich nehme an, die See richtet sich nicht nach einem so schauerlichen Ereignis, sondern folgt ihrem eigenen Rhythmus. Wir sollten also den Verstorbenen aufladen und uns sputen, die Amrumer Küste zu erreichen.« Lindhorst nickte.

»Recht hat der Schriftsteller, die Tide atmet ein und aus, immer gleich. Sie kennt keine Gnade. Lasst uns voranschreiten.« Gedankenverloren blickte er auf den Griff der Harpune, fuhr mit den Fingerspitzen über zwei eingeschnittene Buchstaben und stieß das Eisen mehrmals in den Sandboden. Dann legte er das so gesäuberte Werkzeug auf den Wagen. Als er die entsetzten Blicke der alten Frau sah, raunte er »Muss sein, Meta. Das ist ein Beweis. Wer den Busso umgebracht hat, der soll auch Rechenschaft ablegen.« Damit ging er zurück zu den Männern, um mit ihnen gemeinsam den Toten auf die Ladefläche zu heben.

Karges Land

Mit knirschenden Rädern drückte der Körwagen eine letzte Spur in den Schlick und verließ das Watt. Die Pferde setzten ihre Hufe auf befestigtes Marschland. Neugierig sah Schriftsteller Kohl sich um, straffte seinen Rücken und war bereit, mit seinem wachen Blick jede Besonderheit dieser Insel aufzunehmen. Der Küstensaum teilte sich nach rechts in ein eher gerades Stück, das bald sein Ende zu finden schien. Linker Hand zeigte sich die durch den Dunst verschwommene Küste in einem weiten Sichelbogen. Zwischen den harten Gräsern der Marschwiesen lugte magere Erde hervor. Der karge Bewuchs ging in nur wenigen Schritten Entfernung in helle Sandhügel über. Ihre Spitzen waren schaumkronengleich mit hohen, in der Sonne silbrig glänzenden Halmen bewachsen. Hier und da hatte sich das Laub niedriger Sträucher schon herbstlich eingefärbt.

Kapitän Lindhorst, den Leichnam des Schlickläufers zu seinen Füßen, räusperte sich. »Hartelk welkimen üüb Oomram, wie wir

Amrumer Friesen so sagen. Sicher wären andere Umstände wünschenswerter gewesen. Doch nun müssen wir uns um den armen Busso kümmern, dem das Schicksal so böse mitgespielt hat. Krino«, rief er, »weißt du, wo seine Familie wohnt?« Der Gefragte nickte, ohne sich umzudrehen, und zog sanft an den Leinen, um die Tiere in der Spur zu halten. Er schien es nicht eilig zu haben. Kurzwarenhändler Poppenbüttel hob derweil seinen Holzkoffer auf die Knie, öffnete ihn vorsichtig und begann, seine Ware zu ordnen. Er vermied es, auf den Toten zu blicken.

»Was ist das denn für ein Ort, auf den wir zufahren?«, wollte Kohl wissen. Der Kutscher wies mit seiner Peitsche nach vorn. Der gerade Weg, der das grasbewachsene Marschland durchschnitt, führte auf eine Ortschaft zu, deren erste Hausdächer sich am Horizont zeigten.

»Noorsaarep, also Norddorf«, verbesserte er sich. »Die Orte haben ja alle friesische Namen. Da ist auch Busso Dahl zu Hause gewesen. Wir werden ihn seiner Familie übergeben.«

»Welche Gemeinden gibt es denn noch auf Amrum? Die Insel macht auf mich bis jetzt einen eher mageren Eindruck. Können hier viele Menschen leben?«

Der alte Lindhorst wandte sich ihm zu und nickte. »Amrum hat gut 600 Seelen, wovon die meisten Männer auf See sind. Matrosen, Steuermänner oder gar Kapitäne auf Handelsschiffen und Robbenschlägern. Bis Amerika sind wir Amrumer unterwegs. Es gibt noch zwei Austernfischer, und der ein oder andere verdingt sich an Land. Die ersten Siedlungen hier sind Norddorf und Süddorf gewesen, Nebel kam später hinzu. Steenodde an der Wattseite besteht nur aus zwei Häusern, ein Dorf ist das ja nicht.«

»Norddorf wird Ihnen ganz neu vorkommen«, ergänzte der Kutscher, »der Ort ist vor 80 Jahren abgebrannt, alles zerfiel damals zu Asche.«

Jetzt blickte auch die alte Frau auf und wandte sich an den neugierigen Schriftsteller. »Es gibt immer etwas, was davor war«, orakelte sie.

Brahms lachte höhnisch auf. »Ach Meta, du und deine Geschichten. So was will doch niemand wissen.«

»Nein, nein«, widersprach Kohl, »bitte erzählen Sie. Was haben Sie denn damit gemeint?«

»Vor Jahrhunderten haben die Menschen hier in Märum und Kniepum gelebt. Doch das unbarmherzige Dünenland ist über die Gemeinden gekommen, hat alles mit seinem Sand verschüttet. Ihre Toten sind unbeweint, ihre Gräber unbesucht.« Wie um die Bedeutung ihrer Worte zu verdeutlichen, nickte sie dem Schriftsteller ernst zu, dann verklärte sich ihr Blick ins Ungewisse.

Kohl sah rechter Hand, dort, wo die mageren Wiesen in die Dünen übergingen, eine einzelne Kuh grasen. Ein halbwüchsiger Junge bewachte sie.

»Da hüten die, die kein eigenes Land haben«, erklärte der alte Lindhorst ungefragt. »Zumeist treiben sie ihre Tiere in die Heide. Oftmals Schafe, aber auch Ziegen und wie hier mal eine Kuh. Im Dünenland ist das Weiden eigentlich untersagt. Denn wenn die Grasschicht Schaden nimmt, tragen Wind und Wellen die Insel fort. Mancher lernt das wohl nie.« Damit spuckte er vom Wagen und wandte den Blick dem Dorf zu.

Eine Handvoll strohblonder Kinder liefen ihnen entgegen, einige barfuß, andere in Holzschuhen. Johlend ließen sie die Reisenden passieren. Doch als sie die Gestalt des leblosen Mannes sahen, der auf den Holzplanken lag, verstummten sie. Mit offenen Mündern starrten sie dem Gespann hinterher, tuschelten und folgten still. An der ersten Wegkreuzung schlug Kutscher Brahms den Weg entlang des Dorfrandes nach rechts in Richtung der Dünen ein. An einem niedrigen, aus roten Ziegeln gemauerten Haus hielt er an. Die Kinder warteten in scheuem Abstand. Er verknotete die Leinen und stieg ächzend vom Bock. Sein linkes Bein schien er wenig bewegen zu können. Kohl blickte von dem erhöhten Wagen über den flachen Graswall in einen Gemüsegarten und folgte dem Kutscher. Zwei Frauen standen dort tief gebückt zwischen Pflanzen, einen Korb zu ihren Füßen.

Langsam richtete sich die korpulentere der beiden auf und stützte dabei ihren Rücken mit den Händen. Kohl konnte ihren Gesichtsausdruck nicht erkennen. Krino Brahms hob noch vom Weg her grüßend die Hand und durchquerte humpelnd und mit gesenktem Haupt den Garten bis zu ihr. Nach einigen Worten schrie sie auf, raffte ihr dunkles Kleid und stürzte hinaus zu dem Leichnam.

»Busso! Busso, was haben sie mit dir gemacht?« Mit vor Entsetzen aufgerissenen Augen blickte sie über die tote Gestalt, ihr unsteter Blick zeugte davon, wie wenig sie von dem Geschehenen begriffen hatte. »Gestern Abend hab ich dich zurückerwartet, die ganze Nacht hab ich mich gesorgt. Aber niemand hat etwas gewusst, du warst wie vom Erdboden verschluckt.« In den Gesichtern der anderen suchte sie nach einer Erklärung.

Zögernd, bei jedem Griff nach Halt suchend, kletterte der alte Lindhorst vom Wagen und stellte sich neben die fassungslose Witwe. Er räusperte sich, dann legte er zaghaft seine Hand auf ihren Oberarm. »Komm Eske, wir wollen ihn hineinschaffen. Er hat im Wattenmeer gelegen. Nur der Herr weiß, was wirklich geschehen ist. Sprich mit deiner Tochter und räumt einen Tisch frei, damit wir ihn dort aufbahren können.« So schob er die Frau, deren kummervolles Gesicht nun von Tränen überströmt war, sanft vom Toten weg zum Haus.

Kohl, weit gereister Schriftsteller, hatte die Szene mit Unbehagen verfolgt. Dem Leid eines Menschen so nahe zu sein und sich dabei trotzdem völlig unbeteiligt zu wissen, bedrückte ihn. Nur, was konnte er hier tun? Ratlos erhob er sich langsam, die verbliebenen Reisenden taten es ihm gleich. Als alle vom Wagen gestiegen waren, sah er, wie die Frau, die an seiner Seite mitgereist war, ihren Korb nahm, den Grund der Familie Dahl betrat und hinter dem Haus verschwand. Auch Lindhorst sah der Alten hinterher. Der Kurzwarenhändler dagegen griff grußlos sein Gepäck und setzte hastig seinen Weg zu Fuß ins Dorf fort.

»Meta wird der Eske helfen.« Der Kutscher trat mit betretener Miene zu seinem Pferdegespann und tätschelte die Köpfe der Tiere. »Der Tod des Vaters wird auch für die Kinder ein großer Schrecken sein. Da ist es gut, etwas Unterstützung zu haben.« Er sah den betagten Kapitän an und schien zu überlegen. »Wir müssen Pastor Mechlenburg holen, der weiß bestimmt, was in diesem Fall zu tun ist«, murmelte er mehr zu sich selbst.

Lindhorst nickte, räusperte sich und spuckte auf den sandigen Boden. »Und Hinrich Gulderling gehört wohl ebenfalls hierher«, ergänzte er. »Unser Strandvogt glaubt sich ja sogar über den Inselrand hinaus bis auf den fernsten Wattboden zuständig. Am liebsten bis an die Gestade von Sylt und Föhr. Denn so weit reicht für ihn unser Strand. Wer will da auch eine Grenze ziehen. Immerhin lag der Tote vor Amrum im Wattenmeer. Aber lass du mal erst den Vertreter Gottes walten. Ich warte so lange hier.«

»Gut, dann mach ich mich auf den Weg ins Pastorat.«

»Darf ich Sie begleiten?«, fragte Kohl. Der Schriftsteller in ihm fühlte sich trotz aller Betroffenheit inmitten einer interessanten Geschichte und wollte mehr erfahren. Brahms nickte stumm.

Kaninchenfang

Dina schritt den sandigen Pfad westwärts aus Nebel heraus auf die Dünen zu. Nickels lief voraus, blickte sich aber immer wieder unsicher zu ihr um und wartete. An ihrem Arm trug sie einen Korb, an den Füßen Holzschuhe. Beidseitig des Weges lagen Weiden und Äcker in der Morgensonne, Schafe grasten und Krähen hüpften über die abgeernteten, stoppeligen Getreidefelder.

Nachdem Dina sich dazu durchgerungen hatte, diesen Dünenjungen eine Zeit lang bei sich aufzunehmen, hatte er sie durch seinen großen Hunger gleichermaßen beeindruckt, wie durch seine verwilderten Esssitten erschreckt. Die Morgensuppe aus warmer Ziegenmilch und eingeweichtem Haferschrot hatte er gierig und atemlos in sich hineingeschaufelt, wobei er den Holzlöffel krampfhaft in der Faust hielt.

So sehr er sich gefreut hatte, bei ihr unterzukommen, so laut zeterte er, als es darum ging, sich zu waschen. So suchte sie ihm erst eine Hose ihres Bruders samt Hemd und Jacke heraus, nachdem er sich vom schlimmsten Dreck befreit hatte. Murrend fügte er sich.

Dina rief Nickels etwas zu, dann machte das ungleiche Paar an einem schmalen Kartoffelfeld halt. Der Junge steckte nun in einfachen, aber sauberen Kleidern. Sie blickte an der hageren Statur hinunter auf die Holzschuhe an seinen bloßen Füßen. Er hatte darin deutlich mehr Platz als Steuermann Boy Jonas Martensen, dem die Schuhe gehörten. Trotzdem hoffte sie, dass Nickels sie benutzen und weniger dreckig ins Haus gehen würde.

»Wir wollen einige Kartoffeln sammeln, so langsam müssen sie aus der Erde.« Dina reichte Nickels den Korb und zeigte auf die Reihen dunkelgrüner Pflanzen im sandigen Boden. Doch der Junge steckte seine Hände in die Hosentaschen und zog die Schultern hoch.

»Ach, Dina, ich würde viel lieber Kaninchen jagen. Drahtfallen hab ich schon aufgestellt, sogar ganz in der Nähe.« Damit wies er den Pfad entlang auf die Dünenkette. »Ich muss nur gehen und nachsehen. Vielleicht hat sich ja ein Tier verfangen. Kannst du das mit den Kartoffeln nicht alleine machen?«

Dina setzte den Korb ab und stemmte die Fäuste in ihre Hüften. »Drück dich nicht vor allen Pflichten. Die Schlafstelle und eine Schüssel mit Essen wollen verdient sein. Ich hab auch keine Lust, jedes Mal mit dir darüber zu streiten. Entweder du begreifst das oder du musst deines Weges ziehen. Heute sammle ich alleine, aber wehe, du kommst ohne Karnickel heim.« Nickels nickte heftig und trat unruhig auf der Stelle. »Also hau schon ab, geh jagen.« Der Junge zog mit nervösen Fingern ein einfaches Klappmesser aus seiner Hosentasche, öffnete es und ließ prüfend den Daumen über die Schneide gleiten. Zufrieden nickend klappte er es wieder ein, steckte es zurück und lief in Richtung der Dünen, so gut ihm das in seinen zu großen Holzschuhen gelang.

Dina sah ihm kopfschüttelnd und doch lächelnd hinterher, griff ihren Korb und betrat das Kartoffelfeld. Der lockere Boden machte es ihr leicht, die Pflanzen samt ihren begehrten Wurzelknollen herauszureißen. Nur selten musste sie mit einer kleinen Handhacke nachhelfen. Immer wieder zog sie ihr Kopftuch aus der

Stirn, das sie für die Feldarbeit mit der bestickten Haube getauscht hatte. Schneller als erwartet hatte sie genügend Kartoffeln vom Pflanzenstrunk getrennt und eingesammelt. Sie richtete sich leise stöhnend aus der gebückten Haltung auf, nahm ihre Tagesernte und ging mit steifen Bewegungen zurück zum Feldrand. Dort rieb sie ihre erdigen Hände am Gras sauber. Prüfend schaute sie in den Himmel. Die Sonne hatte noch lange nicht ihren Stand um die Mittagszeit erreicht, ihr schräg einfallendes Licht vergoldete die herbstlichen Pflanzen um sie herum. Dina überlegte einen kurzen Augenblick, zögerte, dann stellte sie den Korb ab und folgte mit entschlossenen Schritten dem Pfad in Richtung der Dünen.

Am Rand der Sandberge konnte sie noch die Fußstapfen erkennen, die Nickels hinterlassen hatte. Suchend blickte sie sich um. Niemand schien sie zu sehen. Sie raffte ihren Rock und ging seinen Spuren nach. Dort, wo Strandhafer und Gras jede Fährte verdeckten, schritt sie einfach weiter geradeaus bis zur Dünenspitze. Inmitten des Dünenfeldes, das sie übersehen konnte, lag ein kleiner Tümpel. A Gräalkül nannten ihn die Amrumer. Solche Stellen mit Süßwasser gab es in dem Meer aus Sandhügeln immer wieder. Am Rand des Wassers ließ der Wind hohe Schilfgräser rascheln, auf den leicht gekräuselten Wellen dümpelten Eiderenten.

Plötzlich gewahrte sie in einer Dünenfalte jenseits des Teiches eine Bewegung und sah genauer hin. Sie erkannte einen blonden Schopf und den dunklen Rock ihres Bruders. Kein Zweifel, dort trieb sich Nickels herum. Vorsichtig, um nicht allzu früh aufzufallen, ging sie einige Schritte zurück unter die Kuppe der Düne und folgte ihr nach links. Sie hoffte, Nickels so unbemerkt beobachten zu können. Zwar kannte sie etwas von seiner Geschichte und wusste auch, dass er mit anderen Jungen seines Alters nicht zu vergleichen war. Aber da sie ihm nun Unterschlupf in ihrem Haus gewährte, wollte sie mehr über ihn wissen. Wie gab er sich, wenn er für sich allein war? War er wirklich so seltsam, wie alle behaupteten?

Nach zwei mit hartem Kraut und Gräsern bewachsenen Sandkuppen war sie Nickels so nahe gekommen, dass sie ihn gut sehen konnte. Der See lag jetzt rechts von ihr. Sie hockte sich in eine Bodenfalte und machte es sich bequem. Zuerst fiel ihr Blick auf den Rücken des im Sand Knienden, dann beobachtete sie, wie er mit seinem Arm in einem Kaninchenloch herumwühlte. Sein Gesicht hatte er dabei seitlich an den Hügel gedrückt und sprach mit geschlossenen Augen zu sich selbst. Obwohl ihr der Wind seine Stimme zuwehte, konnte sie seine Worte nicht verstehen. Seine Holzschuhe standen neben ihm.

Nach und nach zog Nickels eine Schachtel und eine Harpune hervor. Als er sie in der Hand hielt, stieß er die Waffe mehrmals mit einem triumphierenden Geheul in die Luft und rief: „Wal, da bläst er!" Danach legte er das Eisen in den Sand. Sorgfältig platzierte er alles nebeneinander in die Sonne, öffnete das Behältnis und betrachtete versonnen den Inhalt. Dabei sprach er weiter mit sich selbst. Plötzlich, Dina konnte sich gerade noch ducken, sah er auf und blickte umher. Die Schachtel legte er wieder zurück in das Kaninchenloch, griff die Harpune und richtete sich auf. Er hielt die Waffe am Holzgriff und führte sie sich vor die Augen. Vorsichtig glitten seine Finger das Metall entlang bis zur Spitze. Auf Dina wirkte das, als handle er mit einer gewissen Ehrfurcht.

Doch dann machte Nickels einen Ausfallschritt noch vorn, deutete mit dem linken Arm auf ein Ziel am nächsten Dünenhang, holte aus und schleuderte das tödliche Eisen von sich. Er lief zu einem einsamen, mit seinen orangefarbenen Beeren leuchtenden Sanddornbusch, bog die Äste auseinander und riss die tief in dem Boden eingedrungene Waffe heraus, bevor er sie triumphierend hochhielt. Danach legte er die Harpune zurück in den Kaninchenbau und verdeckte den Eingang der Tierhöhle mit einem starken Grasbüschel. Ohne sich weiter umzusehen, griff er seine Schuhe und marschierte um die Düne herum.

Dina ließ ihn gewähren und folgte in einigem Abstand. Immer wieder blieben ihre groben Strümpfe im niedrigen, harten Gestrüpp hängen. Leise fluchend setzte sie sich und zog sie aus. Auch ihre Holzschuhe behielt sie in der Hand und streifte barfuß weiter. Inzwischen hatte sie den Jungen aus den Augen verloren, er konnte nun überall sein. Ratlos entschloss sie sich umzukehren, als sie von einer Kuppe aus seinen blonden Schopf entdeckte. Nickels hockte unter ihr am Fuß der Düne. Im selben Augenblick, da sie zurückweichen wollte, sah er zu ihr hoch.

»Ah, Dina, schau mal, ich hab ein Kaninchen gefangen.« Er hielt ihr seine zappelnde Beute an den Hinterläufen entgegen. Es trug noch die Drahtschlinge um den Hals, in die es geraten war. Ohne seiner Zuschauerin weiter Beachtung zu schenken, holte er aus und versetzte dem Tier mit der Handkante einen kräftigen Nackenschlag. Es zuckte mit den Vorderläufen, dann hing es leblos in seiner Hand. Er blickte zu Dina auf. »Das ist jetzt nicht tot, nur betäubt.« Damit legte er das Fellbündel auf den Boden und zog das Klappmesser aus seiner Hosentasche. Wieder prüfte er mit dem Daumen die Schärfe, hockte sich neben das Wildtier und bog dessen Schädel leicht nach hinten. Routiniert drückte er die Schneide gegen die weiche Kehle und zog die Klinge durch das Fleisch. Blut rieselte in den Sand. Er schnitt seiner Beute den Kopf ab und warf das abgetrennte Körperteil in einem hohen Bogen in die Dünen. »Für die Möwen!«, rief er dabei einer Windböe entgegen und säuberte anschließend seine Messerklinge mit Grashalmen. Während noch einige dunkelrote Tropfen versickerten, wickelte er die Messingdrahtschlinge auf und steckte sie samt seinem Messer in die Hosentasche.

Dina war von seinen routinierten Handgriffen beeindruckt, so etwas hatte er bestimmt nicht zum ersten Mal gemacht. Schlachten war ihr unangenehm, gehörte aber wie das Einholen der Ernte und das Brotbacken zum Leben. Allein, dass er sich gleich seine neue Kleidung mit Kaninchenblut besudelte, gefiel ihr nicht. Der Junge hatte einfach keinen Sinn dafür.

»Wann hast du denn die Falle aufgebaut?«, wollte sie wissen, und: »Kommt es vor, dass die Tiere tot sind, wenn du sie im Draht findest?«

»Gestern Morgen, auf dem Weg von Norddorf nach Nebel, habe ich die Schlinge ausgelegt. Nein, meistens zappeln sie noch. Ist mir auch lieber so, denn ich bin schneller als der langsame Würgetod. Gehen wir jetzt zurück?«

Dina nickte. »Sag mal, wo hast du eigentlich die letzten Nächte verbracht? Du wirst doch nicht immer in fremden Ställen oder Küchen unterkommen. Gibt es irgendeinen Verschlag, in dem du dich verkriechen kannst, wenn alle Türen verschlossen sind?«

Nickels legte den Kopf schief und beäugte sie. Dann blickte er zu Boden und sprach, ohne sie weiter anzusehen. »Ja, so was gibt es. Das ist ein Geheimnis, ein Ort, den nur ich kenne. Da geht sonst keiner hin.«

»Doch wohl nicht in den Dörfern«, erwiderte sie, »das würde ja auffallen.«

»Das stimmt«, gab Nickels zögernd zu, »auf der Insel ist ja viel Platz. An meinem Versteck war bisher nie jemand, da ist es einsam. Bloß, ich traue niemandem.«

Dina überlegte, wo sein Zufluchtsort sein könnte, wollte den Jungen aber nicht weiter bedrängen. »Wir wollen nun schnell nach Hause, du musst deiner Beute ja noch das Fell abziehen und sie ausnehmen. Und ich will gleich etwas Zunderholz sammeln.«

Gottesdiener

Brahms ließ die Pferde traben und lenkte den Wagen über den ausgefahrenen Weg auf Nebel zu. Kohl, der hinter ihm saß, schaute auf eine sandig-braune Ebene aus abgeernteten Feldern. Links von ihnen säumten Weiden das Watt. Dort grasten Schafe und nur wenige Kühe. Die Büsche und Sträucher, die zwischen den kleinen wie großen Ländereien standen, leuchteten golden und rötlich. Es roch nach erstem vergehendem Laub und aufgebrochener Erde. Immer wieder saßen Krähen am Wegrand. Nur selten gewahrte Kohl einen Menschen, der auf dem Feldboden arbeitete. Es waren ausschließlich Frauen. Beim Vieh konnte er einige Knaben ausmachen. Insgesamt atmete die Landschaft Leere und Anspruchslosigkeit. Ihn fröstelte, obwohl die Herbstsonne schien, und er schlang die Arme um sich. Bald bemerkte er am Horizont ein erstes, hohes Dach.

»Das ist Sankt Clemens, unsere Kirche«, rief der Kutscher und deutete nach vorn auf den reetgedeckten Bau, dem sie sich näherten. Frei in der Marsch stehend, umgeben von windschiefen Grabsteinen und Grassoden, wirkte das Gotteshaus auf Kohl etwas verloren. »Gleich sind wir da, dann kann der Pastor alles Weitere regeln.«

Auf der zum Watt hin gelegenen Seite von Nebel und etwas abseits von den anderen Häusern des Dorfes lag noch vor der Kirche ein Gehöft. Kutscher Brahms steuerte darauf zu. Das Backsteingebäude bestand aus einem großen Wohnhaus, das schon bessere Tage gesehen hatte. Moos saß in den Fugen, einige Steine waren rissig. Stallungs- und Scheunengebäude schlossen sich an und bildeten einen Hof. Dahinter glänzte bereits die stille See, deren ruhige Wellen nun auch die Stelle überspülten, wo jemand den Postläufer erschlagen und festgepflockt hatte.

»Das ist das Pfarrhaus?«, rief Kohl erstaunt. »Das ist ja ein Anwesen. Die Geistlichkeit scheint es auf Amrum zu etwas gebracht zu haben.« Brahms lenkte das Gespann vor den Eingang, blockierte die Bremsen und kletterte vom Bock.

»Aber nur auf den ersten Blick«, erklärte er. »Pastor Mechlenburg ist der größte Landbesitzer hier. Aber sein Gehalt ist schmal und die Gemeinde kann ihn nicht groß unterstützen. Und so muss er sich selbst versorgen. Hatte immerhin acht Kinder, zwei sind ihm schon gestorben. Vor zwei Jahren erst kam der Tod über einen siebenjährigen Sohn.« Er tätschelte seine Tiere und sah zum Haus hin. »Ich werde mal fragen, wo der Pastor ist. Vermutlich auf dem Feld.« Damit ging er zur Tür, klopfte donnernd an und trat entschlossen ein.

Als der Kutscher nach einigem Warten noch nicht zurück war, stieg Kohl ebenfalls vom Wagen und betrat, allerdings ohne zu klopfen, die Diele des Pfarrhauses. Aus einem der hinteren Räume erklangen Männerstimmen.

»Matje, ruf den Knecht«, rief eine dunkle Stimme, »sag ihm, er soll Strandvogt Gulderling in das Haus von Busso Dahl nach

Norddorf rufen. Sag ihm auch, es geht um ein Kapitalverbrechen. Ich mach mich auf den Weg dorthin.« Bei diesen Worten erschienen im Zwielicht des Ganges die Umrisse zweier Männer, die sich auf Kohl zubewegten.

»Ah, der Herr Schriftsteller«, sprach Brahms, »ist Ihnen das Warten zu lang geworden?«

Kohl antwortete nicht sofort, sondern ging voraus nach draußen ins Licht. Vor dem Pastorat dann blickte er neugierig auf den neben dem Kutscher stehenden Herrn und war von dessen kantiger Erscheinung beeindruckt. Er trug einen abgetragenen schwarzen Anzug, unter dem der Stehkragen eines weißen Hemdes hervorsah. Die ausgebeulten Hosen endeten über Schnürstiefeln. Kohl spürte, wie der Blick seines Gegenübers auf ihm ruhte, und er sah ihm ins Gesicht. Fettiges, dunkles Haar wich einer hohen Stirn. Die hängenden Augenlider täuschten Mattigkeit vor, doch die Augen zeigten einen frischen Geist. Sein scharfer Nasenrücken und die tief eingegrabenen Wangenfalten ließen an einen Greifvogel denken. Das Markanteste jedoch war sein Bart, der unterhalb des Kinns den Hals hinunter und den Kiefer entlang bis zu den beiden Ohren wuchs. Die abstehende Behaarung wirkte wie eine Halskrause.

»Johann Georg Kohl, Reiseschriftsteller.« Er reichte dem Herrn in Schwarz die Hand.

»Lorenz Friedrich Mechlenburg. Ich bin der Pastor auf Amrum.« Die Männer deuteten eine leichte Verbeugung an. »Ein Schriftsteller, sieh an, sieh an.« Er zeigte mit einem verlegenen Lächeln auf einige dunkle Flecken an seinen Fingern. »Tinte. Ich war gerade dabei, die nächste Predigt vorzubereiten. Und nun hat Krino Brahms mir soeben von dem tragischen Fund berichtet. Eine schreckliche Geschichte für die Familie Dahl.« Er wies auf das Gespann vor dem Haus und ging direkt darauf zu. »Wir sollten nicht säumen, die Trauernden erwarten Beistand.« Damit kletterte er auf den Wagen. »Während der Fahrt können wir uns näher bekannt machen. Ich freue mich immer über einen wachen Verstand, der aus der weiten Welt zu uns auf die Insel kommt.« Er hielt einen Moment inne und blickte seinen Gast an. »Schreiben Sie Berichte für die Zeitung oder eher Bücher?«

Kohl lächelte nervös, ihn drängte ein ganz menschliches Problem. Seit der Überfahrt im Morgengrauen war es ihm nicht möglich gewesen, hinter einen Busch zu gehen, um sich zu erleichtern. Und so forderte sein Körper in der nun schon vorgerückten Morgenstunde sein Recht. Doch er ging zur Ladefläche und zog seine Reisetasche zu sich. Nach hastigem Herumtasten holte er ein leinengebundenes Buch hervor und reichte es dem Pastor.

»Meine Reisen in Südrussland. Die Erzählung erschien 1841. Es ist nicht die erste und so Gott will auch nicht die letzte, in der ich meine Exkursionen durch Europas Königreiche beschreibe.«

Der Geistliche nahm es entgegen und würdigte den Titel aus geschwungenen Goldlettern mit einem anerkennenden Nicken. Dann gab er es zurück. Kohl war erfreut, so freundlich und interessiert aufgenommen zu werden. Doch er zögerte, erneut auf den Körwagen zu steigen, und sah sich suchend um. Zwar waren dem Vielgereisten solche Situationen nicht fremd, aber es war ihm unangenehm, gegenüber diesem Pastor derlei Bedürfnisse zu erwähnen. Nur, was blieb ihm übrig?

»Das ist jetzt ein wirklich unerquicklicher Moment«, wandte er sich an den Geistlichen auf der Kutsche und legte dabei unbewusst die Hand auf seinen leicht verkrampften Leib. »Hätten Sie die Güte, mir Ihren ...«

»Der Abtritt, selbstverständlich!«, antwortete Mechlenburg, der den Neuankömmling beobachtet hatte, »das war eine lange Überfahrt, dem Ruf der Natur muss man folgen. Links ums Haus, im Hof, steht das Häuschen, in dem Sie sich Erleichterung verschaffen können. Daneben finden Sie einen Eimer mit Brunnenwasser. Wir warten auf Sie«, rief er dem davoneilenden Kohl hinterher. Der kam nach geraumer Zeit mit einem deutlich entspannteren Gesichtsausdruck zurück. Endlich stiegen auch Kohl und Brahms auf den Wagen, und man rollte, so schnell es der Weg erlaubte, gen Norddorf zurück.

Schweigend ließen die Männer die Häuser des Dorfes mit ihren herbstlichen Gärten hinter sich. Kohl hätte gern die Gelegenheit wahrgenommen, den für die Insel so bedeutenden Pastor über die

Amrumer und ihr Tagwerk zu befragen. Doch er zögerte. Außerdem versprach der seltsame Tod des Postläufers allein genug Stoff für eine Geschichte.

»Herr Mechlenburg, sagen Sie, kommt es oft vor, dass in Ihrer Gemeinde jemand gewaltsam aus dem Leben gebracht wird?«

Der Gefragte sah den Schriftsteller wie aus tiefen Gedanken gerissen an, überlegte kurz und wiegte den Kopf hin und her. »Gottes Geschöpfe hier sind einem harten Dasein ausgesetzt. Oft reißt eine aufgepeitschte See, manchmal eine erbärmliche Gefangenschaft die Seeleute aus den Armen ihrer Lieben. Gottlob ist es aber länger her, dass Piraten oder feindliche Mächte unsere Männer auf See versklavten. Die Meere sind grausam. Sie nähren uns und verlangen Tribut dafür. Auch in Friedenszeiten ist die Arbeit auf den Schiffen nicht ungefährlich. Wie schnell wird jemand von einer schlecht gesicherten Ladung erdrückt oder es wirft ihn ein umschlagender Besanbaum in die eiskalten Wellen. Doch Mord und Totschlag, nein, das ist sehr selten. Das finden Sie eher auf dem Festland und in den großen Städten.« Die Stimme verstummte und nur der Hufschlag der Pferde war zu hören.

»Aber was für einen Grund kann es denn geben, so einen Schlickläufer zu erschlagen?«, überlegte Kohl laut. »Die Leute auf der Insel werden sich doch alle kennen und viel voneinander wissen. Ich glaube kaum, dass sich Geheimnisse rund um solch eine Tötung gut verbergen lassen.«

Pastor Mechlenburg zupfte an seinem Kinnbart und spitzte die Lippen. »Vielleicht war es ja gar keiner von hier, der sich mit dem Blut des armen Dahls besudelt hat. Und, mein lieber Schriftsteller, nur Gott kann in die Seelen seiner Geschöpfe sehen. Ich fürchte mich vor all dem Dunklen, das dort wohnt. Aber gut, Sie haben Recht, und wir sollten uns mit dem Toten beschäftigen.« Kohl nickte nur zustimmend. Er wollte den Pastor nicht unterbrechen.

»Eske und Busso Dahl haben drei Kinder. Schon ihre Eltern waren arm, beide Familien sind bei der Landverteilung anno 1800 kaum bedacht worden. Bis dahin beackerten die Amrumer den Boden, der allen gehörte, aber jeder tat es auf seinem Teil. Dann teilte unser König das Gemeindeland endgültig auf. Das ging wohl nicht unbedingt gerecht zu. So weiden die Dahls ihr weniges Vieh jetzt auf magerem Heideland. Busso hat eine Handvoll Schillinge als Postläufer verdient und war auch zuständig für die Wegmarkierung des Wattweges. Auf dem Meerboden zwischen den Inseln hat er sich ausgekannt wie kein Zweiter. Sie müssen wissen, die Passage von Amrum nach Föhr ändert sich immer wieder, genauso wie das Wattenmeer und seine Priele sich verändern. Deshalb sind die Markierungen so wichtig. Allerdings war er nur für den Fußweg verantwortlich. Die hohen Stangen für die Schiffspassage setzt ein Bakenmeister, mit dem Busso Dahl nichts zu tun hatte. Auch wenn er als Postgänger in der Regel seine Pflicht erfüllte, galt sein Charakter doch als liederlich. Er hat zu viel getrunken. Dann wurde er ein anderer Mensch. Schon mehrmals soll er seine Familie grundlos gezüchtigt haben. Und im Dorfkrug hat er, sturzbetrunken, den großen Mann gespielt, von Landbesitz und Reichtum gefaselt und angekündigt, es allen zeigen zu wollen. Die Fantasien eines Gescheiterten, der mit leeren Händen und Taschen am Rand der Gesellschaft stand. Wer will es ihm verübeln? Aber eine offene Feindschaft zu einem der Insulaner, nein, so etwas ist mir nicht bekannt.«

Die ersten Häuser von Norddorf zeigten sich. Brahms lenkte den Wagen über einen Abzweig links um das Dorf herum. Kohl vermutete, dass er weiteres Aufsehen vermeiden wollte. Und doch hatten sich vor der Kate der Familie Dahl einige Frauen versammelt und tuschelten miteinander. Der alte Kapitän Lindhorst hielt sich im Garten auf und ging zwischen den Beeten hin und her. Als er die Neuankömmlinge sah, kam er ihnen mit ernstem Gesicht entgegen und geleitete sie sofort hinein. Brahms bestand darauf, bei den Pferden bleiben zu müssen, und machte sich am Zaumzeug zu schaffen.

»All das Gerede!«, schimpfte Lindhorst und öffnete die Tür zur kargen Wohnstube. Der Tote lag ausgestreckt auf dem Rücken, als Leichentuch diente ein Kartoffelsack, der wohl das blanke Holz des Stubentisches schützen sollte. In einer Ecke saß Eske Dahl auf einem Stuhl, die Arme um sich geschlungen. Sie wiegte ihren gedrungenen Körper vor und zurück und stierte aus einem bleichen Gesicht zu Boden. Ihre Tochter, die ihr zuvor bei der Gartenarbeit geholfen hatte, stand neben ihr und versuchte hilflos, ihre Mutter zu trösten. Die Männer starrten sie nur an, was konnten sie tun?

Pastor Mechlenburg räusperte sich schließlich und ging entschlossen zu einer weiteren Tür, öffnete sie und blickte in den dahinterliegenden Raum. Dieser Nebenraum der Küche war das sogenannte Kellerzimmer. Hier war es zwar dunkler, dafür aber auch kühler als in der Wohnstube. Und Platz, um den Toten nicht vor den Augen seiner Lieben untersuchen zu müssen, gab es auf dem Boden genug. Er drehte sich zu Lindhorst und Kohl um und deutete mit einer Kopfbewegung nach nebenan. Der alte Kapitän hatte sofort verstanden und nickte. Er wies den Schriftsteller wortlos an die Beine des Leichnams, während er gleichzeitig in dessen Achseln fasste. Kohl fügte sich, auch wenn es ihn Überwindung kostete, und zeitgleich hoben die Männer die sterbliche Hülle des Postläufers vom Tisch. So trugen sie ihn in den Nebenraum.

Derweil gesellte sich Pastor Mechlenburg zu den Trauernden und legte ihnen mit gesenktem Haupt seine Hände auf die Schultern. »Mein tiefstes Beileid. Die Wege des Herrn sind richtig, und die Gerechten wandeln drinnen, weiß der Prophet Hosea. Lasst uns zusammen beten und danach sehen, was die Gemeinde für euch tun kann.« Wie um sich selbst Halt zu geben, krallten Mutter wie Tochter die Finger ineinander und beugten sich andächtig vor. Mit dünnen, von Schluchzern unterbrochenen Stimmen folgten sie dem Vaterunser des Pastors.

Plötzlich störte ein Klappern die Andacht. Der Geistliche hob den Kopf und blickte unwirsch zur Flurtür, die mit einem leisen Knarzen aufschwang. Die alte Meta stand im Rahmen. In ihren Händen trug sie ein einfaches Tablett, darauf zwei Steingutbecher.

»Ich hab etwas Johanniskraut aus meinem Vorrat geholt und zubereitet«, erklärte sie und stellte alles ab. Sie grüßte nickend den Pastor und wandte sich sofort den Trauernden zu. »Der Rest des Suds steht neben dem Herd und kühlt ab. Ihr müsst davon täglich drei Mal trinken. Das wird euch guttun.« Ohne eine Antwort abzuwarten, reichte sie Mutter und Tochter die Becher und sah zu, wie sie ergeben an dem Getränk nippten. Mechlenburg stand verloren daneben, atmete tief ein und ging zum Nebenraum.

»Ich sehe, ihr seid in guten Händen«, befand er. »Ich muss nun einen Blick auf den armen Busso werfen, danach wird er wieder euch gehören.« Damit trat er in das Kellerzimmer.

Die Leiche lag auf dem Steinfußboden. Der Pastor wies den alten Lindhorst an, den Raum mithilfe von Öllampen zu erhellen. Ihr flackerndes Licht ließ die Schatten an der Wand tanzen und gab dem bleichen Antlitz des Toten etwas Lebendiges. Der Geistliche bat um eine Schilderung, wie man den Körper im Watt gefunden hatte.

»Erschlagen, harpuniert und auf den Meeresgrund gepflockt«, antwortete Kohl ihm.

»Dann wurde er gleich dreimal gerichtet«, stellte er fest und sein Mund blieb offen stehen. Er ließ die an Armen und Beinen von den Holzpflöcken durchlöcherte Kleidung durch seine Finger gleiten und schüttelte den Kopf. Lindhorst und Kohl, die wartend danebenstanden, beobachteten ihn. »Hatte er etwas bei sich?« Mechlenburg blickte fragend auf. Die Befragten verneinten stumm.

»Die Tide wird alles, was er lose bei sich trug, mit sich genommen haben«, vermutete Lindhorst.

»Dann müssen wir den Toten zuerst gründlich durchsuchen und entkleiden, damit wir uns über die genauen Umstände seines Todes klar werden können«, erklärte der Pastor. Doch seine Bewegungen stockten. »Sollten wir nicht den Arzt von Föhr dazurufen? Er wird sich mit tödlichen Verletzungen auskennen und hat vielleicht eine Theorie zum Tathergang.«

Lindhorst schüttelte den Kopf und winkte ab. Um ein Haar hätte er auf den Boden gespuckt, konnte sich aber noch rechtzeitig zusammenreißen. »Wir brauchen keinen Doktor. Wenn wir den rufen, muss der arme Dahl lange mit der Aufbahrung warten. Was sollen wir der Familie dann sagen? Der Mann ist ja nun ganz eindeutig tot, das erkennt jeder. Und ob er nun auf dem Grund des Wattenmeeres festgepflockt und später harpuniert wurde oder umgekehrt, was macht das für einen Unterschied? Ne, ne, lasst den Arzt man dort drüben, kann er den letzten Sommerfrischlern den Puls fühlen.«

Der Pastor wiegte bedächtig den Kopf, dachte nach und begann dann beherzt, den leblosen Oberkörper von der schweren Tuchjacke zu befreien. Das nasse Kleidungsstück reichte er an Kohl weiter. Der versenkte vorsichtig tastend seine Finger in die Taschen des Rocks. Aus der Innenseite zog er ein rundes Messinggehäuse hervor, das wie eine große Taschenuhr aussah. Überrascht und neugierig traten die anderen hinzu. Kohl klappte den Deckel des Gehäuses auf, und sie blickten auf die unruhig über der Windrose hin und herwandernde Nadel eines Kompasses.

»So etwas wird der Mann im nebeligen Watt gebraucht haben«, vermutete der Schriftsteller. »Man scheint sich dort schnell zu verlaufen. Und hiermit natürlich umso leichter.« Damit zog er eine verkorkte, flache Glasflasche aus der Innentasche des Rocks. Sie war mit einer klaren Flüssigkeit halb gefüllt. Er zog den Korken, schnupperte und verzog das Gesicht. Der Dunst hochprozentigen Schnapses stieg ihm in die Augen.

Der alte Kapitän zuckte nur mit einem Mundwinkel, würdigte die Flasche keines Blickes und griff nach dem Metallgehäuse. Nach einer kurzen Begutachtung schnalzte er mit der Zunge und tippte auf das Glas, das einen Sprung hatte. »Die Nadel kommt nicht zur Ruhe, die sucht ohne Unterlass den Norden. Das Ding ist kaputt.« Er schnippte nochmals gegen das Gehäuse und drehte es hin und her. »Hier sieht man auch Dellen. Wie mir scheint, ist der Kompass hingefallen. So was kann den Magnetismus des Metallzeigers außer Kraft setzen.« Damit drückte er das Navigationsgerät dem Pastor in die Hand, der es einsteckte und auf den Leichnam zeigte.

»Nun die Stiefel und die Hosen. Den Fusel in der Flasche müssen wir nicht weiter bewerten«, wies er die anderen Männer an. Er beobachtete, wie sie den Toten entkleideten. Die schlaffen Glieder leisteten dabei keinerlei Widerstand. »Die Leichenstarre hat schon aufgehört. Das bedeutet, der Herr hat Busso Dahl vor mehr als vierundzwanzig Stunden zu sich geholt«, stellte er fest. Ein Lächeln huschte über sein Gesicht, als er in die erstaunten Augen der Anwesenden sah. Er zuckte mit den Schultern. »In meinem Beruf macht man sich mit dem Tod vertraut. Auch auf diesem Gebiet mehre ich mein Wissen.«

Nachdem die Hose außer den Löchern im Tuch keine Erkenntnisse gebracht hatte, entkleideten sie den Toten ganz. Schweigsam und verlegen standen sie vor dem bleichen Leib. Kohl nahm eines der rußig flackernden Öllichter und leuchtete die welke Haut aus nächster Nähe ab. Lediglich die Gegend um das Geschlechtsteil ließ er aus und hob das Licht darüber hinweg. Der Verstorbene war in den Vierzigern, der Bart machte ihn älter. Der Oberkörper war kaum bemuskelt, die Brust wirkte eingefallen. An Hüften und Bauch hatte sich Fett gesammelt. Nur die Oberschenkel waren von kräftiger Muskulatur. Die eingerissenen Fingernägel hoben sich gelblich von den schwieligen, sonnengegerbten Händen ab, die überlangen Fußnägel zeigten schwarze Ränder. Wenn ich einmal tot bin, dachte Kohl, möchte ich nicht in solch einem desolaten Zustand von fremden Augen betrachtet werden.

Sie wendeten die Leiche. Das Licht erhellte die grausame Harpunenwunde und die Schlagmarke am Hinterkopf. Weitere Wunden gab es nicht. Pastor Mechlenburg räusperte sich und trat an den Kopf des Verstorbenen. Er öffnete dessen Mund und sah hinein. Dann schaute er sich suchend um, griff ein Küchentuch und bedeckte damit seinen Zeigefinger. Er fuhr dem Toten über die Zunge und hinter die Lippen.

»Sand«, befand er und hielt zum Beweis seinen Finger in den Lichtschein. »Ob hineingespült oder geschluckt, vermag ich nicht zu sagen. Dazu müsste man den Körper aufschneiden.« Er sah auf und blickte in entsetzte Gesichter. »Aber ich sehe hier keinen, der das bewerkstelligen wollte.« Damit legte er das Tuch beiseite und griff zu den Kleidungsstücken, um sie dem Leichnam wieder anzulegen. »Wir wollen Busso Dahl nun zurück in die Wohnstube bringen und seiner Familie überlassen.«

Plötzlich drang dumpf eine tiefe Männerstimme zu ihnen

durch. Sie schien aus der Diele zu kommen. »Festhalten sollst du den Gaul, hab ich gesagt, und nicht faul herumstehen. Torfkopf!« Die Haustür schlug zu und schwere Schritte kamen näher. Die Männer hörten, wie der Ankömmling die Stube betrat. »Mein Beileid, Eske. Ich habe von eurem Unglück gehört, der Pastor hat eine Nachricht geschickt. Wo ist denn der Tote?« Deutlich war das Aufschluchzen der Witwe zu hören.

Mechlenburg schob seinen Unterkiefer nach vorn und sah Kapitän Lindhorst mit verengten Augenschlitzen an. Dabei knetete er seine Hände zu Fäusten. Der Alte schüttelte nur den Kopf und sah zu Boden.

Mit einem Mal flog die Tür zum Wohnraum auf, und die massige, leicht gebeugte Gestalt eines Mannes füllte den Rahmen. Ohne ein Wort des Grußes trat er auf die Leiche zu. Ein kurzer Blick auf das Antlitz und den dürftig wieder bekleideten Körper, dann griff er dessen Schulter und drehte ihn um. Brummend deutete er auf die Wunde am Hinterkopf und blickte in die Augen des Pastors. »Was soll das mit dem Kapitalverbrechen? Busso Dahl wird betrunken hingeschlagen sein. Jeder auf der Insel weiß, wie gern er seinem Schnaps zusprach. Tragisch genug für die Familie unseres Postläufers, sind ja alles Habenichtse.«

Bei dem letzten Wort schloss Kohl hastig die Tür zur Stube. Diese Ansprache fand er hartherzig. Der Pastor, dessen Kopf durch das vorgeschobene Kinn und die heruntergezogenen Mundwinkel an Kantigkeit gewann, wies auf den massigen Eindringling und drehte sich dabei Kohl zu.

»Darf ich vorstellen, Hinrich Gulderling. Seines Zeichens Strand- und Bauernvogt und einer von sechs Gangfersmännern. Ich hatte ihn über den Tod Busso Dahls informieren und hinzurufen lassen.« Damit wandte er sich an Gulderling. »Und das hier ist der Schriftsteller Johann Kohl.« Beide Männer deuteten eine Verbeugung an, und Kohl ließ die Erscheinung des Strandvogts auf sich wirken, der ihn um einen Kopf überragte. Sein Alter, er schätzte es auf gut fünfundsechzig, schien seinem kräftigen Körperbau noch nichts anzuhaben. Die grauen Haare lagen windverweht durcheinander, ein mächtiger Backenbart zierte das Gesicht. Ein Netz von unzähligen geplatzten Adern färbte die Wangen rot. Unter seinem derben, tiefblauen Rock leuchtete eine dunkelrote, über dem Bauch gespannte Weste, die Füße steckten in Reitstiefeln. Statur und Wesen wirkten einschüchternd. Dieser Honoratior scheint nicht im Mangel zu leben, dachte Kohl.

»Schriftsteller, soso. Und was tut der Mann dann hier? Herr Pastor, so ein Tod ist doch nichts für Außenstehende. Ich muss mich sehr wundern.«

Bevor der Gescholtene etwas dazu sagen konnte, trat Kohl einen Schritt auf den Strandvogt zu. Er deutete auf den Kapitän. Der war der Präsenz dieses massigen Amrumers ins Halbdunkel des Kellerzimmers ausgewichen. »Herr Lindhorst und ich haben den Corpus im Watt gefunden. Wir fuhren von Föhr aus mit dem Wagen eines Krino Brahms herüber. Mit an Bord waren weiterhin ein reisender Händler und eine ältere Dame. Diese hat sich eben noch um die Angehörigen bemüht. Ich war behilflich, den Toten hierherzuschaffen. Dazu möchte ich anmerken, dass Sie bei Ihrer Leichenschau gerade das blutverkrustete Loch im Rock des Verstorbenen übersehen haben. Dort hat eine Harpune in seinem rechten Schulterblatt gesteckt. Und die durchlöcherte Kleidung an Armen und Beinen hat ihren Grund in Holzpflöcken, mit denen man den Körper am Meeresboden unentrinnbar fixiert hatte. Das alles ist doch etwas mehr als, wie Sie eben sagten, das Hinschlagen eines Trinkers.«

Strandvogt Gulderling ließ seine Kaumuskeln spielen, blinzelte mit den Augen und wandte sich an den Diener Gottes. »So, eine Harpune. Na, das ändert den Sachverhalt gehörig. Also müssen wir der Obrigkeit Meldung machen. Ich denke, der Pastor sollte einen Bericht verfassen, wenn er hier schon viel mehr tut, als es seines Amtes ist. Den werde ich dann Birkvogt Trojel in Nieblum auf Föhr übersenden. Vielleicht beauftragt Seine Wohlgeboren von dort einen Polizeidiener mit der Untersuchung oder aber übersendet den Casus gar an den Amtmann in Tondern. Bis dahin jedenfalls obliegt die Sache wohl mir. Wenn ich also bitten darf, Herr Mechlenburg, schreiben Sie alles auf, damit die ganze Angelegenheit in Gang kommt. Den Gemeindevertretern von Norddorf und Süddorf lasse ich sofort Nachricht geben. Sie sollen bis auf Weiteres für die Bewachung der Wattpassage und des Kniepsandhafens sorgen. Somit wären die wichtigsten Fluchtwege abgeschnitten, sollte sich der Mörder auf der Insel befinden. Und jetzt wollen wir zusammen den Toten zurücktragen.«

Als die vier Männer den bekleideten Leichnam in die Wohnstube trugen, sprangen Eske Dahl und ihre Tochter auf und nahmen ihn weinend und händeringend wieder in Empfang. Kohl bemerkte, wie die alte Frau, die sich eben noch mit einem Kräutersud um die Trauernden bemüht hatte, den Strandvogt anstarrte. Ihr Blick verhärtete sich, und langsam richtete sie ihren Oberkörper kerzengerade auf. Hinrich Gulderling sah sie kurz an, brummte unwirsch und wandte sich zum Gehen. Plötzlich jedoch blieb er stehen und ging auf Eske Dahl zu. Mürrisch zog er eine Geldbörse aus seinem Rock, entnahm ihr mit spitzen Fingern einige Münzen und drückte sie der verdutzten Witwe in die Hand.

»Hier. Noch mal mein Beileid. Das werden jetzt harte Zeiten.« Ohne eine weitere Reaktion abzuwarten, verließ er das Zimmer und trat polternd aus dem Haus. Wie schon bei seiner Ankunft erklang das Bellen seiner Rufe, eine Peitsche knallte und unter dem Klang hämmernder Pferdehufe stob er davon.

Die Gesichtszüge der alten Meta entspannten sich, auch Pastor Mechlenburg und Kapitän Lindhorst wirkten gelöster. Der Geistliche sah auf den Toten, der auf dem Tisch lag, und wandte sich an die Helferin. »Nun, Meta, gilt es, den armen Busso für seine letzte Reise vorzubereiten. Es ist ein wahrhaft christliches Werk, der Familie jetzt zu helfen. Man muss auch den Bestatter benachrichtigen.« Er drehte sich dem Kapitän zu. »Herr Lindhorst, wollen Sie das übernehmen und noch einige Dorffrauen hereinrufen? Wo sind eigentlich die anderen Kinder?« Obwohl er diese Frage an niemanden direkt gestellt hatte, antwortete Eske Dahl. Immer wieder schniefte sie dabei.

»Die beiden Jungs sind in der Heide oder am Strand. Kaninchen wollten sie fangen und nach angeschwemmtem Treibgut suchen. Und einer von ihnen soll nach dem grasenden Vieh sehen.« Ein erneuter, heftiger Schluchzer erschütterte die gebeugte Frau und sie suchte an der Tischplatte Halt. »Ach, Herr Pastor, Sie wissen doch, wie es um uns steht. Erst letzte Woche musste Meta meine Tochter aus der Ohnmacht holen, eine schwere Erkältung hatte sie grausam darniedergestreckt. Auch jetzt ist sie noch etwas schwach. Wie wird es nur weitergehen mit uns? In unserem Elend ist überhaupt kein Land in Sicht.« Sie rechnete nicht mit einer Antwort, sondern drehte sich zu ihrem toten Gatten um und strich ihm über die Haare.

Der alte Lindhorst begleitete den Geistlichen und den Schriftsteller nach draußen. Am Wagen griff er auf die Ladefläche und hielt die Harpune hoch, die im Schulterblatt des Ermordeten gesteckt hatte. Er drückte sie Mechlenburg in die Hand. »Hier, das Todeswerkzeug, eine Walharpune. Das ist bestimmt ein bis zwei Generationen her, dass wir Amrumer damit auf Grönlandfahrten gingen.«

»Denn er kommt zu richten das Erdreich. Heißt es nicht so in der Bibel?«, raunte eine Stimme hinter ihnen und die Männer fuhren herum.

»Meta!«, riefen sie beinahe gleichzeitig aus und atmeten hörbar aus. »Was schleichst du dich so an?«, blaffte Lindhorst. »Geh doch zurück ins Haus und mach dich da nützlich.«

»Ja«, erklärte der Pastor mit erhobenem Zeigefinger, »aber, Meta, es heißt weiter im Psalm 96: Er wird den Erdboden richten mit Gerechtigkeit und die Völker mit seiner Wahrheit. Das klingt viel tröstlicher als das, was du zitierst.« Er wandte sich an alle Umstehenden. »Wir müssen die frohe Botschaft des Herrn erkennen und uns ihm zuwenden. Ich glaube nicht, dass Gott Busso Dahl hat hinrichten lassen. Zwar sind seine Ratschlüsse unergründlich, aber das hier«, er zeigte auf die Harpune, »war das Werk eines Menschen, eines ganz niederträchtigen Gesellen. So etwas wie dem Bösen in Person.«

»Wie auch immer«, fuhr Lindhorst mit seiner Betrachtung des Mordwerkzeugs fort, »unsere Männer jagen heute keinen Wal mehr, höchstens noch den Seehund. Aber der Griff ist interessant.« Damit tippte er auf die beiden in das Holz eingeritzten Buchstaben. »MP«, las er leise vor. Seine Augen suchten in denen des Geistlichen eine Reaktion zu erkennen. Doch Mechlenburg nickte mit ausdruckslosem Gesicht und blickte wie in Gedanken die Straße hinunter.

Heidepuppen

Dina hatte die Dünen verlassen und durchstreifte ein Stück Heide, das zwischen den Sandhügeln und den bewirtschafteten Flächen lag. Nickels, der wieder in Holzschuhen neben ihr herlief, trug sein erlegtes Kaninchen an den Hinterläufen. Vor sich hin murmelnd streichelte er gedankenverloren das Fell des toten Tieres und blieb bei besonders großen Heidepflanzen stehen. Er sah Dina fragend an. Sobald seine Begleitung zustimmend nickte, legte er seine Beute ab und riss das Kraut aus dem sandigen Boden. Die Zweige knickte er mehrmals, sodass sich die Pflanze zu einem puppenähnlichen Bündel zusammenwickeln ließ, und deponierte so viele in Dinas aufgehaltener Schürze, bis sie nichts mehr aufnehmen konnte. Da schlugen beide den Weg am Kartoffelacker vorbei zurück ins Dorf ein.

Nickels nahm den Korb voller Kartoffeln hoch und legte das Kaninchen obenauf. »Ich glaube, ich trag den mal nach Hause. Du hast ja keine Hand mehr frei.«

Dina hob die Augenbrauen und lächelte. Das großzügige Angebot dieses ansonsten eher arbeitsscheuen Jungen überraschte sie. »Sag mal, wie lange stromerst du eigentlich schon so für dich über die Insel? Ist da denn niemand, der sich um dich kümmert?«

Er verneinte stumm und heftete seinen Blick auf den sandigen Weg. »Na, seitdem ich alleine bin und für mich sorgen kann. Aber ich finde mich zurecht. Und außerdem bekomme ich von der Gemeinde oder vom Pastor immer mal was zu essen.«

»Von der Gemeinde? Wer soll das sein?«

»Strandvogt Gulderling doch. Der lässt mich sogar in seine Küche und gibt mir Feinbrot. Und ich arbeite auch.«

Dina Martensen schüttelte den Kopf und spöttelte. »Ach, da will ich nur hoffen, dass dem Herrn mein dunkles Roggenbrot gut genug ist und er nicht das Brot der besseren Leute bevorzugt. Aber das ist doch keine Zukunft für dich. Du kannst nicht für den Rest deiner Tage in den Kleidern anderer Leute herumlaufen und von dem leben, was bei denen vom Tisch fällt. Was ist denn mit der Schule? Immerhin müssen alle Kinder ja dahin, um was zu lernen.«

Nickels schreckte hoch und sah sie mit weit aufgerissenen Augen an. »Nein, nein, ich, ich soll da nicht mehr hi-hin«, stotterte er. »Pastor Mechlenburg und Lehrer Stuck haben gesagt, dass ich mit den anderen nicht zusammen sein darf. Die haben mich nämlich immer so gereizt, dass wir uns geschlagen haben. Außerdem bin ich dem alten Stuck wohl zu groß, die Kinder in der Klasse sind meistens jünger«, erklärte er auf Dinas fragenden Blick und grinste verlegen.

»Könnte es auch sein, dass du auf ihr Necken zu heftig reagiert hast?«

»Ja, das kann schon sein«, gab Nickels zu und trat einen Stein aus dem Weg. »Aber die anderen lassen mich nicht in Ruhe, ich muss mich verteidigen. Selbst die Mädchen dort sind frech zu mir«, setzte er hastig hinterher.

»Also gehst du jetzt gar nicht mehr zur Schule«, stellte Dina fest. »Wie steht es mit Lesen, Schreiben und Rechnen?«

Der Junge nickte entschieden. »Darauf verstehe ich mich! Seeleute müssen so was können.«

»Ach wirklich? Wohl eher die Steuermänner und Kapitäne. Aber du willst zur See?«

»Mein Vater ist doch zur See gefahren. Er ist verschollen, da war ich vier Jahre alt. Vielleicht lebt er ja noch, und die Türken haben ihn gefangen genommen. Der Strandvogt hat gesagt, ich soll nur überall mit anpacken und mich anstellig zeigen, dann wird er mich als Matrosen unterbringen.«

Das konnte Dina sich nicht vorstellen, behielt diesen Gedanken aber für sich. Dieser Gulderling war nicht gerade mit Feingefühl und Freundlichkeit gesegnet. Und für den Dünenjungen wollte er sich einsetzen? Das wäre erstaunlich. Ihn als Handlanger auszubeuten, wenn er wieder mal auf eigene Rechnung die Ladung eines gestrandeten Schiffs bergen wollte, hätte besser zu ihm gepasst.

Eine plötzliche Windböe blies ihr ins Gesicht und zerrte an ihrem Kleid. Fast wäre ihr Kopftuch davongeflogen. Sie blickte zum Himmel und sah schnell dahinziehende graue Wolken. Sehr bald schon werden die Herbststürme auf die kleine Insel niederstürzen, dachte sie, die Meereswellen aufpeitschen und die Luft mit schneidendem Sand erfüllen. Die Menschen werden wieder geduckt in den Häusern sitzen und Land wie Gasse meiden.

»Hör mal, Nickels, wir ziehen heute Nachmittag noch mal los. Dann nehmen wir aber den Handwagen mit und holen auch noch mehr Heidepflanzen. Du kannst mir helfen, daraus Besen zu binden. Das wird uns etwas Geld einbringen.«

»Ich geh nur los, wenn ich vorher was zu essen bekomme«, maulte er. »Ich hab da noch drei Eier in der Küche gesehen.«

Dina lachte auf. »Ein Becher Most und Brot mit Butter und Pflaumenmus tun es auch. Was ich wann koche, wirst du mir überlassen.« Nickels umfasste den Kartoffelkorb mit beiden Armen, schüttelte sein Haar im Nacken und verzog den Mund zu einem schiefen Grinsen.

»Ich hab ja nur gemeint, nicht dass die Eier schlecht werden. Das wäre ja schade.«

Pastorat

Kaum hatte Kohl neben dem Inselgeistlichen Platz genommen, rollte die Kutsche zurück nach Nebel.

»Herr Mechlenburg, Sie werden verzeihen, aber ich komme nicht umhin, mir einige Gedanken zu machen. Was hat es denn mit diesem groben Strandvogt auf sich, vor dem die Menschen auf Amrum scheinbar großen Respekt haben. Oder soll ich sagen, dass er sie einschüchtert?«

Der Pastor kraulte seinen Kinnbart und blickte über die mageren Weiden. »Hinrich Gulderling ist ein harter Vertreter unseres allergnädigsten Königs. Als Vogt schaut er den Insulanern auf die Finger, wenn sie Strandgut bergen. Alles unterliegt strengen Regeln. Schon seit vielen Jahren kann ein Strandgänger nicht mehr nach Belieben Bergegut machen. Angeschwemmtes Holz zum Beispiel darf nur mitgenommen werden, hat es weniger als drei Fuß Länge. Der heimliche Verkauf solchen Strandungsholzes ist bei Gefängnisstrafe verboten. Aber meine Amrumer begreifen das nicht. Für sie ist der Strand das Füllhorn, mit dem der Herrgott sie beschenkt. Das Abgrasen der Inselränder ist für sie ein angestammtes Recht. Viele beten immer noch *Gott segne unseren Strand.* Als handle es sich um eine Ernte, die sie einfahren. Dabei ist es ganz und gar unchristlich, auf den Schiffbruch unglücklicher Seeleute zu hoffen.«

»Also die Leute hier achten das Verbot nicht«, überlegte Kohl laut. »Vermutlich auch, weil es der Obrigkeit nicht leicht fällt, es zu überwachen. Dieser Gulderling kann schließlich nicht hinter jeder Düne lauern.«

Kutscher Brahms, der während der Fahrt in sich versunken auf dem Bock gesessen hatte, lachte höhnisch auf. Pastor Mechlenburg sah zu ihm hin und verzog den Mund. »Sie haben Recht«, erklärte er. »Die Inselbewohner halten an der frevelhaften Gewohnheit fest und behalten, was sie finden. Sie reagieren auf die strenge Aufsicht des Strandvogts mit Verstocktheit und Missachtung, ja bisweilen sogar mit Hass. Zu dem Missverhältnis hat sicher auch beigetragen, dass Hinrich Gulderling drei Männer wegen Strandfrevels ins Zuchthaus werfen ließ. Neun Monate mussten sie ausharren. Einem von ihnen ist die Haft so zu Herzen gegangen, dass er dort gestorben ist. Diesem freiheitsliebenden Friesen wird die Kerkerhaft das Gemüt verdunkelt haben. Er hat bis zum Schluss nicht begreifen können, dass er für ein Recht bestraft wurde, das schon Generationen vor ihm wahrgenommen hatten.

Die Mithäftlinge haben erzählt, der Mann sei ohne Hoffnung gewesen, je wieder freizukommen.«

»Und die Gangfersmänner, was hat es mit denen auf sich?«, wollte Kohl wissen. Zwar war die Geschichte vom Gefängnistod durch ein gebrochenes Herz ganz nach seinem Schriftstellergeschmack, und er würde da noch einmal nachhorchen müssen. Aber im Moment war es ihm mehr darum zu tun, wie die Insel funktionierte. »Wie passt da die Person des Strandvogts Gulderling hinein? Und der Birkvogt, wer ist das?« Pastor Mechlenburg überlegte einen Augenblick, bevor er antwortete.

»Auf Amrum haben wir für die Gemeinden Norddorf, Süddorf und Nebel sechs Gangfersmänner. Sie regeln das öffentliche Leben, wenden sich an die Obrigkeit und üben die Steueraufsicht aus. Die Birkvogtei auf Föhr ist die niedrigste Instanz der allgemeinen königlich-dänischen Verwaltung. Aber sagen Sie, was beschäftigen Sie sich mit solch langweiligem Zeug? Das ist doch für einen Schriftsteller wenig berichtenswert. Nein, Sie müssten mit dem alten Stuck sprechen, unserem Schulmeister. Der weiß bestimmt viel mehr Geschichten von den Leuten zu berichten als ich. Nur leider ist er schwer erkrankt. Aber vielleicht wird er genesen, bevor Sie abreisen müssen. Im Augenblick jedoch wird er Ihnen kaum Rede und Antwort stehen können.«

»Das ist wirklich bedauerlich. In meinen Büchern beschreibe ich ja Landschaften, Städte und eben die Menschen, die meine Tage bereichern. Gewiss wüsste der Lehrer von vielem zu berichten. Aber ich freue mich auch über kuriose Begegnungen. Der Strandvogt vermochte mein Interesse schon zu wecken. Eine imposante Erscheinung.«

Bald sahen sie das hohe Kirchendach von Sankt Clemens, und Brahms lenkte das Gespann auf die angrenzenden Gebäude des Pastorats zu. Als der Wagen vor dem Eingang zum Stehen kam, liefen zwei Jungen hinzu, die Münder offen. Sie beäugten den Neuankömmling auf dem Sitz. Der eine mochte gerade schulpflichtig sein, der andere, noch ein Kleinkind, hielt sich tapsig an der Hand seines Bruders fest. Ihre groben Hemden hingen aus den Hosen, und die bloßen Zehen bohrten sich in den Sand.

Pastor Mechlenburg kletterte zu ihnen hinunter und scheuchte sie mit den Armen vor sich her.

»Wollt ihr wohl wieder reingehen!«, rief er und, in Richtung des älteren Jungen: »Wer zu krank ist für die Schule, hat draußen nichts verloren.« Nachdem die Kinder ins Haus gestürmt waren, wandte er sich dem Schriftsteller zu. »Das sind zwei meiner Nachkommen. Beide haben Fieber. Gerade um den kleinen Lorenz Friedrich machen wir uns besondere Sorgen.«

Kohl nickte ernst. Dann schweifte sein Blick vom Sitz aus über die Dächer der übrigen, etwas entfernt liegenden Dorfhäuser. Ratlosigkeit bemächtigte sich seiner. Nach der Überfahrt und den schrecklichen Ereignissen hatte er überhaupt nicht daran gedacht, sich um eine Unterkunft zu bemühen. Wie, als läse er Kohls Gedanken, deutete Pastor Mechlenburg auf die beiden ledernen Reisetaschen.

»Brahms, reich mir mal die Habe des Herrn Schriftsteller herunter. Nicht wahr, Herr Kohl, Sie sind mein Gast. Die Amrumer sind es nicht gewohnt, Fremde aufzunehmen. Der Einzige, der schon mal Besucher vom Festland empfängt, ist der Pastor. Mein Haus ist am ehesten darauf eingestellt, und ich freue mich, des Abends mit Ihnen über die weite Welt zu plaudern.«

Kohl hob in einer Geste freudiger Ergebenheit die Arme, kletterte vom Wagen und verbeugte sich vor seinem Gastgeber, der sich von Brahms noch die Harpune reichen ließ.

»Na, dann kommen Sie mal herein. Jetzt ist die richtige Zeit für eine Teepause. Und ich muss mich sputen, den Rapport für Strandvogt Gulderling zu schreiben. Immerhin ruft eine ruchlose Tat nach Aufklärung. Ich werde Sie also der Obhut meiner Frau Matje anvertrauen.«

Während er das Gepäck seines Gastes in die Diele stellte, erschien die Pastorengattin im Hauseingang und blieb unter dem reich geschnitzten Türsturz stehen. »Das trifft sich ja vortrefflich«, rief der Geistliche und rieb sich lächelnd die Hände. »Herr Kohl, wenn ich vorstellen darf, meine Frau. – Matje, hier bringe ich dir Herrn Kohl. Ich denke, er wird einige Tage bei uns logieren. Der Herr ist ein weit gereister Schriftsteller. Ich hoffe sehr, dass wir ihn mit unserer Gastfreundschaft dazu bewegen können, es sich in der Stube recht bequem zu machen. Er lässt uns gewiss an den bunten Erlebnissen seiner Reisen teilhaben. Nicht wahr, Herr Kohl, Sie bereiten uns doch diese Freude?«

Der so Vorgestellte verbeugte sich vor seiner Gastgeberin und glitt im langsamen Aufrichten seines Oberkörpers mit seinem Blick über Kleidung und Gesicht der Amrumerin. Eine dunkelgrüne, etwas fleckige Schürze verdeckte die Falten eines schwarzen Kleides, das nur wenig tailliert war und so der Trägerin Raum gab, sich damit im Haushalt zu bewegen . Die angestoßenen Ärmel und der Kragen zeigten einen weißen Spitzenbesatz. Das Antlitz der Frau war umrahmt von braunem, gescheiteltem Haar, das die Ohren in Schneckenzöpfen bedeckte. Unter graublauen Augen, die den Ankömmling scharf musterten, trat ein höckeriger Nasenrücken hervor, der dem Gesicht im Zusammenspiel mit den dünnen Lippen etwas Hartes gab. Kohl stand und schaute und übersah so fast die schmale Hand seiner Gastgeberin, die sie ihm hinhielt. Verlegen ergriff er sie und war von dem festen Händedruck beeindruckt. Wäre hier nicht eher ein Handkuss schicklich gewesen, überlegte er unsicher. Doch zu spät. Er deutete nochmals eine Verbeugung an, dann bat Frau Mechlenburg ihn herein. Der Pastor war bereits vorausgegangen.

»Bis wir Ihre Kammer gerichtet haben«, erklärte die Dame des Hauses, »darf ich Sie vorerst in die Stube bitten.« Sie lag auf der linken Seite der Diele und wurde beherrscht von einem runden Tisch aus warm leuchtendem Kirschbaumholz. Die Stühle, die darum standen, hatten verschiedene Formen. Manche waren aus nacktem Holz, andere hatten mit Samt bezogene Sitze und Rückenlehnen. »Wenn Sie mich für einen Augenblick entschuldigen wollen, ich sage der Magd Bescheid.« Damit ließ sie ihn allein und zog die Tür zu.

Kohl trat in die Mitte des Zimmers und sah sich um. Die Vitrine zierte nur wenig Schnitzerei, und ihr dunkles Holz wollte so gar nicht zu dem rötlichbraunen Ton der übrigen Möbel passen. Teller und Tassen aus weißem Porzellan, verziert mit blauen Blumenmustern, waren fein säuberlich hinter Glas aufgereiht. In der

Wand neben dem Schrank war eine gusseiserne Takenplatte vom Holzboden bis in Kniehöhe in die Mauer eingelassen und verströmte eine heimelige Wärme. Wie sich das für einen geistlichen Haushalt gehörte, stellte die Platte ein christliches Motiv dar. Christopherus trug das Jesuskind auf den Schultern durch tosende Wellen. Dahinter also musste sich ein Kamin befinden, nahm er an und vermutete dort die offene Feuerstelle der Küche. Wenige Delfter Kacheln umgaben die Takenplatte und zeigten jede für sich eine andere Landschaft. An den übrigen Wänden, die getüncht und nur mit einer getupften Borte verziert waren, hingen Kupferstiche mit Szenen aus dem Alten Testament.

Befremdet und doch fasziniert stand Kohl vor der Abbildung des Abraham, der mit wilder Entschlossenheit im Begriff war, seinen Sohn Isaak zu opfern. Allein der Engel Gottes verhinderte, dass der Mann mit dem finsteren Blick das Messer durch die Kehle des hilflosen Jungen zog. Den Betrachter schauderte es. Das war kein Werk, geeignet, bei einer Teerunde die Herzen zu erwärmen. Gespannt, was ihn in diesem Hause noch erwarten würde, setzte er sich und drückte den Rücken gegen die gerade Stuhllehne. Er atmete tief ein und lauschte dem Ticken der Pendeluhr, die neben der Tür hing.

Eine Magd in grobem Kleid und Holzschuhen humpelte in die Stube. Beim Gehen zog sie einen Klumpfuß nach. Sie trug ein Tablett, darauf eine Teekanne und ein irdener Teller mit zwei Schmalzbroten. Mit offenem Blick schaute sie ihn lächelnd an, stellte das Mitgebrachte auf den Tisch und wandte sich zum Vitrinenschrank. Kohl schätzte sie auf mindestens fünfunddreißig Jahre. Strähnen ihres blonden Haares sahen unter einem Kopftuch hervor. Ihre Behinderung schien ihr Wesen nicht zu belasten.

»Die Frau Pastor sagt, Sie sollen sich nach der langen Überfahrt erst einmal stärken.« Damit holte sie vorsichtig eine der weißblauen Teetassen aus dem Schrank und goss ihm aus der zinnernen Kanne ein. Kohl, der ihr gerne dabei zusah, wollte mehr über sie erfahren und öffnete seinen Mund für eine Frage, aber sie ließ ihn nicht zu Wort kommen. »Sie sollen ja Schreckliches gesehen haben, sagt man. Ist es wahr, dass Busso Dahl tot im Wattenmeer gelegen hat?«

Kohl nickte und griff nach der Tasse, die sie ihm mit einem auffordernden Blick hinhielt.

»Ah, wie ich sehe, werden Sie schon bewirtet.« Die Gattin des Pastors stand in der Stubentür und überblickte die Szenerie. »Gut Judith, du kannst dann gehen. Der Herr Autor wird uns allen gewiss beim Abendbrot genügend von seinen Reisen erzählen.«

Die Magd schlug schnell die Augen nieder, verbeugte sich und verschwand ohne ein weiteres Wort im dunklen Dielenflur.

»Sie müssen entschuldigen«, erklärte die Gastgeberin, nachdem sie die Tür geschlossen und sich zu Kohl an den Tisch gesetzt hatte, »aber natürlich ist auch das Gesinde sehr neugierig. Besonders da, wo wenig passiert, wird viel getratscht. - Bitte greifen Sie nur zu. Das ist Gänseschmalz vom eigenen Hof. Üppigeres kann ich Ihnen gerade nicht bieten.« Sie nickte ihm aufmunternd zu und beobachtete scharf, wie er in eines der Brote biss und an der Tasse nippte.

»Tee aus China, ich hoffe, er mundet. Wie gut, dass wir so etwas nicht mehr auf die Insel schmuggeln müssen. In den Kriegszeiten, ja, da war uns das Leben hier auf Amrum doch sehr verleidet. Die Seewege waren abgeschnitten und wir isoliert. Ein armseliges Dasein. Natürlich sind wir nach wie vor nicht auf Rosen gebettet, eine Pfarrstelle wie diese kann eine große Familie kaum ernähren. Und trotzdem, hin und wieder soll man bei besonderen Anlässen etwas Gutes auftischen. Immerhin, jetzt im Frieden und mit dem Willen des Allmächtigen, kehrt sich alles zum Besseren. Aber was rede ich da. Sprechen wir lieber von Ihnen. Der Anblick des Toten hat Sie gewiss stark getroffen? Mein Mann ist noch ganz im Bann seiner Eindrücke und mithin beschäftigt, sie niederzuschreiben. Der arme Dahl soll von einer Harpune getötet worden sein? Ach bitte, Herr Kohl, schildern Sie doch ausführlich. Pastor Mechlenburg ist in diesen Dingen immer sehr zugeknöpft.« Damit setzte sie sich bequem zurecht, legte die Hände ineinander und erwartete mit einem neugierigen Blick den Bericht ihres Gastes.

Futjes

Die Pastorengattin war überaus aufmerksam gewesen. Keine seiner Schilderungen über die sichtbaren Umstände des Gewaltverbrechens hatte sie sich entgehen lassen. Doch endlich konnte er sein Gepäck in einer kleinen Dachkammer ausbreiten, die ihm die Hausherrin zugewiesen hatte. Unter den interessierten Blicken der Magd befreite er einige Kleidungsstücke aus ihrem gefalteten Zustand und hängte sie auf eine Hakenleiste an der Wand. Der Raum war mit einem schmalen Bett, einem schlichten Tisch samt wackligem Stuhl und einem Bücherbrett möbliert, ein Ofen fehlte. In einer Ecke stand ein Gestell mit Waschschüssel und Krug. Ein Fensterchen zeigte einen bescheidenen Streifen Watt. Kohl sah kurz über die wenigen, ordentlich aufgereihten Bücher und einen Stapel gehefteter Handschriften und drehte sich zu Judith um.

»Welcher interessante Geist wohnt denn sonst hier?«

»Der Tycho, des Pastors Ältester. Wir haben ihn wieder zu seinen Brüdern gesteckt, solange der Herr bei uns schläft. Eigentlich hat keines der Kinder eine eigene Kammer. Aber der Herr Pastor sagt, dass der Junge so besser lernt, wenn er zu Hause und nicht auf der Gelehrtenschule in Husum ist.« Kohl sah sie fragend an. »Es ist Erntezeit«, erklärte sie, »da muss auch der Nachwuchs auf den Feldern kräftig zupacken. Der Unterricht fällt dann aus.«

Kohl nickte und verließ den Raum, nicht ohne seinen hohen Hut und den Reisemantel mitzunehmen. Judith schaute ihm fasziniert nach. Unten in der Diele stieß er erneut auf die Hausherrin, die sich sogleich danach erkundigte, ob alles nach seinen Wünschen sei.

»Ihre Gastfreundschaft ist überaus großzügig«, antwortete er und deutete eine Verbeugung an. »Ich würde nun gerne einige Schritte über Ihre Insel tun und mir so die Geographie aneignen.« Damit schlüpfte er in seinen Mantel.

»Soll nicht lieber einer meiner Söhne Sie ...«

»Nein, nein vielen Dank. Ich möchte Ihre Familie auf keinen Fall unnötig beanspruchen, bin das einsame Umherstreifen gewohnt.« Er winkte grüßend mit dem Hut und betrat den sandigen Weg. Die Dünen, die sich in der Ferne auftürmten, zogen ihn an.

Sobald er den Ortsrand von Nebel mit seinen Gärten und Häusern verlassen hatte, führte ihn der Pfad durch kleinere und größere Felder. Immer wieder sah er Frauen, die sich in gebückter Haltung auf der Ackerkrume abmühten. Selten half dabei ein Mann, dafür sah er einige Kinder, die sich plagten. An einem Kartoffelfeld nahe den hohen Sandverwehungen bannte Unruhe und Geschrei seine Aufmerksamkeit. Darauf sah er vier heranwachsende Jungen. Drei von ihnen schlugen auf den vierten ein, der am Boden lag. Der hob schützend und unter Verwünschungen die Arme und trat wild um sich. Johlend setzten die Angreifer ihre Fäuste ein und machten keine Anstalten aufzuhören. Kohl überdachte kurz die Situation, schüttelte den Kopf und betrat seufzend den Acker.

»Heda, Burschen, sofort aufhören!«, rief er und stolperte mehr durch die Bodenfurchen, als dass er schritt. Dabei heftete er den Blick auf die Schläger. Zögerlich ließen diese von ihrem Opfer ab und erwarteten den Fremden. Verdutzt erhob sich der am Boden liegende Junge und schlug den Dreck von seinen Kleidern. Aus den Augenwinkeln schielte er nach seinen Angreifern, dann blickte er auf den Unbekannten. Den stierten auch die Übrigen an. Ihre rotwangigen Gesichter zeigten mit aufgerissenen Augen und verkniffenen Münder eine Mischung aus Neugier und Widerwillen.

»Egal, was hier vorgefallen ist, drei gegen einen, das ist nicht ritterlich. Noch dazu, wenn der auf der Erde liegt«, erklärte Kohl ungefragt. »Als ich in eurem Alter war, hatten wir Regeln. Da wussten wir, wann wir mit dem Prügeln aufhören mussten.« Er besah die vier genauer. Das Opfer steckte mit seiner hageren Statur in übergroßer Kleidung und machte einen verlorenen Eindruck. Die anderen dagegen wirkten kräftiger, auch wenn zwei von ihnen löchrige und abgerissene Kleider trugen. Nur der größte der drei Täter war mit passender Hose und Jacke aus besserem Stoff bekleidet. »Was für einen Grund mag es geben, dass solch stramme Burschen wie ihr sich an einem Einzelnen vergehen?«

Der kleinste der drei, stupsnasig und strohblond, versenkte seine Hände tief in die ausgerissenen Hosentaschen und trat heftig gegen eine Kartoffel. Er richtete einige Sätze, die Kohl nicht verstand, an seine Kameraden, spuckte auf den sandigen Boden und verschwand über den Acker auf Nebel zu.

Kohl vermutete aufgrund des Wortklangs einen wenig freundlichen Inhalt und wurde neugierig. »Wenn das Friesisch war, dann muss ich passen. Diese alte Sprache beherrsche ich leider nicht.« Auffordernd blickte er in die Gesichter der Anwesenden.

Der Hochgewachsene unter ihnen, der zudem mit seinem brünetten, radikal kurz geschnittenen Haar auffiel, grinste. Kohl kam sein scharfes Nasenprofil seltsam bekannt vor. »Sie sollen sich als Festländer von fremden Angelegenheiten fernhalten, hat er gesagt. Allerdings mit weniger höflichen Worten. Was kümmert Sie auch unser Händel?«

»Mir ist es nur um die Gewalt gegen einen Wehrlosen gegangen, mehr nicht«, erklärte Kohl. »Solltet ihr denn nicht eure Kraft lieber bei der Ernte messen?« Er deutete auf einen am Feldrand abgestellten Handwagen mit zwei vollen Säcken. Einige leere Sackhüllen lagen daneben. »Zu viert ist der Wagen doch schnell beladen.«

Nun lachte der hochgewachsene Junge auf und machte eine wegwerfende Handbewegung. »Das ist gar nicht unser Karren, und unser Feld ist das auch nicht.« Er zeigte auf den Geschlagenen, neben dem ein halb gefüllter Kartoffelsack stand. »Aber ihm gehört es genauso wenig«, setzte er in anklagendem Ton hinzu. »Dieser Rumtreiber hat sich nur bedienen wollen. Das haben wir jedoch durchkreuzt.«

Kohl zuckte die Schultern. Kartoffeldiebstahl war keine Sache, mit der er sich näher befassen wollte. »Nun, dann ist die Angelegenheit ja geklärt. Mich haben nicht die Feldfrüchte nach Amrum gelockt, sondern die wilde Natur im Dünenland. Euer Pastor war so nett, mich aufzunehmen.«

Beim letzten Satz fuhr der hochgeschossene, junge Kerl zusammen. Sein Kamerad, der bisher stumm geblieben war, lachte höhnisch auf und stupste ihn an. Sogar der Geschlagene grinste schief. »Ich muss dann auch weiter«, murmelte der ordentlich Gekleidete und entfernte sich in Richtung Nebel. Sein ärmlicher Begleiter folgte ihm stolpernd, drehte sich aber noch einmal um. »Der versucht überall zu stehlen«, rief er und drohte dem vermeintlichen Kartoffeldieb mit der Faust. »Du gehörst weggesperrt, das sagen alle!«

Kohl blickte den beiden hinterher, dann wandte er sich an den verbliebenen Jungen auf dem Feld. Der stand mit ihm inmitten der dunkelgrünen Pflanzen auf dem Acker, lächelte unsicher und rieb sich die Arme. Sein unsteter Blick gab ihm etwas Verlegenes. Wie Kohl erst jetzt bemerkte, schielte er mit dem rechten Auge.

»Was steckt nun wirklich hinter der Geschichte?«, wollte er wissen. »Wem gehören denn Handkarren und Säcke?« Was halte ich mich hier mit den Streitereien der Dorfjugend auf, ging es ihm durch den Kopf. Sollte ich nicht besser das gute Wetter nutzen, um die Dünen zu erkunden? Und außerdem liegt in Norddorf ein harpunierter Toter, den man mit Holzpflöcken an den Meeresgrund genagelt hat. Das ist mehr als eine Kurzgeschichte wert.

»Na, der Dina Martensen doch«, unterbrach der Junge seine Gedanken. »Ich soll für sie Kartoffeln lesen. Da-dann kamen die an-anderen und schlugen gleich auf mich ein.« Zur Überraschung des Schriftstellers wischte er sich eine Träne aus dem Auge. Dabei rutschte der Ärmel hoch und darunter kam eine blutige Schürfwunde zum Vorschein. »Sie ha-haben mich einen Kar-Kartoffel-Kartoffeldieb genannt, einen zerlumpten Taugenichts und Bastard.«

»Da steckst du ja, Nickels!« Vom Feldrand wehte eine Frauenstimme zu ihnen herüber. »Du bist ja immer noch beim Auflesen. Hast dir ja ganz schön Zeit gelassen.« Kohl sah zu der Frau hinüber, nickte in ihre Richtung und ging auf sie zu.

Dina betrachtete die Erscheinung, die sich ihr näherte, mit einigem Erstaunen. Sie konnte sich nicht erinnern, jemals einen Herrn in solch einem Mantel gesehen zu haben. Die Männer der Insel, Seeleute zumeist, trotzten den Wettern in wesentlich kürzeren, schweren Jacken. Und hohe Hüte waren bei ihnen nur an Feiertagen zu sehen. Bei den starken Winden rund ums Jahr eigneten sich Mützen und Kappen eher als Kopfbedeckungen. Dieser Mensch, der durch die Ackerfurchen auf sie zuschritt, gehörte augenscheinlich in die Stadt und nicht auf eine Nordseeinsel. Als der ihr endlich gegenüberstand, zog er seinen Hut und verbeugte sich.

»Johann Georg Kohl, Reiseschriftsteller, sehr erfreut.« Die Amrumerin zog die Augenbrauen hoch, lächelte und blickte ihn von der Seite an. Er vermeinte, im Zucken ihrer Mundwinkel Verlegenheit zu erkennen. Sie ist Fremde wohl nicht gewöhnt, dachte er und wollte sich kurz, auch um die Situation zu entspannen, nach dem jungen Mann auf dem Feld umdrehen. Doch das helle Grün ihrer Augen hielt seinen Blick gefangen. Mit einem Räuspern, wie um sich selbst zur Ordnung zu rufen, ging ein Ruck durch seinen Körper. Mit vorgeschobener Brust und vorgerecktem Kinn drehte er sich entschlossen von der Schönheit weg dem Kartoffelacker zu. »Sie kennen wohl den fleißigen Landarbeiter dort. Ich konnte ihn gerade aus einer misslichen Lage befreien. Wie ich annehmen darf, steht Fräulein Martensen vor mir, die Dame, für die er arbeitet?« Mit den letzten Worten hatte er sich ihr wieder zugewandt und sah, wie sie spöttisch lächelte.

»Moin. Ach, na ja, Dame. Aber Sie haben Recht, ich bin Dina Martensen. Und das da ist der Nickels.« Sie wies auf den blonden Feldarbeiter, der auf sie zukam. »Er geht mir zur Hand und darf dafür einige Tage bei mir wohnen.« Sie sah ihren Helfer aufmerksam an. »Was ist denn mit dir passiert? Gerade kamen mir Tycho und Tammo entgegen. Hatten die was mit dir zu tun?«

Nickels blickte auf Kohl, als erwarte er, dass der Fremde für ihn antwortete. Doch der sah gedankenverloren nach unten und bohrte seine Schuhspitze in die Erde. »Die waren zu dritt«, erklärte er, »und sind einfach auf mich losgestürmt, als ich einen Sack füllen wollte. Sie haben geschrien, ich sei ein Dieb, und haben gleich zugeschlagen.« Er rollte den Ärmel seines Rocks hoch und hielt ihr seine Verletzung vor die Augen. »Ich bin hingefallen und hab mir die Hand an einem scharfen Stein aufgeschlagen. Erst als dieser Mann über das Feld kam, haben sie aufgehört. Einer ist dann gleich abgehauen. Doch der Sohn des Pastors und sein

Freund wollten wohl sagen, was für ein schlechter Mensch ich bin, und haben gewartet. Aber der Herr hier hat sie ausgeschimpft, da sind sie auch gegangen.«

Dina Martensen wandte sich an Kohl: »Und Sie haben Nickels also von seinen Angreifern befreit?«

Stumm stimmte er ihr zu und dachte: Was für eine anziehende Erscheinung. »Nicht der Rede wert«, wiegelte er dann ab. »Es waren drei gegen einen, da versteht sich das doch von selbst.« Aber, habe ich das soeben richtig verstanden? Ein Sohn des Pastors war beteiligt?«

Nickels nickte. Dina sah zum Himmel, an dem sich dunkelgraue Wolken türmten, und zog das Tuch enger, das sie um die Schultern trug. Da braute sich etwas zusammen. Sie blickte von Nickels zu dem Fremden. »Herr Kohl, darf ich Sie auf eine Tasse Kaffee und ein wenig Gebäck zu uns bitten? Guten Taten sollte der Lohn folgen. Außerdem wird das Wetter gerade ungemütlich, und Sie werden an einem Ausflug kein rechtes Vergnügen finden.« Ohne eine Antwort abzuwarten, wandte sie sich Nickels zu und deutete auf den Handkarren. »Komm, lass uns heimgehen, hast für heute genug geerntet.«

Nickels lief auf die Mitte des Feldes, griff mit beiden Händen den halbgefüllten Sack und zog ihn hinter sich her. »Kaffee und Gebäck«, rief er, »machst du uns Futjes? So was habe ich schon lange nicht mehr bekommen!« Damit hievte er die Kartoffeln auf den Karren und zerrte ihn trotz seiner Verletzung entschlossen in Richtung Nebel. Dina half ihm dabei, das Gefährt durch die sandigen Furchen zu ziehen. Kohl, der der Einladung mit einer leichten Verbeugung zugestimmt hatte, folgte schmunzelnd. Plötzlich drehte Nickels sich zu ihm um und grinste schief. »Sie kommen doch wirklich mit? Sonst backt sie vielleicht keine Futjes. Einer schönen Frau darf man nichts ausschlagen.« Dina sah ihn mit offenem Mund an und schlug ihm gegen den Oberarm. Errötend blickte sie sich nach Kohl um. Der zog noch einmal den Hut und lachte.

»Aber sicher! Es ist mir eine ganz besondere Ehre«, rief er. Dem Schriftsteller war nichts fremder als harte Landarbeit. Dafür war er an das Bild von Frauen gewöhnt, die auf Äckern und in Gärten schufteten. Ihre krummen Rücken hatte er auf all seinen Reisen gesehen. So verging auch eine gehörige Zahl an Schritten, bis er sich seiner wenig galanten Situation bewusst wurde: Dass er gemächlich hinter dieser Amrumerin herging, die unter Aufbietung ihrer Kräfte einen schweren Karren über Feldwege zog, machte ihn zum feinen Pinkel, zum parfümierten Außenseiter. So beeilte er sich, Hut und Mantel in eine weniger dreckige Ecke des Wagens zu legen, und bot Dina Martensen seine Hilfe an. Freudig übergab sie ihm ihre Seite des Griffs und ging nun leichten Fußes dem Gespann hinterher. Die Blicke der Menschen, denen sie vom Dorfrand an begegneten, folgten ihnen lange nach. Und als die drei den Weg verließen und den Vorgarten zu Dinas Haus betraten, steckten einige Dorfbewohner die Köpfe zusammen. Mit trotzigem Gesicht blickte Dina zurück.

Nickels sollte zuerst die Kartoffeln entladen und trocken lagern. Aber mit dieser Aufgabe begann er nur unter Protest. Er fürchtete wohl, dass man im Hause Martensen ohne ihn süßes Gebäck schlemmen würde. Die Aussicht, nach getaner Arbeit seine Kleidung und sich selbst säubern zu müssen, bevor er in die Stube durfte, versetzte ihn zusätzlich in Panik. Hastig schleppte er die Säcke in einen vor dem Vieh sicheren Verschlag. Er wollte keine Zeit vertrödeln.

Dina und der Schriftsteller betraten die dunkle Diele, und sie schloss die Haustür hinter ihnen. Ein Moment der Peinlichkeit stellte sich ein. Ich bin eine unverheiratete Frau, dachte sie, er ein wildfremder Mann. Wir alleine und so nah beieinander, das schickt sich nicht. Sie überlegte, ob sie ihren Gast mit in die Küche nehmen sollte, immerhin musste sie ja Kaffee und Gebäck vorbereiten. Oder wäre es gastlicher, ihn in die Stube zu führen und dort allein zu lassen? Sie seufzte und öffnete die Tür.

Das leise Ticken einer Uhr kam ihnen entgegen. Kohl betrat den niedrigen Raum und sah sich kurz um. Die Einrichtung unterschied sich nur wenig von der des Pastors. Ein Tisch mit Stühlen, eine Anrichte, eine mit holländischen Fliesen gekachelte Zimmerecke und eine Takenplatte. An der Wand gegenüber taubenblaue Schranktüren, hinter denen sich zwei Bettnischen verbargen.

»Sehr stattlich«, befand er. »Aber wenn Sie erlauben, würde ich Ihnen lieber zusehen, wie Sie, wie ist doch gleich der Name, Futjes?, backen.«

Dina nickte und wies ihm den Weg in den rückwärtigen Teil des Hauses. Ihre innere Anspannung war verflogen. Sie nahm sich vor, so zu hantieren wie immer, und freute sich auf die anschließende Kaffeetafel. »Ja, das Gebäck heißt Futjes oder auch Förtchen. Warum, das weiß niemand so recht. Aber vielleicht wollen Sie zuerst eine Tasse Kaffee? Sie können dann ja verfolgen, wie ich alles zubereite.«

Das graue Licht des Tages drang spärlich durch das einzige Sprossenfenster der Küche. Dina entfachte die schwache Glut der offenen Feuerstelle, legte etwas Heidekraut dazu und zwei Stück Treibholz. Der aufflackernde Schein beleuchtete geflochtene Körbe, Eisentöpfe und große Holzlöffel. Mit einem brennenden Span entzündete sie den Docht einer Öllampe, die so eine Ecke des Raumes ausleuchtete.

»Die Flamme scheint ruhiger und heller, als ich das sonst kenne.« Dem vielgereisten Schriftsteller fielen solche Dinge auf.

»Das ist Tranöl, gewonnen aus der Speckschicht des Wals. Es brennt sauberer als das alte Ruböl, ist aber teurer«, erklärte sie und schüttete aus einem der vielen Steingutbehälter blassgrünliche Bohnen in eine Pfanne.

»Ruböl?«, fragte Kohl, der sich unter diesem Begriff nichts vorstellen konnte.

»Raps, eine gelbblütige Ölpflanze. So eine werden Sie doch schon mal gesehen haben.« Sie stellte die Pfanne auf einen Dreifuß über das Feuer. Schnell erfüllte das Aroma gerösteter Kaffeebohnen den Raum, und Dina hob sie zum Auskühlen beiseite, um einen Kessel mit Wasser auf die Flammen zu stellen. Dann drückte sie ihrem Gast, der es sich auf einem Hocker in einer schummrigen Ecke gemütlich gemacht hatte, eine Kaffeemühle in die Hand.

»Wenn es Ihnen nichts ausmacht, mahlen Sie doch schon mal den Kaffee.« Mit einem amüsierten Lächeln füllte er gehorsam die noch lauwarmen Bohnen ein und drehte an der knirschenden Kurbel. Sie band sich eine Schürze um und wusch sich die Hände.

»Das ist ja echter Kaffee«, unterbrach Kohl das Mahlen. »Ist der hier nicht schwer zu bekommen? Für mich hätte auch geröstete Gerste gereicht.«

»Unsere Seeleute kennen die Häfen der Welt, kommen rum«, antwortete Dina. »Und inzwischen werden die Bohnen doch überall gehandelt. Für meinen Vater, ja da war das Getränk noch eine Spezialität. Aber heutzutage können wir es uns schon eher leisten.« Nach und nach schlug sie Eier in eine Schüssel, bestreute diese mit Mehl und Zucker, goss Milch darüber und fügte etwas Natron hinzu. Währenddessen war der Kaffee gemahlen und das Wasser kochte im Kessel. Die Köchin griff eine weiße Porzellankanne, spülte sie heiß aus und füllte das Kaffeemehl ein. »Ich habe selten Gäste, für so einen Moment darf es ruhig guter Bohnenkaffee sein.« Damit goss sie das kochende Wasser in die Kanne, rührte mit einem Löffel um und platzierte sie auf einen kleinen Arbeitstisch neben ihren Besucher. Tasse und Untertasse stellte sie dazu. »Bitte bedienen Sie sich doch selbst, die Futjes verzeihen keine Unachtsamkeit.«

Kohl zog das Geschirr zu sich und nickte lächelnd. So unkompliziert erlebte er den Kaffeegenuss nur bei sich zu Hause und in einfachen Gaststätten. In den Bürgerstuben dagegen ging es gespreizt zu, das gezierte Gehabe empfand er als anstrengend. Aber hier … Welch eine Wohltat. Seine Gastgeberin hatte inzwischen den Wasserkessel gegen eine eigentümliche Eisenpfanne getauscht, die sie an einen Haken über das Feuer hängte. Mit ihren kreisrunden Kuhlen wirkte sie wie eine übergroße Schneckenpfanne. Das war so recht nach dem Geschmack des Schriftstellers. Da konnte er von etwas Inseltypischem berichten.

»Aber sagen Sie, Herr Kohl, ich habe nicht ganz verstanden, was Sie nach Amrum bringt. Worüber schreiben Sie denn?« Kohl goss sich eine Tasse ein. Ein belebendes Aroma stieg in seine Nase. Zwar war es noch nicht lange her, dass Frau Mechlenburg ihm Tee und Schmalzbrote serviert hatte, aber der Aufenthalt in dieser Küche gefiel ihm doch ungleich besser.

»Nun, ich bereise Länder und Landschaften. Zuletzt war ich in den Weiten des russischen Zarenreiches und in Polen.« Er trank einen Schluck und brummte wohlig. »Ich beschreibe meine Eindrücke und allerlei Wissenswertes und scheine damit einige Leser zu ergötzen. Demnächst werde ich wohl die britischen Inseln durchstreifen.« Dina rührte inzwischen die Zutaten kräftig durch und warf eine Handvoll Rosinen in den Teig. Sie prüfte die Hitze der Pfanne und strich in jede Mulde etwas Butterschmalz.

»Werden Sie Ihre Leser mit einer Erzählung über einen furchtbaren Tod auf Amrum besonders begeistern können?«, überlegte sie. »Ich habe gehört, dass eine kleine Gruppe Wattfahrer Busso grausam entstellt im Wattenmeer gefunden hat. Auch ein Fremder soll dabei gewesen sein. Das waren doch Sie, oder? Wie hat es sich nun zugetragen? Ob der, der das gemacht hat, wohl von der Insel stammt? Er würde sein Geheimnis nicht auf ewig für sich behalten können. Aber warum gerade Busso Dahl? Bei dem war nichts zu holen. Letztes Jahr musste seine Familie sogar einigen Hausrat hergeben, um vom Müller Tuchsen Mehl zu bekommen.« Konzentriert löffelte sie den Teig in das zischende Fett der Pfannenmulden und wartete, bis der Duft des Frischgebackenen den Raum erfüllte. Dann griff sie zu einer Gabel und wendete die Teigstücke. Kohl, inzwischen in der Darstellung des Leichenfundes geübt, beschrieb in wenigen Worten, was er im Watt gesehen und wie die Reisegesellschaft den Toten nach Hause gebracht hatte. Dina spießte die braungebackenen Futjes auf einen Teller und stellte diesen auf ein Tablett.

Von der Diele her waren das laute Auftreten von Holzschuhen und das Schlagen der Haustür zu hören. »Oh, das riecht aber gut! Ist auch noch etwas für mich übrig?«, rief Nickels durch den Gang und stand grinsend und schnuppernd in der Küche. Dina sah flüchtig über seine Fingernägel und Kleidung, nickte zufrieden und drückte ihm das Tablett in die Hände. Bevor er protestieren konnte, belud sie es mit Geschirr, einem Milchkännchen und der Zuckerdose.

»Das kann alles in die Stube.« Damit griff sie die Kaffeekanne und ging Nickels voraus. Kaum hatte sie die Kaffeetafel angerichtet, stürzte er sich schon auf die frischen Futjes. Nur murrend ließ er zu, dass auch die beiden Erwachsenen je ein mit Zucker bestreutes Gebäck aßen. Kohl war dem Jungen für seine Anwesenheit dankbar. Er erfüllte den Raum mit Leben.

Dina blickte in Gedanken aus dem Fenster und in einen Streifen grauen Himmels über dem Vorgarten. »Waren alle Kinder der Familie Dahl dabei, als der Vater zurückgebracht wurde? Wie haben sie reagiert?«

»Frau und Tochter waren da und ehrlich bestürzt. Aber ihre ganze Verzweiflung haben sie natürlich den Umstehenden nicht gezeigt.«

»Ja, wir sind hier das Leiden gewohnt. Und die beiden Söhne?« Kohl zuckte die Schultern.

»Die haben mich doch vertrimmt«, mischte Nickels sich mit vollem Mund ein und blickte gierig auf den Teller, auf dem ein letztes Gebäckstück lag.

»Ich dachte, es war der Pastorensohn«, erwiderte Dina und sah Nickels ungläubig an. Der nickte heftig und schnappte sich das verbliebene Stück.

»Der auch.« Damit biss er in das süße Bällchen.

»Warum fragen Sie nach der Reaktion der Familie? Wäre da anderes zu erwarten als Trauer?«, wollte Kohl wissen. Etwas in Dinas Stimme hatte ihn aufhorchen lassen.

Sie schob die Unterlippe vor und schüttelte den Kopf. »Die Verzweiflung verstehe ich. Jetzt fehlt der Familie der Haupternährer. Doch Busso Dahl war nicht gerade ein liebevoller Mann und Vater. Es gab oft Prügel und wenig Brot. Dann war da der Suff, und er soll auch hinter den Röcken her gewesen sein.«

Sie betrachtete die Wunde an Nickels' Handgelenk. Der schien er keine Bedeutung beizumessen, ja, hatte sie offensichtlich nicht einmal richtig gesäubert. Dina fasste seine Hand und zog den Arm zu sich hin. Gleichmütig ließ er es geschehen. »Da bist du nicht besonders gründlich gewesen, so wird sich die Stelle entzünden. Wir werden uns sofort darum kümmern. Ich hab noch etwas von der Wundtinktur aus der königlich privilegierten Apotheke in Leck.« Während Nickels bei der Erwähnung der

Arznei misstrauisch seinen Arm zurückzog, hatte Kohl bei der Nennung des königlichen Privilegs aufgehorcht. Dina lächelte. »Ja, der jüngere Bruder unseres Pastors, Christian Riese Mechlenburg, hat in Leck eine Apotheke, die der König geruhte auszuzeichnen. Und Matje, die Frau unseres Seelsorgers, versorgt uns auf der Insel hin und wieder mit seinen Produkten. Das kleine Zubrot verdient sie sich gewiss gerne. Schließlich hat die Pastorenfamilie jeden Schilling nötig, das wissen alle.«

Bei all dem Gerede über Arzneien verschränkte Nickels seine Arme und stierte auf die Tischplatte. Dina lachte. »Du lebst verwildert in den Dünen und verdienst dein Brot in den Ställen und auf den Feldern anderer Leute. Da wirst du doch keine Angst haben vor ein bisschen Medizin.«

»Aber das wird bestimmt brennen«, entgegnete der trotzig. »Und jetzt tut es ja gar nicht weh.«

Kohl schmunzelte. »Das ist schon kurios. So ein kräftiger junger Mann und dann zuckt er vor etwas Tinktur zurück. Dabei ist so ein leichtes Ziehen ganz gut, denn wenn man nichts merkt, wirkt es auch nicht.«

Dina Martensen schüttelte den Kopf und ging hinaus. Kurze Zeit später kam sie mit einem Arzneifläschchen, einer Schale Wasser, Lappen und einem aufgerollten Leinenstreifen zurück. »Da ist nur Sonnenhut, Ringelblume und Sumpfborst drin. Das wird dir guttun.« Sie wandte sich mit sanfter Stimme an den Verletzten und versorgte die Wunde. Nickels presste die Lippen aufeinander und ließ es ohne jede weitere Regung geschehen. Erst, als das Leinen um sein Handgelenk gewickelt war, entspannte sich seine Miene.

Kohls Überlegungen waren nach der Erwähnung des Apothekers zu dessen älterem Bruder geglitten, dem Pastor Mechlenburg. Der wird jetzt wohl in seiner Stube sitzen und an seinem Rapport für diesen Gulderling schreiben, dachte er. »Wie stehen eigentlich Strandvogt und Pastor zueinander?«, lenkte er die Unterhaltung zu einem anderen Thema. »Und hat Herr Gulderling einen besonderen Groll gegen die Familie Dahl? Seine Visite im Trauerhaus umwehte etwas Kaltherziges.«

Dina zuckte mit den Schultern. »Auf einer so kleinen Insel ist kein Raum für mehrere Herrscher. Das Wort Gottes gegen das des Gesetzes. Der Strandvogt ist ein reicher Mann, er weiß seine Ellenbogen einzusetzen. Der Pastor dagegen hat zwar viel Land, aber das ist mager. Und bei seiner großen Nachkommenschaft bleibt ihm nur wenig. Vor zwei Jahren hat er darum gebeten, an die Pfarrstelle von Sankt Laurenti auf Föhr versetzt zu werden. Wohl des höheren Einkommens wegen. Da ihm die Versetzung versagt wurde, wacht er weiter über die Seelen derer, die dieses sandige Eiland bewohnen. Er ist gebildet, spricht mehrere Sprachen, und doch ist sein Einfluss auf das Leben seiner Schäfchen begrenzt.« Dina blickte auf die Hände ihres Gastes. Er trägt keinen Ring, stellte sie für sich fest. Alt genug dafür ist er allemal. Merkwürdig. Sie nahm ihren Mut zusammen und versuchte, ihrer Stimme etwas Beiläufiges zu geben. »Und wie steht es mit Ihrer Familie? Sicher ist Ihre Frau gar nicht damit einverstanden, dass Sie so lange von Zuhause fort sind und in der Weltgeschichte umherreisen.«

Kohl wiegte lächelnd den Kopf. »Ich fürchte, ich muss Sie enttäuschen. Wenn jemand wie ich so ernsthaft von der Reiselust infiziert ist, dann lässt sich das mit dem Ehestand nicht vereinbaren. Ich bin unverheiratet. Immerhin habe ich meine Schwester Ida, die mich immer wieder begleitet. Wir beide tragen uns mit dem Gedanken, zusammen ein Buch zu schreiben. Vielleicht werden wir gemeinsam England bereisen, aber das ist noch ungewiss.« In den Augen seiner Gastgeberin meinte er so etwas wie freudige Überraschung zu erkennen und musste schmunzeln.

Dorftratsch

Kohl hatte sich in Dina Martensens Gegenwart sehr wohlgefühlt. Widerwillig war er zu dem Schluss gekommen, dass er sich an diesem Tag weiter um die Umstände des Mordes im Watt kümmern sollte. Schließlich würde er keine lange Zeit auf Amrum verbringen. So galt es, möglichst viele Informationen von den Inselbewohnern für eine gute Geschichte zusammenzutragen, solange die ihm noch unverstellt begegneten.

Der Weg von Nebel nach Norddorf, den er nun zu Fuß zurücklegte, zog sich hin. Er bedauerte, nicht die Dienste des Kutschers Brahms in Anspruch nehmen zu können. Erst jetzt fiel ihm auf, wie wenig Pferdegespanne auf der Insel unterwegs waren.

An den Rändern der schmalen Felder duckten sich vereinzelt Büsche unter einem stürmischen, dunkel bewölkten Himmel. Immer wieder blieb er stehen und suchte durch einen freien Blick über das Wattenmeer der drückenden Stimmung zu entfliehen. Als sich rechter Hand ein Hügel aus dem ansonsten flachen Acker erhob, wurde er neugierig. So etwas hatte er auf dem Festland gesehen. Sollte es auch hier auf der Insel Grabhügel aus der Frühzeit der Menschen geben? War Amrum also schon seit Jahrtausenden bewohnt? Er wollte den Pastor danach fragen. Nach etlichen 100 Schritten sah er zu beiden Seiten des Weges je eines dieser Gräber in den Feldern. Markant hoben sie sich von der Umgebung ab. Während er noch stand und die Zeichen grauer Vorzeit auf sich wirken ließ, hörte er hinter sich ein Klappern. Er drehte sich um. Eine dürre Kuh zog mit hängendem Kopf einen Leiterwagen, auf dem ein betagter Mann in grober Jacke gebeugt saß und das Tier dirigierte. Er taxierte den Inselfremden misstrauisch.

Kohl tippte an seinen Hut, nickte ihm freundlich zu und wies auf das Feld zu seiner Linken. »Sagen Sie, guter Mann, was ist das dort für ein Grabhügel?«

»Moin. Der da? Ja, das ist der Klöwenhugh. Ist von ganz früher, hat ein Wikinger drin gelegen oder wer noch Älteres. Sind keine redlichen Orte, diese Steinhügel. Und von hier gerade durch zu den Dünen, das wird dann ganz übel. Da kommt das Skalnastal. Niemand geht dahin, vor allem nicht im Dunkeln.« Der Alte schlug der Kuh, die die Pause zum Grasen am Wegrand nutzte, mit einer Gerte sanft auf den Schenkel und trieb sie wieder an. Er legte die Finger an die Stirn und grüßte. Geistesgegenwärtig trat Kohl an das Geländer des Wagens.

»Würde es Ihnen etwas ausmachen, mich ein Stück des Weges mitzunehmen? Ich möchte nach Norddorf.«

»Dann soll das wohl so sein«, erwiderte der Landmann und schob seine Kappe, die neben ihm auf dem Bock gelegen hatte, für den Fremden beiseite.

Wie sie den staubigen Weg entlangzogen, dachte der Schriftsteller noch eine Weile über die Grabhügel nach und sah sich immer wieder nach ihnen um. Endlich erreichte das Gespann den Rand von Norddorf.

Kohl kletterte vom Wagen, grüßte dankend und schlug sich den Staub von Mantel und Hut. Den Ort selbst wollte er in Ruhe und etwas unauffälliger als vom Bock eines Leiterwagens aus besehen. Er schlenderte durch die Siedlung. Hier und da sah er tuschelnde Frauen, die in Gruppen zusammenstanden. Kein Zweifel, der Tod des Postläufers hatte sich herumgesprochen. Obwohl ihnen die Einzelheiten unbekannt waren, besprachen sie die Tragödie mit kundiger Miene.

Er folgte der Hauptstraße, erkannte von seiner ersten Fahrt durch Norddorf einige Gehöfte wieder und wusste sich auf dem richtigen Weg. Schnell kam er zu dem ärmlichen Trauerhaus. Die Anzahl neugieriger Dorfbewohner, die vor dem Grundstück standen, hatte zugenommen. Der Schriftsteller gesellte sich dazu. In einer Gruppe gewahrte er die alte Kräuterfrau, die alle Meta nannten. Sie sah ihn, nickte ihm freundlich zu, ließ sich aber in ihrem Redefluss nicht stören. Allerdings wechselte sie vom Friesischen ins Deutsche, als wollte sie ihm das Zuhören erleichtern.

»Was ich euch sage. Allein Eske und die Kinder verdienen unser Mitleid. Gott hat seiner Liederlichkeit ein Ende gesetzt.« Ernst nickend blickte sie in die Runde.

»Aber warum hat Eske sich denn überhaupt an ihn gebunden?«, überlegte eine der Zuhörerinnen laut.

»Er war nicht immer so«, wusste eine andere. »In jungen Jahren war er ganz manierlich.«

»Was nun wohl aus der Familie wird?«, sorgte sich eine weitere Nachbarin.

»Man soll ja nichts Schlechtes über die Toten sagen«, gab Meta zu bedenken, »aber lügen ist auch eine Sünde. Der Bock hat ja mehr als einer Amrumerin das Leben verdorben. Bei so einer Geburt, da schreien sie ja schon mal die ein oder andere Wahrheit heraus. Und ich bin oft dabei gewesen. Später dann sind die Frauen mit ihrer Schande alleine. Zwar gehören immer zwei zu einem Sündenfall, nur, der Bock, der bleibt anschließend von der Schmach verschont.« Ihre Miene wirkte wie aus hartem Holz geschnitzt, und der Blick, der ihre Zuhörerinnen streifte, ließ keinen Widerspruch zu.

In diesem Augenblick sah Kohl, wie Kapitän Lindhorst in Begleitung zweier Jungen den Dahlschen Grund verließ. Nach wenigen Schritten klopfte er beiden väterlich auf die Schultern, reichte ihnen einige Drahtschlingen und sah ihnen nach, wie sie den Weg in Richtung der Dünen einschlugen. Der Schriftsteller erkannte sie wieder. Der kleinere, stupsnasig und blond, mochte vierzehn Jahre alt sein. Sein größerer Bruder um die siebzehn. Sie waren es, die Nickels zusammen mit dem Pastorensohn verprügelt hatten. Nun schlichen sie mehr, als dass sie gingen, mit hängenden Köpfen zum Dünenland. Als er ihnen zum ersten Mal begegnet war, hatten sie noch nichts vom Tod des Vaters gewusst.

»Sie nehmen es schon wie Männer«, erklärte Lindhorst leise und gesellte sich zu Kohl. »Die Dahljungs werden jetzt ein paar Kaninchen fangen. Das lenkt vom Kummer ab, und für das Totenessen muss etwas Fleisch her. Die Familie hat ja nichts.« Er reckte sich und blickte über die Rücken der Anwesenden in die umliegenden Straßen, als erwarte er jemanden. »Ich hab nach dem Bestatter geschickt. Jan Peters soll Maß nehmen. Er ist unser Sargmacher und kann auch so schöne Leichensteine meißeln. Aber in diesem Fall kommt wohl zum einfachen Sarg nur ein Holzkreuz.«

»Leichensteine? Was meinen Sie damit?«, wollte Kohl wissen.

»Na, die verzierten Steine doch, die auf dem Friedhof von Sankt Clemens Zeugnis ablegen vom Leben der guten Amrumer und deren Familien. Drüben auf Föhr hat er auch noch welche stehen. Ein gottgefälliger Künstler, unser Jan Peters. Ich hoffe, er kommt bald, damit die Dinge ihren Gang nehmen können.« Unruhige Frauenstimmen, die im Ton schärfer wurden, ließen die beiden Männer herumfahren.

»Geh weg, unnützer Bursche!«, war zu hören und: »Dieser Bankert! Bringt nur Unglück. Was treibt er sich überhaupt noch auf der Insel herum. Der ist doch ein Fall für das Armenhaus.«

Kohl hätte, auch ohne den Gescholtenen zu sehen, gewusst, über wen die Menschen da schimpften. Es war Nickels, der etwas abseits der Menschenansammlungen mit hängenden Armen und schiefem Mund dastand und die Versammlung anstarrte. Kohl beobachtete, wie die Augen der alten Meta sich zu einem Schlitz verengten, als versuche sie, den Jungen allein durch das Anschauen zu bannen. Der wich ihrem Blick aus und sah hastig zu Boden.

»Das stimmt, dieser Nickels ist für jeden Unfug gut«, sprach sie zu den Umstehenden. »Auch wenn er unter Anleitung zu arbeiten weiß und mit dem Vieh umgehen kann. Aber eines ist er nicht, ein Bankert. Seine Eltern starben viel zu früh, wie ihr alle wisst. Erst die Mutter, dann der Vater. Trotzdem, eigentlich muss er aufs Festland ins Armenhaus. Hier steckt der Rumtreiber doch nur seine schmutzige Nase überall rein. Und überhaupt, was ist das für eine Art, bei den Toten zu wohnen, wie ein Tier in einer Höhle.«

Höhnisches Gelächter und zustimmendes Murmeln waren zu hören. Der Schriftsteller hatte genug von dem Tratsch und verabschiedete sich mit einem Nicken vom alten Kapitän, dann ging er zu dem verrufenen Jungen hinüber.

»Na, sag mal, verfolgst du mich?«, fragte er ihn. »Oder was treibt dich her? Wir müssen doch denselben Weg gegangen sein. Wie bist du denn so rasch hierhergekommen?«

Nickels grinste und knackte mit den Fingerknöcheln. »Ach,

durch die Felder und entlang der Marsch gibt es genügend Pfade. Und ich bin schneller als eine alte, dürre Kuh, die einen Wagen mit zwei Männern zieht.« Er musste das Gespann von seinen Wegen aus beobachtet haben. Nun sah er von Kohl weg zu den Frauen und deutete auf das Trauerhaus. »Ich bin wegen dem Mo-Mord hier. Den Busso hab ich ja ge-gekannt. Er hat mich schon mal mitgenommen durchs Watt und mir gezeigt, wie man die Wegmarken setzt. Sei-seine Familie ist nicht so nett zu mir. Die Söhne prügeln mich oder werfen mir Dreck hinterher. Und als ich mal bei ihnen Zuhause war, haben sie aufgepasst, dass ich nichts anfasse. War mit der alten Meta hier, hab ihren Korb getragen, als sie vor ein paar Tagen einen Krankenbesuch gemacht hat. *Sie* war dann auch alleine in den Räumen, ich nicht. Deshalb kann ich gar nichts kaputtgemacht haben. Die Meta war das. Aber das hat dem Busso nicht geschadet. Ich werd schon rausfinden, wer ihn totgemacht hat. Zu mir war er gut.«

Kohl nahm seinen Hut ab, strich sich über das Haar und folgte dem Blick des Jungen auf die Menschen vor dem Haus. Er verstand nicht, was der Junge sagen wollte. Aber eines war sicher: Um zu erfahren, wer zu solch einer Tat fähig war, würde er ohne Zweifel die Hilfe Inselkundiger benötigen. Ob er aber die Kenntnisse dieses Streuners für sich nutzen konnte? Bei ihm schien ja ein gewisses Durcheinander im Kopf zu herrschen.

Plötzlich mischte sich unter die eher dunkle Bekleidung der Frauen der grüne Gehrock, dessen polierte Knöpfe im Licht golden aufblitzten. Kohl erkannte den Kurzwarenhändler Poppenbüttel, einen der Mitreisenden. Die Herren tippten sich grüßend an die Hüte und deuteten eine Verbeugung an. Kohl beobachtete, wie der Händler seinen Koffer vor den Bauch schnallte und öffnete. Mit weichen, weiten Gesten wies er auf sein Angebot, und die versammelten Dorfweiber kamen näher. Fast schien es, als böte die anstehende Beerdigung einen guten Grund für neuen Spitzenbesatz oder ein edles Schmuckband.

»Der Kaufmann ist mit mir auf dem Wagen über das Watt gekommen«, erklärte er ungefragt dem neben ihm stehenden Jungen. »Er hat den Toten als Erster im Schlick gesehen.«

Nickels sah mit offenem Mund und fragendem Blick vom Schriftsteller zum Händler und schüttelte den Kopf. »Komisch«, meinte er und kratzte sich an der Stirn. »Ich hab gedacht, der ist schon länger hier.«

»Ich glaube, du irrst dich. Der kam mit mir herüber«, widersprach Kohl.

Nickels wiegte seinen Kopf hin und her und grinste schief. In Verbindung mit seinem schielenden Auge macht er einen beschränkten Eindruck, dachte Kohl. Und der schläft bei Dina Martensen im Haus? Er war unsicher, wie er diesem Jungen in Zukunft begegnen sollte. Aber im Moment könnte er ihm als Führer doch ganz nützlich sein. »Sag mal, Nickels, kannst du mir nicht ein wenig die Dünen zeigen?«

»Gleich jetzt?«

»Ja, warum denn nicht. Noch ist es hell und es regnet nicht. Zwar ziehen sich die Wolken wieder zusammen, aber das muss ja vor der Küste nichts bedeuten. Ich glaube, im Augenblick können wir für den verstorbenen Busso Dahl kaum etwas tun. Und wegen der berühmten Dünentäler bin ich ja hier. Es soll dein Schaden nicht sein.«

Arznei

Dina legte ihr Schultertuch um und zog das Tor zum Garten hinter sich zu. Sie schlug den Hauptweg zum nördlichen Rand von Nebel ein, an dessen Ende das Pastorat neben der Kirche lag. Einige Frauen standen über ihre Gartendeiche hinweg zusammen, tuschelten und winkten sie heran. Ob sie schon von dem grausamen Tod des Postläufers gehört habe. Er sei mit zwei Harpunen an den Wattboden genagelt und der Leichnam kopflos gewesen. So etwas könne doch nur ein Irrer oder der Leibhaftige selbst gemacht haben. Dina nickte stumm mit betretener Mine, blieb wenige Augenblicke bei der Gruppe stehen und verabschiedete sich dann mit dem Hinweis, dass die Frau des Pastors sie diesen Nachmittag erwarte.

An der Tür des Pastorats stieß sie auf die Hausmagd Judith und bat darum, von der Frau des Hauses etwas Medizin kaufen zu dürfen.

»Moin Dina, tut mir leid, aber die ist irgendwo auf dem Hof. Willst du hier auf mich warten, ich geh schnell und sehe nach ihr.«

Dina überlegte kurz. »Du kannst mich auch gleich hoch zum Arzneischrank lassen. Er ist ja verschlossen, aber durch die Glasscheiben werde ich schon was Passendes finden, während du die Frau Pastor suchst.«

Zuerst zögerte die Magd, wies dann aber in den dunklen Gang und auf die nach oben führende Treppe. »Ja, ist gut, du weißt ja, wo es ist. Ich beeile mich.« Und sie humpelte über den Hof in eines der Stallgebäude.

Ja, Dina wusste, wo sich die Arzneien befanden. Im Arbeitszimmer des Pastors. Der Hausherr war der Meinung, dass Medikamente und Drogen nicht frei zugänglich sein sollten und der besonderen Aufsicht bedurften. Wo waren diese Bedingungen besser gegeben als in seinem Schreibzimmer. So ging sie mit schnellen Schritten über die Diele zur Treppe und stieg nach oben. Außer dem Knarzen der Holzstufen war es still. Ihr war unheimlich, so allein in einem fremden Haus. Noch dazu bei einem so gestrengen Mann. Sie atmete tief durch, drückte die Türklinke herunter und trat beherzt in das Zimmer. Ein kurzer Blick auf die Vitrine mit den Arzneien zur Linken. Rasch hatte sie eine Flasche Hustenelixier und eine Handsalbe erspäht, Dinge, die man immer brauchen würde. Doch dann sah sie sich konzentriert im Raum um.

Auf dem Schreibtisch lagen ein Kompass, eine Harpune, eine verkorkte Glasflasche und einige Seiten beschriebenes Papier. Sie lauschte ins Treppenhaus. Nichts war zu hören. Sie musste sich beeilen, die Zeit war knapp. Entschlossen griff sie zu den Blättern. *Schilderung der Augenzeugenberichte über die schreckliche Auffindung des erschlagenen Postläufers Busso Dahl und die anschließende*

Untersuchung an seinem Körper unter der Beteiligung des Verfassers, Pastor Lorenz Friedrich Mechlenburg. Gegeben zu Nebel auf Amrum, Mittwoch den 18. September 1845.

Dina überflog die in geschnörkelter Schrift verfassten Zeilen. Endlich erfuhr sie die genauen Umstände, wie der Tote gefunden worden und wer dabei gewesen war. Schriftsteller Kohl hatte ihr ja beim Kaffeetrinken nicht sehr viel berichtet. Sie gruselte die Vorstellung, dass Postläufer Dahl wohl gleich mehrfach ums Leben gebracht worden war. Doch bevor ihre Phantasie schreckliche Bilder in ihrem Kopf lebendig werden ließ, griff sie zum Kompass. Der war, das konnte sie schnell erkennen, nur noch ein unnützes Ding. Das Glas gesprungen, die Nadel ohne Richtung umherirrend. Zudem war er verbeult. Die Beule lag direkt über dem Sprung, als habe ein Schlag oder Sturz beides auf einmal verursacht.

Plötzlich schlug eine Tür zu. Sie fuhr hoch, denn sogleich folgten donnernde Schritte auf der Treppe. Sie wandte sich hastig dem Medizinschrank zu, als auch schon Tycho Mechlenburg, der älteste Pastorensohn, im Raum stand.

»Ja, Vater, die Dina ist da!«, rief er nach unten und ließ seinen Blick von ihr weg auf den Schreibtisch gleiten. »Die Judith hat gesagt, dass du hier oben bist«, murmelte er wie abwesend, ganz von der vor ihm liegenden Harpune gebannt. »Das hat dem Pastor gar nicht gefallen. Ich sollte schon mal vorlaufen und nach dir sehen«, setzte er hinzu, während er nach den beschriebenen Blättern griff.

Für einen Moment herrschte Stille. Dina stand da, die Hände ineinandergelegt, und beobachtete den Pastorensohn. Der schien ihre Anwesenheit vergessen zu haben und blätterte, gefesselt vom Bericht des Vaters, das Schreiben durch. Mit einem Ruck wirbelte er plötzlich herum, sodass sie ob der Heftigkeit seiner Bewegung zusammenzuckte. Der schlaksige Junge grinste sie an, als hätte er sie ertappt. »Ich glaube nicht, dass man diesen Postläufer auf Amrum vermissen wird. Es wird sich schon jemand finden, der seine Aufgabe übernimmt. Aber die Sache ist doch ungemein spannend, nicht wahr? Wir waren draußen gerade dabei, einen

Zaun neu zu setzen, als Vater dazukam. Er war noch ganz in Gedanken bei diesem Mord und suchte Ablenkung.« Tycho warf seinen Kopf in den Nacken und strich über sein kurzes Haar, dann sah er Dina überlegen grinsend von der Seite an.

»Wusstest du, dass unser Knecht gestern Morgen oben an der Odde auf Entenjagd war? Er wollte die Tiere im Schlaf erwischen und war schon vor Sonnenaufgang an der Nordspitze, wo die Vögel am Wattstrand übernachten. Das Mondlicht muss ganz spärlich gewesen sein, vier Tage nach Neumond. Der Mann hat gesagt, er habe gesehen, wie jemand das Watt an der Stelle betreten hat, wo der Weg nach Föhr beginnt. Vater hat natürlich sofort mehr wissen wollen. Ob die Gestalt einen Hut oder auf dem Rücken eine Kiepe getragen hat. Unser Knecht konnte nicht viel sagen. Nur, dass es gegen sechs Uhr war, die Zeit des Niedrigwassers. Außerdem war ihm im Nebel gruselig zumute. Deshalb habe er nicht genau hingesehen und sei auch nicht auf den Schatten zugegangen. Der sei ganz schnell im dämmrigen Watt verschwunden.« Der Pastorensohn spitzte nach dieser Neuigkeit die Lippen und legte einem Lehrer gleich seine Hände auf den Rücken, als erwarte er eine Reaktion seiner Zuhörerin.

Dina zögerte einen Augenblick, dann wies sie entschieden auf den Schrank mit den Arzneien. »Ich bin wegen der Mittel hergekommen. Deine Mutter verkauft ja die Produkte ihres Schwagers, des Hofapothekers.«

Tycho grinste breit und tippte auf die beschriebenen Blätter neben ihm. »Die lagen gerade nicht in der richtigen Reihenfolge, als habe sie jemand durchgewühlt. So etwas macht mein Vater nicht, der Herr Pastor hält immer sehr auf Ordnung: Seid Untertan aller menschlichen Ordnung um des Herrn willen, so zitiert er ja gern den Petrusbrief. Nein, nein, also denke ich, dass du neugierig warst. Ich bin zwar mehr als zehn Jahre jünger als du, aber nicht dumm.«

»Wer soll denn so früh übers Watt laufen wollen, außer dem Postläufer?«, ging Dina darüber hinweg, dass sie ertappt worden war. »Den hätte euer Knecht doch sicher erkannt, meinst du nicht?«

Tycho ging gern auf die Überlegungen ein. »Das glaube ich bestimmt. Ja, war es also nicht Busso Dahl, den unser Knecht gesehen hat, dann kann es auch der Mörder gewesen sein«, überlegte Tycho laut.

Das erneute Knarzen der Holztreppe ließ beide verstummen. Wenige Augenblicke später stand Tychos Mutter im Türrahmen und blickte interessiert von Dina zu ihrem Sohn.

»Fräulein Martensen hat sich schon entschieden«, erklärte er hastig und deutete auf den Schrank.

»Moin, Frau Mechlenburg, ja, ich hätte gerne die Handsalbe. Jetzt, wo das Wasser wieder so kalt und die Luft so eisig ist, reißt die Haut schnell auf.«

Die Hausherrin nickte, zog einen Schlüsselbund aus einer Rocktasche und schloss die Vitrine auf. »Ist recht, die Salbe ist dagegen ein gutes Mittel. Dann bekomme ich einen halben Schilling und ein Lübecker Pfund Butter. Das Geld nehme ich gleich, die Butter können Sie später bringen.«

Dina zog aus ihrem Rockgürtel einen gefalteten Stofflappen, entnahm ihm eine Münze und legte sie auf den Schreibtisch. »Ja, vielen Dank, ich werde sie sofort vorbeibringen, wenn sie geschlagen ist.« Damit nahm sie die Salbe entgegen, nickte der Frau Mechlenburg zu und verließ den Raum. Im Hinuntersteigen lächelte sie Tycho dankbar zu.

Revierstreit

Kohl hatte Norddorf in Begleitung von Nickels hinter sich gelassen und folgte nun dem Dünenjungen zu den Sandhügeln, die sich vor ihnen auftürmten. Ihr Weg führte sie vom Dorf weg hinein in sandige Täler. Der Festländer hatte seine liebe Mühe, den kräftigen Schritten des Jungen zu folgen, auch wenn der nur in Holzschuhen lief. Schnell waren sie ganz allein und durch das wogende Meer grasbewachsener Dünenkämme von jeder Menschensiedlung abgeschnitten. Immer wieder hielt der Schriftsteller inne, um das grandiose Schauspiel dieser bergigen Sandwüste in sich aufzunehmen. Nickels blickte dann mit Unverständnis und Kopfschütteln auf den Inselfremden und drängte weiter. So wie Kohl ihn einschätzte, hatte er für die Landschaft um sie herum auch kein Auge. Die Dünen waren für ihn mehr Speisekammer und Zufluchtsort.

Auf einer besonders hoch gelegenen Stelle kam Nickels zum Stehen und drehte sich mit ausgestreckter Hand um sich selbst. »So weit man sehen kann, nur hartes Gras und Sand«, rief er. »Hier ist man immer ganz alleine unter dem Himmel.«

Kohl folgte seiner Drehung und hatte für einen Augenblick das Gefühl, sich in einer der großen Wüsten dieser Erde zu befinden. Schließlich war er ja schon etwas herumgekommen in der Welt. Nur solch ein Firmament, in dem sich dicke Wolken in verschiedensten Grautönen übereinandertürmten und zum Greifen nahe schienen, hatte gefehlt.

»Wo sind wir eigentlich? Haben die Dünen Namen, so wie die Bergspitzen in den Alpen auch?«

Nickels stutzte, nickte nach kurzem Überlegen und stieg schon wieder den steilen Rücken des Sandberges hinab. »Wir sagen zu diesem Dünenfeld *a Siatlar*, was das aber bedeutet, weiß ich nicht. Sie haben hier Gräber und Knochen gefunden. Das ist zwei Jahre her. Unser Pastor hat einiges davon behalten, er kann Ihnen das gewiss zeigen. – Sollen wir zu einem Grab hingehen?«

Kohl zog seine Taschenuhr aus der Manteltasche und warf einen Blick auf das Zifferblatt. Die Zeit war schon vorgerückt, doch das Wetter schien sich zu halten.

»Aber gerne, so etwas sehe ich mir natürlich an«, antwortete er und fuhr sich mit zwei Fingern hinter die Halsbinde. Das schnelle Auf und Ab über die Kette der Sandberge brachte ihn ins Schwitzen. Nickels, der ungeduldig auf das Ja gewartet hatte, deutete nach Westen in Richtung des für ihre Augen verborgenen Meeres und lief voraus.

»Nicht so geschwind!«, rief Kohl dem Jungen hinterher, nahm

seinen Hut vom Kopf und folgte leise fluchend. Dass ein Ausflug in die außerordentliche Welt der Amrumer Dünen ihn in Atemnot versetzte, das hatte er sich nicht träumen lassen. Er umrundete den Fuß eines Sandberges mit schnellen Schritten und verringerte so den Abstand zu Nickels, der plötzlich stehen blieb und sich überlegend zu ihm umdrehte.

»Wo sind eigentlich die Alpen? Sind das Berge aus Stein oder einfach Erdhügel?« Kohl sah ihn verdutzt an. Wo kam denn jetzt dieser Gedanke her, fragte er sich. Richtig, er hatte den Gebirgszug bei der Frage nach den Namen der Dünen erwähnt. Erstaunlich, sollte dieser Friesenjunge noch nie etwas von ihm gehört haben?

»Das sind ganz hohe Steinberge, die sich in einer Kette von Frankreich über die Schweiz und das Königreich Bayern bis in das Herz Österreichs ziehen. Der höchste von ihnen soll an die siebzehntausend Fuß hoch sein. Das wären nach metrischem Standard um die viertausendachthundert Meter.«

»Siebzehntausend Fuß, so hoch!«, rief Nickels erstaunt aus, »das kann man ja gar nicht glauben. Da muss doch schon der Himmel anfangen. Wer hat das denn gemessen?«

»Das weiß ich nicht. Aber es werden Spezialisten gewesen sein, die durch die Bestimmung des Luftdrucks auf die Berghöhe schließen konnten. So was ist eine Wissenschaft für sich, ähnlich wie das Festlegen des Standorts auf See mithilfe des Sextanten.« Sie setzten ihren Weg entlang der Dünen fort. »Er wurde nicht von den beiden Franzosen vermessen, die den Berg zuerst bestiegen haben. Das war schon 1786«, ergänzte Kohl und murmelte mehr zu sich selbst, »ein bedeutendes Jahr für die Menschheit. Das Herzogtum Toskana hat als erster Staat der Welt die Todesstrafe abgeschafft.«

Nickels, der dem Schriftsteller einige Schritte voraus war und sich auch nicht weiter mit den Alpen zu befassen schien, bog nach rechts in ein neues Dünental. Plötzlich blieb er wie angewurzelt stehen, sodass Kohl mit ihm zusammenstieß. »Was zum Henker ...«, rief er und folgte dem Blick seines Führers hin zu zwei Jungen, die, durch eine Bodenwelle halb verdeckt, neben einem Kaninchenloch knieten.

»Die Dahlbrüder«, stieß Nickels hervor und sah Kohl entrüstet an. »D-die stehlen meine Karnickel. Hie-hier jage ich doch. He da, haut ab!«, schimpfte er und stürmte auf die beiden zu. Hastig raffte der kleinere zwei Metallschlingen zusammen und griff nach den Ohren eines Kaninchens, das tot neben ihm im Sand lag. Sein größerer Bruder sprang auf und hob kämpferisch die Fäuste.

»Die Dünen gehören allen!«, rief er in den aufkommenden Wind, »es ist unser Wild. Mach keinen Schritt weiter, du Habenichts, sonst setzt es eine Tracht Prügel.«

Nickels blieb stehen und sah sich nach Kohl um, der nun an seine Seite trat und ihm beruhigend die Hand auf die Schulter legte. Langsam schob er Nickels näher an das Brüderpaar heran, fasste jedoch zugleich seinen Rockkragen, um ein plötzliches Vorstürmen des Jungen zu verhindern.

»Aber, aber, die Angelegenheit wird man sicher regeln können.« Er sprach mit ruhiger Stimme. »Ich bin zwar nur ein Besucher eurer Insel, doch habe ich schon mitbekommen, wie wichtig die Jagd in den Dünen ist. Dir, Nickels, darf ich sagen, dass die beiden Brüder mit Segen des alten Kapitän Lindhorst hierhergeschickt worden sind. Sie sollen für die Trauerfeier ihres Vaters, der so tragisch ums Leben gekommen ist, Wildbret besorgen. Dafür hat er ihnen sogar Schlingen mitgegeben. Also glaub mir, die Sache ist rechtens.«

Der Anflug eines Grinsens legte sich auf die Gesichter der Dahlbrüder, und der stupsnasige streckte Nickels die Zunge heraus. Den musste Kohl einen Augenblick lang kräftig am Kragen festhalten, sonst wäre er beleidigt losgestürmt.

»Wie es scheint, habt ihr hier Erfolg gehabt«, fuhr Kohl fort. »Dann könnt ihr ja den Jagdplatz wechseln. Nickels, wohin werden wir jetzt gehen?« Der Gefragte deutete nach vorn. »So schlage ich vor, dass die Jäger sich ein anderes Revier suchen. Damit haben alle noch einen besinnlichen Tag.« Er schob den Dünenjungen an den Söhnen des Postläufers vorbei, hielt aber plötzlich inne. »Ich war ja dabei, als euer Vater gefunden wurde«, erklärte er. »Sein Tod geht mir sehr zu Herzen, obwohl ich ihn nicht gekannt habe. Wenn es keine Umstände macht, möchte ich gerne nachher eurer ganzen Familie noch mal mein Beileid aussprechen.« Die Brüder nickten stumm und mit gesenktem Blick, nahmen ihre Sachen und stapften ins nächste Dünental. Kohl sah ihnen hinterher.

»Nickels, mein Freund, ich hoffe, du nimmst mir das bisschen Diplomatie nicht übel. Ohne Zweifel bist du der ungekrönte Dünenkönig. Aber nur, wenn du anderen erlaubst, in deinem Revier zu wildern, zeigst du wahre Größe.«

Die schrillen Schreie einiger Möwen lenkten ihre Aufmerksamkeit nach oben. Die Vögel schwebten über ihnen im Wind und schienen sie mit ihren kalten Augen zu beobachten. Nickels wedelte mit den Armen und versuchte, sie zu verscheuchen. »Ich will die nicht um mich haben, die bedrohen mich.«

Kohl lachte auf. »Diese dummen Möwen? Ist das nicht ein wenig albern? Mir ist nicht bekannt, dass es auf der Insel Tiere gibt, vor denen man sich fürchten muss.«

»Ja, und wenn das keine Vögel sind, sondern Geister?«, entgegnete Nickels und beäugte seinen Begleiter kritisch.

»Geister auf Amrum, soso. Daran glaubst du? Was sagt denn euer Pastor dazu?«

Der Junge brummte und grinste verlegen. »Der will so etwas natürlich nicht hören. Dabei weiß jeder, dass es sie gibt. Wir haben hier Plätze, da geht niemand freiwillig hin, vor allem nicht in der Dunkelheit.«

»Du meinst das Skalnastal, oder? Das habe ich schon einmal gehört. Aber wolltest du mir nicht Gräber zeigen mit Knochenfunden und all dem? Ist das nicht auch gruselig? Ich verstehe den Unterschied nicht.«

Nickels wiegte den Kopf hin und her und stapfte weiter durch den Sand. »Ich weiß nicht, woran es liegt. In dem Skalnastal soll es ja Dörfer gegeben haben mit Friedhöfen und all dem. Deshalb muss es da mehr Geister geben als sonst wo. Aber da, wo wir hingehen, liegen nur einige leere Gräber und aufgeschichtete, runde Steine. Die Knochen sind schon lange fortgetragen.«

Schweigend gingen sie weiter, als Nickels sich plötzlich umdrehte. »Hatte der Berg einen Namen?«

Kohl stutzte. »Was für ein Berg denn jetzt?«

»Na, der hohe, der in den Alpen.«

Der Schriftsteller lachte auf, nahm den Hut ab und wischte sich die nasse Stirn. »Ach so, ja, der hieß Montblanc, was so viel bedeutet wie weißer Berg. Dass dir das wieder eingefallen ist.«

»Weißer Berg«, wiederholte Nickels. »Und dann 17.000 Fuß hoch. Wir auf Amrum haben auch so was, Wittdün. Was weiße Düne heißt. Das ist unten im Süden, da gibt es nichts, nur Sandberge und mageres Land. Genauso wie oben an der Odde.« Plötzlich riss er Mund und Augen auf und blickte Kohl ins Gesicht. »Vielleicht war das ja ein Geist.«

»Also deine Gedanken springen schneller als ein Fohlen hüpfen kann«, meinte Kohl, »woran denkst du denn jetzt schon wieder?«

»An den Mann im grünen Rock. Den hab ich dort gesehen, Sie haben aber gesagt, dass er mit Ihnen auf dem Wagen war. Dann muss es seine Erscheinung gewesen sein, die oben an der Odde aus dem Watt gekommen ist.« Gänzlich von dieser Logik überzeugt grinste Nickels seinen Begleiter an und nickte bekräftigend.

Kohl schüttelte den Kopf. »Nickels, Nickels. Was dir so einfällt. Wann genau willst du den Mann gesehen haben? Und wie sah er aus? Wie kommst du denn überhaupt darauf, dass es der Händler war?«

»Ich habe ihn an seiner Statur erkannt, am Montagabend. Und als für einen Moment das Mondlicht durch die Wolken brach, haben die vielen Knöpfe an seinem Rock aufgeblitzt.«

»Am Mittwoch habe ich mit ihm in der Kutsche gesessen. Wann genau hast du ihn denn gesehen?«

»Na, an diesem Montag. Es muss gegen sieben Uhr abends gewesen sein«, antwortete Nickels und betonte die Exaktheit seiner Angaben, indem er besonders deutlich sprach. »Das ist ja die Zeit, in der man jetzt das Wattenmeer durchqueren kann«, fügte er hinzu.

Kohl rieb sich die Augen und legte die Stirn in Falten. Was sollte er da noch erwidern? Der Junge musste sich geirrt haben. Wäre Poppenbüttel wirklich zuvor schon auf der Insel gewesen, hätten ihn nicht auch andere sehen müssen? »Und was hat diese Erscheinung dann gemacht?«

Nickels überlegte und ließ seine Fingerglieder knacken. »Als der Mann so aus dem Watt kam, bin ich nicht näher an den rangegangen.«

»Wegen der Geister«, unterbrach Kohl und vermied einen spöttischen Ton.

»Er ist irgendwie in den Dünen verschwunden. Mehr weiß ich nicht. - Aber jetzt müssen wir weiter, sonst wird es dunkel, bevor wir die leeren Gräber gesehen haben«, entschied Nickels und setzte seinen Weg rasch fort.

Amtsstube

Das Anwesen in Süddorf war das stattlichste im Dorf. Hier residierte Strandvogt Gulderling. Mit seinen bald 20 Häusern war es das kleinste der drei Inseldörfer. Die kargen Weiden und Felder, die den Ort umgaben, gingen zur Seeseite in die Dünen über, hinter denen ein Hafen lag. Eine immer weiter wachsende Sandbank schützte ihn vor der See, die Amrumer nannten diesen Schutz Kniepsand. Der nahe Zugang zum Wasser ermöglichte es Schiffsbesitzern, als Erste auf See zu sein und gestrandete Schiffe zu bergen. Es ärgerte Dina Martensen, dass dem reichen Strandvogt dies nach dem Gesetz genauso erlaubt war wie allen anderen Insulanern. Natürlich lockte der üppige Bergungslohn bei einem Schiffbruch viele Helfer an, schließlich stand ihnen auf See ein Drittel des geborgenen Gutes zu. Doch nicht jeder hatte ein geeignetes Boot wie Hinrich Gulderling und konnte zur Havarie hinausfahren. Und so blieb den meisten Inselbewohnern nur der armselige Strandgang, um das aufzusammeln, was das Meer Brosamen gleich anspülte.

Dina schritt die aus Ziegelsteinen gemauerte Fassade mit ihren grün gestrichenen Fensterläden entlang und umrundete das zweistöckige Haus. An den dahinter gelegenen Hof schlossen sich Stallungen und eine Scheune an. Eine abgeschirrte, zweisitzige Kutsche stand verloren vor dem Hintereingang des Wohnhauses. Dröhnend bellte der Hofhund und riss an der Kette, aber sie reichte nicht bis in ihre Nähe. Dina blickte sich um, niemand war auf dem Gelände zu sehen. Die scheinen alle mit der Ernte beschäftigt, dachte sie.

So trat sie an die Hintertür, die im Gegensatz zum reich geschnitzten Vordereingang eher schlicht gehalten war, und schlug mit der Faust dagegen. Wenige Augenblicke später stand sie einer Magd in einem groben Kleid, aber mit weißer Haube gegenüber, die ihr widerwillig Zutritt zur Küche gewährte. Mürrisch wies sie auf einen Korb voller dunkelgrüner Feldgurken und einige hohe, graublaue Tongefäße. »Muss ich alles einlegen, ich habe also zu tun. Was willst du?«, maulte sie.

»Ich möchte zum Strandvogt. Sag ihm, es wird nicht lange dauern.«

Missmutig wischte sich die Magd die Hände an ihrer Schürze trocken, ließ die aufgerollten Ärmel herunter und schlurfte hinaus in die dunkle Diele. Dina sah sich derweil im Raum um. Die Küche war so eingerichtet wie überall auf Amrum, nur glänzten hier Messing und Kupfer, wo sonst eher rußiges Eisen an den Wänden hing. Auch gab es holländische Fliesen, ein Luxusgut, das anderswo nur die gute Stube schmückte.

»Du kannst zu ihm, er ist in seinem Arbeitszimmer«, unterbrach die zurückgekehrte Magd Dinas Gedanken und deutete in die Diele. »Die letzte Tür auf der linken Seite vor dem Ausgang. – Er ist nicht gut gelaunt«, flüsterte sie noch.

Dina lächelte. »Das ist unser Strandvogt ja nie, aber ich danke dir«, antwortete sie und ging den Gang entlang. Vor der Tür, hinter der sich Hinrich Gulderling aufhalten sollte, atmete sie tief durch, dann klopfte sie an.

»Komm rein, wenn es sein muss!«, bellte die auf der Insel bekannte, dunkle Stimme. Sie öffnete und trat ein.

Der kräftige Mann stand an einem Schreibpult neben dem Fenster, die grauen Haare durcheinander, die Wangen gerötet. In der Hand hielt er einen Federkiel und war offenkundig mit einem

Schriftstück befasst. Sein Blick löste sich vom Papier und ruhte hellwach auf ihr. Die stark arbeitenden Wangenmuskeln und die nach unten gezogenen Mundwinkel gaben der Magd Recht. Dina fühlte sich angesichts dieses groben, machtvollen Mannes unwohl. Aber wie sollte er ihr schon zusetzen? Sie war die unbescholtene Schwester des geachteten Steuermanns Boy Jonas Martensen, der gerade auf einem Robbenschläger die Meere befuhr.

»Nun, Jungfer, was störst du mich? Was ist so wichtig, dass du mich zu Hause aufsuchst?« Er strich den Gänsekiel am Rand des Tintenfasses ab und legte ihn beiseite. Während er immer wieder seine fleischige Hand öffnete und zur Faust schloss, erwartete er ihre Antwort.

Dina nahm ihren Mut zusammen und trat zwei Schritte in den Raum. »Ja, Strandvogt, es geht um den Dünenjungen Nickels. Er hat nun bei mir Unterschlupf gefunden, und ich frage mich, was die Gemeinde diesem verlorenen jungen Mann an weiterer Fürsorge angedeihen lassen könnte. Ich meine, er hat kein Dach über dem Kopf, weder Familie noch Auskommen. Wie ein Schiffbrüchiger rettet er sich von Haus zu Haus und bietet seine Dienste an. Das, so meine ich, kann aber seine Zukunft nicht sein.«

Mit einem klaren Blick, der keinen Widerspruch zuließ, sah sie Gulderling an. Der hob die Augenbrauen und nickte, als habe er das Problem verstanden. Langsam durchquerte er den Raum auf ein Regal zu, in dem Stapel mit gehefteten Schriftstücken lagen. Sein Gewicht ließ die Holzdielen unter ihm ächzen. Vor sich hin murmelnd suchte und blätterte er in den Papieren, bis er etwas gefunden hatte. Er drehte sich zu Dina um und deutete auf das Schreiben in seiner Hand.

»Nickels Petersen, hier haben wir ihn ja.« Er überflog noch einmal die Zeilen und schnalzte mit der Zunge. »Wir Gangfersmänner haben in dieser Causa bereits nach Föhr geschrieben. Ausführlich haben wir dargelegt, in welch liederlichem Zustand sich der Junge herumtreibt und dass er ein Ärgernis für die öffentliche Ordnung darstellt. Unsere Birksobrigkeit, Hochwohlgeboren Trojel, hat also Kenntnis von dem zweifelhaften Lebenswandel der Waise. Wir haben angeregt, ihn in einem Waisenhaus unterzubringen. Ich persönlich habe das Haus in Tondern vorgeschlagen, es hat einundneunzig Demath Land und der Waisenvater hat nur zwölf Pfleglinge. Zudem spricht man dort deutsch, hingegen in Flensburg mehr das Dänische. Husum, uns zwar näher, untersteht dagegen einem anderen Amtmann - schwierig das Ganze.«

Gulderling seufzte, legte das Schriftstück wieder zurück und begab sich an das Schreibpult. Dina, die mitten im Raum stand, ließ ihn nicht aus den Augen.

»Nur, bis jetzt hat sich die Obrigkeit für diesen Fall nicht interessiert«, fuhr der Strandvogt fort. »Man ist höheren Ortes wohl der Meinung, so etwas sollten wir auf der Insel unter uns regeln. Nur wie? Du hast gewiss Recht mit deiner Besorgnis. Aber der Junge ist nun mal eine Waise und ein Habenichts, zudem reichlich wirr im Kopf. Nach dem Tod seines Vaters hat die Gemeinde dessen kärglichen Besitz verkauft und von dem Geld Nickels' Unterhalt bezahlt, bis es aufgebraucht war. Er besitzt nach meiner Liste hier nicht mehr als zwei alte Walharpunen und ein Taschenmesser. Lehrer Stuck hat schon vor Jahren gesagt, dass er in der Schule nicht zu gebrauchen war. Er ist unsauber und nicht gerade arbeitsam. Außerdem werden immer wieder Klagen von Mundraub gegen ihn laut. Wer also, glaubst du, will sich mit so jemandem auf Dauer abgeben? Du? Er braucht eine starke Hand. Ich sollte in dieser Angelegenheit noch mal mit unserem Pastor sprechen, hier scheint mir auch die christliche Nächstenliebe gefragt. Ist sonst noch was?«

Dina räusperte sich und trat einen weiteren Schritt auf den kräftigen Mann zu, der am Pult lehnte und sie ungeduldig ansah. »Herr Gulderling, der Junge zeigt sich sehr anstellig, wenn er etwas Zutrauen gefasst hat. Sicher, an seiner Sauberkeit muss man arbeiten. Aber solange er in Ställen schläft und tagsüber den Kaninchen in den Dünen nachstellt, kann er auch nicht reinlich werden. Sogar mit der alten Meta hat er sich wohl für eine Zeit verstanden.«

Bei Erwähnung dieses Namens zuckte der Strandvogt zusammen. »Geh mir mit dieser Kräuterfrau vom Leib«, schnaubte er. »Was soll er schon groß für die gemacht haben? Diese Vettel mit ihrem Gemurmel und dem Gebräu, das sie Kranken verabreicht, ihr Gewese beim Kindbett, nein, nein, die ist ganz bestimmt keine Referenz für diesen Herumstreuner. Man wird ihr noch einmal das Handwerk legen, wirst sehen.«

Aber wir Amrumer leben ohne Arzt und sind auf Metas Können angewiesen, dachte Dina und wollte die alte Frau am liebsten verteidigen. Doch das hätte das Gespräch in eine andere Richtung gelenkt.

»Immerhin ist Nickels von dieser Insel, einer von uns«, kam sie auf ihr ursprüngliches Anliegen zurück. »Wir dürfen ihn nicht in eine Stadt fortschieben, was soll er denn dort. Die Menschen hier sind ja bereit, ihn zu unterstützen. Sie geben ihm zeitweise Obdach, Kleidung und etwas Arbeit. Was fehlt, ist ein ständiges Zuhause.« Sie lächelte leise in sich hinein. »Ich weiß von ihm, dass selbst ein so gestrenger Herr wie der Strandvogt Gulderling ihn in seiner eigenen Küche mit dem guten Feinbrot beköstigt. Also scheint er doch auf Amrum gut gelitten. Warum ihn dann in ein kaltes, fremdes Waisenhaus abschieben? Außerdem ist er mit seinen sechzehn Jahren ohnehin zu alt dafür. Für die nächsten Tage hilft er mir auf dem Feld und im Garten. Das kann aber nicht von Dauer sein. - Strandvogt, die Gemeinde hat, glaube ich, seit heute Morgen ein kleines Amt neu zu besetzen.«

Gulderling, der während der letzten Sätze aus dem Fenster gesehen und mit seinen Fingern auf das Schreibpult getrommelt hatte, richtete sich nun ganz auf. Durch halb geschlossene Lider sah er sie an und grinste breit. »Du spielst doch wohl nicht auf den Tod unseres Postläufers an?«, sprach er gedehnt. »Busso Dahl ist noch nicht unter der Erde und schon reißt man sich um sein Amt! Sieh an, sieh an. Sehr mitfühlend!«

»Ich frage nicht für mich«, widersprach Dina entrüstet. »Es hat sich gerade so ergeben. Und wenn man bedenkt, wie grausam Busso ums Leben kam, dann ...«

»Was weißt du denn von dem Fall? Das ist nicht deine Sache!«

»Er wurde, wie es scheint, gleich mehrfach umgebracht«, erklärte Dina und verschränkte die Arme. »Da wird eine größere Untersuchung nötig sein, man wird zahlreiche Leute befragen müssen. Vom Festland war es ja wohl keiner, der oder die Mörder sind also unter uns. Strandvogt, ich glaube, Sie werden sehr schnell einen Gemeindediener brauchen, der nicht nur die Post übers Watt bringt, sondern auch Ihre Vorladungen zustellt.« Gulderling stemmte seine Hände in die Hüften und holte Luft, um zu antworten, aber Dina ließ sich nicht unterbrechen.

»Viele junge Männer haben wir nicht auf der Insel, die meisten sind auf See. Eine Frau kommt für Sie ja wohl nicht infrage. Warum also nicht ein gutes Werk tun und gleichzeitig der Amtsverwaltung dienen?« Mit den letzten Worten ging Dina einige Schritte zurück und überließ den Strandvogt seiner Wut. Sein Gesicht war rot angelaufen, der Brustkorb hob und senkte sich immer schneller.

»Das kann im Watt jeder gewesen sein!«, schrie er. »Meine Amrumer sind vielleicht Strandräuber und Austerndiebe, verstockte Eigenbrötler und notorische Lügner, aber Mörder sind sie nicht. Ich verbiete dir, so zu reden. Noch warte ich auf den Bericht des Pastors. Erst dann wird die Sache untersucht. Und misch dich nicht in Männersachen!« Er fuhr sich durch das wirre Haar und stöhnte auf. »Und gerade haben wir einen Schriftsteller auf der Insel. Der wird den Todesfall gehörig aufbauschen. Allein, was soll ich dem Birkvogt und dem Amtmann in Tondern schreiben? Wie stehe ich nur da?« Mit einem überraschten Blick, als hätte er Dina ganz vergessen und jetzt erst gesehen, machte er einen Schritt auf sie zu und wies ihr die Tür. »Jungfer Martensen, es ist alles gesagt. Hinaus!«, donnerte er.

Rätselhafte Urkunde

Endlich hatten sie das Dünental bei Norddorf erreicht, in dem Nickels ihm die alten Gräber zeigen wollte. Nach all dem Marschieren im Sand, über Hügel und durch Täler hindurch kamen sie zu einer Handvoll kleiner, halb verwehter Gruben. Der Himmel zog sich immer weiter zu und das Licht schwand. Der Schriftsteller blickte sich um und versuchte, den Zauber dieses verwunschenen Ortes einzufangen. Doch er verspürte keinen. Die Totenstätten waren ausgeräumt, die großen Steine, mit denen sie einst eingefasst waren, lagen verstreut und größtenteils unter Sand. Weder Knochen noch Tonscherben wiesen auf die Vorzeit hin. Nur diese kleinen Gruben. Kohl war enttäuscht.

Nickels zuliebe ging er mit ausholenden Schritten und ernster Miene über das von Dünenkuppen umstellte Gelände, blieb hin und wieder stehen und nickte bedeutsam. Der Dünenjunge beobachtete ihn und war erkennbar stolz, diesem Inselfremden etwas Außergewöhnliches zeigen zu können. Dann endlich drängte Kohl zum Rückweg. Er zog eine Geldbörse aus seinem Mantel, suchte einen halben Schilling heraus und drückte ihn seinem Führer in die Hand. Am Rand von Norddorf verabschiedete er sich in der Dämmerung von Nickels und schlug den Weg zum Haus der Familie Dahl ein.

Diele und Stube waren an diesem frühen Abend bis auf wenige Ausnahmen mit Frauen aus dem Dorf gefüllt, die den Hinterbliebenen ihr Beileid aussprachen. Kohl hatte Mühe, sich einen Zugang zur Wohnstube zu verschaffen. Er hatte gehofft, noch einmal einen Blick auf den Toten werfen zu können und war voller Neugier auf die Beerdigungsbräuche dieser friesischen Inselbewohner eingetreten. Doch dann musste er feststellen, dass der Leichnam nicht mehr dort war, wo er ihn zusammen mit dem Pastor, dem Kapitän und dem Strandvogt hingetragen hatte. Während er ratlos in der Stube umherschaute, bemerkte er die fragenden bis missbilligenden Blicke der Trauergesellschaft. Nicht alle schienen den Besuch des Fremden für schicklich zu halten. Plötzlich spürte er im Gedränge, wie ihn jemand an der Hand zog. Er erkannte die kleingewachsene Witwe Dahl, die ihm nun mit ihrem gedrungenen Körper einen Weg in die Küche bahnte, wo zwei Frauen an der Feuerstelle hantierten. Sie unterbrachen sofort ihr Gespräch. Als die Witwe ihre neugierigen Blicke sah, zog sie Kohl weiter in das Kellerzimmer.

Der hintere, kühle Raum war mit mehreren Lampen erhellt, der Tote lag wieder, wie bei der Untersuchung, auf dem Boden. Allerdings hatte man ihn nun auf Decken und Kissen gebettet.

»Es ist doch frischer hier als in der Wohnstube«, entschuldigte sich die Witwe ungefragt, »auch fehlt uns sonst der Platz. Oder sollen die Leute draußen stehen?« Die Hände gefaltet, blickte sie auf ihren Gatten hinab. Seufzend hob sie die Augenlider, warf einen kontrollierenden Blick zu den Frauen am Feuer und schaute dann zu Kohl empor. »Meine Jungs haben mir gesagt, dass Sie kommen würden«, flüsterte sie. »Da hab ich gleich ...«, sie wühlte in der Tasche ihres Rocks, zog ein zusammengelegtes Schriftstück hervor und reichte es ihm. »Das habe ich bei Bussos Sachen gefunden. Ich wollte ihn etwas zurechtmachen, ihm seinen Sonntagsstaat anlegen und bin auf dieses Papier gestoßen. Sie sind doch ein gelehrter Mann und weit gereist. Können Sie mir sagen, was darin steht? Unsereins hat ja das Lesen nie gelernt, bin ja nicht die Frau vom Pastor.«

Kohl trat zu einer der rußig flackernden Öllampen. In diesem Haus konnte man sich das Waltranöl nicht leisten und nutzte das blakende Licht des billigen Rapsöls. Er faltete das Schreiben auseinander und überflog die steile, geschwungene Handschrift eines Kanzleisekretärs. Der Text überraschte ihn. Wie klug von Eske Dahl, sich die Bedeutung der Zeilen von jemandem außerhalb ihrer Dorfgemeinschaft erklären zu lassen. Hatte sie geahnt, was darin stehen könnte?

Er räusperte sich und las erneut. Diesmal konzentrierte er sich auf jedes Wort. Dann faltete er das Papier und gab es der Witwe zurück. Immer noch schielten die beiden Nachbarinnen vom Herd zu ihnen hinüber. Sie waren wohl begierig darauf zu erfahren, was die trauernde Eske Dahl im Angesicht des Toten mit diesem Fremden zu besprechen hatte.

»Tja, das ist eine merkwürdige Sache«, murmelte Kohl. »Wir sollten einmal vor die Tür gehen, damit wir wirklich ungestört sprechen können«, schlug er vor und verließ, ohne sich umzublicken, das Haus durch die Hintertür. Im dunklen Gemüsegarten hielt er an und wartete. Immer wieder wurden die Eingangstüren geöffnet und geschlossen, trafen neue Beileidsbesucher ein oder traten ins Freie. Die Anteilnahme, die der Tod des Postläufers hervorrief, hatte zweifelsohne etwas mit der Art und Weise seines Todes zu tun. Plötzlich gewahrte Kohl die Umrisse der kleingewachsenen Witwe neben sich. Nervös nestelte sie an ihrer Schürze, immer einen Blick auf das Haus richtend.

»Ja, Frau Dahl, haben Sie vielen Dank für das Vertrauen, das Sie mir Inselfremdem schenken. In der Tat ist das Schreiben, das Sie mir gegeben haben, recht erstaunlich. Die Urkunde wurde von kundiger, ich will sagen, amtlicher Hand vorbereitet und datiert auf den 13. Oktober 1833. Da überträgt ein gewisser Hinrich Gulderling, der hiesige Strandvogt also, Land an das erstgeborene Ihrer Kinder. Die Übertragung des Grundstücks mit der Bezeichnung Wästerdal soll 1853 erfolgen, demnach in acht Jahren. Seine Größe wird mit vier Amrumer Demath angegeben. Es soll auf der Südspitze der Insel liegen und je zur Hälfte aus Acker- und Weideland bestehen. So lautet die Urkunde. Eine eigentlich klare Sachlage. Ich muss allerdings zugeben, dass ich den gesamten Vorgang für ziemlich rätselhaft halte.« Kohl sah, wie Eske Dahl, die nur als Umriss vor dem Licht des geöffneten Hintereingangs zu erkennen war, nickte. »Wie alt wird ihr erstgeborenes Kind in acht Jahren sein?«

»Unser Tammo käme dann in sein fünfundzwanzigstes Jahr«, antwortete die Mutter und zuckte mit den Schultern. »Aber ich verstehe das Ganze nicht. Was hat der Junge mit dem Strandvogt zu schaffen?«

Kohl überlegte, verschränkte dabei die Arme und wiegte den Kopf hin und her. »Fünfundzwanzig, soso. In dem Alter erreicht Ihr Sohn die absolute Volljährigkeit oder, wie es in der Urkunde heißt, die *aetas legitima*. Tammo wäre dann in vollem Umfang geschäftsfähig. In dem Text wird auch ein Grund für die Übertragung genannt. Für Dienste gegen das schändliche Verbrechen der Strandräuberei, so steht es da.«

Eske Dahl riss ihre Hände zum Mund und starrte in stummem Entsetzen auf den Boden.

»Nun, ich muss schon sagen, eine reichlich großzügige Geste

vom Strandvogt«, kommentierte Kohl ungerührt. »Immerhin überträgt er ja seinen eigenen Grund. Und sie haben wirklich keine Idee, warum genau er das gemacht hat? - Nun, das wird sich in Erfahrung bringen lassen. So oder so kommt etwas Land in Ihren Familienbesitz, da gratuliere ich. Wissen Sie, wo Wästerdal liegt?«

Die Gefragte schüttelte den Kopf. »Der Strandvogt hat eine Karte«, erklärte sie, »dort ist aller Grund säuberlich eingezeichnet.«

»Ach, sehr aufschlussreich. Wenn Sie wollen, werde ich bei Hinrich Gulderling einmal in dieser Angelegenheit vorsprechen.«

Er vernahm ihren ängstlichen Ausruf und fühlte Eske Dahls Hand auf seinem Unterarm. »Nein, mein Herr, das tut nicht not. Die Sache hat ja wohl noch Zeit, Tammo ist ja gerade erst 17. Mit dem Strandvogt muss man vorsichtig sein.«

»Natürlich, ganz wie Sie wünschen.« Er wandte sich zum Gehen, doch eine Frage hielt ihn zurück. »Wann hat Ihr Mann sich eigentlich aufgemacht, um über das Watt nach Föhr zu laufen? Gab es da immer feste Tage oder geschah das ganz nach Bedarf?«

Eske Dahl schüttelte den Kopf. »Nein, mein Herr, er ging jeden Dienstag und Donnerstag rüber. So wie gestern. Es muss gegen sechs Uhr in der Früh gewesen sein, als er den Schlick betreten hat. Das ist gerade die Zeit für das Niedrigwasser. Natürlich gab es auch andere Tage, an denen er über das Watt gelaufen ist, das waren dann aber Extraaufträge.«

»Und Sie können sich die großzügige Landschenkung wirklich nicht erklären? Was mag den Strandvogt und Ihren Mann da verbunden haben?«, kam Kohl entgegen seiner Absicht noch einmal auf die Frage zurück, die ihn so interessierte.

Die Mimik der Frau hatte sich im Laufe des Gesprächs wieder in das sorgenvolle Gesicht einer mittellosen Witwe verwandelt. Doch plötzlich verengten sich ihre Augen, und die zu einem Strich gepressten Lippen bekamen etwas Hartes, Misstrauisches. Heftig schüttelte sie den Kopf und trat einen Schritt zurück. »Nein, ich kann da nichts erklären«, stieß sie hervor, »das alles ist mir ein Rätsel. Ich muss dann auch wieder rein.« Damit ließ sie ihn stehen und hastete durch die Dunkelheit ins Haus.

Abendbrot

Als Kohl endlich von Norddorf den Rückweg nach Nebel antrat, konnte er weder einen Ochsenkarren geschweige denn eine Kutsche entdecken, um zum Haus des Pastors zu gelangen. Er war den ganzen Tag unterwegs gewesen, hatte sogar das Dünenland erklommen und stolperte nun mit müden Beinen über den holprigen Landweg. Zwischen den Wolken, die eine dünne Mondsichel silbrig beschien, funkelten wenige Sterne. Das Licht genügte nicht, den Pfad ausreichend zu beleuchten. So trat er immer wieder in matschige Kuhlen und gegen sandige Verwerfungen. Die Einsamkeit, die ihn umgab, bedrückte ihn. Plötzlich raschelte es am Wegesrand und er erstarrte. Von den dunklen Gräsern einer Weide kam ein Hase schnell gelaufen und kreuzte seinen Weg. Erleichtert atmete er auf und setzte den Weg fort. Ein schöner Weltreisender bist du, dachte er und grinste über seine eigene Ängstlichkeit.

Mit einem Mal zogen von der ostwärts gelegenen Wattseite dichte Nebelschleier auf und verhüllten die Gestirne. Die Naturgeräusche um ihn herum drangen gedämpft zu ihm. Er fühlte sich wie in einem Tunnel, in dem er sich nur an dem Grund orientieren konnte, auf dem er schritt. Wie gut, dachte er, dass ich jetzt nicht in einem Wald bin und mir die Äste ins Gesicht schlagen. Die wenigen Bäume, die ich bisher gesehen habe, stehen hier abseits in Obstgärten.

Im Vertrauen darauf, dass der Weg ihn leiten würde, ging er immer weiter durch die Dunkelheit. Als endlich ein Hofhund anschlug, rieb er sich freudig die Hände und suchte nach erleuchteten Fenstern oder Außenlampen. Die ersten Lichter, die ihn wieder in der Gemeinschaft der Menschen begrüßten, kamen von links. Es waren die des Pastorats. Erleichtert stellte er sich vor die mit einem Öllicht spärlich beleuchtete Haustür. An einem in den Boden eingelassenen Eisen streifte er den Matsch von seinen Schuhen und klopfte gleichzeitig an. Hinter den neugierigen Kindern, die ihm öffneten, sah er die Pastorengattin mit einem Kerzenleuchter in der Hand.

»Herr Kohl, endlich. Wir hatten Sie schon vermisst. Gerade wollten wir mit dem Abendbrot beginnen. Kommen Sie doch herein.« Sie ließ sich von ihm Hut und Mantel reichen und hängte beides in der Diele auf. Der Gast folgte der Hausherrin vorbei an der Stube und durch die Küche hindurch in einen einfach möblierten Nebenraum. Eine Gruppe von Kindern und Erwachsenen saß an einem langen Tisch vor irdenem Geschirr. Der Hausherr stand mit gefalteten Händen am schmalen Ende der Tischplatte und nickte ihm zu. Neben der Magd Judith saß ein Kerl in grober Kleidung, wohl der Knecht. Die Kinder starrten den Fremden mit offenem Mund an. Doch das energische In-die-Hände-Klatschen der Frau des Hauses rief sie zur Ordnung.

»Kommen Sie, Herr Kohl, nehmen Sie hier an der Seite meines Mannes Platz. Wir haben gerade das Dankgebet gesprochen, nun dürfen alle zugreifen.« Sie nahm einen leeren Becher, füllte ihn mit Most aus einem Krug und stellte ihn vor Kohl. »Es gibt eingelegte Heringe. Die Kartoffeln sind noch heiß.« Damit schob sie ihm die dampfende Schüssel hin. Kohl war dankbar, endlich sitzen zu können, und genoss es, in dieser Runde aufgenommen zu sein. Während Pastor Mechlenburg ihm ungefragt einen Fisch auf den Teller legte, zählte Kohl sechs Kinder. Ihm fiel auf, dass sie sich jeweils einen Hering teilten und sich stattdessen an den Kartoffeln gütlich taten.

Den ältesten der Söhne hatte er erst am Nachmittag auf dem Feld gesehen. Er bemühte sich um einen gleichmütigen Blick, als habe er die Schläge für den Dünenjungen Nickels vergessen. Doch der Pastorensohn wich seinen Augen aus und rutschte tiefer in seinen Stuhl. Na dann, alles zu seiner Zeit, dachte Kohl, trank einen Schluck, aß etwas von einer Kartoffel und brummte genüsslich. Der Pastor hatte genau verfolgt, wie sein Gast die Kinder taxierte. Er wies auf das jüngste Tischmitglied, das seine Frau zu sich auf den Schoß hob.

»Unser Lorenz Friedrich, er wird bald zwei Jahre alt. Leider steht es mit seiner Gesundheit immer wieder nicht zum Besten.

Der Herr hat ihm einen zarten Körper geschenkt.« Die ansonsten harten Konturen seines Gesichts gewannen plötzlich an Weichheit, und Kohl schien es, als legte sich ein Schleier über die Augen seines Gastgebers. Für einen Moment verharrte der Blick des Pastors auf seiner Frau, die das fiebrige Köpfchen des Kindes zärtlich streichelte. Mechlenburg räusperte sich und wies auf ein kleines Mädchen.

»Anna Dorothea, drei Jahre alt. Daneben Martin Gottlieb mit sechs Jahren, dem gerade die Nase läuft, gefolgt vom elfjährigen Julius Theodor. Dann kommt Christian Riese, sechzehn, nach meinem lieben Bruder benannt, und unser ältester, Tycho Erich, achtzehn Jahre alt. Ja, Gott der Herr hat uns wahrlich reich beschenkt.« Kohl meinte, aus dem Vaterstolz, mit dem der Pastor den letzten Satz gesprochen hatte, auch Wehmut herauszuhören. Was hatte der Kutscher heute Morgen noch gesagt? Zwei Kinder sind der Familie schon gestorben. Auf Amrum begegnete ihm das Leid wie an anderen Orten dieser Welt auch. Er räusperte sich.

»Nun, Herr Kohl, wie war denn Ihr erster Tag auf Amrum?«, wechselte Mechlenburg das Thema. »Ich hoffe doch, unser wildes Dünenland konnte Sie ordentlich beeindrucken.« Der Gast nickte, wirkte aber mit den Gedanken abwesend. »Sie müssen wissen, dass uns vergangenes Jahr seine Majestät der dänische König in Begleitung eines hochberühmten Dichters die Ehre seines Besuches gab«, fuhr der Hausherr fort. »Eine merkwürdige Erscheinung war das. Sehr zierlich und herausgeputzt hat er mit fein gesetzten, tänzelnden Schritten die Dünen erklommen. Ich meine natürlich den Poeten, nicht seine Majestät. Der König ist ein ganzer Kerl. Der Hof geruhte, einige Sommertage auf Föhr zu verbringen, und unser allergnädigster Herr wollte endlich einmal dieses Eiland kennenlernen. Wenn das in Mode kommt, wird uns die bessere Gesellschaft öfter einen Besuch abstatten. Ich fürchte nur, dann ist es vorbei mit der christlichen Ruhe in den Amrumer Dörfern. Aber sagen Sie selbst, was halten Sie nun von unseren Dünen?«, fragte der Pastor erneut.

Kohl hatte begonnen, seinen Hering von den Gräten zu lösen, legte das Besteck beiseite und dachte einen Augenblick lang nach.

»Ja, Sie haben hier eine ganz außergewöhnliche Landschaft. Das Gebiet dieser Sandberge ist so groß und unübersichtlich, dass ich mich zeitweise in einem anderen Teil der Welt wähnte. Der Landstrich zieht sich, steht man mittendrin, den Horizont entlang gleich einer weiten Wüste. Wie tröstlich war es da zu wissen, dass nur wenige Täler entfernt Dörfer liegen, wo jemand wie ich eine so gastliche Herberge findet.« Er griff seinen Becher und prostete seinen Gastgebern zu. »Es ist nur allzu verständlich, dass Ihr König sich für dieses verwunschene Land begeistert. Vielleicht wird ja auch mein bescheidener Bericht über diese Insel zu etwas mehr Aufmerksamkeit führen.« Kohl lächelte verschmitzt. »Wer weiß, wer weiß. Dann wird man noch ein Gasthaus bauen müssen für all die Sommerfrischler, die sich in den Dünen verlustieren.«

Bei diesem Satz hob der Pastor die Augenbrauen und seine Frau räusperte sich. »Da sei Gott vor, das bringt nichts Gutes«, murmelte sie.

»Mama, was ist verlustieren?«, fragte der Sechsjährige und kicherte.

»Wer wird sich denn hier zu Wort melden, wenn sich Erwachsene unterhalten? Was soll nur unser Gast von euch denken!«, wies der Pastor das Kind zurecht, erklärte aber doch die gestellte Frage »Es ist Müßiggang, einfaches Umhergehen, ohne sein Tagwerk zu verrichten. Ein In-den-Tag-Hineinleben.«

»So wie der König«, platzte dem ältesten Sohn Tycho heraus, und das Gesinde lachte auf.

»Unser König, der achte Christian«, donnerte Pastor Mechlenburg über den Tisch, »verlustiert sich nicht! Er besucht seine Untertanen, sieht nach dem Rechten und lenkt die Geschicke seines Reiches. Wir Amrumer, die am äußersten Westrand Dänemarks leben, dürfen uns ob seiner Freundlichkeit glücklich schätzen. Oder hat mein Herr Sohn schon vergessen, dass er als Inselfriese keinen Armeedienst leisten muss? Welch eine Gnade! In anderen Gegenden Europas werden die jungen Männer zu den Soldaten gepresst und von Kartätschen auf den Schlachtfeldern zerfetzt.«

Betretenes Schweigen erfüllte den Raum. Kohl räusperte sich.

»Darf ich fragen, wie der berühmte Poet hieß, mit dem der König über die Dünen geschritten ist?«, versuchte er, das Thema zu wechseln.

Die Hausherrin blickte dankbar auf. »Das war der Dichter Hans Christian Andersen. Sie haben vielleicht schon von ihm gehört?«

Kohl riss die Augen auf und war ehrlich erstaunt. »Aber gewiss doch. Er ist eine in ganz Europa geschätzte Berühmtheit. Wer kennt nicht seine Märchen. Habt ihr sie auch schon gelesen?«, wandte er sich an die Kinder am Tisch. »Welches hat euch denn am besten gefallen?«

»Des Kaisers neue Kleider«, rief der elfjährige Julius Theodor. »Und die Prinzessin auf der Erbse«, ergänzte sein jüngerer Bruder Martin Gottlieb.

»Und bei dir, Tycho, welches ist dein Lieblingsmärchen?«, fragte Kohl. Der Gefragte schüttelte den Kopf.

»Märchen mag ich nicht mehr so«, antwortete er leise und sah verstohlen zu seinem Vater hinüber.

»Nun, wir leben in bemerkenswert literarischen Zeiten«, erklärte Kohl, ohne sich an jemand bestimmten zu wenden. »Hier, ganz in der Nähe, erfreut uns Hans Christian Andersen, und in England schreibt ein gewisser Charles Dickens für uns. Haben Sie vielleicht einmal Oliver Twist gelesen, seinen ganz außerordentlichen Roman? Eine ergreifende Erzählung über einen armen Straßenjungen. Aus dieser Sphäre der Ausgestoßenen nimmt auch Anderson seine Geschöpfe. Dickens' Weihnachtsgeschichte ist ebenfalls ein sehr bekanntes Werk von ihm, wirklich erbaulich und herzergreifend.«

»Oh, Lorenz, was für ein Glück«, wandte sich die Frau des Hauses an ihren Gatten. »Endlich haben wir einmal einen Mann von Welt zu Gast, noch dazu einen belesenen. Nicht wahr, Herr Kohl, wir dürfen doch auf eine anregende Unterhaltung bei einem Glas Likör hoffen?«

Kohl neigte ihr lächelnd den Kopf zu. »Mit dem größten Vergnügen, es wird mir eine Ehre sein.«

»Aber Frau!«, rief Pastor Mechlenburg. »Nun lass unseren Gast doch erst mal etwas essen. Er hat ja so gut wie nichts angerührt.«

Nach einer Weile schweigsamen Essens legte Kohl erneut sein

Besteck beiseite, nahm einen Schluck Most und wandte sich an den Hausherrn. »Ich hab so viele Fragen zu Ihrer Insel. Ich fürchte, Sie mit all meinem Wissensdurst zu langweilen.«

Mechlenburg wischte sich den Mund mit dem Handrücken ab und schüttelte lächelnd den Kopf. »Ach, was. Wer wissen will, dem soll geantwortet werden. Auch so würdigen wir das Schöpfungswerk unseres Herrn.« Damit sah er neugierig auf seinen Tischnachbarn und nickte ihm aufmunternd zu.

»Nun, da beschäftigt mich zuerst Amrum als Lebensraum. Die Felder hier scheinen mir sehr karg. Und dann diese gewaltige Dünenlandschaft. Ich frage mich, ob die Insel ihre Menschen ernähren kann?«

»Das tut sie, wenn auch leidlich. Sehen Sie, Amrum ist eine und drei Achtel Meilen lang und hat viertausend Demath. Ein Drittel davon fällt jeweils auf Saat-, Heide- und Dünenland. Wir ernten Gerste und Roggen, allerlei Feldfrüchte und Obst. Die Natur schenkt uns zudem Kaninchen, Vogeleier und nicht zu vergessen Heidekraut, das wir zu Brennzwecken nutzen oder zu Besen gebunden auf dem Festland anbieten. Durch Reusen im Watt erbeuten wir Fische. Die Auster allerdings ist der Bevölkerung verboten. Diese Speise bleibt ein königliches Privileg. Zwei Austernfischer von hier haben ihren Fang an den Staat zu verkaufen. Kurios erscheint mir dabei die alte Regel, dass dem Inselpastor zwei Austern pro gefüllte Tonne zustehen, als zusätzliche Entlohnung für das Beten. Nun ja, man soll mit Traditionen nicht vorschnell brechen. – Hin und wieder schenkt uns Gott der Herr auch etwas Treibgut, und auf den nahen Sandbänken kann die ein oder andere Robbe erschlagen werden.« Der Pastor legte seine Hände an die Tischkante und drückte sich gegen die Stuhllehne. »Nun, so dient uns selbst das Sandland als Schatzkammer, und der Herr nährt die Seinen, so sie denn gewillt sind, die Gaben zu erkennen.«

»Wie viel Fläche Land umfasst ein Demath«, wollte Kohl wissen. »Mir scheint dieses Maß seltsam ungenau.«

Der Pastor nickte und zupfte sich an seinem Kinnbart. »Berechnet wird das Gelände, das ein Mann an einem Tag mit der Sense bearbeiten kann. Und das ist eben je nach Beschaffenheit ganz unterschiedlich. Ein Amrumer Demath misst einhundertachtzig Quadratruten zu je einundachtzig Quadratellen. Auf dem Festland dagegen sind es zweihundertdreißig Quadratruten und auf den Halligen sogar vierhundertdreißig.«

Kohl schüttelte den Kopf, und die Tischgesellschaft, die ihn beobachtete, lachte über seine erkennbare Verwirrung. »Überall auf meiner Reise bin ich auf die verschiedensten Maße gestoßen, egal ob für Gewichte, Münzen oder Längen. Tonne, Scheffel, Kubikfuß, Pfund, Klafter, Rute. Jede Grafschaft weicht von der anderen ab. In Zeiten, in denen der Mensch immer schneller reist und ständig weitere Verbindungen zwischen Ländern und Kontinenten entstehen, wäre ein einheitliches Maßsystem für alle wirklich von Nutzen.«

»Aber das gibt es doch schon!«, rief Tycho aus und erntete einen missbilligenden Blick seines Vaters. »Haben die Franzosen nicht ein universelles Maß eingeführt? Sie nennen es den Meter!«, ließ der Junge sich nicht abhalten, sein Wissen kundzutun. »Das ist der zehnmillionste Teil der Entfernung vom Nordpol über Paris zum Äquator. Und mit einem Kubikmeter Wasser haben sie ein Gewichtsmaß geschaffen, das sie in Kilogramm und Gramm unterteilen. Jetzt muss das Europa der Könige und Grafen dieses Weltmaß nur noch anerkennen.«

Pastor Mechlenburg hatte sich während der Rede seines Sohnes langsam aus dem Stuhl erhoben und stützte sich nun auf die Tischplatte. Seine Wangenmuskeln zuckten. »Ich entschuldige meinen ältesten Filius dafür, dass er ungefragt dazwischenspricht. Auch die Sympathie mit dem revolutionären Frankreich bitte ich, ihm nachzusehen. Nur allzu leicht gewinnt die Parole von Freiheit und Gleichheit in jungen Herzen Freunde. Leider übersehen diese Heißsporne aber die Verheerungen und die Unzahl an Toten, die der Revolutionsfürst Napoleon über Europa gebracht hat. Für mich Beweis genug, dass die französischen Ideen den Menschen so nicht dienen.« Damit wandte er sich an seinen Gast und deutete in Richtung der Stube, die neben dem Speiseraum lag.

»Meine Frau und ich würden uns also freuen, wenn wir unsere Unterhaltung nach diesem Essen fortsetzen könnten, ohne dass«, er warf seinem Sohn einen scharfen Blick zu, »uns kaum geschlüpfte Küken mit ihrem unreifen Piepsen in den Ohren liegen.« Der Rede des Pastors folgte ein allgemeines Scharren und Poltern von Stühlen und Holzschuhen, denn Gesinde wie Kinder erhoben sich, und die Magd Judith räumte ab. Der ob der plötzlichen Beendigung des Abendbrotes überraschte Kohl schloss sich dem Hausherrn an, der ihn hinübergeleitete.

In der Stube drehte Mechlenburg das Licht zweier Wandleuchten höher und entzündete auf dem Tisch eine Kerze. Als man sich dort wieder auf Stühlen mit geraden Rückenlehnen niederließ, fiel Kohl auf, dass es hier kein Sofa gab. Und auch in dem Seefahrerhaushalt der Geschwister Martensen hatte er keines gesehen, vom Armeleutehaus der Dahls ganz zu schweigen. Selbst den besser gestellten Menschen auf Amrum schien an einem solch bequemen Möbelstück nicht gelegen zu sein.

Frau Mechlenburg brachte von der Anrichte eine Glaskaraffe mit goldgelbem Inhalt und Likörgläser zur Sitzgruppe und entschuldigte sich für einen Augenblick. Sie wollte noch bei den fiebrigen Kindern nach dem Rechten sehen.

»Ich habe großes Verständnis für Ihren Sohn«, kam Kohl nochmals auf Tycho zu sprechen. »Das Aufbegehren gegen die alten Strukturen ist doch überall da zu spüren, wo junge Leute sind. Manchmal muss man allerdings Sorge haben, dass die Vergangenheit und das Bewährte in Vergessenheit geraten. Immerhin kann man sich nur an dem orientieren, was auch überliefert und niedergeschrieben wurde. – Gibt es hier auf Amrum so etwas wie eine Chronik?«

Der Pastor schüttelte den Kopf. »Ich bin jetzt der dritte Mechlenburg in Folge, der auf dieser Insel die Stelle des Pastors innehat. Viel von dem, was Sie in der Stube sehen, wurde mir hinterlassen. Es ist der Glanz besserer Tage. Natürlich weiß ich so manches über Amrum und seine Bewohner zu berichten, und seit Generationen schreiben wir Seelsorger das ein oder andere nieder. So geben unsere Kirchenbücher ja auch das Inselleben wieder. Der Lehrer vermöchte ebenfalls seinen Teil dazu beizutragen, es ist bedauerlich, dass er erkrankt ist. Aber eine eigentliche Chronik gibt es nicht.«

»Wie erinnern Sie sich denn an vergangene Ereignisse? An einen bestimmten Tag in einem zurückliegenden Jahr? Nehmen wir zum Beispiel den 13. Oktober 1833. Wie könnte ich erfahren, ob an diesem Tag etwas Bedeutsames auf Amrum geschehen ist?«

Bei Erwähnung dieses Datums zuckte der Pastor zusammen und starrte seinen Gast entgeistert an. »Wie sind Sie denn gerade auf diesen Tag gekommen? Eine Eingebung, oder haben Sie davon gehört?«, fragte er.

»Wovon gehört?«

Mechlenburg nahm das zierliche Likörglas zwischen seine kräftigen Finger und hob es vor seine Augen. Nachdenklich blickte er auf das geschliffene Glas, in dem der Inhalt golden funkelte. Er nippte und sah dabei auf seinen Gast, der in diesem Blick einen Hauch von Misstrauen erkannte.

»Nun, am Morgen jenes Tages herrschte ein starker Herbststurm, der die Amrumer mit mancherlei Strandgut bedachte. Die See warf viel Holz an unsere Gestade und die Menschen sammelten es auf. – Ich glaube, wir haben schon von dem Gesetz gesprochen, das den Umgang mit Angeschwemmtem regelt.«

»Holz über drei Fuß Länge, um mit Ihrem Sohn zu sprechen, also knapp einen universalen Meter lang, ist dem Strandvogt zu melden und darf nicht auf eigene Rechnung verkauft werden«, erinnerte sich Kohl. Der Pastor nickte zustimmend.

»Und natürlich hielten sich einige nicht an dieses Gebot. So wurden an eben diesem Tag drei Männer durch Strandvogt Gulderling dem Gefängnis in Tondern überantwortet.« Mechlenburg erhob sich. Seine Hände auf dem Rücken zusammengelegt, durchschritt er die Stube. Der Dielenboden knarzte unter seinen Schritten. »Meine Familie, müssen Sie wissen, stammt ursprünglich aus Norwegen. Aber ich darf mich inzwischen wohl einen Friesen nennen. Wir sind ein ungemein freiheitsliebendes Volk, brauchen die Weite der See, den Wind und einen freien Blick auf den Horizont. Einer der drei Bestraften, Matrose Jelde Petersen, war in diesem Sinne ein Friese durch und durch. Denn er litt in dem Verlies Höllenqualen. Er muss damit gerechnet haben, auf immer weggeschlossen zu werden, auch wenn die Strafe auf neun Monate bemessen war. Das ist ja ein langer, aber überschaubarer Zeitraum. Aber Jelde hat dieses Ende nicht gesehen und hat in der Gewissheit gelebt, zwischen den dunklen Mauern zu verschimmeln und nie wieder den weiten Himmel erblicken zu können. Kurzum, er starb binnen weniger Tage an gebrochenem Herzen.«

Kohl hatte gespannt zugehört und benetzte nun seinerseits die trockene Kehle mit Likör. Mechlenburg setzte sich mit ernster Miene an den Tisch. »Wie Sie sehen, ist mir dieses Schicksal, das am 13. Oktober 1833 seinen Lauf nahm, noch sehr gegenwärtig. Da bedarf es keiner Chronik. Wenn Sie aber nach einer anderen Woche im September desselben Jahres fragen würden, müsste ich den Kopf schütteln.«

Das Rascheln eines Kleides ließ beide Männer zur Tür blicken, in der die Herrin des Hauses stand. Sie hatte die letzten Worte mitgehört. »Das war eine schlimme Sache damals«, fiel sie in die Unterhaltung ein und nahm am Tisch Platz, bevor Kohl sich erheben konnte. »Der Mann hinterließ einen Jungen, der von da an auf sich allein gestellt war, kaum dass er das Kleinkindalter hinter sich gebracht hatte. – Wir waren aber alle von dem Urteil betroffen, denn die Mühle stand auch still.«

Kohl sah irritiert den Pastor an.

»Hans Tuchsen, der Müller in Norddorf, war einer der drei Inhaftierten«, stellte der gleich klar. »Für die Dauer der Haft ruhte natürlich das Mahlwerk.«

Der Schriftsteller war neugierig geworden. »Da Sie sich so gut an alles erinnern, wer war denn der dritte bestrafte Strandfrevler?«

Mechlenburg räusperte sich und trommelte mit seinen Fingerkuppen kurz auf der Tischplatte.

»Das war Krino Brahms, der Kutscher.«

Dröhnende Schläge gegen die Haustür ließen die Tischgesellschaft zusammenfahren. Laut drang eine Stimme bis in die Stube.

Judith, die Magd, stieß die Tür von der Diele her auf und sah verwirrt zum Herrn des Hauses.

»Herr Pastor, draußen steht Strandvogt Gulderling und will Sie unbedingt noch sprechen. Ich habe ihm gesagt, dass …«

»Ja, ja humpel man zur Seite«, bollerte dieser auch schon, »und mach den Gang frei.« Im Türrahmen erschien die mächtige Statur des Eindringlings. Er schob die Magd beiseite. »So, Pastor, da bin ich nun. Hatten wir nicht verabredet, dass ich einen Bericht bekomme? Den ganzen Tag habe ich vergebens darauf gewartet. Der Casus eilt und harrt der Examinierung, bevor der Birkvogt und der Amtmann über die Bluttat Kenntnis erlangen.«

»So, so, der Examinierung«, wiederholte Pastor Mechlenburg spöttisch und erhob sich langsam. »Dann will ich mal die Papiere holen, wenn das nicht bis morgen früh Zeit hat. Sie warten hier.« Er drückte sich am Strandvogt vorbei und verschwand im Dunkel der Diele.

Gulderling schnappte nach Luft, stützte die Hände in die Hüften und sah mit weit aufgerissenen Augen hinter ihm her. Kohl beobachtete ihn amüsiert. Ja, ja, dachte er, so ein ungebührliches Verhalten ist der Mann wohl nicht gewohnt. Nur der Pastor kann diesen Vertreter der Obrigkeit einfach so stehen lassen. Frau Mechlenburg lächelte süß und legte ihre Hände in den Schoß. Dabei blickte sie mit leicht schräg gestelltem Kopf auf die Tischplatte.

»Und der Schriftsteller hat also beim Prediger Quartier genommen«, blaffte Gulderling in den Raum. »Recht so, recht so. Ich hoffe, Sie haben es gut getroffen. Aber eines sollten Sie wissen, bevor Sie über die Mordtat schreiben. Diese Tat hat kein Amrumer begangen. Das ist man gewiss. Ich kenne meine Leute. Zudem sind ja fast nur Frauen und Halbwüchsige auf der Insel. Und die wenigen Kerle hier«, er machte eine wegwerfende Geste, »nein, nein, das wird jemand von außen gewesen sein.«

»Nun, Herr Strandvogt, da kommt mir nur einer in den Sinn«, antwortete Kohl über den Tisch hinweg durch den Raum, »das ist der Bauchladenverkäufer Poppenbüttel. Das sage ich, obwohl ich nichts vom Personenverkehr zur Insel verstehe. Vielleicht hat auch ein Schiff irgendwo angelegt, oder jemand ist heimlich durch das Watt gekommen? Doch Poppenbüttel saß seit heute Morgen, als wir von Föhr aufgebrochen sind, mit mir in der Kutsche.« Während er das sagte, dachte er an den Dünenjungen. Der hatte ja behauptet, den Händler schon vor zwei Tagen, also am Montagabend an der Nordspitze am Watt gesehen zu haben.

»Ein Boot, das hier anlandet, entgeht uns nicht, Herr Schriftsteller«, brummte Gulderling und schüttelte sein graues Haupt. »Es wird ein heimlicher Wattgänger gewesen sein.«

»So, da wäre Ihr Bericht«, erklang die Stimme des Pastors hinter dem Strandvogt. Einen Augenblick später überreichte Mechlenburg dem Vertreter der Obrigkeit einige Blatt Papier. »Die Schilderung der Zeugen bei der Auffindung des toten Körpers im Watt und die Beschreibung der provisorischen Leichenschau mit ihren Auffälligkeiten. Wie schon gesagt, Schlagwunde am Hinterkopf und Harpune im Rücken. Na ja, lesen Sie selbst. Guten Abend.« Damit schob Mechlenburg den Mann in die Diele und begleitete ihn zur Haustür.

»Der Bericht ist ja auf Deutsch«, dröhnte Gulderling im Hinausgehen. »Diesen Fall werden wir wohl aber auf Dänisch abhandeln müssen, wenn er weitere Kreise zieht. Mensch, Pastor, wie erklär ich das dem Birkvogt? An so was hätten Sie denken sollen!«

»Ein unangenehmer Klotz, unser Strandvogt«, entschuldigte Frau Mechlenburg die Unterbrechung ihrer trauten Unterhaltung. »Überall will er sich einmischen, alles beherrschen. Andererseits«, sie wiegte ihren Kopf bedächtig hin und her, »hat er dem gesetzlosen Handel mit geräubertem Strandgut den Garaus gemacht. Nicht, dass der gänzlich zur Ruhe gekommen wäre. Aber das überfallartige Bergen in Not geratener Schiffe, das oftmals einem Raubüberfall glich, ist wohl Geschichte.«

»Wobei Gulderling mit seinem eigenen Boot oft einer der Ersten ist, die bei den Gestrandeten zulangen«, ergänzte der Pastor und setzte sich. »Er ist eben skrupellos, schnell und gut ausgerüstet. Selbst wenn alles dem Gesetz nach vonstattengeht, bleibt da ein

Hauch von Ungerechtigkeit. Denn jene, denen das Bergegut über eine schlechte Zeit hinweghelfen könnte, haben das Nachsehen, und der Reiche wird immer reicher.«

»Es scheint viel Konkurrenz um das Bergegut zu geben«, überlegte Kohl laut. »Sogar die Verwertung angeschwemmter Dinge kann ins Gefängnis führen. Da frage ich mich, ob der Tod dieses Wattläufers damit zu tun haben könnte?«

Die Eheleute Mechlenburg schüttelten gleichzeitig den Kopf. »Der arme Busso Dahl war kein Rivale für jemanden, der ein Boot besitzt«, erklärte der Pastor.

»Und beim entschlossenen Zugreifen am Strand fehlte ihm der entscheidende Biss«, setzte seine Gattin hinzu. »Für eine erfolgreiche Ernte bei angeschwemmtem Gut muss man aufmerksam sein und oft und lange am Wasser entlanggehen. Das hat er wohl eher seinen Söhnen überlassen. Nein, nein, wenn es einen Grund für diesen Tod gibt, dann sollte man ihn woanders suchen.«

Für einen Augenblick beherrschte allein das Ticken der Wanduhr den Raum. Kohl dachte nach. Für ihn war es ein Tag voller neuer und zum Teil verwirrender Eindrücke gewesen, und er wusste allmählich nicht mehr, was er von dem Tod des Postläufers halten sollte.

»Ich habe bisher verstanden, dass Amrum auf den ersten Blick eine karge Insel ist, die aber den Fleißigen nährt«, wechselte er das Thema. »Ist denn das Land an der Südspitze von einer besonderen Qualität?«

Der Pastor blickte ihn einigermaßen irritiert an, überlegte und zuckte dann die Schultern. »Der Boden dort ist nicht viel anders als im Rest des Eilandes. Es finden sich Dünen, Heide, Felder und hin und wieder ein Süßwassertümpel. Der Strand allerdings scheint mir immer mächtiger zu werden. Ein guter Schutz gegen den blanken Hans, der mit seinen Sturmfluten schon ganze Städte ins Meer gerissen hat.«

»Welche Art von Landwirtschaft wird dort betrieben?«

»Kartoffeln, Kohl und Rüben wohl«, antwortete der Pastor. »Wir selbst besitzen ebendort keinen Flecken, unser Land zieht sich gen Norddorf.«

»Dafür soll der Strandvogt im Süden einiges sein Eigen nennen«, fügte die Frau des Hauses spitz hinzu und ließ sich auch vom missbilligenden Blick ihres Gatten nicht den Mund verbieten. »Und zwar so viel, dass sein Haushalt mit der Bearbeitung nicht nachkommt und manches brachliegt. Eine Sünde ist das«, entschied sie und sah ihren Mann herausfordernd an. »Ich frage mich wirklich, was dieser Herr im Schilde führt. Wozu gehört jemandem so viel Sandland?«

»Wir wollen nicht schlecht von einem Mitmenschen denken, nur weil wir sein Handeln nicht verstehen«, sprach der Pastor und griff nach dem Glas Likör vor ihm. »Nur, merkwürdig ist es schon«, setzte er nach.

»Woher wissen Sie denn über den Landbesitz des Strandvogts so gut Bescheid?«, fragte Kohl. »Wird so etwas öffentlich gemacht?«

»Nein, die Grundbücher liegen beim Birkvogt auf Föhr. Jedoch, die Insel ist klein und hier weiß ein jeder vom anderen mehr, als ihm zusteht«, erklärte der Pastor und rutschte lächelnd in eine bequemere Haltung. »Aber nun, lieber Herr Kohl, wollen wir uns doch angenehmeren Themen zuwenden. Sie sind in Ihrer Profession bestimmt weit herumgekommen. Sprechen Sie fremde Sprachen? Sie müssen wissen, ich bin an derlei Dingen sehr interessiert und plane ein Wörterbuch über unser Amrumer Friesisch. Zudem faszinieren mich all die Sagen und Mythen, die sich die Leute hier im Schein der Öllampe erzählen, wenn draußen die See fast die Insel verschlingt. Solche Sammlungen kommen auch gerade in Mode. Mein Freund Tycho Mommsen hat zusammen mit einem jungen Juristen aus Husum, ich glaube, er heißt Theodor Storm, Lieder und Sagen aus Schleswig Holstein herausgegeben. Sagt Ihnen der Namen Mommsen etwas? Der Mann verfügt über Verbindungen bis zu Jacob Grimm in Berlin. Mit all diesen gleichgesinnten Sprachforschern korrespondiere ich in Fragen der Grammatik. Auch beim schriftlichen Festhalten der Aussprache heißt es, so manche wilde Klippe zu umschiffen, die das Meer der Wissenschaft tosend zum Schäumen bringt. Nun aber zu Ihnen und Ihren Expeditionen, meine Frau gibt mir schon Zeichen, dass ich endlich still bin.«

»Oh ja, bitte«, rief die Gastgeberin, »Sie müssen uns unbedingt etwas von Ihren Abenteuern erzählen. Wir verlassen unsere Insel ja nur selten und reisen dann auch nicht sehr weit. Sie sollen ja schon im eisigen Russland gewesen sein. Stimmt es, dass alle Menschen dort Felle tragen?«

Dorfkrug

Dina und Nickels saßen in der Küchenecke am kleinen Arbeitstisch, gebeugt über ihre Zinnteller. Das niedrige Herdfeuer und eine Öllampe beleuchteten ihre Gesichter spärlich mit einem rötlichen Schimmer. Dina hatte an diesem Abend Weißkohl und Zwiebeln in einem Eisentopf angeröstet und etwas luftgetrocknete Wurst dazugegeben. Nun schoben sie das Essen mit einem Stück Graubrot auf die Gabel. Der Junge hatte ihr stolz erzählt, wie er dem feinen Herrn die Dünengräber gezeigt hatte. Dass er dafür einen halben Schilling bekommen hatte, erwähnte er lieber nicht. Dann war die Sprache auf die Beileidsbesuche der Inselbewohner bei der Witwe Dahl in Norddorf gekommen.

»Die alte Meta hat mich richtig böse angesehen«, berichtete er und schlang dabei das Essen in sich hinein. »Und die anderen Leute haben mich ausgeschimpft. Aber ich habe nur dagestanden und geschaut. Wirklich gemein ist, dass mich Meta ihre Tiere hüten lässt, mich sogar lobt, und dann doch etwas gegen mich hat, und ich weiß nicht, was. Kannst du das erklären, Dina?«

Sie schüttelte den Kopf. »Iss langsam, dein Essen nimmt dir ja niemand weg. – Du bist halt kein einfacher Zeitgenosse. Die Amrumer halten nicht viel von einem Herumtreiber, der nirgendwo richtig hingehört. Vielleicht warst du bei der Meta ja auch schusselig, hast etwas kaputtgemacht oder gar geklaut?«

Nickels, der gerade noch mit vollen Backen kaute, riss die Augen auf und schluckte sein Essen hinunter. »Nichts davon«, krächzte er, »ich bin immer sehr aufmerksam. Ich sehe sogar viel auf der Insel, was andere übersehen. Zum Beispiel diesen Kaufmann im grünen Rock, mit seinen goldenen Knöpfen und dem Bauchladen. Der war heute in Norddorf, dabei habe ich ihn schon vor zwei Tagen oben an der Odde gesehen, am Watt. Ich glaube, er kam von Föhr herüber. Nur das glaubt mir keiner. Auch der feine Herr nicht.« Er unterbrach, um sich eine weitere Portion von dem Eintopfgericht auf den Teller zu füllen.

Dina hörte aufmerksam zu. Gerade jetzt fand sie Nachrichten über Inselfremde besonders interessant. »Ja?«, versuchte sie ihn zum Weiterreden zu ermutigen.

»Dem du die Futjes gebacken hast, dem hab ich das auch schon gesagt.«

Mehr war über dieses Gespräch wohl nicht von ihm zu erfahren. Deshalb fragte sie weiter: »Und du bist dir sicher, dass der Mann, den du an der Odde gesehen hast, dieser reisende Kaufmann war? Wilhelm Poppenbüttel, der jedes Jahr zu uns kommt?«

Nickels nickte heftig. »Ja doch, ich hab ihn an seinen vielen Knöpfen am Rock erkannt, die im Mondlicht aufblitzen.«

»Ist der dann nicht abends immer in der Schänke?«, überlegte sie laut. Sie blickte suchend über ihre Küchenregale, bis sie einen Krug mit Zinndeckel sah. »Ich glaube, ich sollte dort Most holen, unserer scheint ausgegangen zu sein. Mit etwas Glück kann ich dabei einen Blick auf deinen unheimlichen Kerl werfen.«

»Aber Dina!«, rief Nickels aus, »der Kaufmann wird nicht hier in Nebel sein. Überleg doch mal. Norddorf ist doppelt so groß und hat einen eigenen Dorfkrug. Da wird er bessere Geschäfte machen. Er ist heute sicher nicht weitergekommen.«

Dina sah Nickels überrascht an. Er hat vollkommen Recht. So wirr, wie alle immer behaupteten, war der Junge gar nicht. Sie stand auf, sah an ihrer Kleidung herunter und überlegte.

»Dann gibt es eben keinen Most. Richte mir eine Laterne, ich werde wohl einen Gang nach Norddorf machen müssen. Schließlich habe ich den Dahls auch noch nicht mein Beileid ausgesprochen. Und vielleicht, wenn dein Bauchladenverkäufer im

Dorfkrug ist, kann er mir einige gewebte Bänder für die Leichenfeier verkaufen. Most werde ich von dort keinen holen, dazu ist mir der Krug zu schwer.«

Nickels sprang vom Tisch auf und stieß dabei seinen Hocker um. Hastig wischte er seine Hände an der Hose ab und sah sich in der Küche nach der Tranleuchte um. »Da-da-darf ich denn mitkommen? Es ist dunkel und niemand sollte draußen alleine sein.«

Dina strich ihm lächelnd durch das strohige Haar und dachte nach. Es konnte wirklich nicht schaden, in Begleitung die Nacht zu durchqueren. Nickels war kräftig und ihr zugetan. Wo gerade eine Bluttat geschehen war, war vielleicht eine zweite nicht weit. Außerdem hielt sie es für keine gute Idee, dem jungen Mann ihr Haus und die Tiere zu überlassen.

Sie ging in die Diele, nahm die an einem Haken hängende Laterne und reichte sie Nickels. »Sieh nach, ob genug Öl drin ist. Ich richte mich nur kurz her.« Damit verschwand sie im Kellerzimmer neben der Küche, von wo sich ein Gang zu den Bettnischen anschloss, die in der Wand eingelassen waren. Hinter diesen Alkoven gab es Wäscheregale und Kleidertruhen. Dina suchte eine dunkelgrüne Schürze aus glänzendem Leinen heraus, setzte ihre bestickte Haube auf ihr Haar und schlang ein wärmendes Tuch um die Schultern. Dann sah sie nach Nickels. Die Haustür stand offen. Ein Lichtschein und das Geklapper von Metalleimern zeigten an, dass ihr Hausgehilfe bei den Tieren war. Sie ging den Geräuschen nach. Sie empfing das leise Meckern und Schlürfen der Ziegen an dem frisch gefüllten Wassertrog. Die Kuh lag im Stroh und die Hühner saßen auf der Stange.

»Ich hab den Hippen nur schnell was zu trinken gegeben. Den ganzen Tag hat sich ja keiner gekümmert«, erklärte der Dünenjunge, nahm die Laterne von der Wand und kam auf Dina zu, um sie zu begleiten. »Morgen mache ich den Stall sauber.«

Die dünne Sichel des zunehmenden Mondes erhellte den Weg nach Norddorf nur spärlich. Immer wieder schoben sich Wolken davor. Die nächtlichen Geräusche am Wegesrand beeindruckten Dina und Nickels kaum. Plötzlich jedoch kamen ihnen Gestalten aus dem Dunkel entgegen. Der Schein einer Laterne zeigte bleiche Gesichter mit harten Konturen. Beide zuckten zusammen. Doch schnell atmeten sie auf, als Dina Bewohner ihres Dorfes erkannte und leise grüßte. Ein kurzes Nachfragen, dann war klar, ja, man kam gerade von den Dahls.

Der Weg zum Trauerhaus am westlich gelegenen Rande Norddorfs führte über die Hauptstraße am Dorfkrug vorbei. Die niedrige Schenke lag längs des Weges. Die Lichter an den Tischen funkelten durch die kleinen Fensterscheiben. Dina beschloss zuerst hier haltzumachen.

»Du bleibst draußen und wartest«, wies Dina ihren Begleiter an und deutete auf eine dunkle Ecke an der Außenmauer. »Der Bauchladenverkäufer hat dich ja vielleicht auch gesehen. Sollte er etwas im Schilde führen, wäre es nicht klug, ihn misstrauisch zu machen. Deshalb wirst du ihn meiden.« Leise murrend folgte Nickels dieser Weisung, schirmte die Laterne mit seiner Jacke ab und stellte sich abseits.

Als Dina die Schenke betrat, schlugen ihr Tabakrauch und ein warmer, alkoholgeschwängerter Dunst entgegen. Sie musste husten und ihre Augen begannen zu tränen. Doch schnell hatte sie sich an diese schwere Luft gewöhnt und sah sich um. Sie war die einzige Frau im Raum. Wenige Männer, vom harten Leben auf See gezeichnet, saßen allein oder zum Kartenspiel vereint vor ihren Bechern und zogen an ihren Pfeifen. Einer von ihnen war ihr gut bekannt, denn er hatte ihrem Bruder viele Male schon Schiffe genannt, auf denen er anheuern konnte. Es war Tadeus Lindhorst. Als der alte Kapitän sie erkannte, hob er überrascht die Augenbrauen und tippte lässig grüßend mit dem Pfeifenmundstück gegen seine Stirn. Dann wandte er sich wieder den Spielern zu.

Über dem Tresen hing ein Licht. Sie nickte dem Wirt dahinter zu und ging tiefer in den Raum hinein. Am hinteren Ende sah sie Poppenbüttel. Er saß auf einer Eckbank und konnte von dort den ganzen Schankraum überblicken. Vor ihm auf dem Tisch stand aufgeklappt sein Holzkoffer, in dessen Fächer er seine Ware sortierte. Seine Kleidung machte ihn zu einem Fremdkörper unter den Rauchern und Zechern: die Hose aus kariertem Wollstoff samt Weste aus gleichem Tuch. Für Amrumer Verhältnisse ein viel zu modisches Kleidungsstück. Auch das Halstuch aus cremefarbener Rohseide wirkte ihrer Meinung nach auf dieser sturmerprobten Düneninsel deplatziert. Neben ihm auf der Bank lag ein speckiger Zylinder. Den grünen Rock, von dem Nickels gesprochen hatte, entdeckte sie zusammengefaltet bei einer ledernen Reisetasche.

Mit leicht zu Boden gerichtetem Blick und sittsam vor den Leib gelegten Händen trat Dina an den Tisch des Kaufmanns. Wie aus seinen Gedanken gerissen sah er zu ihr auf. Sie blickte in das Gesicht eines Mannes um die 45 Jahre. Seine zu groß geratene, knollig verwachsene Nase gab ihm in Verbindung mit seiner vielfach durch kleine Narben gezeichneten Haut etwas Vierschrötiges. Lang gewachsene Koteletten bedeckten seine Wangen.

»Moin Poppenbüttel«, murmelte Dina, »hast du uns wieder schöne Bänder mitgebracht?«

Der Angesprochene nickte grinsend, erhob sich halb von der Bank und deutete eine Verbeugung an. »Gewiss, und neue Schnittbögen nach der Pariser Mode. Wie immer zu Diensten.« Damit drehte er den Bauchladen auf dem Tisch zu ihr um und schwenkte mit der Hand einladend über seine farbenfrohe Ware. »Gewebte, seidene Schmuckbänder für jeden Anlass, Nähgarn in allerlei Farben und Stärken, passende Nadeln, Silber-, Holz- und Perlmuttknöpfe. Sieh dir meine Kollektion nur in aller Ruhe an«, forderte er die Amrumerin auf. »Natürlich benötigt eine Schönheit wie du keinen bunten Tand, da betont doch eher das Schlichte deine Anmut.«

Seine Augen glitten von dem Kopf mit dem blonden Haar, das die Haube nur halb bedeckte, über ihren Hals und die Brust bis hinab zu ihren Hüften. Mit seiner Zungenspitze netzte er seine Lippen, dann griff er hastig zu einem auf dem Tisch stehenden Becher Wein und trank einen Schluck. »Aber vielleicht hast du ja eine liebe Freundin, der du eine Freude machen möchtest? Greif nur zu«, munterte er sie auf.

Dina sah sich nach einem Stuhl um, zog den zu sich heran und setzte sich ihm gegenüber. Für einen Moment war sie ratlos. Was sollte sie diesen Mann fragen, wie herausfinden, ob Nickels mit seiner Beobachtung Recht hatte? Und wenn schon, was für eine Bedeutung hatte das? Ganz in Gedanken nahm sie eine der Nähnadeln aus einem der vielen Fächer und hielt die Öse gegen das Licht.

»Tadellos gestanzt«, kommentierte der Händler, »da bleibt kein Faden hängen.«

»Man sagt, du warst dabei, als der Tote im Watt gefunden wurde«, begann Dina. »Das muss ja ein grausamer Anblick gewesen sein«, flüsterte sie mit ängstlicher Stimme, »so etwas erträgt sicher nur ein starker Charakter, der schon viel erlebt hat.« Sie lächelte ihn an, und das grobe Gesicht Poppenbüttels erstrahlte. Er lehnte sich in seiner Bank zurück, nahm noch einen Schluck und räusperte sich.

»Ich habe ihn als Erster gesehen«, betonte er. »Wenn ich nicht darauf bestanden hätte, der Sache auf den Grund zu gehen, hätten die übrigen Fahrgäste den Leichnam für Treibgut gehalten. In der Tat, der arme Teufel dort war keines einfachen Todes gestorben.«

»In seinem Rücken soll eine Harpune gesteckt haben, stimmt das?«, wollte Dina wissen.

»Wohl eher in der rechten Schulter. Aber eine Harpune! Jawohl, das ist richtig. Ich kann mir vorstellen, dass dieser Angriff den Mann gar nicht tödlich getroffen hat. Jedenfalls nicht so, dass er sofort die Segel gestrichen hat. Vielleicht hat er sich noch kriechend durch das Watt bewegt«, sinnierte Poppenbüttel laut und nahm seinerseits eine andere Nadel aus dem kleinen Bauchladenfach und rollte sie zwischen seinen Fingern.

Dina wählte beiläufig eine Rolle mit Band aus einem Koffer, wickelte ein Stück ab und betrachtete Vorder- und Rückseite. Der Händler sah ihr mit wachem Blick zu, griff eine Rolle Nähgarn und zog das lose Ende gerade. Er fädelte es gedankenverloren in die Nadel ein, die er nur kurz abgelegt hatte, und gleich wieder heraus.

»Wenn du erst heute Morgen mit dem Wagen über das Watt gekommen bist, wie kommt es dann, dass du schon vor zwei Tagen zur Abendebbe auf der Insel warst, oben an der Odde?«, flüsterte sie, und Poppenbüttel sah erschrocken auf. Mit aufgerissenen

Augen blickte er durch den Schankraum, als suche er nach ungebetenen Zeugen. Er schüttelte den Kopf und lächelte schief.

»Ich weiß wirklich nicht ... also ich ... das muss eine Verwechslung sein«, stotterte er. »Als reisender Händler habe ich meine Route, da gibt es keinen Grund, dieses armselige Amrum gleich zweimal in drei Tagen zu bereisen. Was bitte soll das? Ich war nicht hier, und einen Doppelgänger habe ich nicht.« Den letzten Satz hatte er mit fester Stimme und einem Hauch von Wut gesprochen.

Dina zuckte mit den Schultern und deutete auf die Nähnadel zwischen seinen Fingern. »Lässt der Faden sich auch einwandfrei führen?«, wechselte sie das Thema und beobachtete, wie der Händler nun mit zittriger Hand das Garn an das Nadelöhr führte. Das hatte vorhin deutlich geübter ausgesehen, stellte sie für sich fest und lächelte. »Nun denn, nichts für ungut. Es ist schon spät und keine gute Zeit für eine Kaufentscheidung. Vielleicht komme ich morgen wieder«, erklärte sie, stand auf und durchquerte, ohne eine Reaktion von ihm abzuwarten, die Schenke. Sie hatte die Tür noch nicht ganz erreicht, als von draußen eine laute Stimme in den Schankraum drang.

»Das war der Kau-Kaufmann!«, überschlug sich die Stimme eines jungen Mannes. »Ich sag es euch, der Kerl im grünen Rock führt nichts Gutes im Schilde«, erklang es weiter.

Hastig stieß Dina die Tür auf und trat, gefolgt von einigen Schankgästen, hinaus in die Dunkelheit. Ihr erster Blick galt dem Winkel in der Hausmauer, in den Nickels sich gestellt hatte. Sie fand ihre Befürchtungen bestätigt. Dort war niemand zu sehen. Allein ihre Lampe stand auf dem Boden, das kleine Licht des heruntergedrehten Dochtes flackerte unruhig.

»Wer sich mit ihm einlässt, wird im Watt enden«, verklang die junge Stimme nun hinter dem Haus. Beim letzten Satz ging ein Raunen durch die Männer, die zum Ausgang geeilt waren und in die Dunkelheit starrten. Plötzlich wurden sie unter wütenden Beschimpfungen beiseitegedrückt. Bauchladenverkäufer Poppenbüttel drängte sich zwischen den Gaffern hindurch und blieb neben Dina stehen.

»Wer war das?«, bellte er sie an. »Welcher Hundsfott klagt mich da an?« Mit rot unterlaufenen, weit aufgerissenen Augen stierte er die Friesin an. »Du feiger Saukerl!«, schrie er in die Nacht. »Wenn ich dich kriege, mache ich Fischfutter aus dir!« Das entsprach durchaus dem, was Nickels gerade über ihn gerufen hatte, fand Dina.

»Aber Wilhelm, das klang doch eher nach einem Bubenstreich als nach einer Drohung«, erklärte sie in beruhigendem Ton. »Findest du nicht? Das wird irgendein hergelaufener Dorfjunge gewesen sein, dem deine Nase nicht gepasst hat.«

»Meine ...«, Poppenbüttel holte Luft, tippte empört gegen seine knollig verwachsene Nase und drehte sich um. Weit ausholend schritt er zurück in den Dorfkrug. Dina, die inzwischen die Gegenwart dieses Mannes meiden wollte, zögerte. Dann folgte sie ihm trotzdem. Eine ungute Ahnung beschlich sie, und nun erschien es ihr wichtig, Poppenbüttel genau zu beobachten.

»Branntwein!«, rief er und trat an den Tresen, um dem Wirt den kaum gefüllten Zinnbecher aus der Hand zu reißen. Wütend sah er sich im Raum um. Dina, die ihn mit bemüht mitfühlender Miene beobachtete, schien er zu übersehen. Verwünschungen vor sich hin knurrend ging Poppenbüttel an seinen Platz zurück und ließ sich auf die Bank fallen. Den Alkohol, den er dabei auf dem Tisch verschüttete, wischte er mit seinem Ärmel auf, dann setzte er den Becher an die Lippen. Dina fiel auf, wie sehr seine Hand zitterte. Als er leise stöhnend ausgetrunken hatte, wirkte er ruhiger. Sein Fluchen war verstummt, dafür irrte sein Blick misstrauischer denn je durch den Raum. Er klappte seinen Bauchladen zusammen und stellte ihn neben seinen Rock. Doch plötzlich sprang er erschrocken auf.

»Verdammte Diebe!«, schrie er. »Meine Tasche ist weg, meine Reisetasche! Wie kann das angehen?« Vorwurfsvoll spuckte er die Frage in Richtung des Wirtes aus, lief im Lokal umher und sah unter Tischen und Bänken und in jeder Ecke nach.

»Aber Poppenbüttel«, erklärte der Wirt, »es ist niemand hier, der nicht eben auch schon da war.« Doch grübelnd stellte er das Glas ab, das er gerade polierte, und ging in den hinteren Bereich der Schenke. Über einen dunklen Flur gelangte er zu der kleinen

Küche, die von dem glimmenden Licht des Herdfeuers erhellt wurde. Ohne auf seinen Gast zu achten, der ihm gefolgt war, trat er an den Hintereingang und drückte die Klinke hinunter. Die Tür war unverschlossen.

Kalter Wind kam ihm entgegen, aber draußen war niemand. Er ging nach nebenan, in das Kellerzimmer, von dem aus man ebenfalls den Schankraum erreichen konnte. Er öffnete die Tür und stand wieder vor der Bank, auf der nur noch Poppenbüttels Bauchladen stand.

»Durch die Hintertür in die Küche und von da aus durch das Kellerzimmer hierher ist der Dieb gegangen«, fasste Poppenbüttel im Rücken des Wirtes den Hergang murmelnd zusammen. »Abgelenkt und ausgetrickst, und das auf einer christlichen Frieseninsel. Das gereicht euch Amrumern nicht zur Ehre. Aber ich hätte es wissen müssen. Ein Eiland voller Strandpiraten. Hat schon mein Bruder gesagt.« Damit schob er den Wirt beiseite und prüfte den Inhalt seines Bauchladens. »Noch alles da«, stellte er fest. »Kein Wunder. Für Schönes fehlt es euch an Sinn.«

»Das wird sich aufklären«, beschwichtigte der Wirt, »war bestimmt der Scherz eines Lausejungen. Dem, der sich in Dünen und Dörfern herumdrückt, dem würde ich das zutrauen. Bei dem sollten wir die Reisetasche suchen.«

Dina hatte im Schankraum gut zugehört und trat nun zu Poppenbüttel. »Oh wie schrecklich! Das muss ja ein großer Verlust sein, so auf der Reise. Was ist denn weggekommen?«

Poppenbüttel zuckte die Achseln, sah sie dabei aber misstrauisch an. »Ein frisches Hemd war in der Tasche, ein Hornkamm, eine Pfeife mit gutem, englischem Tabak, ein Fläschchen Haaröl, eine Zeitung«, zählte er mit monotoner Stimme auf. »Meinen Geldbeutel habe ich ja immer bei mir, den hat der Dieb also nicht bekommen. – Wie sieht der Rumtreiber denn aus, den du verdächtigst?«

Der Wirt überlegte und sah dabei zur Decke. »Blond ist er, insgesamt etwas verwildert. Das Kinn steht leicht vor und ein Auge schielt zur Seite. Wenn er nicht Kaninchen fängt oder in den Dünen liegt, verdingt er sich für Brot als Tagelöhner. Aber bei wem er gerade untergekrochen ist, das weiß ich nicht. Das können wir morgen klären. Ich bring dir noch einen Branntwein, einen extraguten«, meinte der Wirt. »Der ist das Richtige gegen die Aufregung und geht aufs Haus.«

Auch Dina hatte einen Verdacht, aber dem nachzugehen, das musste warten. Während sie Norddorf durchquerte, beleuchtete der Lichtschein sparsam erhellter Stuben ihren Weg. Sie ging weiter in Richtung des Trauerhauses, das am Ende des Dorfes lag. Plötzlich gewahrte sie hinter sich das Knirschen von in den Sand gesetzten Schritten. Sie drehte sich um, hielt ihr Licht über dem Kopf und starrte ins Dunkel. In die Geräusche, die näher kamen, mischte sich das Lachen einer ihr wohlbekannten Stimme.

»Was hast du dir nur dabei gedacht!«, flüsterte sie und schüttelte empört den Kopf, als Nickels triumphal sein Diebesgut hochhielt. »Morgen wird die ganze Insel Bescheid wissen, dann kannst du dich mit deiner Beute nirgends blicken lassen. Was also soll das?«

»Ha-hat doch gut ge-geklappt, meine kleine Überraschung. Wir werden seine Tasche untersuchen und sehen, was sich dort verbirgt.«

»Keinen Fuß weiter gehst du mehr damit im Arm«, befahl Dina. »Jeder, der dich heute mit ihr sieht, wird dich anzeigen. Und der Wirt hat schon Verdacht geschöpft.« Sie nahm Nickels die Reisetasche aus der Hand und legte sie neben den Weg in eine grasige Mulde. »Aber wenn wir sie nun mal haben, können wir auch nachschauen, was drin ist.« Er öffnete sie, doch sein eigener Schatten legte sich über den Inhalt und er konnte nichts sehen. So leuchtete sie ihm, während er die Tasche auspackte. Es war, wie Poppenbüttel gesagt hatte. Die ganz persönliche Ausstattung eines Reisenden kam zutage. Neugierig schnupperte der Junge an der Pfeife und öffnete den Tabaksbeutel. Fragend blickte er zu Dina auf. »Nein, lass die Finger davon. Alles könnte dich verraten. Und das teure Pfeifenkraut passt nicht zu dir.«

»Na gut«, gab Nickels nach, »dann aber wenigstens das«, und er griff die dünnen Blätter einer Zeitung, faltete sie zusammen und steckte es in seine Rocktasche. »Nachrichten aus der Welt sind doch immer interessant, und nach dem Lesen können wir das Papier verbrennen.« Er legte die restlichen Sachen zurück und verschloss die Reisetasche.

»Wir lassen sie jetzt da liegen«, entschied Dina und zog den Jungen zu sich hoch. »Du begleitest mich noch zu den Dahls, dann gehen wir sofort heim.«

Nächtliche Geräusche

In Kohls Dachkammer warf eine Kerze ihr goldenes Licht in den Raum. Sein Mantel hing an einem Wandhaken, die Reisetaschen standen in der Ecke. Er hängte seinen Rock über die Stuhllehne, löste sein Halstuch und ließ sich ächzend auf dem Bett nieder. Während er aus seinen Stiefeln schlüpfte, glitt sein Blick die kargen Wände entlang, bis er an dem Bücherregal hängenblieb. Er widerstand dem müden Körper, der ihn nur allzu gern auf den mit Leinen bezogenen Kissen gehalten hätte, und stemmte sich hoch. Kohl griff nach dem Licht, durchquerte auf Socken die Kammer und betrachtete voller Neugier die kleine Sammlung gebundener wie gehefteter Texte. Bei den Stapeln handgeschriebener Seiten handelte es sich um Buchabschriften.

Ganz in den Inhalt vertieft, überhörte er zuerst das leise Klopfen an der Kammertür. Erst beim zweiten Mal schreckte er auf und öffnete. Der Schein seiner Kerze fiel in das hagere Gesicht Tycho Mechlenburgs. Des Pastors ältester Sohn hatte ihm seine Schlafstatt überlassen und stand nun im Dunkel des Flurs vor ihm. Mit einem verlegenen Lächeln zog er die Schultern hoch und deutete in die Kammer hinein.

»Entschuldigen Sie bitte die Störung. Ich weiß, es ist unhöflich, Sie jetzt noch aufzusuchen. Ob ich wohl eines meiner Bücher erbitten dürfte?«

Kohl machte einen Schritt zurück und lud ihn mit einer ausladenden Geste ein einzutreten. »Das ist ja ein schönes Zusammentreffen«, freute er sich. »Gerade habe ich einen Blick auf deine außergewöhnliche Sammlung geworfen. Ich muss schon sagen, eine derartige Textauswahl hätte ich auf einer abgelegenen Insel nicht erwartet. So tritt doch näher. Welcher deiner Bände soll dir denn den Abend versüßen?«

Der junge Mann trat an das Regal und überflog die Titel. Er tippte gegen einen Buchrücken aus dunkelgrünem Leder und drehte sich zu Kohl um. »Ich habe an den Pitaval gedacht, diese Zusammenstellung französischer Kriminalfälle. Darin wird nicht nur der Tathergang geschildert, sondern es gibt auch Überlegungen zum Tatmotiv, gefolgt von der Beschreibung der Tataufklärung. Gerade ist Amrum ja zum Schauplatz einer Bluttat geworden, und vielleicht lässt sich die Tat ja mit kriminalistischem Nachdenken aufklären.«

Kohl nickte und strich sich über seinen Schnäuzer. »Wie mir scheint, bist du schon ein Experte.« Er deutete auf das Regal und die Textabschriften. »Natürlich darf da Schillers *Verbrecher aus verlorener Ehre* nicht fehlen, nach einer wahren Begebenheit. Sogar Feuerbachs *Merkwürdige Rechtsfälle* haben es bis zu dir geschafft.«

»Den Schiller und Teile des Feuerbachs habe ich nur in Abschriften. Die Bücher konnte ich mir nicht leisten, und mein Vater, der Pastor, hätte sie auch dann nicht bezahlt, wenn das Geld da gewesen wäre. Selbst er schreibt geliehene Texte ab, meistens Werke über Sprachen. Mich interessieren aber viel mehr die Kriminalgeschichten.«

Kohl tippte gegen ein dünnes Heft. »Na, na. Mit Hoffmann von Fallerslebens Gedichtsammlung hier geht dein Interesse wohl auch ins Politische. Ich will gerne glauben, dass dein Vater mit dieser Leidenschaft nicht einverstanden ist. Das erinnert mich ein bisschen an die Unterhaltung heute Abend bei Tisch. Der Mann jedenfalls ist mit seiner Dichtung und diesem Lied der Deutschen in den deutschsprachigen Ländern eine Persona non grata. Die Herrschenden lassen ihn von ihrer Polizei bespitzeln und verfolgen ihn als Demagogen. Er riecht ihnen wohl schon zu sehr nach

Umsturz. Vielleicht solltest du anderen Poeten den Vorzug geben.«

Tycho wiegte den Kopf. »Sie meinen jemanden wie Hauff, diesem Schreiber von Märchen? Ich mag doch keine. Drüben auf Föhr hat der Pastor eine gut bestückte Bibliothek, da darf ich immer mal wieder vorbeischauen. Aber ganz ehrlich, all die mystischen und schwermütigen Erzählungen, die gerade so in Mode sind, die gefallen mir überhaupt nicht. Gerade deshalb mag ich ja die Kriminalfälle.«

»Ja also, wenn die dich so interessieren, welche Überlegungen hast du denn zum Tod dieses Postläufers? Wollen wir uns nicht setzen?« Und damit deutete er auf das Bett und zog den Stuhl vom Schreibtisch auch dorthin, um darauf Platz zu nehmen. Als er seinen Rücken gegen die gerade Rückenlehne drückte, verzog sich sein Gesicht zu einer schmerzhaften Grimasse. Er beugte sich nach vorn und stützte sich auf seine Oberschenkel. Tychos Kopf kam ihm, da er sich ebenfalls vorbeugte, sehr nahe, und so reichte ein Murmeln für den kriminalistischen Gedankenaustausch.

»Zum einen gibt es da die klaren Fakten«, erklärte Tycho. »Postläufer Busso Dahl hat das Watt am Dienstagmorgen betreten. Das war sein vorgeschriebener Postgang. Da er nach Föhr wollte, hat er das Niedrigwasser am Tagesanfang gewählt, um die sechs Uhr also. Die Sonne geht erst eine Stunde später auf. Fünf Tage nach Neumond war es ziemlich dunkel. Er hat wohl wie immer eine Kiepe mit Briefen und kleineren Handelswaren bei sich getragen, vielleicht ein paar Heidebesen und Seile. Er hatte seinen Kompass dabei und wird einen gehörigen Schluck Schnaps gegen die Kälte getrunken haben. Da er für die Markierung des Fußwegs im Watt zuständig war, war er mit der Strecke bestens vertraut.«

»Du scheinst ihn sehr gut gekannt zu haben«, stellte Kohl fest und Tycho nickte.

»Solange ich denken kann, war er für die Insel der Postläufer. Die Gemeinde hat ihn dafür bezahlt, dass er den Weg durch den Schlick nach Föhr immer neu markierte. Denn wenn die Priele sich ändern, muss auch der Weg neu gesteckt werden. Und er hat

Geld bekommen, die Post zu holen und zu bringen. Aber die Leute sagen, dass er oft unzuverlässig war. Er hat schon mal seinen Posttag verschlafen oder vertrödelt, sodass Briefe nicht rechtzeitig ankamen. Auch hat er wohl mal ganze Ladungen davon im Watt verloren, als er wieder so besoffen war, dass er hingestürzt ist. Ein Priel soll dann alles mit sich gerissen haben. Das kann sehr schwerwiegende Folgen haben. Wenn zum Beispiel ein Reeder in Hamburg einem Kapitän oder Steuermann ein Schiff für eine gute Heuer anbietet, muss der sofort darauf reagieren. Sonst sucht der Eigner sich einen anderen. Er kann ja nicht lange warten, denn für die Handelsschiffe oder die Robbenschläger gibt es günstige und ungünstige Monate. Und da die Post zwischen den Hafenstädten und Amrum ohnehin geraume Zeit dauert, ist jede Verzögerung besonders verdrießlich. – Aber sollten wir uns nicht dem direkten Fall zuwenden?«

Kohl hielt das zwar keineswegs für unbedeutenden Tratsch, stimmte seinem Vorschlag aber durch ein einfaches Nicken zu.

»Dann haben wir am Hinterkopf des Toten eine Schlagwunde«, führte Tycho weiter aus, »in der rechten Schulter eine Harpune und die grausame Befestigung durch Holzpflöcke im Wattboden.«

»Sag mal, woher weißt du das alles so genau? Hast du mit deinem Vater darüber gesprochen oder mit jemand anderem?«

Tycho zögerte einen Augenblick, bevor er antwortete. »Nein, ich habe den Bericht des Pastors gelesen, den er für den Strandvogt schreiben musste.« Er deutete auf das Bücherregal und lächelte verlegen. »Sie kennen ja nun meine Leidenschaft für das Verbrechen, da konnte ich doch nicht wegsehen.«

Kohl strich die Spitzen seines Schnurrbartes nach oben, die sich über den Tag gern immer weiter nach unten neigten. Er erhob sich von dem unbequemen Stuhl und begann, langsam im Raum auf und ab zu gehen. Plötzlich hielt er inne und mit zwei schnellen Schritten war er bei seinem Mantel, der an der Wand hing. Von den neugierigen Blicken des Pastorensohns verfolgt, griff er in eine der Taschen und zog einige Holzspäne hervor, um sie ins Kerzenlicht zu halten.

»Die lagen unter dem Leichnam. Vom Körper in den Sand gedrückt und vor dem Kommen und Gehen der See geschützt. Scheinen mir Stücke von verschiedenen Hölzern zu sein. Wie auch die Holzpflöcke, mit denen die Kleidung des armen Postlers an den Meeresboden genagelt worden ist.«

»Sehen aus wie Treibholz«, dachte Tycho laut und kam dann auf den Mord zurück. »Jemand hat versucht, Busso Dahl gleich mehrfach zu töten. Obwohl ich so viel über die Insel und die Leute hier weiß, kann ich mir niemanden vorstellen, der so etwas tut. Ich wüsste zudem keinen Anlass. Und ein Motiv, sei es auch noch so abwegig, ist immer notwendig. Das wissen wir ja nun aus der Kriminalwissenschaft.«

»Und wenn es ein Inselfremder war?«, überlegte Kohl. »Ein Unbekannter, der vielleicht Tage zuvor nach Amrum gekommen ist, sich verborgen hat und dann dem Postläufer ins tödliche Watt gefolgt ist?«

Tycho wiegte den Kopf hin und her. »Ja, aber warum sollte er das tun? Kennen wir den Grund, haben wir auch einen Tatverdächtigen«, stellte er entschieden fest. Dann deutete er auf die Holzspäne. »Soll Ihr Täter dem Opfer zu Fuß nachgegangen sein? Hatte er die Holzpflöcke schon angespitzt bei sich, weil er wusste, was er damit vorhatte? Oder hat jemand nur Holz durch das Watt getragen, um es auf Föhr zu verkaufen? Hat er es vielleicht im Angesicht des Postläufers erst zurechtgespitzt? Das würde die Späne erklären.«

Kohl hörte den Ausführungen dieses jungen Mannes mit offenem Mund zu. Er war begeistert. »Wenn wir wüssten, wer am Dienstagmorgen das Watt betreten hat, um Holz nach Föhr zu tragen, wären wir einen Schritt weiter. Wen könnte man da denn fragen? So früh am Morgen, noch dazu in der Dunkelheit, sind sicher auch auf Amrum nur wenige Menschen unterwegs.«

»Strandgänger vielleicht, aber die werden an der Seeseite gewesen sein. Vielleicht war jemand bei seinen Reusen im Watt«, überlegte Tycho. »Ich muss wohl in den Dörfern herumfragen, wer an dem Tag rüber wollte.« Plötzlich durchfuhr ihn ein Gedanke. »Die Kutsche!«, rief er. »Natürlich. Krino Brahms musste nach Föhr, um seine Passagiere abzuholen. Sie saßen ja später auch bei ihm auf der Ladefläche. Da er des Morgens rübergefahren ist, muss er eigentlich an dem Postläufer vorbeigekommen sein. Oder er ist erst gegen sieben Uhr abends aufgebrochen. Doch auch dann wird er den Leichnam gesehen haben, schließlich war der Tote am Meeresboden festgepflockt. Außer, er hat einen anderen Weg genommen. Aber das hieße, sich in tödliche Gefahr zu begeben.«

Kohl war elektrisiert. »Am Dienstag hat Busso Dahl zum letzten Mal das Watt betreten. Am Mittwochmorgen haben wir ihn tot im Watt gefunden. Ein großer Zeitraum, in dem sich ein Täter bewegen konnte.«

»So gewaltig ist die Spanne nicht«, widersprach Tycho. »Bedenken Sie doch, der Meeresboden ist nur wenige Stunden am Tag zu begehen.«

Kohl war sehr beeindruckt von Tychos Schlussfolgerungen. Was für ein hoffnungsvoller Vertreter der jungen Generation, dachte er. Doch dann schob sich ein anderes Bild über seine Betrachtung. »Tycho, du bist im Kopf so aufgeräumt und siehst die Dinge so klar. Es will mir nicht in den Sinn, warum jemand wie du sich an so einer wüsten Keilerei gegen Nickels beteiligt. Der war wirklich deutlich unterlegen. Da hast du dich kaum von einem Despoten unterschieden, der sein schwaches Volk unterdrückt.«

Der Gescholtene, der vornübergebeugt auf dem Bett saß, sackte noch weiter in sich zusammen und blickte zu Boden. Als er wieder aufsah, war sein Mund dünnlippig zusammengepresst und nach unten gezogen. Er zuckte mit den Schultern.

»Ja, es war falsch. Ich hab mich wohl von den Dahlbrüdern anstecken lassen. Sie haben sich geärgert, weil dieser Rumtreiber und Habenichts irgendwie von allen geduldet wird. Selbst der Strandvogt ist gnädig zu ihm und gibt ihm was zu essen. Dabei weiß jeder, dass er nichts taugt. Die alte Meta sagt, man muss ihn im Auge behalten, dann ginge es schon. Na, und als wir ihn auf dem Feld alleine gesehen haben, war für uns klar, dass er dort stiehlt. Da war eine ordentliche Tracht Prügel fällig. Wir konnten ja nicht wissen, dass er jetzt für Dina Martensen arbeitet.«

Bei der Erwähnung dieses Namens durchrieselte Kohl ein warmer Schauer. Er hielt in seinen Bewegungen inne, atmete tief durch und setzte sich wieder. »Sag mal, kennst du diese Dina näher? Was ist das für eine Frau, die alleine lebt und ihr Haus besorgt?«

Tycho sah den Mann, dem er sein Zimmer überlassen hatte, mit einem verschmitzten Grinsen an und legte dabei den Kopf ein wenig schief. »Ganz so gut kenne ich sie nicht. Ihr Bruder, Boy Jonas Martensen, fährt zur See, auf einem Robbenschläger. Schon der Vater hat unter Segeln sein Geld verdient. Aber das weiß ich nur von meinen Eltern. Über Dina wird nichts Schlechtes gesprochen. Sie soll fleißig sein und reinlich und den Kirchgang vergisst sie auch nie. Reich ist sie kaum, aber die Geschwister haben wohl ihr Auskommen, schon durch die Hinterlassenschaft ihrer Eltern.« Ein kieksiger Lacher aus der Brust des Pastorensohns unterbrach seine Ausführungen, und er beeilte sich, mit tieferer Stimme fortzufahren.

»Die Deern denkt zu viel und macht es den Männern schwer, sich für sie zu begeistern.« Er kratzte sich am Kopf und beobachtete den Schriftsteller. »Mein Vater sagt das öfter, wenn er Dina Martensen mal wieder alleine auf den Feldern sieht. Er ist wohl der Meinung, dass sie längst verheiratet sein müsste. Bewerber hat es genug gegeben. Aber sie will wohl keinen, der kaum daheim oder mundfaul ist. Leider trifft das aber auf die meisten hier zu. Meine Mutter hat sie einmal gefragt, ob sie so leben wolle wie die alte Meta. Ohne Familie und mit den Jahren wunderlich geworden. Da hat Dina lachend abgewunken und gemeint, zur rechten Zeit werde der Richtige schon kommen.«

»Sie hat niemanden, der ihr den Hof macht?«, wollte Kohl wissen. Zwar schüttelte er vor lauter Unverständnis den Kopf, doch gleichzeitig bemächtigte sich seiner eine freudige Erregung.

Der Pastorensohn lachte auf. »Nein, niemanden. Und wenn sie für ihre Landwirtschaft und im Haus Hilfe braucht, fragt sie wohl lieber die älteren Männer im Dorf. Oder die ganz jungen so wie mich. Dann gibt das auch keine Missverständnisse.« Er betrachtete den Reisenden mit einem abschätzenden Blick. »Vielleicht wäre ja jemand wie Sie, der die Welt gesehen hat, der Richtige? Aber vermutlich muss es doch ein Friese sein.«

Kohl verzog aus Verlegenheit den Mund und legte die Stirn in Falten. Langsam zog er seine Taschenuhr aus seiner Weste und blickte demonstrativ auf das Zifferblatt. Tycho verstand den Wink und sprang auf. Er verbeugte sich und ging zur Tür. Bevor er den Raum verließ, drehte er sich noch einmal zu Kohl um.

»Das mit dem Kompass ist auch kurios«, erklärte er. »Warum soll der Schlickläufer, der die Gefahren im Watt gekannt hat, ein unbrauchbares Navigationsgerät benutzen. Kann es sein, dass er von der Beschädigung gar nichts wusste? Was ist, wenn sich jemand absichtlich an dem Gerät zu schaffen gemacht hat, um ihn in die Irre zu führen und, wenn die Flut käme, gar in den Tod?« Tycho bemerkte die Überraschung in Kohls Gesicht, grinste und verschwand im Treppenhaus.

Ja, an den Kompass hatte Kohl nicht mehr gedacht, obwohl er ja den unbrauchbaren Gegenstand selbst beim Toten gesehen hatte. Dieser Tycho ist wirklich ein heller Kopf, fand Kohl und sah ihm nach. Aber jetzt hat er doch glatt seinen Lesestoff vergessen.

Im Trauerhaus drückte Dina der Witwe Dahl ihr Beileid aus. Nickels, ihr Begleiter, musste draußen warten. Die beiden Amrumerinnen, die sich wie die meisten Insulaner vom Sehen kannten, gaben sich gefasst die Hand. Eine Umarmung als Ausdruck größerer Nähe versagten sie sich, auch wenn die Inselgemeinschaft anlässlich eines solchen Schicksalsschlages zusammenrückte. Aber als Friesinnen hielten sich diese Frauen sehr damit zurück, ihre Gefühle zu zeigen. Es galt als wenig schicklich, seine Umgebung mit der Zurschaustellung eigener Empfindungen peinlich zu berühren, zumal der erste große Schock, der die Witwe Dahl getroffen hatte, schon einen halben Tag zurücklag.

»Ich danke dir für deinen Besuch, Dina«, wandte die Trauernde sich an die Besucherin. »Fast hättest du mich verpasst. Ich wollte für einen Moment hier raus, war mit meiner Tochter an der Wattseite. Wir haben da am Rand der Insel gesessen und der zurückweichenden See zugesehen.« Sie wies auf den aufgebahrten Toten.

»Es war ein ganz eigenes Abschiednehmen von Busso. Erst hat ihn die See verschlungen, dann tot wieder hergegeben. Da segelten auch noch einige Schiffe. Gebe der Herr, dass sie wohlbehalten einen sicheren Hafen finden. Nur er weiß, wann die Sanduhr unseres Daseins abläuft.« Die arme Frau wischte sich verstohlen eine Träne aus dem Augenwinkel und wandte sich dann den anderen Besuchern zu.

Doch bei aller Verzweiflung, die die Familie jetzt überkam, war Dina nichts aufgefallen, was zur Aufklärung dieser Bluttat hätte beitragen können. Endlich machte sie sich mit Nickels auf den Heimweg nach Nebel. Angespornt durch die Neugier, was die Zeitungsseiten aus Poppenbüttels Besitz für Rätsel bereithielten, ging der Junge deutlich schneller als auf dem Hinweg.

In Nebel waren sie zu dieser späten Stunde die Einzigen, die noch die Wege begingen. Der Ort lag schon im tiefen Schlaf. Plötzlich durchbrach ein Knall die Stille. Sie zuckten zusammen und blickten nach Süden in die Dunkelheit. Von dort war das Geräusch gekommen, gedämpft durch die Entfernung.

»Was war das denn?«, rief Dina und beeilte sich, ins Haus zu kommen.

»Das war ein Gewehrschuss«, erklärte Nickels in gelassenem Ton und folgte ihr. »Der Schuss kam aus der Richtung von Süddorf«, stellte er weiter fest. »Dabei kann man in der Nacht gar nicht jagen.«

»Vielleicht wollte jemand einen Dieb vertreiben«, antwortete Dina und verriegelte hinter ihnen die Haustür, »aber das wird sich morgen zeigen. So was spricht sich schnell herum.« Das Geräusch versetzte sie in Unruhe. Der Tote im Watt, dieser merkwürdige Kaufmann und jetzt dieser Knall, der möglicherweise ein Schuss war. Eine nicht greifbare Gefahr schien in der Luft zu liegen.

In der Diele legte Dina ihr Schultertuch ab, kontrollierte den verschlossenen Hintereingang und fütterte die Feuerstelle in der Küche mit etwas Holz. Die Takenplatte an der Rückseite des Herdes würde bald die Hitze in die Stube weiterleiten. Dort drehte sie das Öllicht höher und setzte sich an den Tisch. Nickels holte die dünnen Blätter des königlich privilegierten Husumer Wochenblatts hervor, entfaltete sie sorgfältig und legte sie auf die polierte Holzfläche. Es handelte sich um eine Ausgabe der ersten Septemberwoche 1845. Dina begann sofort zu lesen. Dabei lenkten Markierungen mit einem Bleistift ihre Aufmerksamkeit sofort auf einen Artikel, der auf der Mitte der Seite stand. »Der schaurige Untergang der Harmonie« lautete die Überschrift des gekennzeichneten Textes. Er berichtete vom 31. August 1845, als der deutsche Segeldampfer Harmonie mit 267 Auswanderern und 112 Mann Besatzung an Bord von Hamburg nach New York unterwegs war. Schon seit Tagen hatte dichter Nebel das Schiff umhüllt, das sich an diesem Tag den vorgelagerten Riffen der Scilly-Inseln näherte. Ein Navigationsfehler ließ den Dampfer auf Grund laufen. Wegen der schweren Brecher konnten die Menschen darauf nicht evakuiert werden, und so gelang es nur siebenunddreißig, mit Rettungsbooten das sichere Land zu erreichen. Dreihundertzweiundvierzig versanken in den Wellen. Nickels zeigte mit dem Finger auf das Fettgedruckte.

»U n t e r g a n g«, las er stockend und sah Dina fragend an.

»Was denn, ich dachte, du kannst lesen. Waren wohl sehr kurz, deine Schuljahre. Bist eben ein Rumtreiber«, mäkelte sie und erklärte ihm den Text, da Nickels sie weiter gespannt ansah.

»Wo liegen denn diese Scilly-Inseln?«, wollte er wissen.

»An der Südwestspitze Englands, vor der Grafschaft Cornwall«, antwortete die Schwester eines Seemanns, ohne aufzusehen und lange zu überlegen. Langsam blätterte sie die dünnen Seiten um und überflog die restlichen Überschriften. Aber nichts deutete darauf hin, dass einer der übrigen Artikel Poppenbüttel so interessiert hatte wie der über den Untergang des Auswandererschiffs. »Mir scheint, dieser Poppenbüttel hat irgendeine Verbindung zu diesem Unglück«, dachte sie laut. »Ob er jemanden kannte, der auf dem Schiff war und nun am Meeresgrund liegt? Oder hat er als Kaufmann einen Verlust an Fracht erlitten? Das in Erfahrung zu bringen, wird nicht einfach sein. Der Mann hält sich nie sehr lange auf Amrum auf. Da drängt die Zeit«, seufzte sie.

Krankenbesuch

Der folgende Tag brach für Kohl viel zu früh an. Wie durch Watte waren die Klänge des munterwerdenden Haushaltes in seinen Schlaf gedrungen und hatten seinen widerwillig erwachenden Geist in den dämmernden Morgen gezogen. Doch das Trappeln von Kinderfüßen und leises Kichern vor seiner Tür, das geräuschvolle Hantieren mit Tiegeln und Töpfen in der Küche, all das trieb ihn dann doch aus dem warmen Bett. Frierend zog er sich in der ungeheizten Kammer an und schlüpfte in seine Stiefel. Er trat an die Waschschüssel, benetzte das Gesicht mit etwas kaltem Wasser und trocknete sich ab. Ein Blick aus dem Fenster zeigte einen niedrigen graublauen Himmel ohne Wolken über dem dunkelbraunen Wattboden. Es wird wohl um die sieben Uhr sein, stellte er für sich fest. So viel hatte er inzwischen über das Kommen und Gehen der See gelernt.

Dann wollen wir mal Amrums düstere Geheimnisse gründlicher ausleuchten, ermunterte er sich und betrat das Treppenhaus. Schon auf der ersten knarzenden Stufe wurde er von den kleineren der Pastorenkinder begrüßt. Der sechsjährige Martin Gottlieb schien auf ihn gewartet zu haben. Der Junge wischte sich mit einem Ärmel über seine laufende Nase, griff die Hand des Gastes und führte ihn in den Speiseraum der Familie.

Wie am Abend versammelte sich die Hausgemeinschaft am Tisch. Während die Frau des Hauses die Morgensuppe in Schüsseln füllte, drückte der Pastor einen Laib Brot an seine Brust und schnitt dicke Scheiben davon ab. Lächelnd grüßte er den Schriftsteller und wies ihm mit dem Brotmesser einen Stuhl zu.

»Guten Morgen, Herr Kohl. Ich hoffe, Sie haben gut geschlafen. Das Nächtigen in fremden Betten ist nicht jedermanns Sache.«

Kohl nickte, fuhr sich über die Augen und unterdrückte ein Gähnen. Tycho, der ihm gegenübersaß, gluckste auf.

»Ja«, fuhr sein Vater fort, »das Landleben hat so seine eigenen Gesetzmäßigkeiten. Dazu gehört, dass man mit den Hühnern aufsteht. Die Versorgung des Viehs ist schon längst geschehen. Die Tiere mögen keine Langschläfer – Gott der Herr auch nicht.« Die Magd Judith stellte eine Kanne Tee und Tassen aus dickem, weißem Porzellan auf den Tisch. Daneben platzierte sie einen Steinguttopf mit Pflaumenmus. Der Pastor setzte sich und schob seinem Gast einen Teller mit Brotscheiben zu. »Wenn Sie den Leib mit unserem guten Roggenbrot gestärkt und den Geist mit starkem Tee belebt haben, können Sie Ihre Exkursion auf Amrum frisch beginnen. Darf ich fragen, wohin Sie Ihre Neugier heute treiben wird?«

Kohl umfasste seine Tasse mit beiden Händen und erfreute sich an der Wärme. Nachdenklich blies er über das heiße Getränk, bevor er einen Schluck nahm. »Ich würde gerne einen Blick in Ihre Kirche und auf den Friedhof werfen«, antwortete er und löffelte dabei Pflaumenmus auf eine der Brotscheiben. »Danach könnte ich mich der Dienste von Kutscher Brahms bedienen, der mich ja vielleicht für ein Entgelt über die Insel fahren wird. Wo erreiche ich den Mann eigentlich?«

»Der wohnt in Süddorf«, mischte Tycho sich ein. »Ich kann Sie zu ihm führen, wenn es dem Vater recht ist?« Damit blickte die Tischgemeinschaft auf den Hausherrn, der mit heruntergezogenen Mundwinkeln dasaß und seinen Bart kraulte, der einer Halskrause glich.

»Aber danach bist du wieder auf dem Hof und schaffst dein Tagwerk. Gelernt werden muss auch noch!« Er wandte sich Kohl zu und warf dabei einen kurzen Blick auf seine Frau. »Mein Herr Sohn ist für jede Gelegenheit dankbar, das Arbeitsgerät beiseitezulegen. Wir wünschen nicht, dass er den Müßiggang lernt und in der Schule versagt. Den jungen Leuten fehlt es doch etwas an Disziplin, will ich meinen. Darauf müssen wir Alten achtgeben.« Für einen Moment legten sich die Hände des Pastors ineinander und er sah vor sich hin. »Ja, der Friedhof. Er wird ja nun ein Grab mehr bekommen. Wollen wir hoffen, dass der grausame Tod von Busso Dahl sich bald aufklärt. Strandvogt Gulderling wird da einiges zu untersuchen haben, wenn nicht sogar die Birkvogtei auf Föhr.«

Lautes Rufen und Gepolter von der Diele her unterbrach die

Frühstücksrunde. Ein Geräusch schlurfender Schritte endete vor der Zimmertür und lenkte die Blicke der Anwesenden dorthin. Es klopfte laut und im selben Moment schon wurde die Tür geöffnet. Der Knecht stand auf der Schwelle. Mit seiner derben Hand wies er über den Dielengang nach draußen ins Ungefähre.

»Ja, so kann das gehen«, erklärte er ruhig. »Wie man sich gerade erzählt, hat jemand auf Hinrich Gulderling geschossen. Er ist aber wohl unverletzt. Nur das Herz, das soll ihn schmerzen. Ja«, er sah in die verblüfften Gesichter und zuckte mit den Schultern, »das wollte ich nur man sagen. Die alte Meta ist gerufen worden, wohl wegen ihrer Kräuter. Ich muss dann auch wieder.« Damit verschwand er im Dunkel der Diele.

Der Pastor und seine Gattin erhoben sich hastig und sahen sich entsetzt an. »Am besten«, sprach Mechlenburg zu seiner Frau, »nimmst du eine gute Tinktur von meinem Bruder und siehst bei dem armen Mann nach dem Rechten. Er ist ja nicht mehr der Jüngste, und so eine ungeheuerliche Tat wird ihm ordentlich zusetzen. Tycho, den Einspänner! Wir werden ihn jetzt brauchen.« Sein Sohn nickte nur, sprang auf und lief aus dem Raum. »Nun, Herr Kohl, Sie sehen unsere ansonsten friedliche Insel in einem Augenblick tiefster Finsternis. Als habe sich der Herr von uns abgewandt. Lassen Sie uns gleich zur Strandvogtei aufbrechen. Nicht, dass dieser Schuss im Zusammenhang mit dem Tod des Postläufers steht. Der Friedhof und seine schönen Steine müssen wohl warten.«

Und auch die Nachforschungen, wer am Dienstagmorgen ins Watt gegangen sein könnte, fügte Kohl im Stillen hinzu.

Während Frau Mechlenburg das jüngste ihrer Kinder der Magd in die Arme drückte und nach oben lief, ihre Arzneien zu holen, stürzte Kohl noch einen Schluck Tee hinunter. Erst dann trat er vor die Tür des Pastorats. Der Besuch auf der Insel, eigentlich den Dünen geschuldet, entwickelte sich zu einem immer interessanteren Aufenthalt, fand er. Dergleichen hatte er nicht einmal in Russland erlebt.

Als sie in der Pastorenkutsche an der Kirche Sankt Clemens vorbeifuhren, blickte Kohl kurz auf das turmlose, hohe Gebäude. Etwas trostlos inmitten der Marsch lag es da, umgeben von einigen Grabsteinen. Ich muss es mir noch unbedingt ansehen, ermahnte er sich. Immerhin ist die Kirche sehr alt und sollte in meinem Bericht erwähnt werden.

Plötzlich zügelte der Pastor sein Pferd und hielt an. Vor ihnen stiefelte ein gebeugter Mann durch den Morgendunst. »Moin, Herr Kapitän«, rief Mechlenburg, »was treibt Sie denn so früh in die Nähe von Sankt Clemens? So fromm habe ich Sie selten erlebt.«

Lindhorst drehte sich zur Kutsche um, hob grüßend seine Hand an den Mützenschirm und grinste verlegen. »Ja, Herr Pastor, das ist wohl das Alter. So kurz vor dem Heimgang möchte man sich mit seinem Herrgott gut verstehen. Ein Gebet zur rechten Zeit hat noch niemandem geschadet.«

Mechlenburg nickte dem Mann wohlwollend zu, schlug die Leinen, und sie rollten weiter.

Vor dem Süddorfer Anwesen des Strandvogts drängten sich die Leute, begafften die Ziegelsteinfassade und stellten murmelnd wilde Vermutungen über das Geschehen an, je nach Temperament anteilnehmend oder schadenfroh. Vom rückwärtigen Hof schallte das wütende, inzwischen heisere Gebell des Hundes herüber. Als Pastor Mechlenburg samt Begleitung vor das Haus fuhr, verstummten die Neugierigen.

»Moin, Herr Pastor, er lebt noch!«, rief ein Mann aus der Gruppe und erntete einige Lacher. Mechlenburg griff die Arzneimitteltasche seiner Frau und blickte streng auf das sensationslüsterne Volk. Die angespannten Kaumuskeln gaben seinem ohnehin herben Gesicht etwas Kantiges. Dröhnend schlug der Pastor den Türklopfer.

Während die Besucher darauf warteten, eingelassen zu werden, folgte Kohl den Blicken und ausgestreckten Zeigefingern einzelner Amrumer vor dem Haus. Sie deuteten auf ein im Obergeschoss gelegenes Fenster. Oberhalb des Fenstersturzes zeigten sich schillinggroß abgeplatzte Stücke in den Ziegelsteinen. Sollte das von einem Schuss stammen, fragte er sich.

Die Magd öffnete zögerlich die Tür einen Spaltbreit. Misstrauisch blickte sie auf die drei Personen vor der Haustür, die im Dunst des graublauen Morgens warteten. Plötzlich erkannte sie den Pastor und seine Frau, schwang die Tür auf und nickte ihnen zu. Ihre Augen im blassen Gesicht waren dunkel umschattet, und die ungekämmten Haare durch ein Kopftuch nur flüchtig bedeckt.

»Moin, Herr Pastor. Ich hab Sie zuerst gar nicht erkannt. Wir müssen ja nun vorsichtig sein.«

Mechlenburg legte ihr begütigend die Hand auf den Oberarm und trat ein, gefolgt von seiner Gattin und Kohl, der hinter ihnen die Tür schloss.

»Was ist denn nun eigentlich geschehen? Wo ist der Strandvogt? Ist seine Frau bei ihm?«

Die Magd nickte und deutete nach oben, dann winkte sie den Ankömmlingen, ihr zu folgen, und stieg die Treppe hinauf. »Ich hab ja diese Nacht nur den Knall gehört, aber der Herr Strandvogt ist sicher, dass es ein Schuss war, ein Anschlag auf ihn«, erklärte sie im Hinaufgehen. »Das hat er gar nicht vertragen. Er liegt seitdem mit Herzrasen im Bett. Natürlich ist die Frau Strandvogt bei ihm.«

Oben angekommen, klopfte sie leise an die Tür am Ende des Ganges. Nach einer kleinen Weile öffnete eine ältere Dame die Tür zur Schlafkammer. Sie trug eine mit Spitzen besetzte Haube und ein dunkelblaues Kleid, bei dem wohl aufgrund ihrer ausladenden Hüften auf jede modische Taillierung verzichtet worden war. Über den Schultern lag ein breiter Spitzenkragen. Als sie Pastor Mechlenburg und seine Gattin erblickte, leuchteten ihre müden Augen für einen kurzen Augenblick auf. Sie trat in die Kammer und wies auf das Bett, in dem der Strandvogt unter einem Berg von Daunenkissen lag. Allein sein rotes, schweißglänzendes Gesicht war deutlich zu sehen.

»Hinrich, Besuch für dich. Es sind der Pastor und seine Frau. Und dann ist da noch ein Herr ...« Fragend sah sie zwischen Kohl und Mechlenburg hin und her.

»Gestatten, Johann Georg Kohl, Schriftsteller und Reisebuchautor. Ich wurde Ihrem Gatten bereits vorgestellt. Pastor Mechlenburg hat mich gebeten, ihn zu begleiten«, erklärte Kohl seine Anwesenheit.

Der Geistliche trat zu dem Bettlägerigen und tätschelte seine fleischige Hand. »In der Tat«, brummte er, »ich bin mir sicher, dass uns ein wacher, weitgereister Geist in diesen Tagen auf der Insel zur Seite stehen kann. Wie geht es denn unserem verehrten Strandvogt? Was genau ist geschehen, dass Sie derart angeschlagen das Bett hüten müssen?«

Bevor Gulderling dem Pastor seinen massigen grauhaarigen Schädel zudrehte und antworten konnte, war seine Frau schon bei ihm. Sie befeuchtete ein Tuch in einer bereitstehenden Schale, betupfte damit sein heißes Gesicht und ergriff das Wort. »Ich war bereits zu Bett gegangen«, sie wies dabei mit dem feuchten Lappen auf ihre Seite neben dem Kranken, »aber mein Mann musste noch einige Male zwischen dem Kleiderschrank und dem kleinen Sekretär hier auf und ab gehen. Es dauert immer ein bisschen, bis er sich für die Nacht sortiert hat. Ein Knall hat mich dem Schlaf wieder entrissen. In meiner Verwirrung sah ich nur, wie Hinrich an das Fenster stürzte, es aufriss und in die Dunkelheit hinausblickte. Dann hallte ein Ruf durch die Dunkelheit. Er ist hinuntergestürzt, um draußen nach dem Rechten zu sehen, kam aber in höchstem Maße erregt zurück. Kaum, dass er ansprechbar war. Er schnappte nach Luft, sein Gesicht war schweißnass, die Hände feucht und sein Herz raste. Bevor er auf die Dielen fallen konnte, hab ich ihn aufs Bett gesetzt und ihn so gut es ging von seiner Kleidung befreit. So liegt er nun da. Die ganze Nacht haben wir nicht mehr geschlafen.«

»Pulverdampf«, meldete sich Strandvogt Gulderling heiser zu Wort. Seine Stimme bebte. Unwillig schob er die Finger seiner Frau mit dem nassen Tuch beiseite und versuchte, sich aufzurichten. »Der Knall war ein Schuss, da war Pulvergestank«, erklärte er weiter. Die Anstrengung war in seinem Gesicht zu lesen. »Ich habe ja das Fenster aufgerissen und es dann gerochen. Als ich unten war, war niemand zu sehen. Weder Wagen noch Pferd waren zu hören. Mit einem Licht hab ich dann die Schäden beleuchtet. Einschläge ins Mauerwerk hat es gegeben. Direkt hier.«

Mit zittriger Hand wies er nach draußen, dann fiel der Arm kraftlos auf die Kissen. »Da hat mich jemand durch die Scheibe gesehen und abgedrückt. Man wollte mir ans Leben. Dieser Hundsfott.«

»Was für einen Ausruf haben Sie denn gehört?«, wollte Kohl wissen.

Gulderling schüttelte energisch den rot angelaufenen Kopf. »Da war kein Ruf«, stieß er heiser hervor. »Da war niemand mehr.«

»Aber Hinrich«, erwiderte seine Frau und sah ihn überrascht an. »Das wirst du doch gehört haben. Sogar ich habe die Worte verstanden.« Auch Kohl und Frau Mechlenburg traten nun näher an das Bett, als wollten sie nichts verpassen. »Strandvogt, einmal wirst du dafür bezahlen!«, wiederholte sie mit gesenkter Stimme. »So hat der Mann gerufen. Was er wohl damit gemeint hat?«

Gulderling versuchte eine wegwerfende Geste, die aber kraftlos ausfiel. »Frau, was du da redest. Hast doch geschlafen und bist dann aufgeschreckt. Das wirst du geträumt haben.«

Empört warf Frau Gulderling den Lappen zurück in die Schüssel und stemmte ihre Hände in die Hüften, sagte aber nichts.

»Und es war eine Männerstimme?«, wollte der Pastor von ihr wissen. »Wem mag sie gehört haben?«

»Der Mann hat in Öömrang gerufen. Also war er von der Insel«, erklärte sie und blickte ihn vielsagend an.

»Öömrang«, erläuterte Mechlenburg dem Schriftsteller, »ist der einheimische Begriff für das nur auf Amrum gesprochene Friesisch. Ich sitze ja gerade über einem Wörterbuch.«

»Tünkram«, meldete sich der Strandvogt zurück, »alles zusammenspintisiert. Aber wer sich gegen die Obrigkeit erhebt, erhebt sich gegen den König. Wir müssen den Verbrecher dingfest machen«, rief er mit matter Stimme.

Die Gattin des Pastors trat an das Bett, legte ihren Handrücken auf die Stirn des Kranken und zeigte auf ihre Arzneitasche, die ihr Mann neben sich abgestellt hatte. »Lorenz, reich mir die Tinktur in der grünen Flasche«, wies sie ihren Gatten an. Mit der Arznei in der Hand wandte sie sich an die Frau des Strandvogts. »Ich habe hier eine Beruhigungstinktur von meinem lieben Schwager, dem königlich privilegierten Apotheker in Leck. Darin ist Kava Kava, die Wurzel des Rauschpfeffers. Eine Pflanze aus der Südsee. Mehrmals am Tag einen kleinen Löffel davon zu sich genommen, entspannt sie wunderbar die angegriffenen Nerven. Schon der berühmte Kapitän Cook hat diese Medizin von den Wilden mitgebracht und ihre Wirkung gelobt. Auch der Hof auf Schloss Amalienborg soll dieser Tinktur zusprechen.« Damit überreichte sie das Fläschchen der Strandvogtsgattin, die sogleich die Magd nach einem Löffel schickte.

»Ich habe die Beschädigung in Ihrem Mauerwerk gesehen«, lenkte Kohl das Gespräch wieder auf den mysteriösen Schuss. »Was für eine Schusswaffe kann das denn gewesen sein?«

»Schrot«, antworteten Strandvogt Gulderling und Pastor Mechlenburg wie aus einem Mund. »Eine Schrotflinte«, erklärte der Geistliche, »besitzen wohl einige auf Amrum.«

Kohl war irritiert. Wozu brauchten diese ehemaligen Walfänger, Fischer und Robbenschläger auf ihrer kargen Düneninsel denn Gewehre?

»So eine Flinte eignet sich besonders zur Entenjagd«, fuhr der Pastor fort. »Mit etwas Übung fällt es gar nicht so schwer, die Tiere aufzuscheuchen und vom Himmel zu schießen. In den Niederlanden ist man da natürlich längst weiter. Dort haben sie Entenkojen, aber für so etwas Fortschrittliches konnte ich meine Amrumer noch nicht begeistern.«

»Entenkojen?«, fragte Kohl. Dieses Wort klang für ihn kurios.

»Ein Teich, auf dem die Flugenten unbehelligt landen können, dann aber in reusenartige Fallen geraten. Eine sehr einträgliche und einfache Sache, es bedarf nur eines Kojenwärters. Doch, wie gesagt, so weit sind die Friesen noch nicht.« Ein gequältes und sogleich abfälliges Lachen mischte sich aus dem Bett in die Unterhaltung. »Sie sehen, auch der Strandvogt hat dazu eine Meinung, die ich keineswegs teile. Es ist nicht leicht, neue Ideen auf die Insel zu bringen. Immer wieder habe ich vorgeschlagen, der leidigen Knappheit von Feuer- und Bauholz durch Anpflanzungen zu begegnen. Man bräuchte die Bäume und Büsche nur einige Jahre sich selbst überlassen, dann könnten sich die Amrumer dieser Gemeindewälder bedienen. Aber auch das ist ...«

»Tünkram!«, hustete Gulderling in den Raum. »Pastor, was reden Sie von Enten und Wäldern, wo man doch versucht hat, mich zu erschießen.«

»Herr Strandvogt«, mischte Kohl sich ein, »haben Sie ein Verzeichnis über die Bewaffnung der Bevölkerung? So könnte man die Zahl der Verdächtigen einschränken.«

Gulderling schüttelte den Kopf und blickte mit Unverständnis auf den neunmalklugen Herrn vom Festland. »Dazu brauche ich keine Liste. Man muss doch nur die Gangfersmänner aus den Gemeinden fragen, die kennen ihre Leute. Mir selbst fallen gerade nur Kutscher Krino Brahms und Müller Hans Tuchsen ein.« Kohl bemerkte, wie der Pastor bei der Nennung beider Namen aufhorchte. »Und der alte Kapitän Lindhorst«, fügte Gulderling nach einem kurzen Augenblick des Überlegens hinzu. »Wenn ich diesen Mordbuben in die Finger kriege, dann gnade ihm Gott!«, stieß er hervor.

»Du sollst den Namen des Herrn nicht missbrauchen«, mahnte Mechlenburg.

»Wie präzise sind solche Entenflinten eigentlich?«, fragte Kohl schnell, bevor ein Streit ausbrechen konnte. »Ich meine das Abfeuern von Schrot auf einen fliegenden Vogel, da müssen die Geschosse doch schon ordentlich streuen, um das Wild überhaupt zu treffen. Und was für eine Distanz erlaubt so eine Waffe?« Pastor Mechlenburg sah ihn fragend an. »Nun«, fuhr Kohl mit seinen Überlegungen fort, »die Munition hat nicht die Scheibe getroffen, hinter der sich Strandvogt Gulderling befand, sondern ist in das Mauerwerk direkt darüber geknallt. Wo mag der Schütze gestanden haben? War der Schuss schlecht gezielt, dann wird es kein geübter Entenschütze gewesen sein. Oder hat dieser Attentäter das Fenster absichtlich verfehlt? Dann hätten wir es nicht mit einem Anschlag auf das Leben des Strandvogts zu tun, wohl aber mit einer Art Warnung. Wir sollten nochmals draußen nach Spuren suchen, wie zum Beispiel einer verschossenen Patronenhülse.«

Gulderling, der sich unter deutlichem Ächzen und Stöhnen im Bett aufrichtete, sah den Schriftsteller wutentbrannt an. »Kaffeesatzleserei!«, rief er. »Also war alles nur ein dummer Jungenstreich, oder wie hab ich das zu verstehen? Man lauert mir im Dunkeln auf und schießt auf das einzige beleuchtete Fenster im Haus, hinter dem ich mich zeige. Eine Warnung, ja wofür denn? Und eine Hülse werden Sie nicht finden, Sie Spezialist. Die Entenflinten, die ich kenne, sind mit papierumhüllter Munition von vorne über die Mündung zu laden.« Er drehte sein hochrotes Gesicht dem Pastor zu. »Ich würde es sehr begrüßen, wenn Sie Ihrem Gast die Natur unserer Insel näherbringen könnten. Dann müsste er sich nicht mit Fällen befassen, die nicht seine Angelegenheit sind.«

Bevor der Geistliche etwas erwidern konnte, hob Kohl in einer Geste des sich Ergebens die Hände und schritt zur Kammertür. »Verehrter Herr Strandvogt, es wird Sie nicht wundern, wenn ich Ihnen sage, dass mir auf Amrum ein ungemein komplexer Kosmos begegnet ist. Die Menschen und ihre Lebensumstände gehören in meine Beschreibungen hinein und sind noch von größerer Bedeutung als die atemberaubenden Dünen. So frage ich mich zum Beispiel, warum ein begüterter und einflussreicher Mann dieser Insel einem unzuverlässigen Habenichts wie Busso Dahl ein Stück Land geschenkt hat. Welche geheimen Dienste mag der Verstorbene geleistet haben? Ob Sie da wohl Licht ins Dunkel bringen könnten?«

»Hinaus!«, brüllte Gulderling. »Das sind private Dinge, die nur die Amrumer angehen.«

»Falsch, Herr Strandvogt«, erklärte der Schriftsteller kühl und trat durch die Tür. »Derlei dunkle Punkte im Leben des Toten können den Weg zum Täter weisen. Liebe und Hass, Habgier und Neid, das sind doch die großen Pfade, auf denen die meisten Mörder zur Tat schreiten. Und wem gehört eigentlich die Harpune, die Busso Dahl in den Rücken gerammt wurde? Untersucht das jemand? – Einstweilen wünsche ich eine gute Besserung.« Damit verbeugte er sich und schritt die Treppe hinunter.

Austerndiebe

Dina öffnete die Tür ihres Alkovens und trat frierend in den schmalen Gang hinaus. Eine klamme Kälte hatte sich über Nacht in den niedrigen Räumen festgesetzt. Hastig schlüpfte sie in ein einfaches Kleid und ordnete notdürftig ihr Haar. Ihr fiel die Stille auf, die in ihrem Haus herrschte. Das ist schon komisch, dachte sie lächelnd, da lebst du lange schon allein und hast dich an die Ruhe gewöhnt. Und jetzt bringt dieser Dünenjunge so viel Leben mit, dass das bisschen Morgenstille bereits auffällt. Ob er noch neben der Feuerstelle lag? Dina hatte Nickels in der letzten Nacht, bereits die zweite auf ihrem Hof, einen gefüllten Strohsack an den Herd gelegt, damit er nicht mehr bei den Tieren schlafen musste.

Das bläuliche Licht der Morgendämmerung erhellte die hinteren Räume nur spärlich. Als sie die Küche betrat, fiel ihr Blick zuerst auf die leere Schlafstätte. Eine Decke lag achtlos zu Boden geworfen daneben, seine Schuhe und Kleider fehlten. Er wird doch nicht schon im Stall sein, um sein Frühstück zu verdienen, überlegte sie und schlüpfte in ein paar Holzschuhe, um draußen nach dem Rechten zu sehen.

Nebelschwaden zogen an ihr vorbei, als sie vor die Tür trat. Fröstelnd zog sie das Tuch, das sie sich schnell übergeworfen hatte, enger um die Schultern und stolperte die Hausfront entlang bis zum Stalltor. Es stand offen. Sehr leichtsinnig von Nickels, dachte sie, die Ziegen könnten leicht davonlaufen. Leise betrat sie das Halbdunkel des Stalls, denn sie wollte den Jungen bei der Arbeit überraschen. Doch sie hörte nur die Geräusche der wiederkäuenden Kuh, Gackern und Meckern, die Ziegen waren also noch da. Mit einem weiteren Schritt ging sie in den Raum. Plötzlich stieß sie gegen einen im Weg liegenden Eimer. Bei dem unerwarteten Scheppern zuckte sie zusammen, die Tiere verstummten.

»Nickels!«, rief sie, »wo bist du? Hast du dich versteckt?« Doch schon als sie die Frage aussprach, ahnte sie, dass hier etwas nicht stimmte. Mit stockendem Atem ging sie langsam durch den Stall und sah in jede Ecke. Ihre Augen gewöhnten sich an das blaugraue Licht, und im Hinausgehen sah sie, dass es der Melkeimer war, der da unbenutzt am Boden lag. Nickels hatte also tatsächlich mit seiner Arbeit beginnen wollen. Ihr Magen krampfte sich zusammen.

Die Kuh meldete sich mit einem auffordernden Muhen. Das Tier hatte bisher darauf vertraut, dass man ihm in den frühen Morgenstunden sein pralles Euter leerte. Dina fühlte sich hin- und hergerissen. Da war ihre Verantwortung gegenüber der Kreatur, aber auch die Sorge um Nickels. Entschlossen hob sie den Behälter auf, nahm den Melkschemel aus einer Ecke des Stalls und hockte sich neben die Kuh. Bevor sie die Zitzen umfasste, rieb sie ihre kalten Hände und blies hinein. Bald schon schoss der erste Strahl cremig-weiß in den Eimer, die Milch schäumte auf. Beinahe mechanisch melkte Dina das Tier, jeder Handgriff saß. Aber in ihrem Kopf war eine große Leere. Sie versuchte, einen klaren Gedanken zu fassen und überlegte, was sie tun konnte. Doch in ihr war nur Ratlosigkeit. Endlich war der Eimer voll.

Hastig schloss sie das Stalltor hinter sich und trug die Milch in das Kellerzimmer neben der Küche. Dort stand noch der volle Eimer vom Vortag. Der fettreiche Rahm schwamm oben. Eigentlich sollte sie ihn abschöpfen und daraus die Butter schlagen, die sie der Frau des Pastors schuldete. Nur, dazu war jetzt keine Zeit. Sie wusch ihre Hände in einer Schüssel, dann verließ sie das Haus, um Nickels zu suchen.

Als sie den Garten durchquerte, hielt sie abrupt an. Zuerst hatte sie die Abdrücke gar nicht bemerkt, so voller Gedanken, wie sie war. Unter den Obstbäumen war das Gras in einer Spur niedergetreten. Sie stellte fest, dass sie vom Stall bis zum Grundstückseingang führte. Draußen auf dem Dorfweg hatten sich Rad- und Hufspuren in den Sand gedrückt, die dem Weg nach Süden folgten. Plötzlich stockte ihr Atem. Da lagen zwei Holzschuhe. Solche, wie Nickels sie trug. Sie spürte ihr Herz pochen. Suchend blickte sie sich um, aber niemand war zu sehen.

Mit ineinander verkrampften Händen hastete sie ins Haus und zog ihre Schnürschuhe an. Die würden sie besser über die Insel tragen. Doch bevor sie sich endgültig auf den Weg machte, um Nickels zu suchen, schaute sie noch einmal in ihrem ganzen Heim und im hinteren Garten nach, ob er sich nicht irgendwo versteckt hatte. Wie froh wäre sie diesmal gewesen, hätte der Junge ihr einen Streich spielen wollen. Aber alles Stöbern war vergebens. So folgte sie mit weitausholenden Schritten der Spur auf dem Dorfweg.

Am Ortsrand begegnete sie einigen Frauen. Hastig warf sie ihnen die Frage zu, ob sie an diesem Morgen den Dünenjungen oder ein Gespann in Richtung Süddorf gesehen hätten. Indes blickte sie nur in fragende Gesichter. Die Amrumerinnen verneinten und sahen ihr neugierig hinterher. Dina wusste genau, dass jetzt hinter ihrem Rücken einige Köpfe zusammengesteckt und neue Gerüchte gestreut würden. Aber das sollte sie in diesem Augenblick nicht kümmern. Ihr ging der letzte Abend durch den Sinn, Nickels Verdacht gegen Poppenbüttel, die Tasche, die er ihm gestohlen hatte. Der Mann war sicher noch auf der Insel. Hatte das etwas mit den Spuren zu tun, denen sie gerade folgte?

Vor der Strandvogtei setzte Kohl seine Füße in kleinen Schritten voreinander. Konzentriert suchend blickte er auf den Boden, um irgendeinen Hinweis zu finden, der mit dem Schuss zu tun haben könnte. Doch inzwischen waren unzählige Fuß- und Radspuren vor dem Anwesen dazugekommen und machten seine Suche unmöglich. Auch die Frage an die Umstehenden, ob sie denn in dieser Nacht etwas Verdächtiges vor diesem Haus oder im Dorf bemerkt hätten, führte zu keinem Ergebnis. Leider wohnte Hinrich Gulderling in einem einzeln stehenden Gehöft, sein Grundstück war von dem seiner Nachbarn durch große Gärten oder gar einen Acker getrennt.

Wie vom Strandvogt vorhergesagt ließ sich keine Patronenhülse finden. Er war unschlüssig. Sollte er sich tatsächlich für diese Inselquerelen interessieren statt für den Mord an dem Postläufer? Wenn aber alles zusammenhing? Ihm fiel das Gespräch ein, das er mit Tycho Mechlenburg geführt hatte. Ja, er musste sich wohl den Kutscher Krino Brahms genauer ansehen. Die brüchige Stimme einer Frau riss ihn aus seinen Gedanken.

»Nun, was examiniert der Herr Schriftsteller denn diesmal?«

Er blickte auf und sah in das von kleinsten Falten durchzogene Gesicht der alten Meta. Sie trug einen Korb mit mehreren Tongefäßen am Arm und sah ihn streng an. Er deutete eine Verbeugung an, lüpfte seinen Hut und zuckte die Schultern. »Ein Anschlag auf den Strandvogt, wie Sie wohl wissen. Vielleicht ergeben sich hier draußen Hinweise auf den Täter. Und was führt Sie hierher?«

Sie nahm eines der irdenen Gefäße, hob den Deckel ab und hielt ihm den Inhalt unter die Nase. Kohl war vom herb-würzigen Geruch angenehm überrascht. Meta lachte heiser auf.

»Nicht wahr, ein interessanter Wohlgeruch. Vier Teile davon und je zwei Teile Melissenblätter und Baldrianwurzel, alles vermengen. Dann zwei Teelöffel der Mischung mit einem Becher siedendes Wasser übergießen und gut zehn Minuten wirken lassen, danach abseihen. Davon zweimal am Tag getrunken, schwindet das nervöse Leiden deutlich. Eine Mixtur, die Ihnen auch guttun würde, will mir scheinen.«

Sie blickte auf die Neugierigen, die vor dem Haus standen und murmelnd immer neue Vermutungen austauschten. Höhnisch räusperte sie sich. »Hat der Herr Schriftsteller schon einen Amrumer gefunden, der ehrlich entsetzt über diese Tat ist und mit Gulderling leidet? Wohl kaum«, beantwortete sie selbst ihre Frage. »Ist ja auch kein Wunder, wenn man die eigenen Leute drangsaliert und zu Kriminellen macht, nur weil sie sich nehmen, was die See freigiebig schenkt. Auf Amrum gibt es mehr Hass gegen diesen Strandvogt als Dünen. Aber ich werde trotzdem seine Leiden lindern. Das ist Christenpflicht.«

Kohl zeigte sich wenig überrascht von dem, was die alte Frau gesagt hatte. Nur die Erwähnung der Kriminellen ließ ihn aufhorchen. »Ich habe davon gehört, dass Herr Gulderling drei Männer ins Gefängnis geworfen hat. Könnte das der Grund für den Schuss auf ihn sein?«, fragte er Meta.

Sie schüttelte den Kopf. »Aber woher denn. Das ist doch schon zwölf Jahre her. Warum sollte sich da erst jetzt jemand rächen wollen? Das ist nun wirklich ohne Sinn«, sprach sie mit Nachdruck.

»Und der Tod des Postläufers? Gibt es einen Zusammenhang

zwischen dem Mord im Watt und der Schrotladung hier?«, bohrte Kohl weiter nach.

Meta machte eine wegwerfende Geste und wandte sich zum Gehen. »Den gibt es. Zwei Männer mit zweifelhaftem Charakter. Der eine wütete immer wieder gegen die eigene Familie, war trunksüchtig und unzuverlässig, der andere tobt cholerisch gegen das Inselvolk, um sich selbst zu bereichern. Aber nun will ich hinein. Vielleicht kann ich ihn ja auf seine letzten Tage mit meiner Kunst besänftigen.«

»Eine Frage noch«, hielt Kohl sie auf, »wo wohnt denn unser Kutscher, der Krino Brahms?«

Die alte Frau zog die Augenbrauen hoch und sah ihn scharf an. »Hier in Süddorf, auf der Straße nach Steenodde. Ein langes Haus aus Fachwerk, eine Pferdekoppel nebendran. – So, so. Krino Brahms findet Ihr Interesse. Ist ja sehr interessant, Herr Schriftsteller.« Damit ließ sie ihn stehen und verschwand eilig durch die Tür zur Strandvogtei, die ihr die Magd aufhielt.

Kohl sah in die Gesichter der Umstehenden, zumeist Frauen. Ihrem groben Schuhwerk und den einfachen Kleidern nach zu urteilen, hatten sie eine harte körperliche Arbeit unterbrochen, um zu erfahren, was dem Strandvogt widerfahren war. Manche trugen eine Haube oder ein Kopftuch, welche die vom Wetter gezeichneten Wangen und Stirn zum Teil bedeckten. In ihren Blicken lag Misstrauen. Die wenigen Männer standen beisammen, breitbeinig und die Hände in den Hosentaschen vergraben. Hin und wieder spuckte einer im lässigen Bogen braungefärbten Tabakspeichel auf den Sand.

Merkwürdig, dachte er. Das gleiche Volk, dem ich schon im Trauerhaus der Dahls begegnet bin, erscheint mir nun viel abweisender als gestern. Ich will doch nicht hoffen, dass sie mich als Fremden beschuldigen, Unheil auf die Insel zu bringen. Das Geräusch von knirschenden Schritten riss ihn aus den Gedanken. Er sah sich um und erkannte den Pastor, der in Begleitung seiner Frau auf ihn zukam.

»Ah, Herr Kohl, kommen Sie. Jetzt, da Herr Gulderling gleich mehrere Arzneien verabreicht bekommt, müssen wir uns um sein Wohl nicht sorgen. Ich bin gewiss, in den nächsten Stunden wird ihm der Entenbraten wieder schmecken. Dem Herrn sei es gedankt. Und«, der Zeigefinger Mechlenburgs wippte auf und nieder, als er auf Kohl zeigte, »Ihre Ansprache hat ihr Übriges getan. Von einem Festländer an seine Pflichten erinnert zu werden, das hat unseren Inselgewaltigen doch mächtig gefuchst. In der Tat, eine gute Frage. Wem gehört die Mordharpune?«

Der Pastor sah auf seine Frau, die bereits in den Einspänner geklettert war, ließ seinen Blick über die Neugierigen am Wegrand gleiten und schaute in den Himmel. »Auf, ihr redlichen Leute!«, rief er, »euer Tagwerk ruft. Noch ist das Wetter gnädig. Gott liebt die Fleißigen. Dem Herrn Strandvogt geht es gut, und er wird den Übeltäter zur Rechenschaft ziehen. Vertrauen wir auf den Schöpfer, der alles so wunderbar fügt. Ich bin gewiss, diese frohen Nachrichten werden eure Herzen erheben.«

Zögerlich lösten sich die Amrumer vom Ort der Tat und zerstreuten sich. »So, nun kehrt wieder der Alltag ein«, betonte der Pastor. »Können wir Sie irgendwohin mitnehmen?«

Kohl blickte nachdenklich den Weg entlang. Eigentlich war das ein freundliches Angebot. Doch dann sah er von links eine Frau, die in großen Schritten auf ihn zuhastete. Sein Puls beschleunigte sich.

»Nein, haben Sie vielen Dank. Ich möchte die Insel jetzt erst mal zu Fuß erkunden, ganz im Sinne des Strandvogts. Aber ich würde mich freuen, wenn Sie mich über die laufenden Untersuchungen zum Tod des Postläufers wie auch zu dem Anschlag hier unterrichten könnten. Bestimmt wird Ihnen nichts verborgen bleiben.« Damit verbeugte er sich vor Frau Mechlenburg, lüpfte seinen Hut, nickte dem Pastor zu und lenkte seinen Schritt gen Steenodde.

»Nun denn«, erwiderte der Geistliche, kletterte auf den Einspänner und löste die Leinen. Mit einem Schnalzen gab er dem Pferd Kommando und wendete das Gefährt. »Dann wünsche ich noch einen ersprießlichen Aufenthalt, wir sehen uns ja spätestens am Abend.«

Dina war den Spuren von ihrem Haus aus gefolgt. Doch schon

auf dem Hauptweg, der die Inseldörfer miteinander verband, gingen diese im Gewirr anderer Abdrücke unter. Sie erkannte zweirädrige Kutschen, vierrädrige Körwagen und Handkarren, Hufspuren und zahlreiche Fußabdrücke von Menschen, die den sandigen Weg entlanggeschritten waren. An den Abzweigungen kontrollierte sie, ob der Wagen mit Nickels den Weg verlassen hatte. Die Radspuren, die ihr am wahrscheinlichsten schienen, lockten sie aus Nebel heraus. Sie achtete nicht auf die Umgebung, die für sie ein graubraunes, konturenloses Etwas geworden war. Begegnete sie jemandem auf dem Weg, fragte sie nach dem blonden Dünenjungen. Oder ob der reisende Händler Poppenbüttel auf diesem Weg gesehen worden sei. Doch vergebens.

So folgte sie dem Weg bis hinein nach Süddorf. Als sie in die Nähe der Strandvogtei kam, fielen ihr die vielen Menschen auf, die ihr von dort entgegenkamen. Als ihr zu dieser frühen Morgenstunde auch noch Pastor Mechlenburg und seine Frau mit ihrem Einspänner begegneten, runzelte sie die Stirn. Das war ein merkwürdiger Menschenauflauf. Die Pastorengattin warf ihr vom Wagen aus einen neugierig-fragenden Blick zu und blickte ihr nach.

»Was ist denn geschehen?«, wollte Dina endlich von einem Amrumer wissen, an dem sie vorbeiging.

»Da hat jemand auf das Haus des Strandvogts geschossen. Aber der alte Gulderling ist wohlauf. Schade um die Munition«, bekam sie als Antwort. Ein kurzes Lächeln flackerte in ihrem Gesicht auf, dann verfinsterte sich ihre Miene. Was geschah in diesen Tagen auf ihrer Insel?

Mit einem Mal gewahrte sie den Mann mit dem hohen Zylinder und seinem langen Reisemantel. Das war doch der Schriftsteller Johann Georg Kohl, stellte sie freudig fest und legte eine Haarsträhne hinter ihr Ohr. Herrjeh, dachte sie, schritt langsamer und sah an sich hinunter, ich sehe aus wie ein Bauerntrampel. Was wird er von mir nur denken?

Ihre Bedenken waren unnötig. Kohl erwartete sie mit einem strahlenden Lächeln. »Was für eine schöne Überraschung«, begrüßte er sie. Alles in ihm rief danach, sie zu umarmen. Allein, es blieb bei der schicklichen Begrüßung aus dem Ziehen des Hutes und einer Verbeugung.

Dina, deren Augen kurz aufleuchteten, räusperte sich und richtete ihren Blick zu Boden. Ungelenk deutete sie einen Knicks an, ein Benehmen, was unter den Inselfriesen eher eine überflüssige Feintuerei war. Doch dann vergaß sie alle Zurückhaltung, trat nah zu ihm und blickte ihn direkt an.

»Moin, Herr Kohl. Ich freue mich ja so, Sie zu sehen. Ich bin auf der Suche nach Nickels. Etwas muss mit ihm geschehen sein, denn er ist heute Morgen auf merkwürdige Weise verschwunden.« Kohl sah sich um. Inzwischen waren sie die Einzigen, die noch vor der Strandvogtei standen. Aber da war weit und breit keine Sitzgelegenheit, die eine Unterhaltung bequemer gemacht hätte.

»Oh, das klingt ernst«, antwortete er und wies in Richtung Steenodde. »Wollen wir einige Schritte zusammen gehen, und Sie erzählen mir alles? Ich will Ihnen gerne helfen, sofern ich das vermag.«

Dina lächelte und war einen Augenblick versucht, sich bei ihm einzuhaken. Doch schnell ließ sie die Arme fallen und schloss sich ihm an. Dabei suchten ihre Augen immer wieder den Weg nach Spuren ab. Inzwischen hatte sie die Hoffnung aufgegeben, dass sie auf der richtigen Fährte war. Allzu viele Abdrücke von Füßen und Rädern überlagerten sich im Sand. Kohl, der ihrem Blick folgte, hörte aufmerksam zu, was sie ihm vom Dorfkrug und dem Händler Poppenbüttel berichtete, vom Zeitungsartikel und von Nickels' Verschwinden. Sie hatte gar nicht darauf geachtet, wohin es den Schriftsteller zog. Plötzlich hielt sie an.

»Sagen Sie, wo wollen Sie denn hin? Es kommt mir so vor, als hätten Sie ein Ziel.«

»Zum Kutscher Brahms«, antwortete er. »Ich wollte ihn einiges fragen. Der Mann scheint doch interessanter, als beim ersten Anschein zu vermuten war. Und jetzt, da Kutschspuren eine ganz neue Rolle spielen, gilt das umso mehr.« Er lächelte sie an.

Der Weg, den sie entlangschritten, gab den Blick frei auf leere, von Büschen gesäumte Felder. Sie passierten die letzten Anwesen in Süddorf, die in weitem Abstand voneinander standen. An einem langen Haus aus Fachwerk hielten sie an. »Ich glaube, das ist sein Haus«, sagte Kohl und blickte seine Begleiterin an.

Dina kam es wie ein Fingerzeig des Schicksals vor, dass dieser Mann zu einem der wenigen Kutschhäuser auf der Insel wollte. War Nickels doch offensichtlich mit einem Wagen verschwunden. So machte sie keine Anstalten, den Schriftsteller allein zu lassen und trat, wie um seinen fragenden Blick zu beantworten, vor das Fachwerkhaus, an das ein Stall angrenzte. So waren auch die übrigen Friesenhäuser angelegt, nur waren die aus Stein gefügt. Das breite Stalltor wies darauf hin, dass Brahms ein größeres Fuhrwerk besaß. Die meisten Amrumer dagegen zogen einen Handkarren über die Insel.

Kohl folgte der langen Fassade des Gebäudes bis zur Pferdekoppel, die direkt angrenzte. Er erkannte die beiden Ackergäule, die ihn von Föhr herübergebracht hatten. Die kräftigen Pferde standen auf der Weide und hielten ihre Köpfe in den Wind.

Dina zog es in den Stall. Sie öffnete die kleine Tür, die in das stattliche Tor eingelassen war, und betrat den dämmrigen Raum. Hier herrschte Stille. Undeutlich zeichneten sich die Umrisse des hohen Wagens ab, mit dem Brahms seine Kutscherdienste erledigte. Zögerlich trat sie an das Gefährt und ließ den Blick über jedes Detail schweifen. Immerhin war es ja möglich, dass Nickels damit gefahren worden war. Sie dachte kurz an die Holzschuhe des Jungen, die auf der Straße gelegen hatten, und musste schlucken. Inzwischen war sie sicher, dass Nickels verschleppt worden war. Aber wer konnte das getan haben, und wozu?

Da, über ihr, ein plötzliches Geräusch. Sie fuhr herum. Hastig suchten ihre Augen die Dachbalken ab, doch im dunklen Raum erkannte sie nichts. Und schon wieder. Ein Schlagen und Gurren. Zwei Tauben stürzten sich hinab und flogen knapp an ihrem Kopf vorbei ins Freie. Sie duckte sich, und dabei glitt ihr Blick den glatten Lehmboden entlang. Sie stutzte. Was sie da im Staub des Stallbodens sah, ließ ihren Puls rasen. Sie blickte auf die Abdrücke zweier nackter Fußsohlen. Deutlich waren die Zehen und die Fersen zu erkennen. Nickels hatte man barfuß entführt, das war gewiss. Waren das seine Fußspuren?

Gerade als sie den Stall verlassen wollte, hörte sie von draußen das Knirschen von Schritten auf sandigem Grund. Fieberhaft sah sie sich um und zog sich vor dem näherkommenden Geräusch wieder in den dunklen Stall zurück. Hinter dem Wagen standen leere Fässer, dahinter konnte sie sich verstecken. In einer Mischung aus Wut und Angst überdachte sie ihre Lage. Wie sollte sie Krino Brahms erklären, dass sie sich bei ihm wie eine Einbrecherin verbarg.

Männerstimmen mischten sich in die Schrittgeräusche. Mit einem Seufzer der Erleichterung erkannte sie die Stimme von Johann Kohl. Das graue Licht des Tages fiel durch die Pforte auf die Männer, die nun den dämmrigen Stall betraten.

»Ja, Herr Brahms, ich bin Ihnen sehr dankbar für Ihre Zeit. Bedenken Sie, dass ich über Amrum berichten werde. Gewiss wollen dann auch andere Reisende Ihre Dienste in Anspruch nehmen. Wie gut also, dass ich Ihnen einige Fragen stellen darf. Gewiss wird Ihre Arbeit nicht allzu viel abwerfen, da kommt Ihnen etwas Werbung bestimmt zupass.« Kohl schritt in Brahms' Begleitung zum Wagen. Der Kutscher bedachte Kohl, wie er das Gefährt umschritt und dabei jedes Einzelteil zu begutachten schien, mit einem skeptischen Blick.

»Wenn man bedenkt, wie einfach so eine Wagenkonstruktion ist, mit der Sie die gefährliche Fahrt durch das Watt meistern, das ist schon einmalig.« Kohl ging zur Ladefläche. Seine Hand bewegte sich über die Holzbretter. »Aber ihr Friesen seid ja bekannt für euer solides Handwerk.« Für einen Augenblick hielt Kohl inne, denn seine Finger hatten etwas ertastet. Beiläufig sammelte er einige Holzspäne auf, die auf und zwischen den Brettern lagen. Er erhaschte den immer noch verständnislosen Blick des Kutschers und ließ die Späne unauffällig in seine Manteltasche gleiten. Dann setzte er seinen Gang um den Wagen fort. »Ja, womit verdienen Sie denn sonst Ihr Geld? Gewiss haben auch Sie ein wenig Landwirtschaft und Vieh?«

Brahms wiegte den Kopf hin und her. »Wie jeder hier«, antwortete er. »Gemüse, etwas Korn und hinterm Haus ein paar Schweine. Zudem segnet uns ja der Strand. Aber es bleibt mühselig.« Er schlug sich gegen den rechten Oberschenkel. »Seitdem ich diesen Unfall hatte, ist es mit dem behänden Gehen nicht mehr weit her. Ich war mit dem Pflug unterwegs. Und als sich die Leine des Gauls mit dem Schweif verfing, bin ich nach vorne zu dem störrischen Tier hin. Da macht es einen Satz, ich stürze und das Pferd zieht den Pflug über mich hinweg. Es war wohl Glück im Unglück, wie man so sagt, dass die Pflugschar nur mein Bein traf. Die hätte mich auch aufschlitzen können, von oben bis unten. Tja, und jetzt humple ich durch die Welt. Aber ich brauche nicht viel. Seit mir die Frau am Fieber starb, bin ich allein.«

Kohl nickte mitfühlend. »Ja, das ist eine schlimme Sache«, fühlte er sich verpflichtet zu sagen. Aber etwas anderes in Brahms' Ausführungen hatte ihn aufhorchen lassen. »Und wie halten Sie es mit dem Strandgut? Ich denke, Treibholz zum Beispiel hat einen hohen Wert, auf den Inseln gibt es ja kaum Bäume. Kommt es da nicht zu Zwistigkeiten, wenn gleich mehrere Strandgänger Lohnendes finden? Haben Sie sich dann schon mal eines Angriffs erwehren müssen?«

Brahms lachte auf und zuckte mit den Schultern. »Es ist besser, man geht alleine auf die Suche nach Angeschwemmtem. Unser Strand ist ja lang genug.« Er griff unter den Kutschbock und holte etwas aus einer unscheinbaren Holzkiste. »Wenn mir jemand meinen Fund streitig macht, dann habe ich das hier!« Damit schlug er eine kleine Axt in einen Holzbalken neben der Kutsche.

Kohl fuhr zusammen und räusperte sich. »Sehr eindrucksvoll. Und was machen Sie mit überlangem Treibholz? Ich weiß inzwischen, dass Stücke von über drei Fuß Länge zu melden sind und nicht auf eigene Rechnung verkauft werden dürfen.«

Brahms spuckte aus. »Dann hau ich sie passend. Noch mal bekommt mich der alte Gulderling nicht in die Finger. Dem ist es ja egal, wie sehr wir einfachen Leute darben. Er bringt die Fracht ganzer Schiffe auf und gönnt unsereins nicht mal das bisschen Langholz. Kein Wunder, dass da jemand auf ihn geschossen hat.«

»Ach, das wissen Sie schon? Wer kann das denn getan haben?« Kohl war sich darüber im Klaren, dass seine Frage in den Ohren dieses Amrumers ausgesprochen naiv klingen musste. Trotzdem war er neugierig auf die Reaktion.

»Das könnte so gut wie jeder gewesen sein, der Manns genug ist, ein Gewehr zu halten. Das sind weit mehr Leute als die Flintenbesitzer alleine. Wozu überhaupt die Aufregung? Ich sage Ihnen, wenn jemand den Strandvogt hätte töten wollen, dann wäre es so geschehen. Bestimmt ist der Schuss auf den Kerl absichtlich zu hoch gegangen. Es war also mehr ein Streich. Jedenfalls war das kein Mordversuch oder dergleichen. Trotzdem wird Gulderling jetzt gewiss alle Flinten kontrollieren. Und was wird das bringen? Entenflinten gibt es einige. Ich habe auch eine. Bin ich deshalb verdächtig? Er soll mich nur in Ruhe lassen, das will ich ihm raten. Noch mal beraubt er mich nicht meiner Freiheit, so wahr ich hier stehe.«

»Strandvogt Gulderling hat ja vor Jahren drei Männer ins Gefängnis geworfen«, verdichtete Kohl das Thema. »Waren Sie einer davon? Und das nur wegen des verbotenen Verkaufs von langem Treibholz?«

»Mein Herr, Sie sind ja wohl weit herumgekommen und mit der Schlechtigkeit der Menschen vertraut. Was ist, wenn ich Ihnen sage, dass es nicht um ein paar Balken ging, die die See an unseren Strand gespült hat?« Brahms blickte in zwei neugierige, weit geöffnete Augen. Kohl nickte ihm aufmunternd zu, schließlich wollte er weitere Einzelheiten erfahren.

»Der Handel mit Treibgut war nur vorgeschoben«, erklärte der Kutscher. »Die Sache damals war gegen Jelde Petersen gerichtet. Der war zwar nur ein einfacher Seemann, aber er hatte einen kleinen Einmaster. Das Boot lag im Kniepsandhafen. Mit drei Männern besetzt war es schnell draußen bei den gestrandeten Schiffen. Das Bergegut auf See hat einen ganz anderen Wert als das bisschen Strandgut. Das hat auch Gulderling erkannt. Jelde verdingte sich als Matrose, um sich und seine kleine Familie zu ernähren. Da war er oft Monate gar nicht auf der Insel. Nur in der Zeit, da er auf Amrum war, fischte er völlig legal in den Bergegründen, die der Strandvogt am liebsten als seine ansah. Natürlich tut dem Gierhals jeder Schilling weh, den er nicht selbst an sich raffen kann. Und so kam es sehr gelegen, dass wir eines Tages etwas Langholz fanden und Jelde es auf Föhr verkaufen wollte. Es hat uns hart getroffen.« Brahms' Kaumuskeln zuckten, und er ballte seine Fäuste. »Er hat das sogar mit dem Leben bezahlt«, sagte er und blickte den Mann vom Festland mit Wut in den Augen an.

Kohl hatte aufmerksam zugehört und legte verlegen seine Hände ineinander. Eine Pause stiller Nachdenklichkeit entstand.

»Wie mir scheint, gibt es aber auf Amrum trotzdem genügend Freundschaft oder eine innere Verbundenheit«, befand Kohl. »Immerhin haben Sie sich ja zu dritt um das Strandgut gekümmert, ohne gleich übereinander herzufallen.« Er wies auf die im Holz steckende Axt. »Ich bin auf dieser Insel ja noch nicht allzu weit herumgekommen, sie ist ja recht groß. Das Dünenland ist mächtig und der Strand lang und breit. Ich frage mich, wie ein einzelner Treibholzfund und der Versuch, es zu verkaufen, dem strengen Strandvogt zu Ohren kommen konnten. Er wird ja nicht überall zugegen sein.«

»Verraten wurden wir, so einfach ist das!«, rief Brahms und schlug seine Faust in die geöffnete Hand.

»Von wem?«, hakte Kohl sofort nach. Die Erregung dieses Mannes wollte er nutzen. »Wer ist dafür verantwortlich, dass ganze Existenzen zugrunde gegangen sind?«

Der Kutscher riss seinen Mund auf, stutzte und blickte ihn an. In seinem Blick lagen Überraschung und Misstrauen. »Das weiß niemand«, antwortete er mit einer wegwerfenden Geste, »Gott der Herr wird den Judas richten.«

»Aber so eine Niedertracht muss sich doch gelohnt haben. Gab oder gibt es keine Hinweise auf einen Amrumer, dessen Lebensumstände sich rätselhaft verbessert haben? Etwa durch Privilegien, plötzlichen Reichtum, Landübertragung?« Beim letzten Wort zuckte Brahms kurz zusammen, schüttelte aber deutlich den Kopf.

»Nein, nichts dergleichen. Der Verräter bleibt unbekannt.« Er ließ den Schriftsteller stehen und humpelte hinaus ins Freie.

Kohl blieb noch einen Moment in dem dämmrigen Stall, lächelte und rief: »Ja, dann gehen wir mal Richtung Schweinekoben. Das wird gewiss auch einige Zeit dauern. Ich denke nicht, dass wir in den nächsten Minuten das Haus betreten werden.« Damit drehte er sich um und folgte dem Kutscher.

Dina, wieder allein im Stall, atmete auf und kam langsam hinter den Fässern hervor. Die letzten Sätze sind ja wohl eine Aufforderung an mich gewesen, dachte sie und ging hinaus ins Helle. Auch wenn heute das Tageslicht eher trüb die Insel beschien, musste sie doch für einen kurzen Augenblick blinzeln. Sie vergewisserte sich, dass Brahms und Kohl außer Sichtweite waren, und schlich die Front des Fachwerkhauses entlang bis zum ebenerdigen Hauseingang. Die geschmiedete Klinke drückte sie vorsichtig hinunter und trat in die dämmrige Diele. Sie lauschte in die Stille. Außer dem Ticken einer Wanduhr war nichts zu hören. Mit leisen Schritten betrat sie die Stube. Als der Holzboden ächzend nachgab, zuckte sie zusammen. Was ist, wenn Kutscher Brahms einen Helfer hat, der sich jetzt im Haus befindet, schoss es ihr durch den Kopf. Sollte er Nickels tatsächlich verschleppt haben, wird er das nicht allein ins Werk gesetzt haben. Dazu ist Nickels zu groß und kräftig. Ihr umherschweifender Blick blieb an einem Messingfernrohr hängen, das auf einem Wandregal lag. Entschlossen nahm sie es und wog es prüfend in der Hand. Sie gedachte, sich damit zu wehren.

Mit klopfendem Herzen zog sie die Holzverschläge auf, hinter denen die Alkoven lagen. Doch die waren leer. Sie stieg über eines der Betten in den schmalen Gang auf der anderen Seite. Dort gab es ebenfalls keinen Hinweis auf Nickels. Vorsichtig ging sie weiter. Wie in ihrem Haus auch schlossen sich an die Stube ein Kellerzimmer und die Küche an. Sie fröstelte in dem feuchten Raum. Die Feuerstelle war erkaltet. Überhaupt herrschte hier eine große Unordnung. Neugierig beugte sie sich über den Kessel und schnupperte. Ein säuerlicher Geruch stieg ihr in die Nase. Schnell zog sie ihren Kopf zurück. Die letzte Suppe von Krino Brahms war wohl schon etwas älter. Angewidert schüttelte sie sich und trat in einen engen Nebenraum, der als Speisekammer diente. In den Regalen standen wenige irdene Gefäße mit getrockneten

Bohnen, Schmalz und Mehl. Kartoffeln und Rüben lagerten in Körben am Boden. Einige Leinenbeutel, die von der Decke hingen, schienen Kräuter zu enthalten. Um den sauren Dunst des faulenden Gerichts in ihrer Nase loszuwerden, schnupperte sie daran. Kamille, Pfefferminze und Thymian. In der hintersten Ecke hing ein Schinken, dessen Knochen schon stark freigelegt war.

Inzwischen hatten sich ihre Augen an den dunklen Raum gewöhnt, der nur durch das kleine, weiter entfernte Küchenfenster sein Licht erhielt. Doch eine Lampe wollte sie auf keinen Fall entzünden. Sie war enttäuscht, dass so gar nichts auf den Verbleib des Dünenjungen hinwies. Dabei passten alle Spuren so gut zusammen, nur ein Motiv, das lag völlig im Dunkeln.

Als sie die Speisekammer in Richtung Diele verlassen wollte, stutzte sie. Auf einem Regalbrett an der Wand lag ein Stapel gefalteter Papiere. Sie sah genauer hin. Zuoberst war da ein fein säuberlich mit vielen Schnörkeln versehenes Schreiben, adressiert an einen Herrn in Husum. Ein Brief, dachte Dina, legte das Fernrohr aus der Hand und fand weitere, zum Teil mit Siegellack verklebte, an Reedereien und Privatpersonen auf den Utlanden und dem Festland gerichtet. Was will Krino Brahms damit, überlegte sie?

Dann begriff sie, ihr wurde heiß und kalt. Ihr Herz schlug bis an den Hals. Erschaudernd zog sie ihr Schultertuch enger. Ein starker Drang überkam sie, dieses Haus sofort zu verlassen. Doch sie zwang sich, innezuhalten und zu überlegen. Mit der Post in den Fingern blickte sie sich in Küche und Speisekammer um. Mit zittriger Hand legte sie die meisten zurück auf das Regal und trat neben die Feuerstelle. Sie sah all die Eisentöpfe und Geräte auf einem Holzbalken. Hier hatte einmal eine Hausfrau geherrscht, nun wurde die Kochstelle nur wenig benutzt. Wer schon seine Suppe so verkommen lässt, dachte sie, der wird wohl auch keine Futjes backen. Entschlossen schob sie den Rest der Postsendungen unter die mit vielen kleinen Kuhlen versehene Pfanne. Dort wären die Beweisstücke erst mal sicher.

Plötzlich hörte sie Stimmen. Der Schriftsteller und der Kutscher standen am Hintereingang, der in die Küche führte. Erschrocken floh sie die Diele entlang bis nach vorn, öffnete die Haustür und hielt inne. Doch schon drangen Gesprächsfetzen der Männer aus dem hinteren Raum zu ihr. Schnell trat sie vor das Haus und schloss die Tür. Sie atmete tief durch und ordnete ihre Haarsträhnen. Donnernd schlug sie den Türklopfer an und wartete. Als nichts geschah, klopfte sie erneut.

»Ja, was denn!«, rief Krino Brahms und riss die Eingangstür auf. »Jungfer Martensen, was treibt dich her? Warum donnerst du so gegen meine Tür? Haben wir Sturmflut, oder was?« Die Augenbrauen zusammengezogen, sah er sie funkelnd an.

»Ah, meine Inselführerin«, rief Kohl an Brahms vorbei, noch bevor sie antworten konnte. »Wie schön, dass Sie mich wiedergefunden haben. Wollten Sie mir nicht die Insel zeigen?«

»Natürlich, mein Herr, leider wurde ich aufgehalten. Wir können gleich aufbrechen. Aber vorher, sag mal, Krino, hast du Nickels, den Dünenjungen gesehen? Er hat diese Nacht bei mir übernachtet und soll mir auf dem Feld helfen. Nun ist er jedoch verschwunden. Merkwürdig ist allerdings, dass ich vor meinem Haus seine Schuhe gefunden habe. Und eine Wagenspur von mir nach Süddorf führt. Kannst du dir das erklären?«

Brahms' Miene verfinsterte sich noch mehr und er wischte sich mit der Hand durchs Gesicht. »Aber woher denn? Was hab ich mit diesem Streuner zu tun? Schlimm genug, dass jemand wie du sich mit ihm abgibt. Nein, ich hab ihn seit gestern nicht gesehen. Weiß der Himmel, was er im Sinn hat.«

Kohl, der hinter dem Kutscher im dunklen Hausflur stand, sah Dina an und nickte ihr aufmunternd zu. Dann schob er sich an Krino Brahms vorbei und deutete eine Verbeugung an. »Also, Herr Brahms, haben Sie vielen Dank. Ich stehe für all die Informationen, die Sie mir bereitwillig gegeben haben, tief in Ihrer Schuld. Ihr Bericht vom Leben auf dieser Insel wird meine Leser fesseln. Immerhin fühle ich mich Ihnen auch durch die gemeinsam gemachte grausame Erfahrung draußen im Watt besonders verbunden. Wann sind Sie eigentlich von Amrum nach Föhr gefahren. Doch wohl nicht in der Nacht davor?«

Kutscher Brahms blickte irritiert auf den Schriftsteller, dann auf den Boden, als suche er dort eine Antwort. »Nein, ich, also wieso? Was soll die Frage? Natürlich bin ich nicht so spät rübergefahren. Der Mond war kaum zu sehen. In der Dunkelheit diese Strecke zu fahren, bleibt auch dann lebensgefährlich, wenn man sich auskennt. Nein, ich bin am Dienstagmorgen aufgebrochen. Wollen Sie mich verhören? Ich habe nichts zu verbergen.«

»Aber, Herr Brahms, ich bitte Sie. Von Verhör kann keine Rede sein. Bin ich vielleicht der Strandvogt? Außerdem bin ich gewiss, dass Sie einen einwandfreien Leumund haben.«

Brahms starrte den Fremden an. »Natürlich, ich bin auf Föhr wie auf Amrum bekannt. Habe mir seit zwölf Jahren nichts zuschulden kommen lassen.« Er kniff die Augen zu einem Schlitz zusammen und machte einen Schritt auf Kohl zu. Dabei formten sich die Hände zu Fäusten. »Und wenn Sie es genau wissen wollen, ich habe den Dienstag über mit Geschäften auf Föhr verbracht und bin bei meinem Freund in Wyk untergekommen. Dem Wirt vom Gasthaus Walfisch.«

»Ich vermute, Sie haben auch Treibholz auf die andere Insel gebracht?«

Brahms stutzte mit offenem Mund, überlegte, und lachte höhnisch auf. »Fast könnte man meinen, der Schriftsteller hat das zweite Gesicht. Aber weit gefehlt. Er hört nur gut zu. Schließlich habe ich vom Holzhandel gesprochen. Ja, natürlich habe ich Holz rübergefahren. Warum auch nicht. War schön kurz, alles legal. Eine leere Fuhre kann ich mir nicht leisten. Wir auf den friesischen Inseln müssen sehen, wo wir bleiben. Und, falls Sie das denken sollten, bei der Fahrt am Dienstagmorgen von Amrum nach Föhr bin ich nicht auf den Postläufer gestoßen. Weder auf den gesunden, noch auf den toten.«

Kohl nickte mit ernstem Gesichtsausdruck und wandte sich zum Gehen. »Nun, dann will ich Sie Ihrem Tagwerk überlassen und werde mich Fräulein Martensen anschließen, das Eiland weiter zu erkunden. Haben Sie noch einmal vielen Dank für Ihre Auskünfte.« Damit schob er Dina aus dem Hauseingang und zog hinter sich die Tür zu. Mit großen Schritten entfernte er sich vom Haus des Kutschers und drängte seine Begleiterin, ihm ebenso schnell zu folgen. Erst als sie auf dem menschenleeren Weg nach Steenodde waren, hielt er an. Hastig drehte er sich zu ihr um und fasste sie an den Schultern.

»Keine Frage, der Mann hat etwas mit dem Tod Busso Dahls zu tun.« Er fingerte in seiner Manteltasche nach den Holzspänen, die er auf der Wagenfläche gefunden hatte, und zeigte sie ihr. »Genau solche lagen unter dem toten Körper des Postläufers, in den Sand gedrückt und durch den Leib vor der Flut geschützt. Auf seinem Wagen hat eine Axt gelegen, die Späne stammen gewiss von dem Treibholz, das er transportiert hat. Und zwar in der frühen Morgenstunde, in der auch der Schlickläufer Dahl das Watt betreten hat. Er muss an dem Mann vorbeigekommen sein.«

»Das werden wir nicht beweisen können«, wandte Dina ein. »Denn vielleicht war Krino Brahms schon vor Busso auf dem Weg, und sei es nur mit einer Viertelstunde Unterschied. Aber das mit den Holzspänen ist merkwürdig. Da ist noch etwas, Herr Kohl. Krino ist auch aus anderem Grund verdächtig. In seiner Speisekammer habe ich einen Stapel Briefe gefunden. Alle waren auf die Utlande oder das Festland adressiert. Das könnte natürlich wirklich ein Hinweis darauf sein, dass er auf den Postler gestoßen ist. Wir sollten das melden.«

Aufgeregt deutete sie noch einmal auf das Fachwerkhaus des Kutschers. »Im Stall, dort wo sein Fuhrwerk steht, habe ich auf dem Boden die Spuren nackter Füße gesehen. Nickels hat doch keine Schuhe an. Und er wurde mit einem Wagen verschleppt. Auch das passt zusammen.« Sie trat auf Kohl zu und blickte zu ihm auf. »Wir müssen etwas tun, wer weiß, was mit dem Jungen passiert ist?«

Kohls Herz pochte schneller, und er wollte nichts mehr, als diese Frau in die Arme nehmen. Ihre Augen verrieten ihm, dass sie es geschehen lassen würde. Doch in dem Augenblick, da er die Hände hob, um ihren Körper an sich zu drücken, fuhr ihr Kopf zurück, und sie machte einen Schritt nach hinten.

»Da kommt wer«, presste sie hervor und senkte den Blick.

Sie schauten den Weg entlang in Richtung Steenodde. Auf der Kuppe dieser zum Wattenmeer hin abfallenden Sandstraße erschienen die Konturen zweier Jungen, die ihnen entgegengingen. Einer war deutlich größer als der andere. Gleichzeitig hielten sie an, setzten aber nach einer kurzen Weile ihren Weg zögerlich fort. Einer von beiden trug einen Korb. Plötzlich rissen die grauen Wolken auf und sonniges Morgenlicht beleuchtete ihre Gesichter.

»Das ist doch Tammo«, rief Dina und deutete auf den Stattlicheren, »der älteste der Dahlsöhne. Sein jüngerer Bruder ist bei ihm.«

»Ja, das sind die, die Nickels auf dem Feld verprügelt haben«, erklärte Kohl. Dabei dachte er an die Urkunde, mit der Hinrich Gulderling dem Erstgeborenen Land übertragen hatte.

Dina nickte.

Er überlegte einen Augenblick und verfolgte, wie die beiden immer näher kamen. »Was macht so ein großer Junge eigentlich noch auf der Insel, wo sich doch jeder auf irgendwelchen Schiffen verdingt? Immerhin hat die Witwe Dahl drei hungrige Mäuler zu stopfen. Wäre es da nicht gut, wenn dieser Tammo etwas dazuverdienen würde.«

»Er arbeitet hin und wieder für Jan Peters, unseren Steinmetz und Sargmacher. Bei Aufträgen geht er ihm zur Hand. Vielleicht übernimmt er ja das Handwerk des Alten. So recht will dem die Plackerei nämlich nicht mehr schmecken. All die schönen Leichensteine, die er gemacht hat. Sogar auf Föhr stehen welche. Aber diese Arbeit fällt ihm immer schwerer. Der Rücken und die Finger wollen nicht mehr so richtig. Wer weiß, wie lange er das noch machen wird.«

Inzwischen waren die Brüder nah herangekommen. Tammo trug einen Korb, der mit einem gleichfalls aus Weiden geflochtenen Deckel verschlossen war. Der jüngere sah sich immer wieder hastig um, als suche er einen Fluchtweg. Dina blickte von einem zum anderen, sah auf ihre hochgerollten Hosen und die schlammigen, nackten Füße, dann die Straße nach Steenodde entlang.

»Moin, ihr zwei. So wie ihr ausseht, kommt ihr direkt vom Steenodder Kliff. Ein weiter Weg von Norddorf. Aber richtig große Muscheln gibt es dort, nicht wahr? Ich möchte wetten, dass ihr verbotene Ware bei euch habt, hab ich Recht?« Sie lächelte und sah Kohl an. »Sie müssen wissen, dass das Austernsammeln bestraft wird. Für den dänischen König ist das ein ernster Frevel, mehrfaches Wildern ahndet er mit dem Tod.«

Sie trat an den Korb, und beide Jungen zuckten fluchtbereit zusammen. »Keine Sorge«, beruhigte Dina sie, »ich bin nicht die Obrigkeit und weiß sehr wohl, dass ihr überleben müsst.« Sie hob den Deckel, und Kohl erblickte grobe Muschelschalen in Grau und Schwarz, die wirkten wie aus vielen dünnen Schichten zusammengesetzt. Der kleinere der Dahlsöhne, stupsnasig und blond, hielt den Atem an und sah auf seinen älteren Bruder. Aber der schien nicht ans Weglaufen zu denken.

»So, so. Diese edlen Muscheln habt ihr also dem König weggenommen«, murmelte Kohl und blickte auf den jüngeren der Austerndiebe. »Dabei wart ihr doch so tugendhaft in der Verteidigung fremder Kartoffeln. Ihr habt sogar jemanden zusammengeschlagen, um einen Diebstahl zu verhindern. Und jetzt das?«

»So viele Austern kann König Christian ja gar nicht essen«, erklärte Tammo trotzig. »Was will er denn noch mit diesen paar hier?«

»Und außerdem geht es dem Nickels doch wieder gut«, setzte der Kleinere hinzu. »Wir haben ihn heute Morgen gesehen.«

Dina stieß einen Ruf der Überraschung aus. »Wo denn?«, rief sie. »War er verletzt?«

Die Brüder schüttelten den Kopf. »Nein, der hat auf dem Kutschbock gekauert und uns überholt«, antwortete Tammo. »Wir waren auf diesem Weg zum Wattenmeer. Es sah aus, als wäre er betrunken, so ein wenig schwankend. Genau konnten wir das nicht sehen, es war ja noch dämmrig.«

»Hat er etwa das Gespann alleine kutschiert?«, wollte Dina wissen, »oder saß jemand mit ihm auf dem Bock?«

»Aber das war doch die Kutsche von Krino Brahms«, erklärte Tammo. »Der hat seinen Wagen natürlich selbst gelenkt. Nein, Nickels hat zwischen ihm und diesem Bauchladenverkäufer gesessen.«

Dina erschrak. Was haben die mit Nickels gemacht, fragte sie sich. »Wisst ihr denn, wo sie hingefahren sind?«

Die Jungen schüttelten den Kopf. »Nein, wir haben Steenodde umlaufen. In einem der Häuser dort wohnt ja auch ein Austernfischer. Sind vorher bei den Hügelgräbern über die Felder und direkt ans Kliff.« Der ältere der Brüder lächelte verlegen und deutete auf seinen Korb voller Austern. »Wir wollten ja nicht gesehen werden.«

Hinter ihnen, aus Richtung Süddorf, erklangen Pferdehufe und das Knallen einer Peitsche. Eine Staubwolke kündete vom Herannahen eines Gespanns. Die Dahlsöhne zuckten zusammen und blickten sich panisch um. Kohl erfasste die Situation. Er sprang auf Tammo zu, riss ihm den Korb aus der Hand und legte ihn hinter den rotblättrigen Busch einer Felsenbirne in eine Mulde. Dann schritt er mitten auf den Weg und kniete sich nieder, um auffällig durch den Stiefel hindurch an seinem rechten Knöchel herumzudrücken. Sowohl Dina als auch die Brüder sahen ihm verständnislos zu.

»Los, schnell!«, rief er den beiden zu, »was sonst außer Austern könnt ihr im Watt noch finden? Eure Antwort muss passen.«

»Herzmuscheln!«, stieß Dina hervor, auch wenn sie nicht gemeint war, und trat an seine Seite. »Aber ihr habt keine gefunden.«

Der Wagen rollte heran. Es war der Strandvogt, kutschiert von seinem Knecht.

Kohls Blick verdüsterte sich. Was um alles in der Welt, dachte er, führt diesen Mann denn ausgerechnet jetzt zu ihnen? Langsam kam das Gefährt zum Stehen, und Hinrich Gulderling schaute vom Kutschbock herunter.

»Dina, Sie müssen mir aufhelfen«, erklärte Kohl laut und ergriff schnell ihre Hand. Errötend ließ sie es geschehen und stützte den Schriftsteller, der so tat, als habe er sich den Fuß vertreten. Er hat, durchfuhr es sie, zum ersten Mal meinen Vornamen benutzt. Verlegen sah sie zu Boden. Kohl fühlte ihre kühlen Finger. Hoffentlich drücke ich sie nicht zu fest, dachte er. Ihm war, als ob Dina ihn gerne gewähren ließ und keinen Gedanken daran verschwendete, sich von ihm zu lösen. Für einen Augenblick vergaß er alles um sich herum. Als er sie anlächelte, wich sie seinem Blick aus und sah zu Gulderling hoch, als wolle sie ihm etwas sagen.

Kohl drückte kurz ihre Hand, und als sie sich zu ihm hindrehte, sah er sie ernst an und schüttelte ganz leicht den Kopf. Erst dann schaute er in das fleischige, rot angelaufene Gesicht des Strandvogts, der die Anwesenden mit seinen wachen, kleinen Augen musterte. Seine groben Hände drückten eine Ledermappe an den Körper.

»Nun, Herr Kohl, ich hoffe doch sehr, Sie haben sich nicht ernsthaft verletzt.« Grinsend blickte Gulderling auf den Schriftsteller. »Wie mir scheint, sind Sie bessere Wege gewohnt. Das Umherstreifen im Dünenland dürfte damit eine schmerzhafte Angelegenheit werden. Sie sollten sich wohl schonen. Vielleicht kann einer unserer Fischer Sie bald ans Festland bringen.«

»Es geht schon«, wehrte Kohl ab und schüttelte seinen Fuß, nicht ohne weiterhin Dinas stützende Hand festzuhalten. »Aber ich freue mich, Sie wohlauf zu sehen. Heute Morgen haben Sie noch sehr angegriffen gewirkt.«

Der Strandvogt lachte auf. »Der alte Gulderling ist wieder da«, posaunte er. »Ich musste schleunigst das Bett verlassen, sonst wäre ich am Ende bei all den Tees und Tinkturen verreckt. Schließlich bin ich ja nicht wirklich getroffen worden, der Schuss war eben ein gehöriger Schrecken.«

Er hielt die Ledermappe hoch und schlug dann dagegen. »Es gilt einen Mord aufzuklären. Seit dem Fund des Toten sind vierundzwanzig Stunden vergangen. Ein Bericht ist geschrieben, die Leiche untersucht. Nun heißt es, die Aussagen von Augenzeugen und Angehörigen festzuhalten und auf ihren Wahrheitsgehalt hin zu prüfen. Ich habe Merkwürdigkeiten zu examinieren und Verdächtigem nachzugehen. Dem Anschlag gegen mich werde ich mich anschließend widmen. Keiner der Verbrecher wird zu Atem kommen, das kann ich Ihnen versprechen.«

Sein Blick schwenkte von Kohl über Dina zu den Dahlbrüdern, die er von oben bis unten ansah. »Da wir gerade von Missetätern sprechen, frage ich mich, was die beiden hier treiben. Raus mit der Sprache! Eure Füße sind ja bis an die Waden mit angetrocknetem Schlick beschmiert. Was hattet ihr im Watt verloren?« Er legte seine Ledermappe beiseite und stieg schwer atmend hinunter auf den sandigen Weg. Wortlos zog er Tammo zu sich und tastete ihn fahrig ab. Als auch sein kleinerer Bruder diese Behandlung erfuhr, zitterte der am ganzen Leib. Mit einem tiefen Brummen und missmutigem Blick schob Gulderling die Verdächtigen von sich. »Ihr Schlingel, was also führt euch …«

»Herzmuscheln!«, rief der Jüngere und riss dabei die Augen auf. »Die Mutter hat uns darum geschickt. Wir wollten sie im Watt suchen. Aber da waren keine. Sie wird schimpfen, wenn wir ohne etwas zum Essen nach Hause kommen.« Er senkte den Blick und ließ die Schultern hängen. »Jetzt, wo der Vater tot ist, müssen wir …«, fügte er mit bebender Stimme hinzu und brach ab.

Der Strandvogt sah ihn regungslos an, räusperte sich und lachte dann höhnisch auf. »Und wie wolltet ihr sie transportieren? Ich sehe nämlich keinen Korb und keine Tasche. Also?«

»Ich hätte meinen Rock dafür zu einem Bündel geschnürt«, erklärte Tammo leise. »So mach ich das immer. Doch leider war die Suche heute vergebens. Größere Muscheln wie die Austern dürfen wir ja nicht sammeln. Deshalb sind wir ohne etwas in den Händen umgekehrt.« Das magere Kinn nach vorne geschoben und mit einem herausfordernden Blick trat er auf den Strandvogt zu. Der brummte erneut und zog sich wieder auf den Kutschbock hoch.

»Ist schon recht. Für diesmal lass ich es gut sein«, beschloss er, »aber lasst euch nicht beim Austernwildern erwischen. Ich denke wohl, dass ihr genau wisst, wo die verbotenen Meeresfrüchte liegen. Ich kenne da keine Gnade.« Er wollte seinem Knecht das Zeichen zum Aufbruch geben, als ihm wieder einzufallen schien, warum er sich hierherfahren lassen hatte. »Jungfer Martensen, gerade eben habe ich den Kutscher Brahms zu dem Toten im Watt befragt. Beiläufig hat er erwähnt, dass du heute Morgen in Richtung Steenodde unterwegs bist. Ich würde gerne noch einmal über die Zukunft von Nickels Petersen mit dir sprechen.«

Dina zuckte bei der Nennung dieses Namens wie von einem Schlag getroffen zusammen. Sie hatte die ganze Zeit mit den Dahlsöhnen gefiebert und gehofft, dass deren Austernfang nicht auffiel. Nicht auszudenken, wenn dieser Mann sie erwischt hätte. Darüber hatte sie das Schicksal des Dünenjungen für einen Moment völlig vergessen. Ihre schwitzige Hand hielt immer noch die des Schriftstellers. Sein Griff war verkrampft und begann, sie zu schmerzen, während er trotz seiner Anspannung ihre Nähe genoss. Doch Dina löste sich von ihm und trat einen Schritt auf die Kutsche zu. Nervös knetete sie ihre Finger und suchte nach den rechten Worten.

»Dina, nein! Vorsicht. Ich bitte Sie«, mahnte Kohl leise, doch sie ließ sich nicht abhalten und ging noch näher auf Gulderling zu.

»Ja, Strandvogt, um Nickels muss man sich sorgen«, stieß sie hervor. »Er ist seit diesem Morgen verschwunden. Seine Holzschuhe lagen auf der Straße, von der Rad- und Pferdespuren hierherführen. Und diese beiden Jungen hier haben ihn heute in der Frühe auf dem Bock einer Kutsche gesehen, die in Richtung Steenodde gerollt ist. Er hat zwischen Krino Brahms und dem Bauchladenverkäufer Poppenbüttel gesessen.« Sie trat noch näher an den Wagen heran. »Ich glaube, er wurde verschleppt«, flüsterte sie. »Und dann gibt es Spuren in Brahms Stall. Er scheint gleich an mehreren ...«

»Fräulein Martensen bat mich, ihr zu helfen«, schaltete Kohl sich ein. Auch er war aufmerksam geworden, als der Strandvogt Nickels' vollen Namen genannt hatte. Bisher kannte er den Jungen nur mit Vornamen. Und den Nachnamen Petersen trug auch Jelde, der im Gefängnis verstorbene Matrose. So war Nickels bestimmt sein Sohn, damals so um die vier Jahre alt. »Dieser Dünenjunge kennt ja wohl die Insel wie kein Zweiter. Ich bin gespannt, wo er sich aufhält. Eine Entführung, wie Jungfer Martensen vermutet, ist natürlich eine Möglichkeit, auch wenn es an einem denkbaren Motiv mangelt.« Bewusst überging er Dinas wütenden Blick.

Was um alles in der Welt, dachte sie, fällt dem ein? Warum macht er mich vor dem Strandvogt lächerlich?

»Was für eine Räubergeschichte«, rief Gulderling und lachte auf. »Nickels wird schon irgendwo sein und über uns lachen, die wir uns um ihn sorgen. Aber Dina, dass du den Krino anzuschwärzen versuchst, das ist kein feiner Zug von dir. Der Mann ist ganz und gar untadelig. Wenn Nickels wirklich abgängig sein sollte, dann bestimmt ohne das Zutun von Kutscher Brahms. Wie es scheint, lässt die Jungfernschaft deine Fantasie überkochen.« Kopfschüttelnd blickte er auf sie hinunter und wies mit seinem kräftigen Arm zurück nach Süddorf. »Fahr zu!«, herrschte er seinen Knecht an, der den Wagen sofort wendete. »Komm also noch mal in die Strandvogtei, wenn du vernünftiger bist«, rief er ihr zu, »jetzt muss ich einen Mörder jagen.«

Schürhaken

Mit ausholenden Schritten verließ Dina den Weg nach Steenodde über den Acker und lief auf eine Wiese zu, aus der ein hoher Grashügel wuchs. Kohl hatte Mühe, ihr zu folgen. Die Wolken rissen auf und eine wärmende Vormittagssonne legte sich auf ihre Gesichter. Zu ihren Füßen lagen weitere, sehr viel kleinere Bodenerhebungen.

»Dina, bitte nicht so schnell«, rief er. Eben noch hatten sie Hand in Hand beisammengestanden und jetzt schien sie ihm davonzulaufen. »Ich habe mich nur eingemischt, weil ...«

Abrupt hielt sie an und drehte sich zu ihm um. Aufgewühlter Staub bedeckte ihre Schnürschuhe. »Das war eine Unverschämtheit!«, schimpfte sie. »Jungfer Martensen spinnt sich eine Räubergeschichte zusammen, so sieht mich nun der Strandvogt. Anstatt mir mit der Autorität eines weitgereisten Schriftstellers und Mannes von Welt zur Seite zu stehen, machen Sie mich lächerlich.« Sie schluckte und senkte ihren Blick zu Boden. »Ich bin von Ihnen enttäuscht, Johann Georg Kohl«, sagte sie leise und wischte sich gedankenverloren über die Handflächen, bevor sie ihren Weg fortsetzte.

Kohl hatte mit offenem Mund zugehört und fühlte sich schlecht. Zögernd folgte er ihr. »Meine liebe Dina, das geschah doch alles nur zu unserem Schutz. Oder sind Sie der Meinung, dass wir dem

Strandvogt vertrauen können? Die ganze Insel kennt die Geschichte von den Leuten, die er ins Gefängnis von Tondern geworfen hat. Und das nur, weil die ihm beim ertragreichen Bergen eine Konkurrenz waren. Was aber niemand weiß, ist, dass er jemanden für den Verrat dieser armen Teufel mit einem Stück Land belohnt hat.«

Dina schritt weiter und sah ihn verblüfft von der Seite an.

»Ja, nicht wahr, das haben Sie nicht gewusst? Der Mann ist doch völlig durchtrieben. Und auf einmal bezeichnet er Krino Brahms, den er selbst hinter Gitter gebracht hat, als untadelig. Was für ein Hohn. Was kann man ihm denn glauben? Und warum will er mit Ihnen über Nickels sprechen? Das Schicksal dieses Jungen ist ihm in Wahrheit egal, scheint mir.«

Sie hatten inzwischen das große Hügelgrab erreicht, und Kohl machte Anstalten, es zu erklimmen. Doch Dina hielt ihn am Arm fest.

»Nicht. Von dort können wir zwar auf die beiden Häuser und die Wattseite blicken. Genauso gut aber werden wir auch gesehen. Wenn wir Nickels' Spur bis zum Kutscherhaus verfolgen konnten, er sich dort aber nicht mehr befindet, dann könnte er sehr gut hierhergebracht worden sein. Denn von dort geht es über eine ruhige Straße nur noch bis hierher, nach Steenodde. Sie werden ja den Weg nicht wieder zurückgefahren sein. Hier ist es einsam genug, um ihn zu verstecken. Das eine Gehöft gehört dem alten Jesse. War mal Kapitän. Jedes Jahr im Herbst besucht der Eigenbrötler seine Tochter in Husum. Da wird also niemand zu Hause sein.«

Er sah auf ihre Hand, die auf seinem Arm lag und lächelte. Weit und breit war kein anderer Mensch zu sehen, nur flache Felder und Weiden umgaben sie. Die wenigen Büsche, die an Weg und Feldrand standen und in herbstlichen Farben leuchteten, waren für niemanden ein Sichtschutz. Zu gerne hätte er diese Frau an sich gezogen, sie geküsst. Doch sie schien seine Gedanken zu lesen, löste ihren Griff und trat einen Schritt zurück. Sie deutete nach Steenodde.

»Wir müssen herausfinden, ob sich Nickels in dem Haus befindet. Wird er bewacht? Wo ist dieser Kaufmann Poppenbüttel? Ich versteh das Ganze nicht.« Sie strich über ihr Kleid, legte eine Haarsträhne hinter das Ohr und dachte einen Augenblick nach. »Wen hat Gulderling mit Land bezahlt?«

»Busso Dahl, den Postläufer«, antwortete Kohl ruhig. »Seine Witwe hat mir den Vertrag gezeigt. Der älteste Sohn soll ein Stück auf der Südspitze der Insel bekommen.«

Dina bedeckte ihre Lippen mit den Fingern und sah ihn mit großen Augen an. Ihr war, als ob sich Nebelschwaden vor ihr auflösten. »Und Krino Brahms ist einer von denen, die deshalb ins Gefängnis geworfen worden sind. Das ist ein starker Grund, jemanden zu töten. Rache. Umso merkwürdiger, dass unser Strandvogt da nicht genauer hinsieht und vorschnell eine Absolution erteilt. – Aber zuerst müssen wir uns um Nickels kümmern.«

Wieder zeigte sie auf die beiden in einiger Entfernung voneinander stehenden Gehöfte auf der Wattseite der Insel. »Obstbäume und Sträucher umstehen die Häuser. Mit etwas Glück werden wir nicht gesehen, wenn wir uns von der Rückseite her nähern. Noch haben wir nicht Mittag. Jeder, der redlich seinem Tagwerk nachgeht, ist beschäftigt. Unauffälliger können wir nur des Nachts kommen. So lange mag ich nicht warten.«

Sie umrundete den Grabhügel und marschierte über Weideland auf Steenodde zu. Doch plötzlich blieb sie erneut stehen und sah ihn prüfend an. »Was sollte das vorhin eigentlich mit dem verstauchten Fuß?« Sie erinnerte sich an das Gefühl, seine Hand zu halten, und lächelte.

»Ach, das war nur, um die Aufmerksamkeit vom alten Gulderling auf eine Person zu lenken und zu verhindern, dass sein Blick in die Büsche fuhr. Da lag doch noch der Korb mit den Austern.« Kohl trat neben sie und strich mit den Fingern über ihren Handrücken. »Ich konnte ja nicht ahnen, dass ich eine so reizende Stütze bekommen würde.«

Dina errötete und legte ihre Hände auf dem Rücken zusammen. Als sie merkte, wie er auf ihre Lippen starrte, machte sie einen Schritt nach hinten, räusperte sich und hastete weiter. Kohl sah ihr verdutzt hinterher, dann setzte er ihr nach.

Dinas Herz trommelte, in ihr war ein großes Durcheinander.

Kein Zweifel, sie mochte diesen Mann, der so ganz anders war als die Kerle von der Insel. Die waren zwar auch herumgekommen in der Welt, aber aus grobem Holz geschnitzt. Die raue See lehrte jeden, hart zu sein, der auf ihr überleben wollte. Dieser Schriftsteller dagegen hatte etwas Elegantes, Städtisches. Eine wohlige Wärme durchströmte sie, wenn sie mit ihm zusammen war. Ein Gefühl, von dem sie wünschte, dass es nie aufhören möge. Sich mit ihm zu unterhalten, war eine Lust. Er drückte sich viel gewählter aus als die Friesen, die sich sonst um sie bemühten. Kein Wunder, dass sie immer noch ledig war. Aber, fragte sie sich, ist ein Zusammensein mit ihm überhaupt möglich? Unsere Lebenswelten sind so anders. Würde er mit mir an der Nordseeküste bleiben wollen? Oder ich mit ihm in einer Stadt auf dem Festland, weit weg vom Meer? Vielleicht gar durch die Welt reisen? Sie lächelte über ihre eigenen Gedanken. Was für alberne Überlegungen. Johann Georg Kohl war auf der Durchreise, mehr nicht. Sie sollte sich diesen Schriftsteller aus dem Kopf schlagen, ermahnte sie sich.

Kohl hatte erneut seine liebe Mühe, mit dieser Amrumerin Schritt zu halten. Immer wieder stießen seine Stiefelspitzen gegen Grasbüschel, oder er lief Gefahr, sich in einer Mulde tatsächlich den Fuß zu vertreten. Leise fluchend zog er im Gehen seinen Reisemantel aus und nahm den Zylinder ab.

»Verehrte Dina, bei der Geschwindigkeit, mit der Sie vorpreschen, scheinen Sie das Ziel genau zu kennen. Welches der beiden Anwesen ist es denn?«

»Das linke ist das zur Zeit nicht bewohnte Haus vom alten Jesse«, rief sie in eine aufkommende Windböe hinein ohne sich umzudrehen oder ihren Gang zu drosseln. »In dem Haus nebenan lebt die Familie eines Austernfischers. Da ließe sich Nickels kaum ungesehen verstecken.«

Langsam kamen sie ihrem Ziel näher. Schon bald hielten sie an einer Hecke aus herbstlich verfärbten Sträuchern, die die Rückseite des Grundstücks kennzeichnete. Sie bogen die Zweige beiseite und beobachteten die Rückfront des aus Ziegelstein gemauerten Gebäudes. Der Eingang zur Küche war geschlossen, und hinter den wenigen Fenstern bewegte sich nichts. Kohl hatte bei der Vorstellung, den Garten zu durchqueren, um das Haus zu erreichen, ein mulmiges Gefühl.

»Falls sich jemand dort aufhält«, überlegte er laut, »sollte einer von uns ihn vorne ablenken, sodass der andere sich von hieraus gefahrlos heranpirschen kann. Ich denke, ich sollte mich zum Haupteingang bewegen und ordentlich an die Tür klopfen. Mir als inselfremdem Schreiberling wird man es abnehmen, dass ich mich bei den Amrumern nach den allgemeinen Lebensumständen erkundige. Wer weiß, vielleicht habe ich mich ja auch verlaufen.«

Er faltete seinen Mantel und legte ihn zusammen mit seinem Hut ins Gras. Noch bevor Dina anbieten konnte, selbst zum Eingang zu gehen, marschierte er an der Hecke entlang, bis er auf die Front des Hauses stieß. Zuerst passierte er einige schmale, fenstergleiche Öffnungen. Dieser Teil des Gebäudes war der Stall. Vorsichtig lugte er ins Innere. Darin war alles dunkel, er konnte nichts erkennen. Gebückt schlich er auf das große, angelehnte Tor zu und lauschte durch den offenen Spalt. Da war kein Geräusch, Vieh schien es hier nicht zu geben. Er blickte hinter sich. Von dort, wo er hockte, hatte er einen wunderbaren Ausblick über die See. Still lag sie da, nur hin und wieder kräuselte sich eine sanfte Welle. Kein Boot, kein Segel war in Sicht. Möwen schrien und ließen sich von einer Böe tragen. Einige Büsche, die an das Anwesen grenzten, verwehrten ihm den Blick auf das Nachbarhaus. Wie gut, dachte er, dann können die mich von drüben auch nicht sehen.

Er hielt die Luft an und schob das Stalltor auf. Licht fiel auf den staubigen Boden und beleuchtete die Spuren von Wagenrädern und Stiefeln. Die Abdrücke hatten scharfe Kanten im Staub hinterlassen. Die sind, überlegte Kohl, ganz frisch, und erschrak bei dem Gedanken. Also war jemand hier gewesen. Hastig sah er durch die leeren Stallungen, als er nur wenige Schritte entfernt etwas Weißes im Dreck liegen sah. Langsam ging er darauf zu, bückte sich und hob es auf. Es war ein angeschmutzter Streifen aus Leinenstoff. An einer Stelle befand sich ein blassrosa Fleck, mit roten Punkten durchsetzt. Eine Wundbinde. Ihm wurde heiß und kalt. Flüchtig sah er das Bild vor sich, wie Dina dem Jungen eine Schürfwunde am Handgelenk verband, und steckte seinen Fund ein.

An der Wand in einer dunklen Ecke lagen zerbrochene Radspeichen. Er nahm eine davon in die Hand und verließ so bewaffnet den Stall. Als er an der Hausfront entlang zum Eingang schlich, überlegte er kurz, ob er nicht beim Haus des Austernfischers Hilfe holen sollte. Doch wie konnte er seinen Verdacht begründen? Das alles klang zu sehr nach einer Fieberfantasie, erdacht in einer Vollmondnacht. Und er wollte das Anwesen jetzt auch nicht unbeaufsichtigt lassen. So gut es ging, verstaute er sein neues Schlagholz in der tiefen Hosentasche, atmete durch und drückte, ohne vorher anzuklopfen, die Klinke hinunter.

Sein Blick fiel in den dunklen Hausflur, und für einen Moment fühlte er sich wie erblindet. Nachdem sich seine Augen etwas an die Lichtverhältnisse angepasst hatten, zuckte er zusammen. Am Ende des Gangs, dort, wo vermutlich der Eingang zur Küche war, stand jemand. Langsam kam die nur schemenhaft auszumachende Gestalt auf ihn zu. Kohl überlegte, ob er zurückweichen sollte. Aber, warum bin ich dann hier, dachte er? Nein, jetzt hoffte er auf das Glück des Mutigen und trat einen Schritt vor.

»Entschuldigen Sie, können Sie mir sagen, wo ich mich befinde? Ich komme vom Festland und habe mich wohl bei meinem Spaziergang verlaufen.« Wie beiläufig senkte er seine Hand und tastete nach seinem Schlagholz in der Tasche. Der Schemen kam immer näher. Es war ein Mann, der einen Arm hinter dem Rücken hielt.

»Ja, Herr Schriftsteller, ich kann Ihnen erklären, wo Sie sind. Aber dass Sie den Weg verloren haben, das glaube ich nicht. Ihr Hiersein hat einen anderen Grund.«

Kohl erschrak, als er erkannte, mit wem er sprach. Es war der alte Kapitän Tadeus Lindhorst.

»Ach, dass ich Sie hier treffe«, sagte er stotternd und trat einen Schritt zurück. Etwas irritierte ihn noch mehr als die Anwesenheit dieses Mannes. Lindhorst trug einen auffallend grünen Gehrock mit glänzenden Knöpfen. So einen hatte er bisher nur einmal gesehen. »Aber das ist doch ...« Er deutete auf das Kleidungsstück, seine Augen waren weit aufgerissen.

„... der Rock vom Händler Poppenbüttel.« Lindhorst lachte. »Eine schöne Maskerade, nicht wahr?«

»Ja, ich dachte, der wäre hierhergefahren«, rutschte es Kohl heraus. Er kannte sich nicht mehr aus, war ganz durcheinander.

»Ach, das ist nicht möglich«, brummte der alte Kapitän in plötzlichem Ernst und kam langsam auf den ungebetenen Gast zu. Immer noch versteckte er einen Arm auf dem Rücken. »Er wird wohl im Dorfkrug etwas frühstücken. Der Wirt kann das bestimmt bezeugen. Und dafür muss er nicht einmal lügen. Andere dürften den Händler zur gleichen Zeit aber auf einem Kutschbock gesehen haben.« Dabei tippte er sich grimmig lächelnd auf die eigene Brust. »Was wird man nun glauben?« Er spielte mit der freien Hand am Rockkragen. »Bitte erklären Sie mir doch mal, was Sie hier von Poppenbüttel wollen. Was soll die Geschichte von dem verirrten Festländer? Nun, was führt Sie wirklich hierher?«

Langsam zog Lindhorst seinen Arm hinter dem Rücken hervor, und Kohl blickte auf einen geschmiedeten Schürhaken, den der Kapitän lässig hin und her schwang. Der Alte stand breitbeinig im düsteren Durchgang und machte keine Anstalten, ihn passieren zu lassen. Kohl hatte für einen Augenblick die Sprache verloren. Was machte diesen Inselbewohner auf einmal so böse, fragte er sich. In einer Geste äußerer Gelassenheit steckte er seine Hände in die Hosentaschen und sah nachdenklich drein. Das Stück abgebrochener Speiche, das er spürte, gab ihm etwas Sicherheit.

»Ihnen kann man eben nichts vormachen«, antwortete er, »ich bin auf der Suche nach Nickels, dem Dünenjungen. Dina Martensen vermisst ihn seit heute Morgen. Und wie es scheint, hat man ihn gegen seinen Willen hierhergebracht. Und jetzt stoße ich auf Sie. Zugegeben, darauf mache ich mir keinen Reim.«

Lindhorst trat einen weiteren Schritt auf den Schriftsteller zu und nötigte diesen so, vor ihm zurückzuweichen. »Ich sorge dafür, dass das Haus von meinem Freund Jesse frei bleibt von Halunken und Dieben. So habe ich das versprochen. Warum also sollte ich Sie einlassen? Und was diesen Herumtreiber angeht, diesen nichtsnutzigen Jungen ohne Erziehung und Familie, um den wird viel zu viel Aufhebens gemacht, meine ich. Er hätte schon längst die Insel verlassen müssen, macht nur Ärger. Überall steckt er die Nase rein, beäugt und belauscht, was nicht seine Sache ist, eine rechte Landplage. Dina Martensen soll sich mal nicht so sehr an ihn gewöhnen. Der landet schneller, als ihr lieb ist, im Gefängnis. Wie sein Vater. Der Apfel fällt nicht weit vom Stamm, sagt man ja.«

»Böses Gerede«, zischte Kohl, der jetzt keinen Grund mehr sah, sich arglos zu geben. »Nach allem, was ich gehört habe, ist Jelde Petersen wohl eher Opfer von Verrat, Missgunst und einem brutalen Konkurrenzkampf geworden. Der mächtige Hinrich Gulderling hat ihn aus dem Weg geräumt. Sein tragischer Tod wird dem Strandvogt gut gepasst haben. Einer weniger, mit dem er sich Bergegut teilen muss. Kein Wunder, dass den das schlechte Gewissen quält und er sich etwas um die Waise kümmern will. Ich bezweifle, dass ihm gefällt, was Sie mit ihm gemacht haben.«

Lindhorst lachte auf, räusperte sich und spuckte seinen Schleim auf den Steinboden. »Was die Obrigkeit nicht weiß, treibt sie auch nicht um.« Wieder ging Kapitän Lindhorst einen Schritt auf Kohl zu, den Schürhaken in der Hand. Ein plötzliches Poltern und Scharren hinter seinem Rücken ließ den Alten herumfahren. Er sah hastig zu Kohl, der still dastand, dann in den dunklen Dielengang zur Küche.

In einer einzigen Bewegung zog Kohl sein Schlagholz aus der Tasche, sprang seinen Bedroher an und schlug ihm den Schürhaken aus der Hand. Der Kapitän heulte laut auf. Kohl stieß ihn mit einem kräftigen Stoß um und lief an ihm vorbei. Die Geräusche waren von links gekommen. Er rannte den lichtlosen Gang entlang und an dessen Ende um die Ecke in die Küche. Wie gut, dass die Friesenhäuser so ziemlich gleich gebaut sind, dachte er kurz, das erleichtert es, sich zurechtzufinden.

Sonnenlicht brach zwischen den Wolken hervor und fiel durch den Hintereingang auf den Fliesenboden, auf dem ein umgekippter Stuhl, zerknüllte Stofffetzen und ein zerschnittenes Seil lagen. Er sprang zur Tür und sah hinaus. Mitten unter den Buschzweigen, die den Garten begrenzten, sah er den Saum eines

Kleides und einen nackten Fuß verschwinden. Er lächelte. Da hat Dina wohl nicht warten können und den Jungen befreit, freute er sich. Doch schlagartig platzte in seine Freude ein stechender Kopfschmerz, alles um ihn herum verschwand im Dunklen, und er brach bewusstlos zusammen.

Nickels rannte über die freie Weidefläche in Richtung Süddorf. »Nicht da lang!«, rief Dina ihm hinterher. Sie deutete auf das Haus des Austernfischers und lief darauf zu. Nickels folgte ihr, bis sie die Hecke des Fischerhauses erreichten, dort duckten sie sich zwischen die Gartenbüsche. Durch das Blattwerk hindurch beobachteten sie beide Gebäude. Als Kapitän Lindhorst allein auf die Weide sprang, um nach Nickels Ausschau zu halten, stockte ihr Atem. Er hielt einen Schürhaken vor sich.

Nickels wollte etwas sagen, doch Dina führte ihre zittrigen Finger an die Lippen. Sie spürte Tränen in sich aufsteigen. Hatte er etwa Johann … Daran durfte sie jetzt nicht denken. Sie ließ Lindhorst nicht aus den Augen, der auf der Weide suchend umherblickte und bald zwischen den Häusern auf das Wattenmeer zuging. Panik stieg in ihr auf, als sie ihn nicht mehr sah. Wo sollen wir hin, fragte sie sich? Zur Familie des Austernfischers? Kapitän Lindhorst hatte einen einwandfreien Ruf auf der Insel, und Nickels galt als ein Taugenichts. Wem würde man Glauben schenken? Auch wollte sie niemanden in dieses Durcheinander hineinziehen. Nein, es war besser, den Fischer da rauszuhalten.

»Bleib hier hocken«, wies sie Nickels an, »ich sehe nach, was mit Johann geschehen ist.« Damit kroch sie aus dem Gesträuch und schlich die Büsche entlang in Richtung Watt. Schnell duckte sie sich, als sie die Gestalt des Kapitäns sah, der wahllos hin und her lief und das Schilf durchstreifte. Als Lindhorst sich schließlich nach rechts auf das Fischerhaus zubewegte, huschte sie zurück, griff Nickels' Hand und zog ihn in gebückter Haltung zu dem unbewohnten Haus hinüber.

Bockig riss er sich los. »Dahin geh ich nicht mehr!«, protestierte er.

»Das ist der letzte Ort, an dem er noch mal nach dir suchen

wird«, wisperte Dina entschlossen. »Außerdem müssen wir nach Johann sehen. Wegen dir hat er sich in Gefahr begeben.« Entschlossen kroch sie, gefolgt von Nickels, weiter über sandigen Grund und magere Flecken Grases, durchquerte die Hecke, lief gebückt zur Rückseite des Hauses und betrat die Küche. Im ersten Augenblick konnte sie nichts erkennen, ihre Augen mussten sich an den dämmrigen Raum gewöhnen. Mit einem Mal zuckte sie zusammen, denn aus der rechten Ecke des Küchenraums drang ein Stöhnen zu ihnen. Dina stürzte auf den bäuchlings liegenden Körper des Schriftstellers zu und erschrak. Das Haar an seinem Hinterkopf war verklebt und glänzte. Vorsichtig berührte sie die Stelle und hielt ihre Finger in das Licht des kleinen Fensters. Ihre Fingerkuppen waren rot. Blut, dachte sie, Johann ist verletzt.

»Nickels, versteck dich an der Tür und halte Ausschau«, herrschte sie ihn an, »ich muss mich um Herrn Kohl kümmern, er ist am Kopf verwundet.« Entschlossen schritt sie die Regale ab und suchte zusammen, was ihr brauchbar schien. Am Waschtrog sah sie eine Eisenpumpe und freute sich, dass sie jetzt nicht nach draußen zu einem Brunnen musste. Mit kräftigen Bewegungen drückte und zog sie den Pumphebel, kaltes Wasser schoss in eine Schüssel, und sie hoffte, dass die Geräusche nicht weit nach draußen drangen. Ihr fehlte noch ein sauberer Stoff, mit dem sie die Wunde hätte behandeln können, aber der ließ sich nicht finden. Sie hastete in die Wohnstube und öffnete den großen Schrank. Zufrieden nickend griff sie eines der fein gefalteten Tischtücher, die wohl noch von geselligen Runden und besseren Zeiten berichten konnten, und lief zurück in die Küche. Mit einem Messer vom Arbeitstisch schnitt sie den Leinenstoff ein und riss ihn in Streifen. Prüfend blickte sie zu Nickels hinüber, der aufgeregt mit den Fingern knackte und besorgt nach draußen sah. Immerhin, dachte sie, macht er, was ich ihm sage.

Sie kniete sich zu dem Verletzten hinunter, der unbeweglich dalag. Nur sein leises Stöhnen war zu hören. Zuerst legte sie ihm einen feuchten Lappen in den Nacken, dann kühlte sie seine Schläfen. Ganz langsam nur begann er, sich zu regen, seine Jammerlaute wurden lauter. Als er sich ins Haar greifen wollte, hielt sie ihn davon ab.

»Johann, ich bin das, Dina. Sie bluten am Kopf. Wir müssen Sie ganz langsam aufsetzen. Kommen Sie.« Damit stützte sie seine Schultern und half ihm, sich aufzurichten.

»Oh, mein Schädel«, stöhnte Kohl, »der Alte hat mir wohl einen übergezogen.« Er griff die freie Hand Dinas und versuchte, sie anzulächeln. Doch mit seinem schiefem Mund und einem verkrampften Grinsen zeigte er eher unterdrückten Schmerz. Sie kniete vor ihm, strich mit einem kühlen Tuch über seine Stirn und sah ihn mitfühlend an.

Endlich gewahrte er Nickels. »Was ist dir passiert?«

Der Junge blickte traurig zu Boden. »I-ich ha-habe doch gar nichts gemacht«, stotterte er und rieb über seine Beule am Kopf, »und jetzt haben sie Ihnen auch noch auf den Schädel geschlagen. Alles nur meinetwegen.« Er seufzte, als ob er sich nicht erinnern wollte. »Brahms und Lindhorst haben mich festgehalten.« Er schluckte und fuhr mit der Zunge die Zähne entlang. »Sie haben mir widerliche Lappen reingewürgt und mich gefesselt. Ich konnte nicht um Hilfe rufen.«

»Ich versteh nichts mehr«, erklärte Dina. »Warum entführt man Nickels, und was hat Kapitän Lindhorst damit zu tun?« Vorsichtig begann sie, die blutige Stelle an Kohls Kopf abzutupfen. Das Wasser in der Schale färbte sich rot.

»Auf dieser Insel hängt alles zusammen«, stieß er durch die geschlossenen Zähne hervor und sog zischend die Luft ein, als Dina seine Wunde berührte. »Die Leute wissen voneinander zu viel, und christliche Vergebung gibt es nur am Sonntag. Ansonsten treibt man die Rechnungen wohl ein, egal wie alt sie sind.«

»Sie haben eine Platzwunde«, stellte Dina fest und sah ihn besorgt an. »Das muss sich jemand angucken, der etwas von Heilkunde versteht. Werden Sie gehen können?«

Kohls Gesicht war kreidebleich und ihm war übel. Dina setzte ihn mit Nickels' Hilfe behutsam auf einen Hocker. Seine Kopfwunde pochte. Er saß leise stöhnend vornübergebeugt und kühlte die Verletzung mit einem feuchten Lappen. Dina beobachtete ihn mitleidig und überlegte.

»Nickels, pass auf Herrn Kohl auf«, ordnete sie an, »ich bin für einen kurzen Augenblick nebenan bei der Familie des Austernfischers.« Sowohl der Dünenjunge als auch der Schriftsteller sahen sie überrascht an. »Es dauert nicht lange«, erklärte sie energisch und verließ die Küche durch den Flur. Vorsichtig öffnete sie die Haustür, spähte hinaus und schlüpfte nach draußen.

Nickels sah ihr hinterher, den Mund weit geöffnet. Dann sprang er zum Hinterausgang, als habe er sich seiner Aufgabe besonnen, dort Wache zu halten. Immer wieder warf er einen Blick auf den Verletzten, der langsam seine Gesichtsfarbe zurückerlangte und sich aufrichtete. Nervös wippte der Junge auf seinen bloßen Füßen.

»Sag mal, was weißt du eigentlich von deinem Vater?«, krächzte Kohl und räusperte sich. Er wollte den Dünenjungen durch diese Frage auch etwas ablenken. Irritiert sah der den Schriftsteller an und kratzte sich am Kopf.

»Wie? Mein Vater? Wieso, ich verstehe nicht.« Nickels wandte sein Gesicht entschieden nach draußen, als wolle er Kohls Blick entgehen.

»Na, was hat er gemacht?«, setzte Kohl nach, »was ist dir von seinem Leben bekannt? Hast du Familie, Onkel oder Tanten?«

Der Dünenjunge verneinte stumm, ohne die Gartenhecke aus den Augen zu lassen, und sagte dann: »Ich weiß nur, dass er ein Boot hatte und zur See fuhr. Sein Vater, mein Großvater, hat sogar Wale gejagt. Ich habe auch Harpunen dafür«, erklärte er stolz, stutzte dann aber. »Manche Leute sagen, dass mein Vater im Gefängnis gestorben ist. Nur ist das nicht wahr. Die See hat ihn geschluckt, er ist verschollen. Mir hat er nur ein paar Andenken hinterlassen. – Niemand kümmert sich um mich«, murmelte er dann und senkte den Blick.

»Na, aber Kameraden wird er gehabt haben?«

Nickels schüttelte den Kopf. »Das weiß ich nicht. Ich war damals erst vier Jahre alt«, antwortete er leise in Richtung der Gartenbüsche, als wolle er der Insel sein Schicksal erzählen.

Kohl versuchte, sich zu konzentrieren. Dabei hatte er das Gefühl, mit seinen Gedanken unter dem Kopfschmerz hindurchtauchen zu müssen. »Was ist eigentlich mit dem Boot deines Vaters geworden? Das müsste doch dir gehören. Wie geht das denn an, dass du so mittellos bist?«

»Sie haben mir gesagt, dass es bei einer Sturmflut am Strand zerschellt ist. Es hat sich ja niemand darum gekümmert, da war es wohl in schlechtem Zustand und morsch. Und das Haus meiner Eltern hat uns auch nicht gehört.« Er zuckte mit den Schultern. »Mehr kann ich nicht sagen.«

»Sag mal, dein Großvater war noch Walfänger, richtig? Wie hieß der denn?«

Nickels blickte überrascht zu Kohl hinüber, nahm aber sogleich seine wachsame Haltung wieder ein. »Menne Petersen, wieso?«

»Und wie viel Harpunen hast du von ihm?«, wollte Kohl wissen.

»Eine. Ich hatte mal zwei. Nur weiß ich nicht, was mit der anderen passiert ist«, antwortete Nickels in einem geistesabwesenden Ton und sah weiter nach draußen. »Ich bin lange nicht bei meinem Versteck gewesen, und als ich jetzt wieder nachgeschaut habe, war nur noch eine da.«

»Menne Petersen«, murmelte Kohl, »MP, soso.«

Plötzlich schreckte sie das Geräusch der zufallenden Eingangstür auf und sie rissen ihre Köpfe herum. Nur langsam wurden die Konturen einer Person schärfer, die im dämmrigen Gang auf sie zukam. Es war eine Frau.

»Dina!«, rief Nickels und lief in den Flur hinein. Mit einem Mal hielt er an. »Oh, nein!«, stieß er hervor, »die Meta.«

Ein meckerndes Lachen war die Antwort. Der Dünenjunge wich zögerlich zurück, denn die Alte trieb ihn im Näherkommen vor sich her. Kohl war so überrascht, dass er seinen Schmerz vergaß. Erst, als er sich schwerfällig erhob, war das Ziehen und Pochen wieder da. Nickels, der sich eigentlich um ihn hätte kümmern sollen, bezog hinter seinem Rücken Stellung und sah ihr mit großen Augen entgegen. In dem Licht, das durch Fenster und den offenen Hintereingang in die Küche drang, war Meta gut zu erkennen. Sie sahen, dass ihre Haube weit in den Nacken gerutscht war und ihr Gesicht wie auch das gescheitelte Haar freigab.

Streng sah sie von dem Dünenjungen zu dem Schriftsteller, der leicht vorgebeugt dastand und sich einen Lappen an den Hinterkopf hielt. Ihr kaum zu einem Lächeln verzogener Mund zuckte in den Winkeln, dann nickte sie mehrfach.

»Es stimmt also, was mir Kapitän Lindhorst soeben empört erzählt hat. Er ist mir geradewegs in die Arme gelaufen, als ich unterwegs ans Wattenmeer war, einige Muscheltiere zu sammeln. Der Mann war ja ganz durcheinander.« Sie trat an Kohl heran und drehte ihn so, dass das spärliche Licht auf seine Wunde fiel. Immer noch benommen ließ er das geschehen. »Ja, ich sehe schon. Tadeus Lindhorst hat erklärt, wie er sich gegen Sie beide wehren musste. Sie wären in dies Haus eingedrungen, auf das er für einen Freund aufpassen sollte. Als er Sie vertreiben wollte, hätten Sie ihn angegriffen.«

Prüfend schob sie sein klebriges Haar auseinander und drückte an den Wundrändern herum. Mit einem heftigen Zucken und einem gleichzeitig lauten Zischen machte der Verletzte einen Satz nach vorn und sah sie böse an. »Das sieht übel aus«, kommentierte sie die Verletzung, »das wird man nähen müssen.«

Mit vor Entsetzen geweiteten Augen schüttelte Kohl vorsichtig den Kopf.

»Keine Widerrede«, blieb sie hart, »es ist nur zu Ihrem Besten. Was tue ich nicht alles für die Gesundheit der Menschen.« Angewidert blickte sie sich in der Küche um. »Männerwirtschaft!«, rief sie aus und schnalzte verächtlich mit der Zunge. »Hier ist nur Ruß und Staub. Nein, nein, da kann ich nicht arbeiten.«

Bevor Kohl ihr die Stube des unbewohnten Hauses anbieten konnte, hatte sie schon seinen Ärmel gefasst und ihn in den Flur zum Ausgang gezogen. Zögernd folgte Nickels und sah den Verletzten ratlos an.

»In der Strandvogtei stehen noch meine Arzneien«, erklärte sie ungefragt, »dorthin müssen wir. Auch erscheint mir das Haus Gulderling sehr viel reinlicher.« Sie trat vor die Tür und schlug umgehend den Weg zurück nach Süddorf ein, den Schriftsteller im Schlepptau.

Vorsichtig setzte Kohl seine Schritte auf den sandigen Weg, denn jede Erschütterung beantwortete sein Körper mit einem schmerzhaft verzogenen Gesicht. Wo mochte nur Dina bleiben, fragte er sich und sehnte ihre Gegenwart herbei. Er war sicher, dass ihre Anwesenheit seine Schmerzen lindern würde. Wie um ihn zu verhöhnen, fuhr ihm ein kalter Wind in die Kleider, und er erschauerte.

»Nickels«, krächzte er dem Jungen zu, »mein Mantel und mein Hut liegen noch draußen vor der Hecke.« Er deutete auf die Rückseite des Gartens und stolperte weiter. »Schau mal bitte, ob du mir meine Sachen bringen kannst.«

Nickels lief sofort los. Er war offenbar froh, der Kräuterfrau zu entkommen. Über den kargen Weiden und Feldern zogen sich grauschwarze Wolken zusammen und verhießen ein Unwetter. Bei der nächsten Böe, die Kohl erfasste, versuchte er, etwas schneller zu gehen. Der Gedanke, von einem Regenschauer überrascht und durchnässt zu werden, behagte ihm gar nicht. Übelkeit setzte ihm zu, zudem ärgerten ihn die Bezichtigungen der alten Meta.

»Die Darstellung Ihres Kapitäns entbehrt jeder Wahrheit«, verteidigte er sich. »Dieser Lindhorst hat den Dünenjungen in das Haus von Kapitän Jesse verschleppt. Ich weiß nicht, warum. Als ich ihn da rausholen wollte, hat mich der Kerl mit einem Schürhaken bewusstlos geschlagen. Das ist die wahre Geschichte, alles andere Lüge.«

»Herr der Gerechte, was für eine Räuberpistole«, erwiderte die betagte Frau. »Strandvogt Gulderling muss sich wohl der Sache annehmen. Wie passend, dass wir dahin unterwegs sind. Aber das wird nicht gut für Sie ausgehen. Jedweder Amrumer kennt den alten Lindhorst. Ihm wird man glauben. Warum sollte man dagegen einem Fremden Vertrauen schenken? Und dieser Nickels ist für jede Schandtat gut. Was der erzählt, hat keinen Wert.« Kritisch beäugte sie die Wolken, die über sie hinwegzogen. Von hinten kam ein Grollen und Donnern, und sie gingen schneller. Zumindest hatte Kohl das vor. Aber sein geschwächter Körper schwankte, und er taumelte mehr auf dem Weg, als dass er voranschritt.

»So wartet doch!«, erklang die Stimme einer jungen Frau in ihrem

Rücken, und sie drehten sich zu ihr um. Dina lief den Pfad entlang und zog einen Handkarren, der laut über Kuhlen und Grasbüschel bollerte. Das ist also das Gewitter gewesen, dachte Kohl. Trotz des Schwindels, der ihn überkam, musste er lächeln.

»Johann, Sie haben ganz bestimmt eine Gehirnerschütterung«, erklärte Dina atemlos, als sie endlich bei ihm und der alten Meta angekommen war. Sie deutete auf den Karren. »In Ihrem Zustand sollte man nicht rumlaufen, sondern sich schonen. Setzen Sie sich hinein, wir ziehen Sie.«

»Nun, Jungfer Martensen, so vertraut mit dem Herrn Schriftsteller?« Die Kräuterfrau blickte von ihr zu Kohl, die Augen zu Schlitzen verengt. Aber Dina schien von ihr keine Notiz zu nehmen und führte Kohl zu dem Handkarren. Zuerst sträubte er sich schwach, denn ihm missfiel der Gedanke, wie ein Sack Kartoffeln von zwei Frauen über die Insel gezogen zu werden. Doch schon nach wenigen Schritten meldeten sich Schwindel und Kopfschmerzen zurück, und er setzte sich auf die kleine Ladefläche.

»Komm, Meta«, forderte Dina die Alte auf, »gemeinsam können wir ihn durch den Sand schleppen.« Die Kräuterfrau murmelte mürrisch vor sich hin, kam aber der Aufforderung nach und griff eine Seite der Deichsel. Kohl schloss die Augen und überließ sein Schicksal diesen beiden Amrumerinnen. Jetzt war es ihm auch egal, wohin sie ihn bringen würden und wie albern das Ganze aussah.

»He, wartet auf mich!«, rief Nickels und lief quer über das grasbedeckte Land auf die Gruppe zu. Atemlos warf er Kohls Reisemantel und Hut in den Wagen und sah besorgt auf den Verletzten, der da mit bleichem Gesicht vor ihm lag.

»Danke, Nickels«, krächzte Kohl und zog den Mantel wie eine Decke über sich. Er fühlte sich zu kraftlos, um ihn aufrecht sitzend anzuziehen. »Wie es scheint, hat der ergraute Kapitän Lindhorst noch einen guten Schlag. Jedenfalls macht mir sein Schürhaken doch arg zu schaffen.« Er stöhnte auf und schloss für einen Moment die Augen. »Und du hast wirklich keine Idee, warum diese beiden Männer dich verschleppt haben?«

Nickels, der neben dem Handwagen herlief und immer wieder

misstrauisch zu der Alten hinüberschielte, schüttelte den Kopf. »Ich hab doch nichts Unrechtes getan«, stieß er wütend hervor, ging hinter den Karren und schob kräftig mit, wie um seinen Zorn kleinzuarbeiten. Plötzlich störte ein heiserer Lacher der Kräuterfrau die kurze Stille. Gebeugt zog sie an der Deichsel. Nickels sah empört zu ihr hin.

»Wenn es darauf ankommt«, sprach Meta ihre Worte in den Wind, »ist die Familie ein starkes Band.«

Nickels blickte verwirrt, und Kohl runzelte ob dieses zusammenhanglosen Ausrufs die Stirn. Aber Dina hielt kurz inne.

»Natürlich!«, rief sie aus. Kohl versuchte aus dem Liegen, ihre Mimik zu erhaschen. Das Ganze war doch sehr kurios. Leider sah er nur die kräftigen Schultern der schönen Amrumerin und ihren schlanken Nacken.

»Warum habe ich daran nicht gedacht?«, klagte Dina. »Kapitän Lindhorst ist der Schwiegervater von Kutscher Brahms. Krinos Frau, Lindhorsts Tochter, hat vor einiger Zeit das Fieber geholt. Vielleicht habe ich diese Verbindung deshalb vergessen. Aber Meta hat mit ihrer Anspielung Recht. So ein Familienband ist stark. Nur, das erklärt alleine nicht, was mit Nickels passiert ist.« Sie sah den Jungen ernst an. »Du musst uns etwas mehr erzählen. Irgendetwas scheinst du zu verbergen. Nur mit deiner Hilfe können wir das Rätsel um dich lösen.«

Der Dünenjunge senkte stur den Blick und grub seine Füße noch kräftiger in den Sand, um dem Wagen Schub zu geben. Kein Wort sprach er, und bis sie Süddorf und die Strandvogtei erreichten, vermied er es, jemanden anzusehen.

Kohl, der noch in dem Handwagen lag und von den beiden Frauen gezogen wurde, war froh, dass sich keine neue Menschenmenge vor dem Haus des Vogts gebildet hatte. Trotz der Schmerzen, die ihm der Schlag auf den Kopf bereitete, fand er es überaus peinlich, dergestalt auf der Insel zur Schau gestellt zu werden.

Während des ganzen Vormittags hatte die Magd nur zögerlich jene eingelassen, die nach dem Anschlag zum Strandvogt wollten.

Nun blickte sie eher überrascht als misstrauisch drein. Dina erkannte in ihr die Dienstbotin, die am Tag zuvor die Gurken eingelegt hatte. Vom Hinterhof des Anwesens erschallte wieder das wütende Gebell des angeketteten Hundes. Das arme Tier schien sich nie beruhigen zu können.

»Der Herr ist nicht im Haus«, beschied sie ungefragt den drei Besuchern. Als sie den Dünenjungen Nickels im Hintergrund erblickte, wollte sie die kaum geöffnete Tür zuwerfen.

»Das wissen wir«, blaffte Meta und schob einen Schuh in den Türspalt. »Der Herr Schriftsteller hier ist schwer am Kopf verletzt. Ich werde ihn behandeln müssen und brauche dafür einen reinlichen Ort. Außerdem steht mein Korb noch bei euch.« Sie drückte gegen das Türblatt und drängte die Magd in die dunkle Diele zurück. »Nun geh los und sag deiner Herrschaft Bescheid.« Damit griff sie Kohl am Ärmel und zog ihn energisch in die Küche, wo sie ihn auf einen Hocker verwies. Gehorsam nahm er Platz. Schon wieder ein Küchenhocker, dachte er zusammenhanglos und lächelte gequält. Dina folgte ihm, Nickels im Schlepptau. Beide zwängten sich in eine Ecke, denn sie wollten weder im Weg sein noch unnötig auffallen. Aber vor allem mochten sie Johann Georg Kohl mit dieser Kräuterfrau nicht alleinlassen.

Der Patient wusste so gar nicht, was auf ihn zukam. Stöhnend hielt er sich den Kopf und sah sich ratlos im Raum um. Diese Küche war deutlich geräumiger und heller als alle, die er bisher auf Amrum betreten hatte. Aber auch hier gab es rußige Eisentöpfe und eine glimmende Feuerstelle. Während seine Augen wahllos über die Gerätschaften glitten, hatte Meta bereits begonnen, gezielt einige Flaschen in Regalen und auf dem Arbeitstisch in Augenschein zu nehmen. Sie entkorkte Behältnisse, schnupperte prüfend oder hielt den Inhalt gegen das Licht.

Die schlurfenden Schritte der Magd kamen näher und alle sahen ihr erwartungsvoll entgegen.

»Ich soll sagen, dass die Strandvogtei kein Hospital ist. Aber aus Dankbarkeit für die Hilfe am Strandvogt heute Morgen und weil es gute Christenpflicht ist, darf der Herr hier verarztet werden.«

Meta nickte ungerührt und wies auf einige der Flaschen. »Gut, min Deern, dann bring uns mal einen feinen Zwirnfaden, Nähnadeln und den kräftigsten Alkohol, den ihr im Haus habt.« Kohl duckte sich bei der Erwähnung von Nadel und Faden und schloss die Augen. Immer noch bedeckte er seine blutige Wunde mit einem inzwischen sehr fleckigen Lappen. »Ja, und natürlich bedarf es eines Rasiermessers und Seife«, ergänzte die Kräuterfrau ihre Bestellung und sah prüfend auf ihren Patienten. »Und zu guter Letzt brauchen wir saubere Blätter vom Weißkohl und Leinenstreifen«, rief sie der Magd hinterher, die sich aufmachte, mit unverständigem Blick und offenem Mund die Besorgungen zu erledigen.

Eine derart wilde Mischung von Zutaten beunruhigte Kohl. Was um Himmels willen hatte die Frau mit ihm vor? Sollte er sich besinnungslos trinken? Was hatte das Gemüse bei einer Wundbehandlung zu suchen? Mit schmerzverzerrtem Gesicht hob er den Kopf und blickte Dina in die Augen. Der Versuch, ihr zuzulächeln, misslang gründlich. Seine Lippen verkrampften sich zu einem dünnen Strich.

»Nicht wahr, Dina, Sie bleiben doch bei mir?«, krächzte er. »Mein Wundengel hier braucht vielleicht Unterstützung.« Er hob die Hand in ihre Richtung, und Dina machte einen Schritt in den Raum und ergriff sie.

Nickels hatte sich bei der Aufzählung der Kräuterfrau immer weiter in die Ecke gedrückt, als gälte die angekündigte Behandlung ihm. Beim Anblick dieser Vertrautheit zwischen Dina und dem Schriftsteller entfuhr ihm ein Lacher. Meta schaute mit gekräuselter Stirn auf die vereinten Hände und schüttelte den Kopf. Dann begann sie, einen Kessel mit Wasser zu füllen und ihn über die Feuerstelle zu hängen.

»Nickels!«, rief sie, »zeig dich endlich mal nützlich und entfach uns ein schönes Feuer. Das Erste, was wir brauchen, ist nämlich warmes Wasser.«

Als die Magd mit den gewünschten Utensilien zurück war, schnupperte Meta an der Flasche mit dem starken Alkohol, nickte zufrieden und hielt sie dem Patienten hin. »Sie sollten einen guten Mundvoll nehmen oder auch zwei. Das ist ein ehrlicher, kräftiger Branntwein.«

Also doch, dachte Kohl, nahm einen Schluck und hustete, als der scharfe Brand seine Kehle hinabrann. Sein Rachen brannte. Die anwesenden Amrumer in der Küche lachten auf. Sie hatten den feinen Herrn vom Festland bei der Branntweinprobe gut beobachtet. Seine Reaktion schien ihren Erwartungen vom verweichlichten Städter zu entsprechen. Hitze stieg in ihm auf, und seine Kopfwunde pochte noch mehr. Das kann ja wohl kaum der Sinn der Übung sein, überlegte er kritisch, setzte die Flasche aber doch ein zweites Mal an. Als er wieder husten musste, gab er den Branntwein zurück, und Meta klopfte ihm beruhigend auf den Rücken.

»Ganz wie ich sage. Ein ehrlicher Stoff. Der wird seine Wirkung tun.« Damit schnitt sie zwei Ellen von dem dünnen Zwirn ab, den die Magd ihr als Rolle gebracht hatte, legte den Faden zusammen mit den Nadeln in eine Tasse und übergoss ihn mit dem Alkohol. »Das heilt dann besser«, erklärte sie ungefragt und befühlte den Wasserkessel über dem Feuer. »Dina, ich wasche nun die Wunde aus. Du kannst derweil die Kohlblätter bearbeiten. Die dicke Rippe in der Blattmitte rausschneiden, das Blatt mit dem Nudelholz glätten und kurz in kochendem Wasser ziehen lassen.«

»Ich habe gar keinen Hunger«, protestierte Kohl mit glasigem Blick. Der Schnaps zeigte seine Wirkung.

»Ach, Sie Dummkopf«, erwiderte die Kräuterfrau, »das Gewächs wird äußerlich angewandt, es unterstützt die Heilung. Und nun ans Werk.«

Sie rasierte die Haare rund um die Platzwunde. Als ihr Patient diese Behandlung mit Stöhnen beantwortete und immer wieder den Kopf bewegte, griff sie kurzentschlossen zu einem Kochlöffel und hielt ihn vor seinen Mund. »Hier, beißen Sie drauf. Es wird gleich noch mehr wehtun.« Nachdem die blutige Stelle gesäubert war, fädelte sie den alkoholgetränkten Zwirnfaden ein.

Dina, die inzwischen die Kohlblätter weichgekocht und auf ein sauberes Tuch gelegt hatte, trat neben Johann. Sie sah, wie Schweiß auf seiner Stirn perlte. Als sich ihre Blicke trafen, erkannte sie in seinen Augen Schmerz und Furcht. Die angespannten Kaumuskeln zeigten deutlich, wie sehr er auf den Holzstiel biss. Aufmunternd lächelte sie ihm zu und streichelte vorsichtig seine

Wange. Kohl schloss die Lider. Dann setzte Meta den ersten Stich an, und er zuckte so stark zusammen, dass die alte Frau Dina anherrschte, seinen Kopf festzuhalten.

»Wir hätten nach der Frau Pastor schicken sollen«, überlegte Dina laut, »sie verfügt gewiss über etwas Laudanum. Jetzt muss er so leiden.« Tränen stiegen in ihr auf.

»Hätten, sollen«, äffte Meta nach, »dafür war keine Zeit. Was treibt sich dein Herr Schriftsteller auch in fremden Häusern herum, noch dazu mit diesem Jungen. Dass er dabei Schaden nimmt, hat er sich selbst zuzuschreiben. Er wird diesen Schmerz schon aushalten.«

Kohl, der die Vorwürfe der alten Frau gehört hatte, verspürte keine Lust, ihr zu antworten. Er hoffte nur darauf, dass die Höllenqualen bald vorbeigingen, kniff die Augen zu und biss immer stärker ins Holz. Die Stiche und das Zurren an seiner Wunde machten ihn rasend. Nur durch kräftigen Druck gegen seine Schläfen gelang es Dina, ihn ruhigzustellen. Als sie ihre Brust für einen kurzen Moment an ihn drückte, spürte sie seine Hände an ihren Hüften. Sie zuckte zurück, und die Finger des Patienten verkrampften sich im Stoff seiner Hose. Endlich hörte sie das Schnippen einer Schere und gab augenblicklich seinen Kopf aus der Umklammerung frei. Vorsichtig öffnete er die Augen und sah zu Dina, die ihm zulächelte. Wie gern wäre er jetzt mit ihr allein gewesen. Doch schon erklang erneut die herbe Stimme der Kräuterfrau.

»So, das Schlimmste wäre überstanden. Ihr Männer seid immer so wehleidig. Kein Wunder, dass wir Frauen die Kinder bekommen müssen. – Dina, jetzt lass das Mitleiden und leg die Kohlblätter auf, danach verbinde alles.«

Kohl fühlte, wie die inzwischen erkalteten Blätter seine Verletzung kühlten. Trotzdem war da weiterhin Schmerz und Benommenheit. Ergeben hielt er ein letztes Mal still, damit Dina seinen Kopf versorgen konnte. Als sie die Leinenstreifen auch unter seinem Kinn festzog, ahnte er, wie merkwürdig er nun aussah. Protest regte sich. Doch dann spürte er, wie sie energisch seine Schultern massierte und ergab sich.

Plötzlich erklang wieder das wütende Bellen des Hofhundes. Hinter dem Anwesen fuhr ein schweres Pferdegespann vor. Nickels löste sich aus seiner Ecke und schlich unbeobachtet in den dunklen Hausflur. Noch waren die Frauen mit ihrem Patienten beschäftigt. Auch die Magd, die mit großen Augen zugeschaut hatte, konnte noch immer nicht ihren Blick von all den emsigen Handgriffen lösen. Doch als der Hund nicht aufhören wollte, an der Kette zu reißen und zu kläffen, sah sie durch das Fenster.

»Das ist Hans Tuchsen«, erklärte sie, »der Müller bringt uns das Mehl.«

»Ach, eigenhändig?«, betonte Meta. »Natürlich«, überlegte sie weiter, »er beliefert ja den Strandvogt. Seit der ihm vor Jahren seine Macht gezeigt hat, scheint er ganz handzahm geworden zu sein.«

»Was soll das Gerede«, erklang die Stimme der Strandvogtgattin, die plötzlich in der Küche stand. Misstrauisch schweifte ihr Blick über ihren Hausrat. »Es ist nur recht und billig, dass Tuchsen sein Mehl selbst ausfährt«, wies sie Meta zurecht, »dem muss niemand eine Bedeutung beimessen.« Interessiert, als besähe sie eine Kuriosität, beäugte sie den Verletzten und seinen Wundverband. »Nun, mein Herr, dann scheint ja keine Hilfe mehr vonnöten«, stellte sie mit hochgezogenen Augenbrauen fest. »Ich darf annehmen, dass Sie uns nun verlassen werden? Nachdem Sie den Strandvogt aufs Äußerste gereizt und gegen sich aufgebracht haben, erscheint mir Ihre Anwesenheit in seinem Haus nicht weiter wünschenswert.«

Meta trat näher an Kohl heran und betrachtete prüfend sein Gesicht. »Der Herr Schriftsteller ist noch etwas blass um die Nase, aber die Wunde ist gut versorgt«, befand sie und nickte Dina anerkennend zu. »Sie sollten sich schonen«, riet sie ihrem Patienten und blickte ihn streng an. »Das Beste ist, wenn Sie sich hinlegen. Auf der Insel und gerade in den Dünen herumzustreifen ist jetzt Gift für den Kopf. Der muss sich erst einmal wieder beruhigen. Bei wem sind Sie denn untergekommen?«

»Bei Pastor Mechlenburg«, rief Dina dazwischen und erntete den tadelnden Blick der Hausherrin. Sie errötete. Dabei fühlte sie doch, dass Kohl das Sprechen schwerfiel und dass er ihrer Hilfe bedurfte. Der grinste unter seinem Kopfverband über ihre schnelle Antwort und genoss es, sich auf Dina verlassen zu können.

»Na, dann ist ja sogar für das Seelenheil gesorgt«, spottete Meta. »Und die Frau Pastor hat den Schrank voll königlicher Medizin. Sollte ihr dennoch ein gutes Schmerzmittel fehlen, so lassen Sie es mich wissen. Ich hab zu Hause Weidenrinde. Die hat als Tee eine ganz wunderbare Wirkung.«

Kohl nickte ihr dankend zu und bereute sofort diese Kopfbewegung, denn es folgte augenblicklich ein Dröhnen im Schädel. Wie soll ich nur von hier wegkommen, überlegte er. Auf keinen Fall möchte ich weiter mit diesem Handkarren durch die Dörfer geschleppt werden wie ein Zirkustier im Käfig.

Plötzlich sprang die Küchentür zum Hof auf und ein Mann in gedrungener Statur, an die 60 Jahre alt, stand im Türrahmen. Über der Hose trug er einen kurzen, grauen Kapuzenkittel, der weiß bestäubt war. »Heda!«, schimpfte er dröhnend in den Raum, »ist denn niemand da, der mir beim Abladen hilft?«

Von den Frauen erntete er nur ein stummes Kopfschütteln. Doch dann blickte Dina sich um. »Der Nickels kann noch helfen. – Nickels!«, rief sie, »wo bist du denn? Wir brauchen deine kräftigen Arme.«

Da sie ihn nicht sah, machte sie einige Schritte in den Hausflur. Die Eingangstür des Hauses stand halb offen. Der Junge hatte sich also auf und davon gemacht. Kein Wunder, dachte sie, bei dem, was er erlebt hat.

Bei der Erwähnung seines Namens war die Frau des Strandvogts zusammengezuckt. »Was? Dieser Streuner und Tagedieb war hier bei mir? Wie konntest du nur«, warf sie ihrer Hausgehilfin mit strafendem Blick vor. »Es reicht schon, wenn Gulderling diesen Nichtsnutz in meiner Küche weißes Feinbrot essen lässt. Aber dass er sich im Haus herumtreiben kann, wenn es uns einer mannhaften Aufsicht mangelt, öffnet dem Diebstahl Tür und Tor. Geh!«, wies sie die Magd an, »schau sofort nach dem Silber. Ich will zu deinem Besten hoffen, dass nichts weggekommen ist. Und du, Hans Tuchsen, lass unser Mehl im Hof. Der

Strandvogt und sein Knecht werden bald zurück sein, dann können sie die Lieferung lagern«, herrschte sie den Müller an. Der nickte und ging brummend nach draußen.

Kohl sah ihm sehnsüchtig durch die offene Tür hinterher. Zwar hatte er allen Grund, Frau Gulderling dankbar zu sein, doch bei ihrer herrischen Art kam nur ein Wunsch in ihm auf: Weg von hier. Er beobachtete, wie der Müller auf der Ladefläche zwei offenbar schwere Säcke an der Kante seines Wagens bereitstellte. Anschließend stieg er ab und hievte sie nacheinander auf die Schulter und ließ sie nach wenigen Schritten langsam auf den Boden gleiten. Wenn er die Grimasse des alten Mannes dabei richtig deutete, ging das nicht ohne Rückenschmerzen ab. Als Hans Tuchsen danach zu seinem Pferd wankte und das Fell des kräftigen Gauls tätschelte, suchte Kohl Dinas Blick.

Die hatte wohl ähnliche Gedanken wie der Schriftsteller und lief an ihm vorbei nach draußen zum Gespann. Nach einem kurzen Wortwechsel trat sie wieder ein und lachte. »Er hat gesagt, dies war seine letzte Fuhre. Er will jetzt zurück nach Norddorf, zu seiner Mühle. Er kann uns bis Nebel mitnehmen.«

»Das trifft sich gut«, meinte die alte Meta, »da fahr ich dann auch mit.«

Über das freudige Gesicht Dinas legte sich ein leichter Schatten. Sie hatte gehofft, nur mit Johann zurückzufahren. Es wäre eine schöne Gelegenheit gewesen, sich näherzukommen. Das Stöhnen des Verletzten, der sich erhob und schwankend nach Halt suchte, riss sie aus ihren Gedanken. Sie sprang ihm bei und stützte seinen Arm, um ihn langsam nach draußen zu führen.

»Oder möchten die jungen Leute lieber alleine fahren?«, fragte Meta spottend.

»Aber ich bitte Sie«, murmelte Kohl und winkte sie zu sich. »Ich werde doch meine Retterin nicht den langen Weg zu Fuß gehen lassen. Das kommt gar nicht infrage. Das Angebot des Müllers müssen wir annehmen.«

»Und was ist mit der ganzen Unordnung hier?«, beschwerte sich die Frau des Hauses. »Woher stammt eigentlich der Handwagen draußen? Der kann da auch nicht bleiben!«

Meta, die inzwischen ihren Korb zusammengesucht hatte, wedelte abweisend mit der Hand und machte sich auf, die Küche zu verlassen. »Das wird sich alles richten. Die Magd soll ihn zurückbringen, wenn sie in Steenodde Erledigungen hat. Einstweilen danke ich dafür, dass Sie einem Verletzten geholfen haben. Ich werd es auch dem Pastor berichten.«

»Nicht nur dem, das ist gewiss«, seufzte die Hausherrin und verließ grußlos den Raum.

Kohl, der für seinen hohen Hut nun keine Verwendung mehr hatte, ließ ihn durch die Finger gleiten. Er saß zwischen dem Müller und der alten Meta auf dem Kutschbock. Dina Martensen sah sich auf die Ladefläche verbannt, wo sie sich aus Mangel an Sitzgelegenheiten niedergehockt hatte. Diese Fahrt hatte sie sich ganz anders vorgestellt.

Langsam trottete der Kaltblüter über den sandigen Weg und zog den Wagen vorbei an herbstlich buntem Gebüsch und abgeernteten Feldern. Hans Tuchsen, der die Leinen in der Hand hielt, saß vornübergebeugt und schien vor sich hinzuträumen. Kohl, dem das ständige Pochen des Schädels zusetzte, suchte Ablenkung. Dinas Nähe war ihm verwehrt. Aber sich neben sie auf die Ladefläche zu hocken, nein, das kam für ihn nicht infrage. Er durfte sie nicht kompromittieren.

»Dass Sie noch diese schweren Säcke hieven, alle Achtung«, wollte er ein Gespräch mit dem Müller beginnen, auch wenn er nur mühsam seine Gedanken formulieren konnte. Tuchsen reagierte nicht und starrte weiter vor sich hin. »Was wiegt denn so ein Sack?«, ließ Kohl nicht locker. »Ich meine, warum muss der Müller selbst die Ladung bringen, haben Sie keinen Gehilfen?«

Hans Tuchsen schnaubte und drehte seinen Kopf ein kleines bisschen in Kohls Richtung, um dann gleich wieder über den Mähnenkamm seines Pferdes nach vorn zu schauen. »Wohl an die 50 Lübecker Pfund«, brummte er und drückte seinen Rücken durch, als wollte er sich nachträglich vom Gewicht befreien.

»Das wären ja fast 25 französische Kilogramm«, rechnete Kohl laut und nickte anerkennend, nicht ohne sogleich diese Bewegung zu bereuen.

»Ja, ist schon gut, wenn ich den Gesellen schicken kann. Aber leider packt er allzu oft die Gelegenheit beim Schopf und lässt sich Most und Branntwein anbieten. Und manchmal ist es gut, wenn ich in eigener Person liefere. Das hängt vom Kunden ab. Gibt ja welche, die sind besonders pingelig und bezweifeln Maß und Schwere oder die Qualität. Da hilft es dann, dass der Müller selbst zur Stelle ist und nicht der Geselle, der für dumm verkauft wird.«

»Und der Strandvogt ist solch ein schwieriger Fall?«

»Ja, ist der«, knurrte Tuchsen durch die Zähne, »schon eine ganze Weile.«

Der Schriftsteller wartete einen Moment, bis er die nächste Frage stellte. Aus den Augenwinkeln sah er, wie die alte Kräuterfrau neben ihm ihre Tontiegel im Korb ordnete und wie beiläufig mit ihrem Ohr näherkam. »Wohl seit dem Schicksalsjahr, das Sie mit Jelde Petersen und Krino Brahms verbindet?«, fuhr Kohl fort und sah, wie der Müller seine Schultern zurückbog. Als würde er sich für einen Kampf vorbereiten, dachte er.

»Was wissen Sie denn davon?«, knurrte Tuchsen und ließ die Leinen knallen. Der schwere Gaul fiel in den Trab, und der Wagen rumpelte durch die sandigen Wegkuhlen. Das überlebe ich nicht, fürchtete der Schriftsteller. Um ein Haar hätte er seinen Hut verloren, als er mühsam versuchte, sich am Kutschbock festzuhalten. Auch die alte Meta hatte ihre liebe Mühe, nicht hinunterzufallen.

»Mein Kopf!«, schrie Kohl auf und rüttelte den Kutscher an der Schulter. »Bitte langsam, meine Verletzung verträgt keine weitere Erschütterung.« Tuchsen zog unwirsch an den Leinen und setzte die Fahrt im Schritt fort.

»Sie drei waren im Gefängnis«, beantwortete Kohl nun Tuchsens Frage. »Das war 1833. Alles wegen etwas zu lang geratener Strandhölzer. Es gibt Leute auf der Insel, die sagen, Gulderling habe nur eine Konkurrenz ausschalten wollen. Und ausgerechnet bei dem wuchten Sie nun die Mehlsäcke. Finden Sie das nicht selbst ein bisschen würdelos?«

Nach dieser gezielten Provokation blickte er den Müller von der

Seite an und war auf dessen Reaktion gespannt. Der schob trotzig seine Unterlippe nach vorn und ließ die Kaumuskeln spielen. Erst nach einigen Minuten sah er seinem Nachbarn direkt in die Augen und lachte höhnisch auf. Kohl erkannte in seinem Blick eine mit viel Selbstdisziplin unterdrückte Wut.

»Ihr vom Festland habt doch keine Ahnung«, höhnte Tuchsen. »Wes Brot ich esse, des Lied ich sing, schon mal gehört?« Herausfordernd sah er den Schriftsteller neben sich an. »Hier draußen gibt es die See, die uns beraubt und beschenkt. Und da ist der Strandvogt, der uns lässt, was ihm gefällt. Wir haben kein Mittel gegen die beiden Naturgewalten. Man tut gut daran, das früh zu erkennen. Ich jedenfalls habe mein Lehrgeld bezahlt. Seitdem störe ich nicht die Kreise des Hinrich Gulderling und liefere ihm selbst das Mehl, das er dann anzunehmen geruht. Jeder erfüllt die Aufgabe, die das Leben uns gibt.«

Ein feuchtkalter Wind kam auf, und Wolken verdüsterten erneut den Himmel. Kohl fröstelte. Die alte Meta zog ihre Haube in die Stirn und ihr Schultertuch enger. Ganz so wie auf der Überfahrt von Föhr nach Amrum, erinnerte sich Kohl. Dina, die hinter ihm auf der Ladefläche hockte und ihre Arme um sich schlang, hatte er in diesem Augenblick vollkommen vergessen.

»Was ist denn Ihre Meinung zum Tod dieses bemitleidenswerten Postläufers? Was denkt jemand, der die Insel und seine Bewohner so gut kennt wie Sie?«

Tuchsen zeigte bei diesem Themenwechsel keine Regung. Er blickte wieder nach vorn zu seinem Pferd und wirkte in Gedanken versunken.

»So langsam wird es Mittag«, stellte Meta in die Stille hinein fest, »ich bekomme Hunger. Du nicht auch, Dina?«

Kohl erschrak und drehte sich mit einem schlechten Gewissen zu der Amrumerin um. Sie schien zu frieren. In einem Anflug von Ritterlichkeit knöpfte er seinen Reisemantel auf.

»Dina, darf ich Ihnen meinen Mantel anbieten? Sie müssen völlig ausgekühlt sein«, bot er sich an und legte dabei beiläufig seine Hand auf ihre Schulter. Sie strich leicht über seine Finger, machte dann aber eine wegwerfende Bewegung und sah nicht zu ihm auf.

Konzentriert verfolgten ihre Augen einen Jungen, dessen blonder Kopf sich in einiger Entfernung immer wieder zwischen Büschen und Bodenwellen zeigte. Er folgt uns und ist doch ganz auf sich gestellt, dachte sie wehmütig. Leise summte sie eine Melodie und sang hier und da eine Zeile. Kohl blickte gerührt und zugleich irritiert zu ihr hinunter. Ihre Stimme drang zu ihm wie eine wärmende Brise, fast war der Kopfschmerz vergessen.

»Was ist das denn für ein Lied«, wollte er wissen. »Es klingt wie eine Volksweise.«

Sie nickte und ließ dabei den Blick nicht vom Saum der Dünen. »Ein Männlein steht im Walde, heißt es. Diesen Sommer ist ein Leierkastenmann durch die Dörfer gezogen und hat es gesungen. Die Notenblätter konnte man kaufen. Er hatte auch noch mehr Lieder vom gleichen Dichter, so ein Von.«

»Wie, von? Ich verstehe nicht.«

»Ein Hoffmann von, ich erinnere mich nicht weiter. War wohl adelig«, überlegte Dina.

»Hoffmann von Fallersleben?«, schlug Kohl rasch vor. Dass er hier auf Amrum nun schon zum zweiten Mal auf diesen Nationalrevolutionär stieß, überraschte ihn. Immerhin waren es diesmal nur die Kinderlieder, aber auch das war ungewöhnlich.

»Ach, kennen Sie den etwa? Ja, ja, Schriftsteller unter sich. – Sehen Sie die Hagebutten dort am Strauch?«, fuhr Dina unbeeindruckt fort. Sie deutete auf eine Apfelrose, hinter deren starkwüchsigen Zweigen ein blonder Schopf zu sehen war. »Wie in einen roten Mantel gekleidet, auf einem Bein«, erklärte sie weiter, »davon singt das Lied. Vom Männlein, das da steht im Wald allein«, sang sie die Liedzeile.

Für Kohl klang das melancholisch. Dabei folgten seine Augen ihrem Finger, er nickte erkennend und grinste. Da hatte sie ihn wirklich geschickt auf Nickels aufmerksam gemacht, ohne den Jungen zu verraten.

»Der da liegt im Watt allein, müsste das heißen, wenn man an Busso Dahl denkt«, kommentierte Hans Tuchsen den Gesang. Kohl wandte sich ihm zu und war sehr gespannt. Endlich bekam der Müller die Zähne auseinander. »Sie sind nun heute schon der

Zweite, der mich über den Schlickläufer ausfragt«, fuhr Tuchsen fort. »Diesen Morgen, die Mühlsteine liefen gerade so richtig an, stand der Strandvogt draußen am Flügelrad. Er untersuche die Mordtat an unserem Postmann, sagte er, und wollte wissen, wo ich denn vorgestern bei Sonnenaufgang gewesen sei. Eine lächerliche Frage, das habe ich ihm gesagt. Natürlich bei meinem Mahlwerk, mein Geselle könne das bezeugen. Er schob mich barsch beiseite und stürmte in die Wohnräume neben der Mühle. Ich kam kaum hinterher, fand ihn dann aber vor der Feuerstelle. Wir auf Amrum kennen uns ja alle ganz gut, und er wusste wohl, dass dort ein paar Walharpunen über dem Kamin hängen. So eine kleine Sammlung von mir, Erinnerung an Zeiten, als es uns Amrumern richtig gutging«, erklärte Tuchsen. Kohl hörte ihm zu, sein Mund war trocken und die Kopfschmerzen verschwunden.

»Der feiste Finger des Strandvogts deutete dann auch auf eine leere Stelle. Da fehlte eine. Wo die denn sei, herrschte er mich an, und ich zuckte mit den Schultern. Das war mir nicht aufgefallen. Die Küche hat ja kein gutes Licht, und ich sehe nicht mehr so gut. Aber was ich noch wusste, war, woher diese Harpune zu mir gekommen ist.«

»Ja, der Müller«, unterbrach die alte Meta seufzend. Beide Männer hatten wohl nicht mehr an sie gedacht. »Sieht nicht gut, doch der Mund klappert wie die Zahnräder seines Mahlwerks.«

Tuchsen blickte sie an Kohl vorbei an und lachte höhnisch auf. »Ach, Meta, misch dich nicht ein. Was ich weiß, das weiß ich. Also«, er wandte sich erneut an den Schriftsteller, »diese Walharpune haben mir die Dahlsöhne gebracht. Das war im vergangenen Winter. Sie erbaten etwas Mehl dafür. Zu Hause war gewiss wieder Schmalhans Küchenmeister.«

»Haben Sie eine Idee, woher die Jungen die Waffe hatten?«, wollte Kohl wissen. »Und, kann man sie wiedererkennen, gab es ein besonderes Merkmal?«

»Woher sie kam?« Der Müller zuckte die Schultern. »War mir nicht wichtig, so was liegt in vielen Haushalten unbenutzt rum und rostet vor sich hin. Sie taten mir leid. Aber Sie haben Recht, die Harpune war am Griff gezeichnet. Mit einem M und einem P.

Das habe ich dem Strandvogt auch gesagt. Der ist dann gleich weitergestürmt. Würde mich nicht überraschen, wenn er die Dahljungs dazwischennimmt.«

Der Wagen rumpelte weiter. Die schmerzlichen Erschütterungen seines Kopfes hinderten Kohl am Nachdenken. Die genähte Wunde pochte, und er wollte nichts sehnlicher, als sich niederzulegen. Allmählich kam der Ort Nebel in Sicht, und er verbot sich die Verlockung, Dinas Nähe auf der Ladefläche zu suchen. Das hätte den Ruf der Jungfer wohl auf immer verdorben. Ihm genügten schon die neugierigen Blicke der Amrumer, an denen sie vorbeifuhren. Sein leuchtend weißer Kopfverband zog alle Augen an.

In der Mitte des Dorfes hielt Tuchsen den Wagen an und drehte sich zu Dina um. »Was ist mit dir, wolltest du nicht heim? Ich meine, das Haus Martensen liegt nur ein paar Schritte ab vom Hauptweg.«

Sie schüttelte den Kopf. Eigentlich sollte sie sich um das Vieh und ihr Feld kümmern, auch war da noch Rahm zu schöpfen und Butter zu schlagen. Doch sie mochte Johann jetzt nicht alleinlassen. Außerdem gab es so viel Merkwürdiges, was da untersucht werden musste. Nein, entschied sie, sie würde bis nach Norddorf fahren und weiter nachforschen. Aber zuerst galt es, den Verletzten im Pfarrhaus von Nebel unterzubringen.

Im Haus des Pastors herrschte große Aufregung, als sie dort anhielten und Kohl mit Dinas Hilfe vom Wagen stieg. Ihre helfenden Berührungen kamen fast einer Umarmung gleich und ließen sein Herz schneller schlagen. Bis in die Haarwurzeln hinein spürte er das Vibrieren seines Blutes. Dina, die ähnlich fühlte, machte ein gleichgültiges Gesicht und stützte ihn bei seinen Schritten auf das Pastorat zu. Sein zitternder Gang und die nach Halt tastenden Hände zeigten deutlich seinen geschwächten Zustand. So lief die Pastorengattin händeringend auf ihn zu, während die Magd ihr humpelnd folgte.

»Oh, mein Gott, was ist denn nur mit Ihnen geschehen?«, rief die

Hausherrin und sah Dina an seiner Seite fragend an. »Wir werden Sie gleich ins Bett bringen müssen.«

»Die alte Meta hat Herrn Kohl schon versorgt«, erklärte Dina, »sie kann Ihnen mehr dazu sagen.« Sie wandte sich an Judith. »Wir sollten dem Herrn Schriftsteller nun etwas Ruhe gönnen. Begleitest du ihn mit mir zusammen hinein?« Dann winkte sie dem Müller zu. »Wartest du so lange?«, rief sie und führte den Verletzten ins Haus.

Während Frau Mechlenburg mit roten Wangen dem Bericht der Kräuterfrau vom Überfall und von der Operation in der Strandvogtsküche folgte, stieg Kohl mit tatkräftiger Hilfe die Treppe zu seiner Kammer hoch. Stöhnend sackte er auf das Bett. Die Magd hatte ihre liebe Mühe, seine Stiefel auszuziehen, kaum dass sie sich mit ihrem missgestalteten Fuß im Gleichgewicht halten konnte. Als er mit fast geschlossenen Lidern halb lag und halb saß, spürte er die Berührung feuchter, weicher Lippen auf seinem Handrücken. Überrascht sah er auf und in die grün strahlenden Augen Dinas, die ihn bei ihrem hastigen Kuss verstohlen beobachtete und sofort betreten wegschaute, als ihre Blicke sich trafen. Schnell drückte er ihre Hand und zog sie ein wenig zu sich. Als sie so ermutigt wieder zu ihm hinsah, lag ein Verlangen nach Nähe und Zärtlichkeit in seinen Augen. Das schwere Atmen der Magd, die sich ächzend erhob und seine Stiefel festhielt, holte sie mit einem Mal in die Wirklichkeit zurück. Entschlossen lösten sie ihre Hände voneinander.

»Ach, sei so gut und hol dem Herrn frisches, kühles Wasser«, bat Dina die Haushilfe. »Ich bleib so lange bei ihm.« Kaum ungestört, hockte sie sich mit errötendem Gesicht neben sein Bett. Ihr Körper zitterte.

»Dina, schau, ich bin ja nur auf der Durchreise«, murmelte er und strich dabei zärtlich über ihren Arm. Seine Kopfschmerzen hatte er vergessen. »Ich kann dir nicht den Hof machen. Du bist unverheiratet und musst ganz besonders auf deinen Ruf achten, sonst verlieren die ehrenhaften Amrumer Freier ihr Interesse. Ich könnte mir im Augenblick zwar keine bessere ...«

Etwas in ihr ließ sie aufspringen und seine Schultern umfassen. Entschlossen küsste sie ihn. Genauso weich, wie ich erwartet hatte, durchblitzte es sie. Dann legte sie ihre Hand auf seinen Mund und schüttelte den Kopf.

»Das weiß ich doch, Johann«, erklärte sie leise. »Aber wer sagt denn, dass ich auf Amrum bleiben will oder nur hier einen Gefährten suche. Du bist so anders als die Männer, die ich kenne. Bloß, wer sieht schon in die Zukunft. Außerdem haben wir ja Wichtigeres zu tun, als unsere Herzen zu verwirren.« Hastig blickte sie zur Tür. »Du musst dich jetzt etwas ausruhen«, mahnte sie ernst und strich ihm über die Wange. »Ich werde versuchen, mich um Nickels zu kümmern. Der wird sich verstecken wie ein gejagter Fuchs. Er denkt bestimmt, dass die ganze Insel ihm nach dem Leben trachtet. Und dann sollte ich auch hoch nach Norddorf, um mit den Dahlsöhnen zu sprechen. Ich muss in Erfahrung bringen, was der Strandvogt herausbekommen hat.«

Zart fuhr er mit seinem Finger ihre Lippen entlang, blieb aber bei der Sache. »Eure Kräuterfrau hat einmal geflucht, Nickels würde wie ein Tier in einer Höhle hausen, bei den Toten«, erinnerte er sich. »Für mich klingt das wie die Beschreibung eines Hügelgrabs. Davon gibt es leider wohl viele auf Amrum.«

»Ja, aber wenn, dann ist es ein unbekanntes oder sehr abgelegenes Grab. Mir hat Nickels mal gesagt, dass sein Versteck ganz einsam liegt«, fügte Dina hinzu.

»Na, dann ist es sicher in den Dünen versteckt«, überlegte Kohl, »auf Weiden und Feldern wäre er nie unbeobachtet.« Er streichelte ihre Hand. »Pass auf dich auf. Ich habe das Gefühl, man kann hier keinem mehr trauen. Kutscher Brahms hat was mit dem Tod des Postläufers zu tun, und sein Schwiegervater Lindhorst hilft ihm bei der Entführung eines völlig unbedeutenden Herumstreuners. Auch streift da noch dieser Bauchladenverkäufer in seinem grünen Rock umher. Ach nein, den hatte er ja dem alten Kapitän überlassen. Nur, warum? Oder hat Lindhorst ihm den Rock abgenommen, um Augenzeugen zu verwirren? Trotzdem, der Mann ist hochverdächtig. Und diese Kräuterfrau Meta will mir auch nicht geheuer erscheinen.«

»Ja, mal lobt sie Nickels, mal verflucht sie ihn. Da ist etwas Düsteres um sie herum.«

Polternd kam die Magd die Treppe herauf, und Dina raffte sich auf. Sie strich hastig über ihr Kleid und trat ans Fenster. Immer noch glühten ihre Wangen, nur langsam beruhigte sich ihr Puls. Glück und Sehnsucht hatten von ihr Besitz ergriffen. Als die Haushilfe mit dem frischen Wasser die Kammer betrat, ging Dina mit kleinen Schritten zur Tür, winkte dem Verletzten zaghaft zu und verließ den Raum. Ihr Herz war schwer. Wie gerne wäre sie bei Johann geblieben. Doch was hätte sie im Moment für ihn tun können? Nickels dagegen brauchte jede Hilfe. Und die Aufklärung des grausamen Mordes draußen im Watt mochte sie dem Strandvogt auch nicht allein überlassen.

Krankenlager

Kaum dass ihn Dina und die Magd Judith alleingelassen hatten, war Kohl eingeschlummert. Seine Verletzung und die damit verbundenen Strapazen forderten ihren Tribut, sein Geist war in ein tiefes Vergessen ohne Tod oder Liebe gefallen. Nun drang das Geräusch vorsichtig auf den Holzboden gesetzter Schritte in sein Bewusstsein. Schwerfällig hob er seine Lider.

»Ah, meine Gastgeberin«, murmelte er leise und versuchte kraftlos, sich im Bett aufzurichten.

»Nein, nein, das lassen Sie besser bleiben«, riet die Gattin des Pastors energisch und drückte seine Schulter ins Kissen. »Ich wollte mich nur nach Ihrem Wohlbefinden erkundigen. Sie dürfen sich nicht bewegen und müssen sich schonen. Allerdings müssen wir den Verband mit den Kohlblättern erneuern, Gehirnerschütterung hin oder her.« Gedankenverloren sah sie sich im karg möblierten Raum um und schüttelte den Kopf. »Dieser Angriff auf Sie ist ein Rätsel für mich. Ich kann mir nicht erklären, warum Kapitän Lindhorst Sie derart schwer verletzt haben sollte. Der Mann ist die Ruhe selbst. Und seiner Geschichte, wonach Sie ihn zusammen mit Nickels Petersen in einem leerstehenden Haus überfallen haben sollen, der mag ich gar keinen Glauben schenken. War vielleicht der Junge allein der Übeltäter? Nur, was hatten Sie dann dort zu schaffen? Das Ganze ist doch allzu kurios. Überhaupt, dass Lindhorst am helllichten Tag auf jemanden einschlägt, sehr seltsam. Es scheint, als gehe das Böse auf Amrum um.« Sie sah in sein blasses Gesicht und legte prüfend ihre Hand auf seine Stirn. »Aber alles zu seiner Zeit. Erst einmal müssen Sie ruhen.« Damit schlich sie aus dem Zimmer und schloss leise die Tür.

Dina saß neben Meta und dem Müller auf dem Kutschbock. Der Wagen rumpelte auf Norddorf zu. Sie hatte es aufgegeben, am Rand der Weiden und zwischen begrasten Sandhügeln nach Nickels Ausschau zu halten. Der Junge dürfte inzwischen in den Dünen verschwunden sein, vermutete sie. Ihr kamen die Worte des Kapitäns in den Sinn, den sie belauscht hatte, bevor sie Nickels aus dem Steenodder Haus befreien konnte. Hatte er doch gegenüber Johann voller Verachtung über Nickels gesprochen und ihn als eine viel zu neugierige Landplage bezeichnet, die von der Insel geworfen gehörte. Kein Wunder also, dass Nickels sich versteckte.

»Wird wohl Regen geben«, rief Meta in eine Böe. »Nun, wo der feine Herr vom Festland dir keine schönen Augen mehr machen kann und dir mit Geschichten aus der Welt den Kopf verdreht, wirst du dich wohl endlich um deine Ernte kümmern«, setzte die alte Frau hämisch nach. »Er wird jetzt beim Pastor das Bett hüten und dort seine neugierigen Fragen stellen. Ganz bestimmt findet der Strandvogt auch ohne seine Neugier Busso Dahls Totschläger. Und dieser dumme Nickels hält dich nun von nichts mehr ab. So fügt sich alles zum Ruhigen hin.«

Dina packte die Wut. Warum war Meta so schadenfroh? Was hatte Johann ihr getan? Und Nickels hatte der undankbaren Alten bei den Tieren ja sogar geholfen. Sie holte Luft, um der Kräuterfrau die rechte Antwort zu geben, als sie aus den Augenwinkeln sah, wie Hans Tuchsen langsam den Kopf schüttelte. Riet er ihr etwa zu schweigen? Nach kurzer Überlegung faltete sie die Hände im Schoß und starrte nach vorn über den Rücken des Pferdes den Dorfweg entlang.

»Wird wohl so sein, Meta«, sprach sie leise. Ja, es war besser, ihre Gedanken für sich zu behalten. Je weniger sie Nickels und Johann Kohl erwähnte, desto eher blieben die Beobachtungen der beiden im Dunkeln. Und umso ungestörter konnte sie sich weiter auf die Spur der Unholde begeben, die gerade Amrum mit bösen Taten überzogen. Bei dieser Überlegung fielen ihr die Grabhügel ins Auge, die sie in einiger Entfernung passierten. Still lagen sie da, grasüberwuchert und geheimnisvoll.

»Ja, ja, von dort kommt nichts Gutes«, murmelte Meta, die Dinas Blicken gefolgt war. »Da gehen die Geister der Erschlagenen um. Sie suchen nach ihren Feinden, sinnen auf Rache. Blut will zu Blut.«

Dina erschrak, als sie bei den letzten Worten der Kräuterfrau nasse Tropfen auf der Hand spürte. Doch es war nur der erste Regen. Erleichtert atmete sie auf.

»Auf, Hans Tuchsen«, rief Meta und zog an ihrem Schultertuch, »lass deinen Gaul laufen! Es ist niemand mehr bei uns, der wehklagen kann. Wir andern wollen trocken ankommen.«

Der Müller schlug mit den Leinen, und das Pferd fiel in Trab. Kalte Schauer wehten in die Gesichter. Doch schon zeigten sich die ersten Häuser von Norddorf. Ihre Reetdächer duckten sich unter dem dunklen Himmel, und die Baumkronen in den Gärten riss der Wind auseinander. Bevor er mit seiner Kutsche den Weg nach rechts in Richtung seiner Mühle nahm, ließ Dina ihn anhalten. Sie sprang vom Wagen, rief einen Dank und lief die Straße bis zum Dorfkrug entlang.

Den tabakgeschwängerten Dunst, der ihr entgegenschlug, begrüßte sie diesmal freudig. Denn er bedeutete Wärme und ein trockenes Dach über dem Kopf. Der Wirt hatte weder Kerzen noch Lampen entzündet, obwohl der Himmel draußen den Tag verdüsterte. So sah sie sich im dämmrigen Schankraum um. Zwei Männer saßen allein an Tischen und nippten schweigend an ihren Zinnbechern. Hin und wieder zogen sie an ihren Pfeifen. Dina ging zu der Bank, auf der Bauchladenverkäufer Poppenbüttel gelagert hatte. Dort aber war nichts mehr von ihm zu sehen. Was hast du denn erwartet, dachte sie in einem Anflug von Enttäuschung. Vielleicht hat der Händler sich schon längst übers Watt davongemacht. Sie blickte weiter umher, wie um noch irgendeine andere Spur im Raum aufnehmen zu können.

»Er ist verschwunden«, erklärte der Wirt ungefragt, der hinter ihr auftauchte und sie beobachtete. »Du hättest gestern was kaufen sollen. Wer weiß, wem er jetzt seinen Bauchladen zeigt. Vergangene Nacht jedenfalls war er nicht mehr in der Stimmung dazu. Aber der alte Lindhorst hat ihn unterhalten, wohl mit Seemannsgeschichten. Dabei haben sie sehr ordentlich meinem Branntwein zugesprochen. Spät ist es geworden.«

»Dann hat Poppenbüttel hier übernachtet?«, wollte Dina wissen. »Wann ist er weggegangen?«

»Auf der Bank da hat er geschlafen, bestimmt hat er einen kräftigen Rausch gehabt. Ist mit dem ersten Hahnenschrei aufgebrochen, aber der Kerl ist was gewöhnt.«

»So weißt du also nicht, ob er seinen grünen Rock getragen hat, als er gegangen ist?«

Der Wirt stutzte und sah sie von der Seite an. »Was ist das denn für eine komische Frage. Was kümmert dich das?«

»Ja, der Kerl im grünen Rock«, warf da einer der einsamen Zecher mit schwerer Zunge dazwischen, »um den macht sogar Müller Tuchsen ein unheimliches Gewese.«

Der Wirt blickte missmutig zu dem Gast hin und mit einer gemurmelten Erklärung, hinter dem Haus warte noch Arbeit auf ihn, verließ er kopfschüttelnd den Schankraum. Dina aber trat näher an den Tisch. Sie kannte den Mann, der da einen tiefen Schluck aus seinem Zinnbecher nahm. Es war Abel, des Müllers Geselle, der da am helllichten Wochentag dem Branntwein zusprach. Er war um die 25 Jahre alt, unrasiert, und sein fettiges Haar wellte sich im Nacken. In seinem bestäubten Arbeitskittel saß er gebeugt da, als trüge er schwer an einem Sack Mehl. Seine Blicke legten sich über den Becherrand hinweg auf Dinas Schultern und Brüste. Sie sah die rot unterlaufenen Augen, fühlte sich bedrängt und taxiert wie auf einem Viehmarkt. So zog sie das Schultertuch hoch zum Hals und hielt es dort zusammen. Doch dem Drang, den Raum sofort zu verlassen, gab sie nicht nach, sondern setzte sich erhobenen Hauptes an den Tisch. Abel senkte überrascht den Becher und grinste sie mit seinen braunen Zähnen an.

»Müller Tuchsen wird das gar nicht schmecken, dass du hier sitzt und trinkst«, mahnte Dina und blickte den Gesellen streng an. »Gerade hat er noch selbst eine Ladung beim Strandvogt abgeliefert. Und jetzt fährt er wohl zur Mühle zurück. Da wird er Augen machen, wenn du nicht da bist.« Sie beobachtete, wie der so Gescholtene sich lässig zurücklehnte und die Arme verschränkte. »Aber vielleicht ärgerst du dich ja auch nur, weil er dich, seinen nützlichen und vertrauten Gesellen, schlechter behandelt als so einen herumreisenden Unbekannten. Oder, was hast du da gemeint mit dem unheimlichen Gewese, das der Müller da macht? Allein an dem grünen Rock wird es ja nicht liegen.«

Abel nippte an seinem Becher und überlegte. »Ganz richtig«, knurrte er durch seine Zähne. »Lohn und Kost sind schmal bei ihm, dafür gibt es reichlich schwere Arbeit. Er kann sich ruhig über mich ärgern, wer will schon bei einem wie ihm den Buckel krumm machen. Und plötzlich zeigt er sich freigiebig und gastfreundlich, wenn so ein Überlandverkäufer mit Flitterkram im Kasten daherkommt.«

Dina nickte ihm zu. »Ja, Tuchsen soll ein hartes Herz haben. Und da nimmt er diesen Poppenbüttel bei sich auf?«, gab sie sich verwundert, und als er nickte, fragte sie schnell nach: »Wann war denn das?«

»Na, vor vier Tagen«, antwortete er.

Dina rechnete nach. »Also Montagnacht?«

»Ja, Montag war das, am späten Abend. Warum fragst du? Dieser Händler mit seiner knolligen Nase hat es dir wohl besonders angetan«, ätzte Abel und gluckste.

Dina machte eine wegwerfende Bewegung und dachte nach. Nickels wollte Poppenbüttel ebenfalls schon vor dem Mittwoch gesehen haben, oben an der Odde. »Ist er denn übers Watt gekommen?«, fragte sie.

Der Zecher nickte. »Seine Hosenbeine waren voller Modder. Er sagte, er käme von Föhr rüber«, wusste er zu berichten.

»Ja, und da nimmt Hans Tuchsen diesen Kaufmann einfach auf, weil der nachts bei ihm vor der Tür steht?«, wunderte Dina sich.

Abel lachte auf.

»Ach woher. Der Kerl kommt doch jedes Jahr, die sind bekannt. Die Mühle ist ihm eine gastliche Herberge, es sei denn, er schafft es nicht mehr von hier bis zu uns, weil er zu viel getrunken hat. Schließlich versüßt er dem Müller die Abende mit saftigen Geschichten über Deerns, denen er auf seinen Reisen untern Rock gefasst hat und sonst wohin. Hier auf Amrum habe er auch einen Hafen, den er dann ansteuert.« Er schielte grinsend auf Dinas Brust, trank einen Schluck und wischte sich den Mund mit dem Ärmel ab. »Dass Tuchsen mal im Gefängnis war, hineingeworfen von Strandvogt Gulderling, weiß der Händler auch. In ganz Tondern ist die Tragödie bekannt, sagt er. Ja, die beiden kennen sich gut.«

»Einen Hafen ansteuert?«, wiederholte Dina und war nun ganz Ohr.

»Na ja, ich konnte nicht alles hören«, lenkte er ein, »war dann schon auf meiner Kammer. Aber von da versteht man so manches, wenn man will«, grinste er. »Poppenbüttel hat gejohlt und Anspielungen gemacht. Die Deern könne ihm nicht weglaufen, hat er gesagt, die habe einen Klumpfuß. Er verspreche sich von ihr einiges, jedenfalls sei sie die Jahre über immer besser geworden. Noch in derselben Nacht wolle er ihr einen Besuch abstatten, wenn der Müller sich aufs Lager geworfen habe. – Das muss schon ein besonderes Vergnügen sein, wenn er den weiten Weg auf sich nimmt. Aber er selbst ist ja auch kein Schönling. Die meisten seiner Geschichten werden wohl erlogen sein.« Abel lachte wiehernd und schlug auf die Tischplatte. »Von dieser süßen Heimlichkeit auf Amrum darf niemand erfahren, ihr Brotherr ist überaus streng und gottesfürchtig! Da kann man sich seinen Teil schon denken.« Das tat Dina auch und war etwas erschrocken. Schließlich gab es unter den 600 Seelen auf der Insel kaum Frauen mit missgestalteten Füßen.

»Und nach der sündigen Nacht voller Wollust wollte er in der Frühe wieder heimlich nach Föhr, um endlich offiziell nach Amrum zu reisen und seinen Geschäften nachzugehen. Er hoffe nur, dass der Müller die Sache für sich behalte. So ein Schlitzohr. Neidisch kann man werden.«

»Dann ist er also am Dienstagmorgen zurück über das Watt«, überlegte Dina laut. »Ob das der Strandvogt weiß? Immerhin tobt er doch über die Insel und will Busso Dahls Tod untersuchen.«

Abel stierte auf die Tischplatte. Plötzlich blickte er sie mit funkelnden Augen an und grinste. »Gulderling war diesen Morgen beim Müller«, zischte er. »Jetzt sucht er eine Harpune, die dem Hans Tuchsen weggekommen ist. Und er ist ahnungslos, dass der Bauchladenverkäufer in der Mühle gewesen ist, kurz bevor der Postläufer ermordet wurde. Ich will ja kein falsch Zeugnis ablegen, aber fest steht doch, wer die Harpune zuletzt hatte, wird der Mörder sein. Wenn, ja wenn diese fehlende Waffe auch das Mordwerkzeug ist.« Er nahm einen letzten Schluck, knallte den leeren Becher verkehrt herum auf den Tisch und erhob sich. »Ich muss wieder zur Arbeit«, seufzte er und sah sich nach dem Wirt um. Als der nicht zu sehen war, zuckte er grinsend die Schultern. Dann sah er aus einem der Fenster. Der Regen hatte nachgelassen und schlug in feinen Tropfen gegen die Scheibe. Leise fluchend ging er hinaus.

Poppenbüttel kann die Harpune entwendet haben, dachte Dina und sah Abel hinterher. Nur warum sollte der Händler Dahl umgebracht haben? Aber was war mit dem Kutscher Krino Brahms, fiel ihr ein. Johann hat die gleichen Holzspäne auf seinem Wagen wie unter der Leiche gefunden. Waren es also zwei gewesen, die Busso Dahl den Tod gebracht haben? Und was führt der alte Kapitän und Schwiegervater von Brahms nun im Schilde? Ihr schwirrte der Kopf.

Leise stöhnte sie auf und stemmte sich von der Tischplatte in die Höhe. Sie fühlte sich müde. Doch für ein Schläfchen an der Feuerstelle ihrer Küche war nicht die Zeit. Auch war die weit entfernt. Ausgerechnet jetzt, da Nickels in Gefahr war, lag Johann mit lädiertem Schädel im Bett. Nein, sie musste noch einige Besuche machen, um Klarheit in all das Verworrene zu bringen. Dabei durfte sie keinem trauen. Während sie gedankenschwer ihre Schritte nach draußen auf den Sandweg setzte, bemerkte sie nicht, wie sich kaum entfernt eine Gestalt aus den Büschen am Wegesrand löste und ihr folgte.

Das Erste, was Kohl nach einem tiefen, erquickenden Schlaf merkte, war eine feuchte Kühle auf seiner Stirn. Irritiert schlug er die Augen auf und blickte in das Gesicht Tycho Mechlenburgs, dessen markante Nase seinem Profil Schärfe gab. Für einen Moment wusste der Schriftsteller nicht, was mit ihm geschehen war, doch dann kamen die Erinnerungen. Der Pastorensohn lächelte ihn mitfühlend an und wrang ein Tuch aus, bevor er erneut die Stirn des Patienten kühlte.

Kohl tastete vorsichtig nach seiner Kopfwunde, spürte den Leinenverband und räusperte sich. »Hat man dich jetzt zum Krankendienst verdonnert?«, krächzte er.

»Die Mutter hat gemeint, ich solle etwas auf Sie aufpassen«, antwortete Tycho. »Ich überlege die ganze Zeit, warum Sie so zugerichtet wurden. Und ob das mit dem Mord an Busso Dahl zu tun hat. Immerhin tauchen Sie überall auf der Insel auf und stellen Fragen. Ist es nicht denkbar, dass dadurch die Mordbuben aufgeschreckt worden sind?«

»Die Mordbuben?«, wiederholte Kohl. »Wen hast du denn alles ins Auge gefasst?«

»Schon vergessen?«, klang die Stimme des jungen Mannes in beleidigtem Ton. »Krino Brahms könnte Busso Dahl auf seinem Weg nach Föhr getroffen haben. Da sind ja diese Holzspäne.«

»Und er selbst hat zugegeben, am Dienstag Treibholz hinübergefahren zu haben«, ergänzte Kohl.

»Nur wo ist die Verbindung zwischen Dahl und dem Kutscher?«, überlegte Tycho ungeduldig, während er das Kissen aufschüttelte und Kohl versuchte, sich aufzurichten.

»Dina Martensen hat bei Krino Brahms einen Stapel Briefe gefunden, die wohl aus der Kiepe des Postläufers stammen. Er muss also bereits auf Busso Dahl getroffen sein, bevor er mit mir als Fahrgast von Föhr herübergekommen ist. Wahrscheinlich hat er da schon die Post bei sich getragen.« Kohl dachte einen Moment nach. »Und dann ist da noch 1833, ein bedeutendes Jahr für die Insel«, erklärte er weiter. »Damals warf der Strandvogt drei Amrumer Strandfrevler ins Gefängnis. Aber auch das Jahr, in dem dieser Hinrich Gulderling dem Sohn des Postläufers Land übereignete. Genauer gesagt hat er ihm Wästerdal vermacht, ein vier Demath großes Stück Weide- und Heideland. Ich habe die Urkunde gesehen. Der Junge soll darüber verfügen, wenn er ganz und gar volljährig ist. Grund dieser seltsamen Landübertragung war die Hilfe beim schändlichen Verbrechen der Strandräuberei, wie es in dem Schriftstück heißt.«

»Verrat!«, schimpfte Tycho und donnerte mit der Faust gegen das Kopfteil seines Bettes, in dem nun der Schriftsteller lag. Der verzog bei dieser plötzlichen Erschütterung das Gesicht zu einer schmerzhaften Grimasse. »Der versoffene Dahl hat Kutscher Brahms, Müller Tuchsen und den Matrosen Petersen für ein Stück Land an den Strandvogt verzinkt. Na, das nenn ich ein Motiv«, rief der Pastorensohn aus. »Da haben wir doch zwei Verdächtige.«

»Ja, aber warum erst jetzt, zwölf Jahre später?«, überlegte Kohl. »Wieso nicht gleich nach der Freilassung aus dem Kerker? Was ist geschehen, das Krino Brahms im Morgengrauen vor zwei Tagen zum Mörder werden ließ. Schließlich wollte er das Treibholz eigentlich verkaufen, das er dann doch zurechtgespitzt hat, um damit den Körper des Postläufers an den Wattboden zu nageln. Wer hat die Harpune benutzt, die vermutlich bei Hans Tuchsen über der Feuerstelle hing und dort nun fehlt?«

»Das wird der Müller selbst gewesen sein«, entgegnete Tycho erfreut. Ihm schien es sehr zu gefallen, dass er gleich mehreren Tätern auf die Spur gekommen war, die er zudem mit Namen kannte. Doch Kohl schüttelte mühsam den Kopf.

»Das glaube ich nicht, er hat mir von sich aus von der fehlenden Harpune erzählt. Das Ganze ist mir zu einfach. Auch der Strandvogt scheint Tuchsen nicht unter Verdacht zu haben, obwohl er über die Harpune Bescheid weiß.«

»Das hat keine Bedeutung, denn Hinrich Gulderling richtet sich nur nach seinen eigenen Gesetzen. Er glaubt, er sei so etwas wie der Fürst der Insel. Aber wenn wir den außer Acht lassen, bleibt trotzdem Tadeus Lindhorst. Der ist mit Brahms verwandt und hat Ihnen in Steenodde eine schwere Wunde zugefügt. Vielleicht wollte er nicht, dass Sie weiter seinem Schwiegersohn hinterherschnüffeln«, überlegte Tycho.

»Für mich hat der Schlag mit dem Schüreisen mehr mit Nickels zu tun«, dachte Kohl laut nach, »den Kutscher und Kapitän ja entführt hatten. Da wissen wir auch nicht, warum. Herrjeh, ist das alles vertrackt.« Plötzlich fiel ihm der Kurzwarenhändler ein. »Es gibt da einen ganz dubiosen Mann vom Festland«, erklärte er, »dessen Rolle ist in diesem Fall auch noch nicht ...«

»Bauchladenverkäufer Wilhelm Poppenbüttel«, warf Tycho ohne zu überlegen ein und grinste stolz. »Mein Vater hat gemeint, eine Familie Poppenbüttel hat bis vor zwei Jahren noch hier gelebt. Ihm ist das eingefallen, als er den Namen des reisenden Kaufmanns gehört hat. Die Leute mussten die Insel verlassen, weil es für sie kein Auskommen mehr gab. Der Mann war wohl als Steuermann stellungslos.«

»Und diesen Verkäufer in seinem grünen Rock hat Dünenjunge Nickels schon am Montagabend oben an der Nordspitze gesehen. Dort, wo man aus dem Watt kommend Amrums Ufer betritt«, ergänzte Kohl. »Und ich weiß, dass sich unter seiner wenigen Habe eine Zeitung befindet. In der war ein Artikel markiert. Sagt dir der Untergang der Harmonie etwas?«, fragte er und war auf die Antwort sehr gespannt.

»Aber natürlich. Ein Segeldampfer und Auswandererschiff. Zerschellte an einer englischen Insel, fast alle Menschen starben«, erklärte Tycho und stierte mit glasigen Augen vor sich hin.

»Davon hast du also gehört?« Den Schriftsteller wunderte es nicht, sah er nur bestätigt, welch aufgeweckter junger Mann Tycho war.

Der Pastorensohn zuckte mit den Schultern und sprach leise vor sich hin. »Wir sind eine Gemeinde mit sehr vielen Seefahrern, der Untergang eines Schiffes ist ein grausames Ereignis. So was spricht sich schnell rum. Und in diesem Fall ganz besonders, denn die Passagiere waren ja alles arme Leute, die ihr Glück in der Fremde suchen mussten. Das Leben in den deutschen Ländern, niedergedrückt von der Knute der adligen Herren, ist oft kaum noch zu ertragen. Zum Leben zu wenig, zum Sterben zu viel, heißt es doch. So wurden sie in den Tod getrieben.« Er sah den Schriftsteller direkt an. »Solche Sachen behalte ich. Es war ja erst vor Kurzem.«

»Was denkst du, warum hat ein Händler für Nähgarn und bunte Bänder solch einen Zeitungsartikel bei sich?«, wollte Kohl wissen.

»Na ja, mit dem Geschäft dürfte es kaum zu tun haben. Mag sein, es ist ein Andenken. Es könnte ja Verwandtschaft gewesen sein, die da mit der Harmonie untergegangen ist.« Tychos Gesicht nahm plötzlich einen entsetzten Ausdruck an. »Vielleicht sogar eben dieser stellungslose Steuermann mit seiner Familie? Das wäre schrecklich, aber wir sollten ihn vielleicht fragen.«

»Und alles vielleicht nur, weil der Amrumer Postläufer einen Brief nicht rechtzeitig zugestellt hat. Ohne Post keine Anstellung, dafür die verzweifelte Auswanderung in den Tod«, murmelte Kohl, und Tycho nickte mit betroffener Miene.

»Da hätten wir also ein weiteres Motiv, für einen zweiten Täter«, erklärte der Pastorensohn und zog die Augenbrauen hoch. »Er müsste sich dann in der Nacht von Montag auf Dienstag irgendwo versteckt haben, um im Morgengrauen das Watt zu betreten und den Postgänger umzubringen. Vielleicht ist der dabei sogar auf Krino Brahms gestoßen, und sie haben gemeinsame Sache gemacht. Jetzt muss man beide nur noch erwischen. Aber wie wollen wir das anstellen, wenn wir dem Strandvogt nicht wirklich trauen können? Sein Arm ist lang.«

Tycho blickte auf den kranken Reisebuchautor. Doch der blieb ihm eine Antwort schuldig, denn er war wieder eingeschlummert.

Kundige Führerin

Auf ihrem Weg durch Norddorf kam Dina eine Frau entgegen, die schwer an einem Handkarren voller Milchkannen zog. Dina blieb stehen und zögerte. Was sollte sie die Amrumerin fragen? Ob sie wisse, wo Kutscher Brahms und Kapitän Lindhorst seien, denn die beiden hätten den Schriftsteller vom Festland überfallen und den Nickels Petersen entführt? Zudem sei Brahms verdächtig, am Mord Busso Dahls beteiligt zu sein. Oder ob sie etwas vom Bauchladenverkäufer gesehen habe, der heimlich über das Watt gekommen sei und eine Harpune gestohlen habe, mit der vermutlich der Postläufer getötet worden sei. Dina lachte leise auf. Die Amrumer müssten sie bei derlei Gerede ja für verrückt erklären. Also, was tun? Die Frau kam immer näher.

»Moin. Bist du vielleicht dem Kaufmann begegnet, der hier seine Kurzwaren verkauft? Und den Dünenjungen Nickels suche ich auch, diesen Rumtreiber.«

Die Gefragte schüttelte ohne anzuhalten den Kopf. »Nein, das letzte Mal, dass mir der Bauchladenmann über den Weg gelaufen ist, das war vor Eskes Haus, als man ihr den Mann tot zurückgebracht hat. Schreckliche Sache. Und Nickels, nein, seit Tagen ist der mir nicht mehr untergekommen. Was ihr nur alle mit dem habt. Hat er wieder was angestellt? Der Strandvogt hat sich auch schon hier im Dorf nach ihm erkundigt. Wird wohl irgendwo in den Dünen hocken.« Damit zog sie ihres Weges und ließ Dina für einen Moment ratlos stehen.

Als sie endlich den Weg zur Mühle einschlug, deren Flügel bereits hinter einigen Obstbäumen hervorschauten, kam die Gestalt, die ihr folgte, schnell näher. Doch Dina blickte nach vorn und fühlte sich unbeobachtet. Ihr Magen knurrte, sie hatte bis auf das Frühstück nichts gegessen und war hungrig. Im Gehen überlegte sie, wen sie auf eine Tasse Tee und etwas zu essen besuchen konnte, ohne ihre Suche nach Nickels lange zu unterbrechen. Als aus einer engen Seitengasse ein Fuhrwerk um die Ecke bog und auf sie zukam, erkannte Dina auf dem Kutschbock den Steinbildhauer Jan Peters und neben ihm Tammo, den ältesten der Dahlbrüder. Das Pferd setzte müde seine Hufe in den Sand und ließ den Kopf hängen. Anstatt dem Wagen auszuweichen, blieb sie mitten auf dem Weg stehen, griff die Trensen des herantrottenden Gauls und hielt das Gespann an. Den Amrumer Steinmetz und Sargmacher schien dieser Halt nicht zu stören und so nickte er ihr freundlich zu.

»Na, Tammo, hilfst du deinem Lehrmeister?«, wandte Dina sich direkt an den Lehrling. »Ich überlege, ob ich noch mal bei deiner Mutter vorbeigehen soll.«

»Das ist nett«, antwortete der Junge mit trauriger Stimme, »ihr geht es natürlich nicht gut. Wir haben eben mit ihr über den Sarg gesprochen«, erklärte er. Dina zog die Mundwinkel nach unten und sah zu Boden. Der allein wird für die Familie schon fast unerschwinglich, dachte sie. An einen schönen Leichenstein ist da gar nicht zu denken. Aber sicher macht Jan Peters es möglich, den Familienvater würdig zu bestatten. Sie trat noch einen Schritt näher an das Fuhrwerk und blickte direkt zu Tammo hinauf.

»Sag mal, ich habe heute vom Müller Tuchsen erfahren, dass du und dein Bruder bei ihm eine Walharpune eingetauscht habt. Die ist dem Hans jetzt gestohlen worden. Woher hattet ihr diese Harpune eigentlich?«

Der Gefragte lief rot an und sah verlegen auf den Steinmetz, der neben ihm saß.

Der alte Mann räusperte sich und schüttelte den Kopf. »Also wirklich, Dina, was geht dich das an?« Jan Peters' Stimme klang ungehalten und viel kräftiger, als sein in die Jahre gekommener Körper erwarten ließ. »Das hat der Strandvogt von meinem Lehrjungen heute auch schon wissen, oder besser gesagt, aus ihm rausquetschen wollen. Angeschrien hat er ihn und ihm gedroht. Dabei verstehe ich die Aufregung nicht. Die Dahljungen haben im letzten Winter eine Harpune gefunden, in einem leeren Kaninchenbau. Drüben in den Dünen bei Nebel, beim kleinen Brachsee A Gräakül. Irgendjemand hat sie dort gelagert und vergessen. Alles ganz harmlos. Aber was hat denn der Tausch dieser Harpune gegen Mehl mit der Ermordung Busso Dahls zu tun? Man tut ja gerade so, als hätten die Söhne ihren Vater umgebracht. Also nein, Dina, ich muss mich schon sehr wundern, dass du dich um diese abscheulichen Dinge kümmerst. Ich hatte immer den Eindruck, dass die Schwester von Steuermann Martensen über den Dorfklatsch erhaben sei. Da habe ich mich wohl getäuscht.«

Dina war diese Zurechtweisung unangenehm. Denn eigentlich hatte er Recht, dachte sie. Aber hier ging es um mehr als nur um Klön unter Dorfweibern. »Tammo, ich glaube, ich kenne diesen Kaninchenbau. Da waren noch andere Sachen drin, nicht nur die Harpune, stimmt das?«

Der Lehrjunge sah sie mit großen Augen an und biss sich auf die Unterlippe. Endlich nickte er stumm.

»Du weißt, wer da seine Habe gehortet hat, oder? Dieses Kaninchenloch habt ihr nicht beim Spazierengehen entdeckt, sondern ihr seid jemandem gefolgt, richtig? Schließlich sieht niemand einfach so in irgendwelche Karnickelbauten.«

Wieder bejahte der Gefragte. Aber Jan Peters, der zuerst unwillig zugehört hatte, sah Tammo nun überrascht von der Seite an. »Dem Nickels, der führt ja immer was im Schilde«, murmelte Tammo. »Wir haben ihm noch eine Harpune gelassen, was soll er auch mit zweien«, verteidigte er sich.

Dina ließ das Pferdegeschirr los und trat beiseite. Sie hatte genug gehört. Der Steinmetz schlug entschlossen die Leinen, und das Pferd zog an. Beim Vorbeifahren würdigte er Dina keines Blickes, als sei es ihm peinlich, dass er sie so getadelt hatte.

Sie blickte dem Gespann nach und bemerkte nicht, wie sich in einiger Entfernung der dunkle Umriss eines Menschen an einen Gartenzaun drückte und den Schutz überhängender Zweige suchte. Ja, an die Brackwasserstelle in den Dünen und den Kaninchenbau hatte sie nicht mehr gedacht. Sie hatte Nickels dort ja beobachtet, wie er die letzten seiner Habseligkeiten aus dem Versteck hervorgeholt hatte. Eine Harpune war auch darunter gewesen. Gut möglich, überlegte sie, dass er die nun in Zeiten höchster Gefahr hervorholt, um sich zu verteidigen.

Sie sah zum Himmel, dessen graue Wolkendecke sich aufgelockert hatte und hier und da eine blaue Lücke zeigte. Ja, dachte sie, A Gräakül ist eine Stelle, an der ich Nickels finden oder ihm eine Nachricht hinterlassen kann. Ansiedlungen wird er meiden, jetzt wo er sich gejagt fühlt. Und er kennt die Dünen wie kein Zweiter. Dahin sollte ich. Doch diesen Ort kennen inzwischen andere auch, schoss es ihr dann durch den Kopf. Die kämen vielleicht ebenfalls auf die Idee, den Jungen dort zu suchen.

Sie ärgerte sich, mit dem Müller bis nach Norddorf gefahren zu sein, so fernab von Nickels' Kaninchenbau. Kostbare Zeit war vertan. Aber an dem Brachsee war er ohne Unterstand, überlegte sie weiter, konnte da nur seine Habe deponieren. Sie dachte an ihr letztes Gespräch mit Johann Kohl. Ein Hügelgrab, hatte er gemurmelt. Schlurfend setzte sie ihre müden Füße voreinander. Ihr Gang wurde immer zielloser.

Die Ereignisse bedrückten sie, die heile Welt Amrums schien aus den Fugen. Wem durfte sie überhaupt noch trauen, fragte sie sich, wenn selbst so ein unbescholtener und bis dahin honoriger Mann wie Kapitän Lindhorst zum Verbrecher wurde?

»Sag mal, willst du zu mir?«, rief eine Frauenstimme und holte Dina aus ihren Gedanken. Irritiert schaute sie suchend nach links und rechts und erkannte hinter dem nächsten Grundstücksdeich die alte Meta. Die Kräuterfrau hatte sich inzwischen ein anderes, wohl auch trockeneres Kleid angezogen und rieb ihre Hände an einer blauen Schürze warm. Ihre Haube hatte sie gegen ein Kopftuch getauscht. Dina ging langsam auf sie zu.

»Was treibst du dich denn noch in Norddorf herum?«, fragte Meta, »hast du nicht eine Hauswirtschaft zu versorgen? Nicht dass mich das was anginge …« Mit diesen Worten bückte sich die alte Amrumerin nach einem Korb, der zu ihren Füßen stand und allerlei Blätter und Pflanzenstängel enthielt, dann wandte sie sich ihrem Haus zu.

Dina fühlte sich verloren. Sie hatte das Gefühl, ganz allein auf der Insel dem Bösen auf der Spur zu sein, außerdem war ihr kalt und ihr Magen knurrte. »Ach bitte, Meta, hättest du vielleicht etwas Warmes für mich zu trinken und ein Stück Brot? Ich bin schon den langen Tag auf den Beinen, und so langsam versagen mir die Kräfte«, nahm Dina sich ein Herz. Und dies, obwohl sie der Alten misstraute. Wie stand diese Frau wirklich zu dem armen Dünenjungen oder zu Kapitän Lindhorst? Wenn es um ihre Kräuterkunst ging, war sie hilfsbereit, betonte immer ihre Christenpflicht. Nur, war das ihr wahres Gesicht?

Meta hob verdutzt die Augenbrauen, zögerte, winkte dann aber die jüngere Amrumerin herein. Als Dina die dunkle Hausdiele betrat, kribbelte ihr Magen. Beklemmung legte sich auf ihre Brust. Mit kleinen Schritten folgte sie der Gastgeberin.

»Wir gehen am besten ans Feuer!«, rief die Alte laut in den Flur, und Dina schreckte zusammen. Warum ruft sie das denn durchs ganze Haus, fragte sie sich, es sind doch nur wir beide hier? Im Vorbeigehen zog Meta die Stubentür links im Gang zu, sodass ihre Besucherin keinen Blick hineinwerfen konnte, und winkte sie in die Küche.

In der behaglichen Wärme ließ Dina sich auf einen Schemel fallen und schloss für einen kurzen Augenblick die Augen. Sie sog den Duft von brennendem Holz und Kamillentee ein. Aber das geschäftige Rumoren ihrer Gastgeberin an der Feuerstelle hielt sie einigermaßen wach, und so sah sie sich müde in dem dämmrigen Raum um. Auf den ersten Blick eine Küche wie viele auf Amrum. Das, was sie besonders machte, waren die zahlreichen Kräuterbündel, die von der Decke hingen, und einige Tiegel und Mörser, mit denen die alte Frau wohl ihre Medizin herstellte. Dazu gehörte auch eine große Flasche mit Weingeist.

»So, min Deern, nun sollst du erst mal etwas Warmes trinken«, unterbrach Meta die Betrachtungen ihres Gastes und reichte ihr Kamillentee in einer dickwandigen Tasse aus weißem Porzellan. »Alles selbst gepflückt. Die Kräfte unserer Insel werden dich erquicken.« Dann suchte sie nach einem Messer und schnitt Dina von dem Rosinenkuchen ab, den sie ihr auf einem Teller hinschob. Gierig schlang Dina den ersten Bissen hinunter und nahm beim zweiten den feinen Duft von Vanille und Rum wahr. Da hatte Meta aber wirklich einige Kostbarkeiten verbacken, staunte sie und nahm einen weiteren Bissen.

»Nun, schmeckt es dir?«, wollte Meta wissen. Als Dina das

stumm und kauend bejahte, lächelte die alte Frau mit dünnen Lippen. »So soll das sein«, murmelte sie zufrieden, um Dina danach überraschend streng anzusehen. »Aber es bleibt merkwürdig, dass du dich nach all dem Geschehen heute noch in Norddorf herumtreibst«, befand sie. Ihre Stimme hatte einen schneidenden Klang angenommen. »Du suchst doch wohl nicht nach Busso Dahls Mörder oder dem Schützen, der in der Nacht auf das Haus des Strandvogts geschossen hat? Sollten wir das nicht den Männern überlassen? Für eine unverheiratete Deern gehört es sich nicht, allein in den Ecken und Winkeln der Insel herumzuschnüffeln.«

Plötzlich schreckte ein Rascheln und Rumpeln beide Frauen auf, und sie sahen zum Kellerzimmer, das an die Küche angrenzte. »Ist sonst noch jemand hier?«, wollte Dina wissen, runzelte die Stirn und setzte Tasse und Kuchenteller ab.

Meta sah sie einen kurzen Augenblick an, schüttelte dann aber den Kopf. »Nein, ich bin alleine. Das wird die Katze gewesen sein, die tobt schon mal gerne durch die Räume.« Sie schenkte Dina Tee nach und stellte sich mit verschränkten Armen neben die Feuerstelle. »Wäre doch gut möglich, dass ich dir helfen kann, das schreckliche Verbrechen aufzuklären. Du müsstest mir nur verraten, nach wem oder was du suchst«, kam sie auf ihre vorige Frage zurück.

Dina streckte sich und genoss die Wärme, die sie mit neuer Energie erfüllte. Eigentlich dachte sie, könnte alles so einfach sein. Je mehr Menschen ich auf Amrum in das einweihe, was mich gerade umtreibt, desto eher wird mir geholfen. Aber zu viele Bewohner erschienen ihr inzwischen undurchsichtig. Sie schielte zu ihrer Gastgeberin und erhob sich widerwillig.

»Na, den Nickels suche ich doch«, erklärte sie. »Der Junge muss so lange in Sicherheit, bis klar ist, warum der alte Lindhorst und Krino Brahms ihn verfolgen. Sollte er Unrechtes getan haben, wird man ihn zur Rechenschaft ziehen. Aber es geht nicht an, dass die beiden eigenmächtig handeln. Und man weiß auch nicht, warum. Nickels hat doch irgendwo in den Dünen ein trockenes Versteck, wo er sich vor der Welt verbirgt. Wer wüsste darüber besser Bescheid als du, Meta, die auf der Insel so kundig selbst im letzten Winkel ihre Heilkräuter sammelt?«

Die alte Frau räumte Dinas Geschirr in den Spülstein und schien dabei nachzudenken. »Ja, ich denke, ich weiß, was du meinst, und kenne den Ort.« Sie blickte prüfend in der Küche umher, schob die Glut in der Feuerstelle zusammen und trat in die Diele. »Ja, dann gehen wir mal zu dem Hünengrab in den Dünen!«, verkündete sie mit lauter Stimme, »hier in Norddorf gibt es ja nur eins. Es liegt einsam, und niemand geht dorthin.« Damit nahm sie ihre Haube und das dichte, wollene Schultertuch von einer Hakenleiste an der Wand und zog sich an.

Dina wartete im Flur, bis Meta fertig war. Sie zuckte zusammen, als sie hinter sich aus der Stube das Geräusch von knarzenden Dielenbrettern vernahm, und sah mit großen Augen auf die alte Frau. Doch die zupfte unbeirrt ihre Kleidung zurecht, griff den kleinen Korb und ging zum Ausgang.

»Kommst du dann?«, forderte sie und trat hinaus in den graubewölkten Nachmittag. Ein feuchter Wind fuhr Dina in die Kleider und ließ sie frösteln. Meta schlug den Weg zum westlichen Ortsrand ein, der nach einigen kargen Weiden in hohe Dünen überging.

Dina folgte misstrauisch, denn sie meinte noch im Verlassen des Hauses gehört zu haben, wie eine Zimmertür ins Schloss fiel. Das kann ja wohl keine Katze gewesen sein, dachte sie. Aber die Kräuterfrau brauchte sie nicht zu fragen, das war ihr jetzt klar. So ging sie frierend und mit einem mulmigen Gefühl im Magen hinter der alten Meta her, die rüstig und mit schnellen Schritten den Pfad in die Dünen entlanglief. Immerhin kannte sie Nickels' Versteck. Doch schon nach wenigen Minuten verlor sich der Weg in den Sandtälern, die ein dichter Teppich aus hartem Silbergras, Dünenrosen und Heidekraut bedeckte. Stacheliges Geäst zerrte immer wieder an den Rocksäumen der Frauen, wenn sie ihre Kleider nicht hoch genug hoben.

Meta folgte den Dünentälern mal nach links und mal nach rechts, und bald konnte Dina sich nicht mehr orientieren, obwohl sie auf Amrum aufgewachsen war. Dieser Teil des Sandlandes war ihr gänzlich unbekannt, als Mädchen hatte sie ihn gemieden. Und später, als Frau, hatte sie keinen Grund, aufs Geratewohl hier herumzustöbern. Immerhin gab es da Geschichten von längst vergessenen Dörfern, die der Sand samt ihren Gräbern verschluckt hatte. So hatte sie ihre liebe Mühe, die alte Amrumerin nicht aus den Augen zu verlieren. Hätte sie aber einen Blick zurückgeworfen, wären ihr nun zwei Gestalten aufgefallen, die sich inzwischen auf gleicher Distanz zu ihr hielten. Sobald die Frauen langsamer gingen oder sich umzudrehen drohten, duckten sie sich hinter den Sandhügeln.

Nach einer guten halben Stunde Fußmarsches blieb Meta erstmals stehen und blickte sich kurz nach Dina um. Sie bemerkte die junge Amrumerin dicht hinter sich, lächelte zufrieden und deutete auf den Dünenrand vor ihnen.

»Dahinter liegt das kleine Tal mit Hünengrab. Da habe ich deinen Nickels einmal gesehen, wie er den Regen abgewartet hat. Hier ist er auch sicher vor anderen, denn unsere Amrumer meiden die heidnischen Gräber aus grauer Vorzeit. Sie sagen, dort gehen die Gespenster um, die die Menschen in die tödlichen Wellen ziehen. Die *Rauen Meerjäger* eben. Dabei sollten sie viel mehr die Geister derer fürchten, die in Märum und Kniepum gelebt haben.«

Richtig, dachte Dina, so haben die verschütteten Gemeinden geheißen. Einerlei, ob Dämonen oder Ahnen über die untergegangenen Dörfer und Hünengräber wachen, das sind keine Orte für mich. Nur um Nickels zu helfen, war sie hier. Fröstelnd rieb sie sich die Arme.

»Geh nur hinüber«, ermunterte Meta sie und wies auf den scharfen, grasbewachsenen Rand des Sandberges. »Aber erschreck ihn nicht, er ist scheu wie eine Maus und wird sich sofort verstecken, wenn er jemanden sieht. Ich bleibe hier unten, mir tun die Beine weh.«

Und so stieg Dina mit hochgehaltenem Rock auf die steile Düne, nicht ohne immer wieder mit dem rieselnden Sand zurückzurutschen. Als sie noch einmal zu Meta hinunterblickte, gewahrte sie weiter entfernt zwei dunkle Flecken, die sogleich hinter einer niedrigen Düne verschwanden. Sind das Menschen gewesen, überlegte sie kurz, oder spielten ihr die Schatten vorbeiziehender Wolken einen Streich? Nachdem sie noch eine Weile dorthin geschaut hatte, ohne dass sich etwas verändert hätte, setzte sie ihren Aufstieg fort.

Als sie endlich den Grat der Düne erreicht hatte, hob sie vorsichtig ihren Kopf und blickte in den kleinen, sandigen Talkessel. Zwei fast mannshohe, ovale Steinbrocken stützten als Pfeiler eine Steinplatte. Es sah aus wie ein niedriges Steintor zu einer im Sandberg liegenden Höhle. Dinas Blick schweifte über die ebene Fläche davor. Weit und breit war kein Hinweis zu erkennen, dass hier ein Mensch hauste. Doch plötzlich sah sie eine schmale Hand, die sich aus dem Hünengrab herausstreckte, wie um Regen oder Wind zu erfühlen. An dem Ärmel erkannte sie die Jacke ihres Bruders.

Das ist erst gestern Morgen gewesen, dass ich sie Nickels überlassen habe, schoss es ihr durch den Kopf, dabei fühlte es sich an, als läge das schon länger zurück. Als dann sein hellblonder, zerzauster Schopf hervorlugte und prüfend gegen den Himmel sah, durchfuhr Dina ein warmes Gefühl der Freude. Er ist unversehrt, dachte sie. Über ihr schrien drei Möwen, die sich vom Wind tragen ließen. Für einen kurzen Augenblick sah sie nach oben. Als sie wieder ins kleine Tal schaute, war der Junge verschwunden. Dina sah sich nach Meta um. Ob die Kräuterfrau sie nach unten begleiten würde? Aber die alte Frau war wie vom Erdboden verschluckt. Stattdessen gewahrte sie zwei Gestalten. Sie kamen auf sie zu.

Störenfried

Mit einem Ausruf des Erschreckens fuhr Kohl von seinem Kissen hoch. Ein kurzer, ziehender Schmerz hatte ihn aus einem tiefen Schlaf gerissen, in dem es weder Traum noch Gedanke gab, nur Dunkelheit. Er blickte auf die geröteten Wangen Judiths, die seinen

Verband löste und ein frisches Blatt Weißkohl auf die vernähte Wunde legte. Auf dem Fensterbrett fiel ihm eine Arzneimittelflasche auf, die er schon kannte. Die Wundtinktur aus der königlich privilegierten Apotheke in Leck. Da hat wohl die Frau des Pastors extra eine Flasche aufgemacht, dachte er und deutete mit schwach erhobenem Arm auf die Arznei. Judith folgte seinem Finger und nickte.

»Ja, die Medizin habe ich auf das Verbandszeug geträufelt«, erklärte sie und fuhr damit fort, die Leinenstreifen zu richten. »Schließlich wollen wir ja, dass Sie möglichst schnell genesen.« Jetzt erst bemerkte Kohl den ältesten Pastorensohn, der neben dem Bett stand und ihn aufmerksam beobachtete. Kohl lächelte Tycho zu und ließ die Haushilfe gewähren.

»Wie spät ist es denn? Habe ich lange geschlafen und etwas verpasst?«

Tycho schüttelte den Kopf. »Nein, wir haben immer noch Donnerstag. Es ist vier Uhr am Nachmittag. Ich habe noch mal über alle Möglichkeiten nachgedacht und nur darauf gewartet, dass Sie aufwachen.« Er schielte zu der Magd und wartete, bis sie die Kammer verlassen hatte, dann schlug er vor: »Wir sollten meinen Vater in unsere kriminalistischen Gedankenspiele einweihen. Er ist zuweilen sehr streng und abweisend, und ihm missfällt es, mit welchen Texten sein Sohn sich befasst. Trotzdem, er ist auf der Insel eine absolute Respektsperson. Ihm wird auf der Suche nach den Mördern Busso Dahls nichts geschehen, und er wird wissen, was zu tun ist. Wenn wir erst einmal alle Beweise und Schlussfolgerungen zusammengestellt haben, wird auch er nicht umhinkönnen, mehr zu tun als nur zu beten.«

»Aber zuerst benötigen wir die Zeugenaussage von Nickels Petersen und Dina Martensen. Ich glaube nämlich nicht, dass dein Vater sich einfach etwas erzählen lässt, ohne dass wir Beweise hätten.« Er versuchte vorsichtig, sich vom Lager zu erheben. Nach einem ersten, kleinen Schwindel ließ er sich zurück in die Kissen fallen, wartete einen Augenblick und erhob sich dann langsam erneut. Seine Bewegungen wirkten unsicher und kraftlos, und Tycho sprang hinzu, ihn zu stützen. »Wir müssen also sehen, dass die beiden mit deinem Vater zusammenkommen, damit er sie befragen kann.«

Eine Frauenstimme hinter ihnen stieß einen überraschten Ruf aus, und sie fuhren herum. Frau Mechlenburg stand im Türrahmen, in der Hand ein Tablett mit einem gefüllten Suppenteller. Entsetzt blickte sie auf den Kranken, der sich, nur mit einem Hemd bekleidet, mühsam aufrecht hielt. Kohl sah an sich hinunter und verharrte einen Augenblick bei seinen bleichen Füßen. Mit einer Kopfbewegung gab er Tycho ein Zeichen, und der führte ihn wieder zum Bett, auf dem er sich vorsichtig niederließ. Ohne den Blick der Hausfrau zu suchen, achtete er darauf, dass sein Hemd nicht an den bloßen Oberschenkeln weiter nach oben rutschte, und deckte sich schnell zu. Erst danach sah er auf und lächelte verlegen.

»Ja, was machen Sie denn für Sachen?«, schimpfte Tychos Mutter, trat in die Kammer und stellte das Tablett auf dem kleinen Tisch ab. »Ich bringe Ihnen hier eine Fleischbrühe, die Sie stärken soll. Es ist nicht richtig, dass Sie jetzt schon wieder auf den Beinen sind. Sie müssen behutsamer handeln«, erklärte sie in strengem Ton.

Kohl wollte sich durchs Haar fahren, um einige Strähnen zu glätten, hatte aber den Verband vergessen und verzog den Mund zu einem schiefen Grinsen. Ihm war auch unangenehm, dass seine Gastgeberin ihn so spärlich bekleidet gesehen hatte und er sie dadurch in eine wenig schickliche Lage gebracht hatte.

»Wenn Sie mir noch einmal verzeihen wollen«, murmelte er, »für einen Moment hatte ich vergessen, dass man mich auf dem Krankenlager meiner Kleider entledigt hatte. Ich weiß gar nicht, wie das geschehen ist.«

»Ich war das«, erklärte Tycho und deutete auf einen Hocker, auf dem Kohls restliche Kleidung lag.

Die Gattin des Pastors schüttelte unwirsch den Kopf und reichte dem Verletzten den Teller Suppe. »Aber was ist das nur für eine Unvernunft, jetzt schon wieder aufstehen zu wollen?« Mit strengem Blick verfolgte sie, wie der Kranke den ersten Löffel an die Lippen führte.

Kohl genoss den würzigen Fleischgeschmack und die wohlige

Wärme, die durch seine Kehle rann. Zwischen den einzelnen Löffeln schloss er für einen kurzen Augenblick die Augen und versuchte, seine Gedanken zu ordnen.

»Herr Kohl und ich wollten den Vater mit all dem vertraut machen, was wir über Busso Dahls grausamen Tod in Erfahrung gebracht haben«, erklärte Tycho und blickte scheu auf seine Mutter. Die sah ihren Sohn tadelnd an und schüttelte stumm den Kopf. »Auch sind da noch Aussagen von Zeugen, die der Vater hören muss«, ergänzte Tycho.

»Zeugenvernehmung«, schnaubte die Frau des Hauses, »was hat denn mein Sohn damit zu tun? Du solltest dich lieber auf deine Schule vorbereiten, als einer Bluttat nachzuschnüffeln. Und Sie, Herr Kohl, wollen etwa mit Ihrer Verletzung über die Insel laufen? Das ist einfach nicht zu glauben.«

Polternde Schritte auf der Treppe näherten sich und der sechzehnjährige Christian Riese, zweitältester der Pastorensöhne, sprang in die Kammer. »Der Vater ist da«, rief er. »Er ist sehr aufgeregt.«

Durch das Treppenhaus drang die markige Stimme des Pastors bis in die Dachkammer. Mit lautem Donner knallte eine Tür, und die Worte klangen gedämpfter. Frau Mechlenburg zog die Augenbrauen hoch und strich ihr Kleid glatt. »So aufgebracht habe ich meinen Mann selten gehört«, erklärte sie. Prüfend fuhr sie sich über das Haar und trat zur Tür. »Das scheint mir gerade kein guter Moment, mit dem Pastor zu sprechen«, stellte sie in Richtung Tycho fest, nickte Kohl zu und verließ die Kammer.

Die Pastorensöhne und der Schriftsteller sahen sich ratlos an. Wut hin oder her, dachte Kohl, die Gelegenheit müssen wir nutzen. Mechlenburg ist zu Hause, wir können mit ihm reden und vielleicht sogar seinen Einspänner benutzen, überlegte er. »Tycho und ich haben etwas sehr Wichtiges mit eurem Vater zu bereden«, klärte er Christian auf.

»Er wird in seinem Arbeitszimmer sein«, wusste der. »Soll ich ihn hochholen?« In seinem Blick lag eine Mischung aus Spannung und Furcht, als müsste er heftige Reaktionen erwarten, wenn er das Zimmer des Pastors betrat. Als sich die Stimme der Frau Mechlenburg besänftigend mit den Wortkaskaden des Hausherrn mischte, lauschten die drei in der Kammer, als könnten sie so eine gute Gelegenheit abpassen.

Doch in diesem Augenblick brüllte jemand anderes durch das Haus. »Der Strandvogt!«, rief Tycho entsetzt und trat hinaus an die Treppe, um zu lauschen. Das war aber gar nicht nötig, die Worte waren auch so gut zu verstehen.

»Zeig dich Pastor, du bist mir eine Erklärung schuldig!«, brüllte der ungebetene Besucher. »Was gehen dich die weltlichen Dinge an? Deine Sache soll das Himmelreich sein, meine ist diese Insel.«

Eine Tür wurde geöffnet und die Hausfrau war zu hören. »Herr Gulderling, es geziemt sich nicht in dieser Art und Weise das Haus eines Pastors zu betreten und herumzubrüllen«, stellte sie streng fest. »Vielleicht beruhigen Sie sich, sodass mein Gatte die Unstimmigkeiten mit Ihnen gesittet ausräumen kann.« Ihre letzten Worte mischten sich mit denen Mechlenburgs, der seine Frau ungehalten unterbrach.

»Sie haben Dahl zum Verrat verleitet«, brüllte er ins Treppenhaus und seine Stimme überschlug sich dabei. Offenbar waren Hausherr und Besucher immer noch durch Diele und Treppe getrennt. »Seine Witwe hat mir alles erzählt. Hinrich Gulderling, ohne Ihren teuflischen Plan könnte nicht nur Jelde Petersen noch leben, sondern auch Busso Dahl. All die Jahre war Ihr Geheimnis gut verwahrt, doch nun kommt das abscheuliche Tun ans Tageslicht. Niemand kann zwei Herren dienen, Gott und dem Mammon. Die Gier hat bei Ihnen obsiegt, Sie haben sich gegen den Herrn entschieden, Strandvogt Gulderling. Aber was wollen Sie mit all dem Bergegeld, wo Sie schon der Reichste auf Amrum sind? Kaufen Sie Land? Wollen Sie diese Insel zu Ihrem eigenen kleinen Königreich machen?«

»Schweig, Pastor!«, dröhnte die Stimme des Strandvogts, er hatte wohl die Diele bis zur Treppe durchquert und war nähergekommen. »Du sollst kein falsch Zeugnis reden, heißt es nicht so im achten Gebot? All das Gerede von Neidern, Habenichtsen und arbeitsscheuem Pack, das sind doch nur Spekulationen und Gerüchte. Mensch Mechlenburg, mehr ist das doch nicht.«

Kohl hatte lange genug zugehört. Er reichte Christian seinen

Teller und machte Tycho Zeichen, ihm zu helfen. Energisch schlug er seine Decke zurück und rappelte sich aus dem Bett. Mit wackeligen Beinen stieg er in seine Hose und stopfte sein Hemd fahrig hinein. Seine Stiefelschäfte zog er mit großer Anstrengung und Tychos Hilfe über die Waden und stolperte mehr, als dass er ging, aus der Kammer. Zu dem Gespräch der beiden wütenden Inselfürsten konnte er auch etwas beitragen. Das wollte er sich nicht nehmen lassen.

Hünengrab

Dina kniete im Sand und blickte den beiden Gestalten entgegen. Es waren zwei Männer. Im Näherkommen erkannte sie den speckigen Zylinder des einen und die Kappe des anderen, der zudem mit einem Bein humpelte. Nickels!, schoss es ihr durch den Kopf, er war in Gefahr. Aber bevor sie sich aufgerappelt hatte, um den Jungen zu warnen, war Poppenbüttel bei ihr und drückte sie mit seinen kräftigen Händen nieder. Ihr fiel auf, dass er immer noch Kapitän Lindhorsts blauen Rock trug. Vergeblich versuchte sie, sich loszureißen und um sich zu schlagen. Dabei blieb ihr Blick an Bartstoppeln und dem unsauberen Schal aus Rohseide hängen.

»Aber, aber, Jungfer Martensen«, spottete Brahms, dessen schweißglänzendes, pausbäckiges Gesicht gleich neben der Visage des Bauchladenverkäufers auftauchte. »Wir wollen uns doch benehmen, wie sich das für eine unverheiratete Deern gehört. Also schön ruhig und gesittet bleiben.«

»Lass mich sofort los«, zischte Dina und wehrte sich erneut gegen den Griff des Händlers. »Ich habe euch nichts getan. Eine Frau in den Dünen zu bedrängen, das wagen nur die verrufensten Kreaturen.« Ihre Stimme war laut geworden. Nun spürte sie die feisten Finger des Kaufmannes, die sich auf ihren Mund legten. Mit der anderen Hand glitt er über ihre Brust und streichelte die

Rundungen. Von Ekel erfüllt wollte sie ihr Gesicht herumreißen, doch Poppenbüttel hielt sie fest.

»Dina, Dina, was mischst du dich da auch ein«, erklärte Brahms leise und schüttelte den Kopf. »Sind wir auf Amrum nicht alle gut miteinander ausgekommen? Und jetzt machst du solche Schwierigkeiten.« Er kniete sich ächzend neben sie in den Sand, zog einen Sisalstrick aus der Rocktasche und zurrte ihre Arme auf dem Rücken zusammen. »Halt still, sonst tut es weh«, knurrte er und zog die Schnur enger. Kaum hatte Brahms sie gebunden, sprang der Kaufmann hinzu und drückte sie vornüber zu Boden. Poppenbüttel lachte höhnisch auf und presste ihr Gesicht in zerstoßene Muscheln und Reste getrocknete Heidekräuter, die ihre Wangen zerkratzten. Sie wollte aufschreien, doch darauf schien der grobe Kerl nur gewartet zu haben. Er drehte ihren Kopf und grub ihn mit großer Kraft in den lockeren Untergrund, Sand füllte ihren Mund. Auch durch die Nase bekam sie keine Luft mehr. Panisch strampelte sie mit den Beinen, ihre Schreie waren nur ein gedämpftes Jaulen.

»So, mein Hühnchen«, stieß Poppenbüttel heiser hervor und drückte erneut zu. »So ergeht es allen, die sich mir widersetzen. Du bist hier alleine, niemand wird dir helfen. Nur die Möwen werden wissen, wer dich hat Sand fressen lassen und sich an deinem Kadaver ergötzen.« Er lockerte den Druck und zog die hustende Dina so hoch, dass sie sich aufsetzen konnte.

»Tja, min Deern«, sagte Kutscher Brahms und strich ihr über das Haar. »So ganz ohne Haube, wenig sittsam ist das. Verhalte dich still, und dir soll nichts geschehen.«

»Was habt ihr nur vor? Noch mehr Tod, Entführung und schwere Verletzungen?«, stieß Dina wütend hervor, wobei sie darauf achtete, nicht zu laut zu werden. Beinahe im Sand zu ersticken, das hatte sie gehörig erschreckt.

Brahms kratzte sich, wie es schien, in einem Anflug von Scham das Stoppelkinn, während Poppenbüttel höhnisch grinste.

»Und überhaupt, Krino Brahms, seit wann bist du so eng mit diesem Menschen?« Mit giftigem Blick sah sie vom einen zum anderen.

»He da«, blaffte Poppenbüttel und kam dem Kutscher zuvor, »nicht so herablassend, ja! Wir sind uns zufällig begegnet. Es war ein nebeliger Morgen und wir hatten denselben Weg«, erklärte er, und blickte wie nebenbei in das Dünental hinter Dina. Sie erfasste seine Absicht, und Hitze wallte durch ihren Körper. Ihr Herz raste panisch. Sie musste Nickels warnen oder die Schurken ablenken.

»Denselben Weg und dasselbe Opfer, nicht wahr?«, entfuhr es ihr. Sie bemerkte, wie die beiden Männer sich einen erschreckten Blick zuwarfen. Um Himmels willen, ich hab zu viel gesagt, dachte sie verzweifelt. Sie könnten mich umbringen und in den Dünen verscharren. »Im Watt hat die rohe Gewalt regiert«, fuhr sie beschwichtigend fort, »aber wird man das jemals ahnden können? Es gibt keinerlei Beweise, wer Busso Dahl zu Tode gebracht hat.«

»Dahl, dieser verkommene, liederliche Verräter hatte nach allem, was ich höre, kaum Kameraden, die ihm nachtrauern«, erklärte Poppenbüttel. »Und so tust du niemandem einen Gefallen, wenn du in Dingen rumschnüffelst, die eine Jungfer nicht das Geringste angehen. Wenn dir dein Leben lieb ist - und das des Jungen. Außerdem, was nützt es, den Krino Brahms in Verdacht zu bringen? Euer Strandvogt würde dem nicht nachgehen, denn er muss sich Krino gewogen halten. Schließlich will er von meinem Freund hier Land übernehmen.«

Brahms zuckte zusammen und stieß seinen Kumpan beiseite. »Red nicht so viel, du Quarkbüdel. Was erzählst du denn da. Das geht niemanden was an. Wir sind keine Freunde.« Verlegen sah er zu Boden, dann zog er die Schultern hoch und blickte Dina in die Augen. »Ein kleines Geschäft unter Amrumern«, stellte er klar.

»Du hast noch Land?«, fragte Dina überrascht. Sie kannte Brahms nur als einen Kutschfahrer, der zwar ein Haus sein eigen nennen konnte, aber mit allerlei Diensten ein bescheidenes Leben fristen musste. Dass er Landbesitz hatte, war ihr nie zu Ohren gekommen. Dabei wussten die Insulaner doch so viel übereinander.

»Zehn Demath. Ganz unten an der Südspitze, da wo die Dünen besonders weiß sind. Als Landvermesser Lund das Gemeindeland aufgeteilt hat, ist der geringe Besitz meiner Eltern gewachsen. Das ist nun schon mehr als vierzig Jahre her. Mageres Gras- und Sandland ist das, keine fette Erde. Bisher hat es nur für wenig Heu getaugt.«

»Ja ja«, tönte Poppenbüttel, »und trotzdem ist dieser Gulderling sehr begierig darauf. Als ob er etwas plant. Wenn einer weiß, was für einen Wert das Land hat, dann ist das ja wohl er. Rück deine staubigen Demath also erst einmal nicht raus, sie können dir nur nutzen. Bislang lässt dieser Strandvogt dich ja mit seinen Nachforschungen in Frieden.«

Sieh an, dachte Dina, Gulderling scheint mehr an dem Kauf des Landes als an der Aufklärung des Mordes am Postläufer interessiert. Sie hütete sich, das auszusprechen, verstand aber nun, warum er als Strandvogt den Wegen des Kutschers nicht nachging. Aber was war mit den Beamten des Königs, würden die nicht selbst irgendwann eingreifen?

Es war, als habe Poppenbüttel Dinas stille Frage gehört, als er fortfuhr: »Der nicht aufzuklärende Tod eines lumpigen Schlickläufers am Rand des Dänenreiches wirft wenig Glanz auf die Untersuchungsbeamten des Königs. Die Obrigkeit wird diesen Casus daher eilig schließen wollen. Deshalb, Jungfer Dina, wird man auf die Erzählungen einer Deern nicht hören, die gemeinsame Sache mit dieser Dünenratte macht und sich auch noch mit einem reisenden Schriftsteller eingelassen hat. Schamloses Flittchen!«

»Was machen wir nun mit ihr?« Brahms schaute sich um, nahm seine Kappe ab und kratzte sich am Kopf. »Wir können sie ja schlecht hierlassen.«

»Aber warum denn nicht?«, brummte Poppenbüttel und zog Dina das Schultertuch herunter. Sie erstarrte. Der Kaufmann trat hinter sie, drückte ihren Unterkiefer nach unten, zog das Tuch wie eine Trense durch ihren Mund und verknotete es am Hinterkopf. »Jetzt kann das Vögelein nicht mehr tirilieren«, höhnte er. »Wenn du ihr noch die Füße bindest, ist es das süßeste Paket, das je in den Dünen vergessen worden ist, was meinst du?«

Brahms sah ernst auf die Amrumerin, dann zu Poppenbüttel. Kopfschüttelnd deutete er in das kleine Tal hinter ihnen. »Sie kann nicht hier liegen bleiben. Man weiß nie, wann der nächste Kaninchenfänger vorbeikommt. Und wir wollen doch, dass Ruhe einkehrt auf Amrum und es keine weiteren Schnüffeleien gibt. Wir sollten sie nach dort unten bringen, ins Hünengrab.«

»Wobei wir bei der anderen Malesche wären«, stieß Poppenbüttel zwischen den Zähnen hervor und zerrte Dina in den Stand. »So, hoch mit dir. Wir besuchen jetzt deinen kleinen Freund.«

In diesem Augenblick schrie Brahms auf und blickte entsetzt auf sein gesundes Bein. Die Eisenspitze einer Harpune steckte im Oberschenkel, Blut sickerte durch den Hosenstoff. Mit schmerzverzerrtem Gesicht fiel er auf den Rücken. Verwirrt versuchte er herauszubekommen, wo der Angreifer sich versteckte, konnte aber niemanden entdecken.

Auch Poppenbüttels Atem raste, mit hektischen Kopfbewegungen sah er um sich. Dina schwankte nach dem ersten Schrecken zwischen dem Gefühl der Hoffnung und ungewisser Furcht. Heftig hob sich ihre Brust, und mit einem Anflug von Lächeln suchten ihre Augen die Umgebung ab.

Ohne Zeit mit dem verletzten Kutscher zu vergeuden, stieß Poppenbüttel sie grob vor sich her auf den Dünenabhang zu. Mit einem Mal stürmte von dort ein Schatten auf ihn zu. Zwei jugendliche Hände krallten sich in Poppenbüttels geöltes Haar und rissen den Mann nach hinten. Der stürzte mit einem Ruf der Überraschung ungelenk auf den Rücken, und sein schmerzverzerrter Blick verharrte einen Moment in den Wolken. Nickels schnellte auf ihn zu und ließ die Klinge seines Taschenmessers an den zum Doppelkinn verfetteten Hals des Bauchladenhändlers entlanggleiten. Besorgt sah er zu Dina, die gefesselt und zitternd dastand.

»Li-liegenbleiben, so-sonst schneide ich dir die Kehle durch wi-wie einem Kaninchen«, befahl er Poppenbüttel und winkte Dina zu sich. Das Stöhnen von Kutscher Brahms, dem eine Harpune im Bein steckte, lenkte seine Aufmerksamkeit kurz ab. Doch der Verletzte saß auf dem Boden und war außerstande aufzustehen. Grinsend drückte Nickels seine Klinge gegen die weiche Haut des Bauchladenverkäufers. Ein Tropfen Blut rann den Hals

Poppenbüttels entlang. Der schrie und bäumte sich auf, ließ aber sogleich jeden Widerstand fahren, als Nickels den Druck seines Messers erhöhte. Er nahm ihn erst zurück, als Poppenbüttels Hände wieder auf den Sand hinabsanken.

Dann schaute er zwischen dem Kaufmann und Dina hin und her. Er schien einen Moment lang ratlos, wie er den Kerl in Schach halten und gleichzeitig Dina aus ihrer misslichen Lage befreien sollte. Mit einem Mal fuhr die Klinge seines Messers durch Poppenbüttels Ohr. Der kreischte auf und fasste sich panisch blickend an die Stelle, aus der das Blut quoll. Nickels sprang auf und zerschnitt blitzschnell Dinas Seil. Gleich darauf war er wieder bei dem verletzten Händler, der versuchte, sich aufzurappeln, während Dina sich das Tuch vom Kopf losband. Poppenbüttel plumpste zurück auf den Rücken, nahm kurz die blutige Hand vom Kopf, um sie entsetzt zu betrachten.

»Mein Ohr«, schrie er, »was hast du mit meinem Ohr gemacht?«

»Nur eingeritzt, damit dich jeder wiedererkennt. Es ist noch dran.« Nickels grinste und drohte dem Mann mit seinem Messer. »Ihr wolltet mich also fangen, richtig? Hier in meinem Versteck, nachdem eure Entführung nicht geklappt hat. Was ist mit Dina? Plant ihr, uns kaltzumachen wie Busso Dahl? – Was haben sie mit dir gemacht, Dina? Was ha-haben die Schweine dir angetan?

»Nichts, lass doch«, beschwichtigte Dina, die nicht wusste, ob sie ihm dankbar sein sollte oder Angst vor seiner Gewaltbereitschaft haben musste.

Nickels ließ sich nicht abbringen. Mit verengtem Blick sah er zum stöhnenden Kutscher hinüber und hielt ihm drohend die Klinge hin. »Ja, so hast du nicht gerechnet«, höhnte er. »Der Nickels ist gut im Harpunieren. Mit dem Eisen hat Großvater Menne den Wal gejagt. Ich hatte mal zwei von meinem Vater. Auf einmal war eine weg. Aber die habe ich wiedergefunden. Nur konnte ich sie nicht mehr gebrauchen.« Er sah von Brahms zu Poppenbüttel, blickte Dina in die Augen und schien zu überlegen. Seinen Unterkiefer schob er hin und her, dann fuhr er fort: »Sie steckte in der Schulter von Busso Dahl. Ich habe sie dort gelassen, wollte sie nicht aus dem toten Körper ziehen.«

Dina machte zwei Schritte rückwärts weg von Nickels, ihr Mund stand offen. »Soll das etwa heißen du bist an dem Mord ... was hast du denn da gemacht, im Watt?«, rief sie aus.

Nickels lachte auf und zeigte mit seiner blutverschmierten Klinge auf den Bauchladenverkäufer. »Den hab ich gesehen, als er am Abend von Föhr angeschlichen kam wie einer, der nichts Gutes im Schilde führt. Ich habe mich sogar etwas gefürchtet und bin weggegangen. Am anderen Morgen wollte ich oben an der Odde Austern sammeln, die tausche ich gegen Suppe oder Brot. Na, und bei Ebbe sind die eben besonders gut zu finden. Aber es war noch ziemlich dunkel, als ich ans Watt kam. Und da war er dann wieder, dieser Mann hier mit dem schiefen Hut. Er hat eine Harpune in der Hand getragen, das habe ich sofort erkannt. Niemand benutzt mehr so etwas zum Jagen, außer den Robbenschlägern. Nur sind die jetzt alle auf See.« Er zeichnete mit dem Fuß Kreise in den Sand und sah gedankenvoll zu Boden.

»Ich fand das komisch und bin ihm hinterhergegangen. Doch dann ist der verdammte Nebel aufgezogen. Da bin ich zurück zur Insel. Aber irgendwie wollte ich wissen, was der da macht. So habe ich es mir wieder anders überlegt und bin ihm weiter gefolgt. Doch ich habe ihn nicht mehr gefunden. Nach einer Weile aber ist mir plötzlich das Herz in die Hose gerutscht, denn da lag jemand vor mir. Es war unser Postläufer, der Busso. Er hat da wie tot gelegen, mit einer Harpune in der Schulter. Am Griff konnte ich deutlich erkennen, es war meine, die man mir weggenommen hat. Ich war ganz alleine bei ihm, durch den Nebel war niemand anderes zu sehen. Mich hat dann die Angst gepackt. Bei dem Toten wollte ich nicht bleiben, und die Mordwaffe mochte ich nicht anfassen. Ich habe nur gewusst, wenn man mich jetzt erwischt, wäre ich auf der Insel der Mörder. Die Leute geben mir ja an allem die Schuld.«

»Bist du sicher, dass Busso tot war?«, wollte Dina wissen.

Nickels schaute sie verwirrt an. »Ja, ich den-denke. Angefasst habe ich ihn nicht, bin umgekehrt und zurück ans Ufer gelaufen.« Sein Fuß zeichnete weiter Figuren in den Boden.

Poppenbüttel, der aufmerksam zugehört hatte, erhob sich

langsam und konzentriert, immer den Dünenjungen in den Augen. In seinem Blick lag kalte Wut. Dina war ganz gebannt von Nickels' Schilderungen und schüttelte den Kopf. Sprach der Junge die Wahrheit, konnte sie ihm trauen? Sie fröstelte bei dem Gedanken, dass sie ihn nur einen Tag nach dieser Sache im Watt bei sich aufgenommen hatte. Ihn, der so nah und so früh am Leichnam des Ermordeten gestanden hatte, wie sonst nur der Mörder. Und wenn er selbst ...? Sie zitterte bei der Vorstellung.

Mit einem Schrei stürzte sich Poppenbüttel nach vorn. Seine blutverschmierten Hände fuhren Nickels über die Augen. Ohne sehen zu können, stieß Nickels ziellos sein Messer in die Luft, fluchte und schrie auf, als er im Sturz seine Waffe verlor. Der Händler presste ihn mit seinem teigigen Körper zu Boden und atmete schwer.

»Schluss mit den Spinnereien«, keuchte er, »ich mach dir den Garaus, du nichtsnutziger Schnüffler.« Seine Finger krallten sich um Nickels' Hals, und er drückte so stark zu, dass die Fingerknöchel weiß wurden. Der Gewürgte zappelte und versuchte, den Griff zu lösen. Vergebens. Mit einem Mal stöhnte Poppenbüttel laut auf, ließ sein Opfer los und fuhr herum. Hinter ihm stand Dina, mit Nickels' Messer in der Hand. Im Durcheinander hatte sie es aus dem Sand geklaubt und die Waffe mit der Kraft einer Verzweifelten in den schweren Tuchstoff des Rocks gerammt. An der Klinge glänzte frisches Blut. Poppenbüttel richtete sich taumelnd auf und fasste seinen linken Oberarm, der bewegungslos herunterhing, mit der rechten Hand. Zwischen seinen Fingern rann es rot hervor.

»Na wundervoll«, fluchte er durch die Zähne, »ihr garstigen Amrumer Friesen. Jetzt hat Brahms eine Harpune im Bein und ich habe einen toten Arm. Und alles nur wegen des irren Schwätzers hier.« Er setzte zu einem Tritt gegen Nickels an, verlor das Gleichgewicht und stürzte zu Boden.

»Auf, Nickels«, zischte Dina und half ihm hoch, während die beiden Verletzten blutend im Sand stöhnten. »Wir lassen die Schurken zurück und suchen den Schutz der Menschen. Du musst vor der Obrigkeit berichten, was du weißt, und ich muss mit Johann sprechen. Alleine kommen wir diesem mehrköpfigen Ungeheuer nicht bei.«

Ohne einen weiteren Blick auf die Angreifer stupste sie Nickels die Dünen hinab und stolperte mit ihm durch den Sand gen Norddorf.

Verständigung

Von Tycho Mechlenburg gestützt trat Kohl vor das Arbeitszimmer des Pastors. Der blickte auf seinen stark mitgenommenen Gast, ließ den Mund offen stehen und unterbrach das Rufen ins Treppenhaus.

»Herr der Gerechte, was ist Ihnen denn widerfahren?«, entfuhr es ihm, und er wies auf Kohls Kopfverband.

Kohl beschwichtigte mit einer wegwerfenden Geste und lächelte der Gattin des Pastors zu, die neben ihrem Mann stand. »Verzeihen Sie, Herr Mechlenburg«, entschuldigte er leise seinen Auftritt, »aber ich fürchte, auf Amrum sind gerade Menschenleben in Gefahr.«

Der Geistliche runzelte die Stirn, und seiner Frau entfuhr ein ängstlicher Ausruf.

»Ja«, erklärte der Schriftsteller, »mir selbst ist es auch nicht angenehm, nur werden wir nicht umhinkommen, uns mit dem Strandvogt ins Benehmen zu setzen. Ob Sie den Herrn da unten wohl in Ihr Arbeitszimmer heraufbitten könnten? Die Zeit drängt, und in seinem Beisein möchte ich Ihnen einige Beobachtungen und Überlegungen vortragen, die eine Bluttat aufklären und weitere verhindern können. Herr Gulderling muss diesmal seine Macht zum Besten der Insel entfalten. Bitte, würden Sie ihn rufen?«

Mechlenburg war so überrascht, dass er zunächst keine Antwort fand. Sein Blick wanderte zu seiner Frau, die ebenso wenig zu verstehen schien wie er, dann zu seinem Sohn, der ihm mit ernstem Gesicht zunickte.

»Gulderling, kommen Sie herauf!«, rief der Pastor ins Treppenhaus. »Sie machen meinen Kindern Angst mit Ihrem Geschrei. In meinem Arbeitszimmer klären wir, was zu klären ist.«

Schwere Schritte auf der Treppe kündigten vom Näherkommen des ungeliebten Gastes.

»Wenn Sie gestatten«, erklärte Kohl dem Pastor, bevor der Strandvogt ins Zimmer getreten war, »sollte Tycho anwesend sein, bitte schicken Sie ihn nicht fort. Er hat durch scharfes Nachdenken und vorbildliche Kombination zur möglichen Aufklärung beigetragen.« Der Pastorensohn grinste und blickte mit rot angelaufenem Gesicht zu Boden.

Mechlenburg schien für einen Augenblick über diese Nachricht ungehalten, schließlich sollte sein Filius sich auf die Schule vorbereiten. Endlich zuckte er ergeben die Schultern. »Matje, bring uns bitte die Flasche mit dem Festtagsbranntwein«, bat Mechlenburg seine Frau. Er entzündete die Tranlampe auf seinem Schreibtisch und einige Kerzen in Wandhaltern. Draußen hatte die Dämmerung eingesetzt, und so erfüllte ein warmes Licht den Raum.

Strandvogt Gulderling trat grußlos ein und ließ sich mit hochrotem Kopf unaufgefordert auf einem Stuhl nieder. Schwer atmend hob und senkte sich sein Brustkorb. Er reckte sein starkes Kinn vor und belegte die Anwesenden mit einem herablassenden Blick.

»Herr Gulderling«, begann Kohl, »ich habe eine ernste Kopfverletzung, auf die ich noch zu sprechen kommen werde. Mein Zustand ist nicht der stabilste. Erlauben Sie mir also, mich ohne Ansehen der Person kurzzufassen und mich auf die wesentlichen Fakten und Überlegungen zu konzentrieren. Der oder die Mörder Busso Dahls treten ins Licht, wir werden sie endlich erkennen.«

Gulderling runzelte die Stirn, nickte dann aber huldvoll, wenn auch mit gehöriger Skepsis im Blick. Der Streit mit dem Pastor schien vergessen.

Kohl nahm vorsichtig Platz, fasste sich leise stöhnend an den Kopf und begann mit dem Jahr 1833, in dem der Strandvogt drei Amrumer ins Gefängnis geworfen hatte. Ohne den mächtigen

Mann anzusehen, erwähnte er die versprochene Landübertragung.

Gulderling kommentierte das zuerst nur mit einem Schnauben. »Das ist vergossene Milch, alles lange her und tut hier nichts zur Sache«, raunzte er dann und rutschte unruhig hin und her. Seine kräftigen Hände knetete er immer wieder zur Faust und schielte zum Pastor, der sich ganz still verhielt. Kohl war ihm dafür dankbar. Aber schon nach diesen wenigen Worten setzte ihm der Kopfschmerz zu, und so ließ er Tycho weitersprechen.

Der Pastorensohn erklärte, dass der Postläufer und der Kutscher am Dienstagmorgen bei Niedrigwasser das Watt nach Föhr betreten haben mussten. Dann schwenkte er auf die Person des Bauchladenverkäufers Poppenbüttel, den Nickels schon am Montagabend gesehen haben wollte. Auch den Zeitungsartikel zum Schiffsuntergang der Harmonie erwähnte er.

»Das ist mir alles zu sehr herbeigedacht, Herr Schriftsteller«, mäkelte der Strandvogt, »was hat denn das eine mit dem anderen zu tun? So kann ich niemanden festsetzen lassen. Den Bauchladenhändler zu verdächtigen, weil er einen Artikel über ein tragisches Ereignis mit sich führt, also nein, das ist lächerlich. Und wie soll dieser Poppenbüttel an die Mordharpune gekommen sein, die beim Müller Tuchsen über der Feuerstelle hing? Und dann deuten Sie an, Krino Brahms könnte sich für die Haftstrafe nach einem Strandfrevel an Busso Dahl gerächt haben. Aber woher will er denn von der großherzigen Landübertragung wissen, die den ältesten der Dahlsöhne aus dem Elend führen wird?«

Pastor Mechlenburg hüstelte. »Nun, Krino Brahms ist leider wie der Großteil der Männer auf Amrum ein eifriger Besucher des Dorfkrugs. Ein Hirte wie ich kennt seine Herde. Sicher erfährt man dort auch mehr Neuigkeiten als in der Kirche. Er ist ja oft in Norddorf unterwegs, alleine schon, weil da die Wattpassage beginnt. Er wird dem prahlenden Dahl zugehört haben, wenn der sturzbetrunken wieder einmal alle Welt wissen ließ, dass seine Familie Land bekommen soll und er sich gut mit dem Strandvogt steht. Etwas, was die meisten Insulaner nicht von sich behaupten können.«

Gulderling lachte heiser auf, sagte aber nichts.

Kohl räusperte sich. »Der Nickels wurde entführt, weil er den Händler an der Odde gesehen hat, als der noch gar nicht auf Amrum hätte sein dürfen«, erklärte er mit schwacher Stimme. »Und Ihr Kapitän Lindhorst, der Schwiegervater vom Kutscher, hat mit dem Kaufmann die Kleidung getauscht und dem Schwiegersohn geholfen, Nickels beiseitezuschaffen.«

»Wieso sollte der Kaufmann diesem Tausch zugestimmt haben?«, versuchte der Strandvogt erneut, Kohls Argumente zu entkräften.

»Nun, dem Bauchladenverkäufer konnte es doch nur recht sein, dass Nickels verschwindet. Lindhorst musste aber vermeiden, bei der Entführung des Jungen am Donnerstagmorgen erkannt zu werden. Er hat wohl den Rock mit Poppenbüttel getauscht, nachdem die beiden am Mittwochabend miteinander gezecht haben. Ein Kleidertausch, noch dazu mit einem so auffälligen Rock, verwirrt doch jeden Zeugen. Der Wirt hat den Händler ja noch am Morgen danach im Dorfkrug gesehn. Und wenn dann gleichzeitig der grüne Rock woanders auftaucht, wer kann da beschwören, wen er wann wo gesehen hat?«

Gulderling nickte nachdenklich, die Frau des Pastors aber war entsetzt: »Was für eine Maskerade. Äußerlich ist Lindhorst die Rechtschaffenheit in Person, aber seine Seele ist voller Niedertracht.«

»Er war ja sogar bereit, mich lebensbedrohlich zu verletzen, um die Befreiung dieses ansonsten unbedeutenden Jungen zu verhindern«, fuhr Kohl fort. »Welchen anderen Sinn soll denn diese Entführung haben, wenn nicht die, einen Zeugen aus dem Weg zu räumen?« Wieder pochte die Wunde, und er stöhnte auf. »Herr Strandvogt«, Kohls Stimme klang eindringlich, »ich fordere Sie, den Vertreter des Königs, auf, den Verstrickungen nachzugehen. Das Gericht wird am Ende entscheiden, aber dazu müssen Sie ihm Verdächtige zuführen. Also auf, die Männer gehören in Haft!«

Gulderling fuhr sich durch das Haar, seufzte und sah auf den Pastor. Der legte die Hände ineinander und nickte stumm.

Der Schriftsteller hatte sich für eine Mitfahrt beim Pastor entschieden. Die Art, wie der Strandvogt zwischen den Dörfern kutschierte, fand er allzu wüst. Dem Mann gefiel es wohl, seinen Knecht anzutreiben, und einem Dämon gleich über die Insel zu stieben. Nein, das wäre seinem Kopf kaum zuträglich gewesen. Zwar hatte Frau Mechlenburg gegen seine Kutschfahrt protestiert und auf Ruhe bestanden, doch Kohl hatte sich nicht abbringen lassen. Er wollte um jeden Preis bei der Auflösung all der Taten dabei sein.

So folgte der Einspänner, in dem er saß, der dunklen Staubwolke von Gulderlings Gefährt. Hin und wieder hielt der im Dämmerlicht an, befragte schreiend die wenigen Amrumer, die des Weges kamen, und stob weiter. Den Mann scheint eine Wut zu treiben, weil seine eigenen Ermittlungen nicht so weit gediehen sind, dachte Kohl. Oder sollte es die Aufdeckung seines Geheimnisses sein, die ihn in Rage versetzt?

Schnell erreichten sie den Rand von Norddorf. Zwei Frauen, die von der Feldarbeit heimgingen, hatten Kapitän Lindhorst und Kutscher Brahms vor Stunden im Ort gesehen. Inzwischen war die Insel in Dunkelheit getaucht, und die Hausgiebel ragten schwarz in einen anthrazitgrauen Himmel. Kalt zog der Wind über die menschenleeren Wege. Allein die Lichter aus den Fenstern verhießen etwas freundliche Wärme. Gulderling zügelte sein Pferd, und nun trotteten sie durch die Siedlung. Kohl war gespannt, was als Nächstes kommen würde, denn das Vorgehen des wütenden Mannes hatte bisher nichts erbracht. Pastor Mechlenburg brummte unzufrieden vor sich hin, behielt seine Gedanken aber für sich. Endlich ließ der Strandvogt vor dem Dorfkrug anhalten, sprang vom Wagen und stürmte in das Gasthaus. Während der Geistliche sein Pferd anleinte, stieg Kohl vorsichtig herunter und ging der bulligen Gestalt mit wackeligen Schritten nach.

Warmer Tabakdunst schlug ihnen entgegen. Gulderling setzte sich breitbeinig auf einen Stuhl, winkte Kohl und den Pastor herbei und rief nach dem Wirt. Nur wenige Lichter erhellten schwach den Raum.

»Grog für uns«, blaffte er und drehte sich zu den anwesenden Männern um, die im Halbdunkel vor ihren Zinnbechern saßen, rauchten und würfelten. »Hört mal zu, Leute. Weiß einer von euch, wo ich Krino Brahms, Tadeus Lindhorst oder diesen Bauchladenverkäufer finde, der sich gerade auf Amrum aufhält?« Die Gäste tauschten schweigend Blicke, zogen an den Pfeifen und sahen vor sich hin. »Also los, es ist wichtig!«, dröhnte der Strandvogt und schlug mit der Faust auf den Tisch.

»Geht es um die Bluttat im Watt? Erst verdächtigst du Hans Tuchsen, jetzt wohl diese drei«, höhnte einer aus dem hinteren Teil des Raums. Es war Abel, der Müllergeselle. Er nahm einen Schluck, bleckte die braunen Zähne und lehnte sich zurück. »Mensch, Gulderling, bald hast du ja die ganze Insel unter Verdacht. Scheint nur eine Frage der Zeit, wann es uns hier trifft. Vielleicht sollte man die Birkvogtei um Hilfe bitte, dass sie einen Polizisten entsenden, der was kann.« Heiseres Lachen und Husten kam auf, ebbte aber schnell wieder ab.

»Ihr Heiden«, rief Pastor Mechlenburg und sprang auf. »Busso Dahl, den man im Watt grausam erschlug, ist noch nicht begraben, und ihr macht eure Mätzchen. Wisset, solange die Bluttat nicht gesühnt ist, so lange leben wir alle in großer Gefahr. Was einem von uns Amrumern geschehen ist, kann auch jedem anderen widerfahren. Und so ist es die Pflicht eines Untertanen, der Obrigkeit zu helfen, wo immer er kann!« »Amen«, lästerte Abel und grinste. Die anderen Männer im Raum senkten die Blicke, schwiegen aber weiter. »Der Händler war Montagnacht in der Mühle«, erklärte Abel schließlich in die Stille hinein.

»Und dem Müller fehlt seitdem eine Harpune«, zischte Gulderling. Mit zusammengekniffenen Augen sah er die Schankgäste an. »Frei heraus mit der Sprache«, brüllte er, »wer hat ihn gesehen, diesen Poppenbüttel? Oder auch die anderen beiden, Lindhorst und Brahms? Ich muss das wissen.«

»Der Kapitän und Brahms waren noch vor gut einer Stunde bei der alten Meta«, murmelte der Wirt und wischte beiläufig die Tischplatte sauber. Er schien darauf bedacht, dass seine Gäste nicht mitbekamen, dass er etwas sagte. »Sie hat für Lindhorst Rum geholt und gemeint, was anderes trinkt ja so ein Seebär nicht.«

Schwungvoll wurde die Tür des Dorfkrugs aufgerissen und zwei zerzauste Gestalten stolperten in die Wärme. Kohl sprang auf.

»Dina!«, rief er, lief auf sie zu und schloss sie in die Arme. Um ein Haar hätte er sie geküsst. Doch sie wich seinen Lippen aus. Wie unvorsichtig, durchfuhr es sie. Nickels, der zitternd neben ihr stand, sah verlegen grinsend zu Boden. Dann übermannte Kohl der Schwindel, und tastend suchte er nach einem Stuhl. Geistesgegenwärtig griff Dina nach seinem Arm und führte ihn.

»Jetzt seid ihr sicher«, murmelte Kohl und wischte sich über seine Stirn. »Hier wird euch nichts geschehen. Zu viele Menschen.«

Nickels blickte misstrauisch in den Raum und blieb bei der Tür stehen.

»Am Hünengrab in den Dünen liegen zwei«, erklärte Dina mit heiserer Stimme und sank neben Kohl an den Tisch. Die Kraft, die sie bis hierher getragen hatte, verließ sie, ihr Oberkörper sackte nach vorn. Aber der Schriftsteller hielt sie weiter fest.

»Gebt ihr doch was zu trinken«, rief der Mühlengeselle, »die Deern ist ganz erschöpft, sieht das denn keiner? Und lasst sie reden, sie wird viel wissen.«

Strandvogt Gulderling sprang auf, blickte von dem frechen Schreier zu der einzigen Frau im Raum, griff seinen dampfenden Becher Grog und reichte ihr den. »Rum mut, Zucker kann, Water bruuk nich«, sprach er. In seinem geröteten Gesicht wuchs ein aufmunterndes Lächeln.

Dina nippte müde und räusperte sich. »Krino Brahms hat eine Harpune im Bein, er kann nicht laufen. Und Poppenbüttel, der Händler, blutet am Kopf, und sein Arm ist jetzt wohl lahm. Es war ein Kampf auf Leben und Tod. Sie wollten erst mich, dann Nickels beseitigen.«

Gulderling deutete auf den Müllergesellen und drei andere Zecher, die nicht allzu betagt waren. Seine Kaumuskeln zuckten. Er winkte die Männer zur Tür und stürmte voran.

»Wirt!«, brüllte er über die Schulter in den Gastraum zurück, »wir brauchen dein großes Gespann. Mach die Pferde bereit und leg Fackeln raus. Im Namen des Königs.« Er trat an die Tür. »Du weißt ja, wen wir suchen«, rief er seinem Knecht durch die Dunkelheit zu. »Sie sind beim Hünengrab hier in den Dünen. Nimm den Wagen vom Wirt und bring mir die Kanaillen hierher. Die Kerle hier werden dir helfen. Eilt euch!«

Die Männer hatten den Dorfkrug verlassen. Gespannte Stille legte sich auf die Gesichter der übrigen Anwesenden. Nickels war den Hinausstürmenden ins Innere ausgewichen und lehnte sich gegen den gusseisernen Ofen in der Ecke. Wortlos drückte ihm der Wirt ein Stück Graubrot in die eine Hand und in die andere einen Becher heißes Zuckerwasser, dem er einen Schuss Rum zufügte. Der Junge biss in den Kanten und wirkte für einen Augenblick entspannt und zufrieden, nur um gleich darauf misstrauisch alle Bewegungen im Raum zu beobachten.

Pastor Mechlenburg hatte nach seiner Schimpfpredigt die Ereignisse stumm verfolgt und nippte nun in Gedanken an seinem Grog. »Herr Strandvogt«, sprach er dann und wischte sich über die Lippen, »die Frage sei erlaubt, warum begleiten Sie die Festsetzung der Verdächtigen nicht selbst?«

Gulderling hatte inzwischen wieder am Tisch Platz genommen und trommelte mit den Fingern auf die Tischplatte. Seine Wangen glühten. Er fuhr sich hinter die Halsbinde und verschaffte sich etwas Luft.

»Ja, Pastor, ich mache nicht alles in persona. Mir genügt, wenn ich weiß, wen wir suchen müssen und wo«, erklärte er, »den Rest können unsere Amrumer schon zu Wege bringen. Außerdem ahne ich, ich sollte mich bereithalten für das, was da noch kommen mag.«

Mechlenburg zog die Augenbrauen hoch, sagte darauf aber nichts.

»Was geschieht denn mit den Festgenommenen?«, überlegte Kohl laut. »Gibt es auf dieser Insel so etwas wie eine Zelle? Und die Männer sind ja wohl verletzt. Müsste man nicht Sorge tragen, dass sie behandelt werden?«

Gulderling sah zum Wirt hinüber, nickte nachdenklich und schlug plötzlich mit der Faust auf den Tisch. »Die Meta muss her.

Soll sie doch mal zeigen, was sie kann, anstatt bittere Tinkturen zu verabreichen und höchst zweifelhafte Frauenleiden zu behandeln. So will ich dann, dass sie hier im Dorfkrug einen Blick auf die Wunden wirft.« Mit einem leichten Stöhnen erhob er sich und blickte auf den Geistlichen, der zusammenzuckte und die Entwicklung lieber abzuwarten schien. »Ja, Pastor, wir Vertreter von Himmel und Krone sollten gemeinsam fahren, sie zu holen. Bei gleich zwei Honoratioren wird sich die Alte nicht weigern können«, sagte er und grinste. »Also los, wir nehmen meinen Wagen.«

Dina saß mit Kohl nun allein am Tisch. Sie war müde, ihre Glieder schmerzten. Seit dem Morgen war sie auf den Beinen. Sie konnte sich an keinen derart turbulenten Tag in ihrem Leben erinnern. Da war das Vieh, um das sie sich eigentlich kümmern musste, und ihr Haushalt musste besorgt werden. Doch sie hatte alles daran gesetzt, Nickels zu befreien, und war dabei zwischen Norddorf und Steenodde über die Insel gelaufen.

»Ach Johann«, flüsterte sie und neigte sich so nahe zu dem Schriftsteller, dass er jede einzelne Sommersprosse auf ihrer Haut sah. »Was sind das nur für Zeiten? Wie gern wär ich mit dir vergnüglich durch die Dünen spaziert. Aber stattdessen beschäftigen wir uns mit einem toten Mann im Watt, ein Junge wird entführt und du wirst fast erschlagen.«

»Ja, es hätte ganz anders kommen sollen«, murmelte er und streichelte verstohlen ihren Arm. »Noch bin ich ja nicht fort, Amrum hält mich in Bann.« Er beugte sich zu ihr, wünschte sich ihr so nah wie möglich. Doch plötzlich richtete sie ihren Rücken kerzengerade auf und schielte zu den letzten Gästen, die im Dorfkrug saßen. Eine weitere Annäherung durfte sie nicht zulassen, wenn sie denn auf ihren Ruf bedacht war. So frei die Friesen auf See auch waren, so moralisch waren sie an Land.

Kohl sah zu Nickels hinüber, der sich an den Ofen gehockt hatte. Wie der schmutzstarrende Junge sich da wärmte, wirkte er allein und verloren. Der Schriftsteller lächelte und winkte ihn heran. Schließlich wollte er doch von beiden wissen, was genau Dina gemeint hatte, als sie vom Kampf auf Tod und Leben gesprochen hatte. Immerhin lebte er vom Verfassen bunter Geschichten aus aller Welt.

Als der Dünenjunge sich an den Tisch setzte, fuhr Dina ihm durch das struppige Haar und streifte seine Wange. »Mein Retter«, murmelte sie und sah ihn dankbar an. »Ohne dich läge ich bestimmt dort in den Dünen, gefesselt und erdrosselt. Wie du da plötzlich aus dem Nichts aufgetaucht bist und deine Harpune ins Ziel geworfen hast, ja, das hatte was von einer Heldensage.«

Nickels schüttelte den Kopf und sah zu Boden. Als er rot anlief, klopfte Kohl ihm auf die Schultern.

»Na, na, jung Siegfried, Ehre wem Ehre gebührt. Auch ein Lob muss man ertragen können. Aber nun raus mit der Sprache, wie ist es euch beiden ergangen? Ich höre Hünengrab und Todeskampf. So berichtet doch.«

Klare Sicht

Auch die anderen Gäste im Dorfkrug lauschten gespannt, als Dina und Nickels erzählten. Nach und nach hatten sie sich zu ihnen gesetzt. Während der Wirt brummig einige Kerzen erneuerte, fuhr draußen ein heftiger Wind um das Haus und rüttelte an den Fensterläden. Immer wieder sahen sich die Amrumer ungläubig an, wenn von den Untaten gesprochen wurde, die Krino Brahms begangen hatte. Doch dieser Dina Martensen, die mit matter Stimme und halb geschlossenen Lidern Nickels' Bericht ergänzte, mochte jetzt wohl niemand mehr widersprechen.

Gerade hatte der Dünenjunge ausgemalt, wie er nach dem grausamen Fund im nebeligen Watt zurück ans Inselufer gelangte. »Aber als ich festen Boden betreten habe«, fuhr er fort, »bin ich zusammengezuckt. Denn ich war oben an der Odde plötzlich nicht alleine. Draußen im Wattenmeer wusste ich den Mann, der Busso Dahl eine Harpune in die Schulter gerammt hat. Bauchladenverkäufer Poppenbüttel. Doch vor mir stand nun wie aus dem Sand gewachsen ein Kutschengespann. Krino Brahms hat mich erschrocken angestarrt, als ich da so aus dem Dunst kam. Er lenkte gerade seine Pferde in den Schlick, knallte mit seiner Reitpeitsche nach mir und versuchte, mich zu vertreiben. Dann ist er losgerollt. Aber als er an mir vorbei war, hat mich erneut der Schlag getroffen. Denn hinter dem Wagen, der nun im Nebel verschwand, kam noch jemand.«

Mit einem lauten Donner fiel die Tür des Dorfkrugs zu. Nickels hielt die Luft an, und für einen Moment froren seine Bewegungen ein. Langsam hob er die Hand und zeigte in Richtung des Eingangs. Da standen Pastor Mechlenburg mit Strandvogt Gulderling und in ihrer Mitte die alte Meta. Sie umklammerte einen Korb. Alle drei stierten auf die Gäste, die sich um den Jungen versammelt hatten. Die Blicke seiner Zuhörer folgten Nickels' Finger in Richtung des Eingangs. Eine greifbare Spannung lag im Raum.

»Wer hat also da gestanden?«, fragte Kohl leise, er wollte die Geschichte jetzt um nichts in der Welt unterbrechen.

»Na di-die da, die Meta«, schrie Nickels und sein Zeigefinger zitterte. »Sie hat hinter der Kutsche her erst in den Nebel gestarrt, der vom Watt aufzog, dann auf mich. Irgendwas hat sie ge-geflüstert und mich kalt angesehn. Sie hat mich verflu-verflucht!«, kreischte er und stieß seinen Stuhl um, als er aufsprang. Ohne den Blick von der Kräuterfrau zu lassen, wich er zurück in die Ofenecke. Dina, erschrocken von der Panik in seinen Augen, stand langsam auf und stellte sich an seine Seite. Sie verstand nicht, warum er plötzlich so heftig reagierte. Dabei war Nickels der Meta doch die vergangenen Tage begegnet, ohne sich derart zu erschrecken. Es wird, dachte sie, die Erzählung sein, die ihn noch mal in den grausigen Morgen versetzt und seine Angst neu hochspült.

»Was denn, Strandvogt«, schimpfte Meta und blickte den kräftigen Mann an, »wurde ich deshalb hierher gebracht? Damit dieser Tagedieb irgendwelche Geschichten über mich erzählt, obwohl ich ihm Kost und einen Schlafplatz gegeben habe. Aber von ihm war ja noch nie etwas Sinnvolles zu erwarten. – Ich dachte, es gäbe Verletzte zu versorgen. Wo also sind die?«

»Ja, immer so-soll ich lügen«, schrie Nickels aufgeregt, und knackte mit seinen Fingerknochen. »Immer sagst du, ich tau-tauge nichts oder stehle. Dabei hast du doch den Kompass ka-kaputtgemacht und dann behauptet, ich bin das gewesen. Wer lügt denn da?«

»Moment«, fuhr der Pastor dazwischen, »was für einen Kompass?«

Kohl sprang vom Tisch auf, verlangsamte aber sogleich seine Bewegungen, denn ein heftiger Kopfschmerz ließ ihn zusammenzucken. Er hatte an die Leichenschau im Kellerzimmer der Dahls gedacht. Und nun fiel ihm ein, was ihm Nickels erzählt hatte, als sie am Vortag vor dem Trauerhaus gestanden und die Dorffrauen ihn beschimpft hatten. »Er wird doch nicht den zerbeulten Kompass meinen, den wir beim Toten gefunden haben?«, überlegte er laut. »Nicht wahr, das Ding ist ja völlig defekt, die Nadel dreht sich nur im Kreis.« Er wandte sich zu dem Jungen herum, der aus dem Halbdunkel des Ofens langsam in das Licht einer nahen Kerze trat. Wie ein wildes Tier, dachte Kohl, das sich mühsam zähmen lässt. Nickels nickte heftig.

»Es war doch bei dem Kra-Krankenbesuch«, erklärte er, »den Meta bei den Dahls gemacht hat. Ich hab ihr den Korb getragen. Die Tochter war erkältet.«

»Schluss jetzt mit den lächerlichen Geschichten«, rief die Kräuterfrau und wandte sich zum Gehen. Der Pastor verstellte ihr den Weg und zeigte mit seinem knorrigen Finger auf einen freien Stuhl. »Hiergeblieben! Die Wahrheit ans Licht«, donnerte er. Sein Kinnbart zitterte, und sein Blick über der scharf gebogenen Nase bekam etwas von einem Seeadler. Widerwillig setzte sie sich. »Weiter, mein Junge, erzähl uns, was du weißt.«

»Es war doch letzten Sonntag«, fuhr Nickels fort. »Ich hab mich um Metas Ziegen und Schafe gekümmert. Nach dem Gottesdienst dann sollte ich ihren Korb mit der Medizin tragen. Als wir also bei den Dahls waren, war niemand da, nur die Kranke lag auf dem Lager. Eske wollte noch schnell etwas Schmalz borgen und nachkommen. Und ihre Söhne, na ja, die sind ja immer draußen und jagen. Meta hat mich in der Diele warten lassen und ist in der Stube verschwunden. Es hat richtig lange gedauert, dann ist sie aus der Küche wieder zu mir gekommen. Ich glaube, sie ist in allen Räumen gewesen. Wenn da also noch was weggekommen ist, dann war ich das nicht. Dass ihr alle das nur wisst. Ich habe alleine in der Diele gewartet. Gleich neben Bussos Rock, der da hing. Als Meta endlich das Haus durchstreift hatte und neben mir stand, hat sie in die Rocktasche gefasst, einfach so, und einen Kompass herausgeholt. Es war der, den Busso immer mitgenommen hat, wenn er übers Watt ging. Er hat mir mal gezeigt, wie der funktioniert. Meta hat ihn wie ein rohes Ei zwischen zwei Finger genommen und ihn von allen Seiten besehen. Ganz plötzlich hat sie ihn dann auf den Steinboden fallen lassen. Was bin ich da erschrocken. Erst hat sie mich angegrinst, dann hat sie draufgetreten. Drei oder vier Mal. Ich hab sie angestarrt, sie aber hat nur heiser gelacht. Wenn du ein Wort sagst, hat sie geflüstert, werd ich behaupten, du warst das. Ohne Zweifel wird man mir glauben. Und weil du den Schaden nicht bezahlen kannst, kommst du ins Gefängnis. Und dann hat sie das zerbrochene Ding wieder zurückgesteckt.«

Die Blicke der Zuhörer legten sich auf die alte Frau, die an ihrem Schultertuch zupfte und sich so klein machte, als wollte sie sich wegducken.

»Und das war vergangenen Sonntag?«, fragte Kohl weiter, »bevor Busso Dahl am Dienstag zu seinem letzten Postgang aufgebrochen ist?«

Nickels nickte stumm.

»Warum, Meta?«, murmelte Pastor Mechlenburg. Er schüttelte sich, als grauste ihm vor dem wahren Gesicht der alten Frau.

»Was denn«, blaffte sie und reckte ihr Kinn in die Höhe. »Ein zerbeulter Kompass, na und? Wollt ihr alle diesem Taugenichts glauben?« Sie schnaubte. »Was kann ich dafür, dass unser Postläufer so liederlich ist? Sollte er nicht seine Sachen in Ordnung halten? Dann wäre ihm das kaputte Gerät auch aufgefallen. Es wäre nicht meine Schuld, wenn er sich verirrt hätte. Schade um ihn ist es jedenfalls nicht. Er hat den Frauen nachgestellt, seine Familie geschlagen. Wo er hinkam, war Kummer und Leid. Erinnert ihr euch an das junge Ding von Magd, die zu Ostern von ihrem Herrn vertrieben worden ist und auf das Festland musste, in eine ungewisse Zukunft? Ja, was glaubt denn ihr, woher ihr Bauch so dick geworden ist? Mir hat sie es erzählt, der Pfarrer hat nicht zuhören wollen. Irgendwann muss doch einmal Schluss sein. Gott hätte ihn ja retten können, nur hat er sich anders entschieden.«

Pastor Mechlenburg starrte sie mit blitzenden Augen an und riss den Mund auf, als wollte er etwas ausrufen. Aber er holte tief Luft, faltete die Hände und blickte kurz zur Zimmerdecke.

Ein lautes Schnauben ließ alle Anwesenden aufblicken. Strandvogt Gulderling, der entgegen seines Naturells ruhig zugehört hatte, schüttelte den Kopf. »Busso, Busso, was für ein Abgang«, brummte er. »Ein böser Schlag auf den Hinterkopf, eine Walharpune in der Schulter, festgepflockt auf den Grund des Meeres. Und jetzt auch noch ein kaputter Kompass, der dich in die nebelverhangene Irre leiten sollte. So viel tödliche Aufmerksamkeit ist nur wenigen vergönnt.«

»Ganz richtig, der Hieb gegen den Kopf«, betonte Kohl. »Wer hat den geführt, und womit?«

Von draußen brachen Männerstimmen durch die Stille des Dorfkrugs. »Nun, das dürfte sich bald klären lassen«, behauptete Gulderling.

Die Tür wurde aufgerissen und ein Mann in den Schankraum gestoßen. Es war Tadeus Lindhorst, immer noch im grünen Rock des Bauchladenverkäufers. Fast wäre er zu Boden gegangen.

»Hier, Strandvogt«, rief der Müllergeselle und trat ein, »den hast du doch auch gesucht, oder?«

Gulderling nickte stumm, sah den betagten Kapitän streng an und deutete auf einen Platz neben der Kräuterfrau. Lindhorst setzte sich und sah sich hektisch um, als verstehe er die Situation nicht. Plötzlich sprang er für sein Alter überraschend behände auf.

»Was soll das«, brüllte er, »was habe ich denn verbrochen? Geht man so mit einem Amrumer Kapitän um?«

»Ach, Lindhorst«, antwortete Gulderling und wies ihn wieder

auf seinen Stuhl. »Die Entführung unseres Strandjungen, der gefährliche Schlag mit einem Schürhaken gegen einen Besucher der Insel, das ist doch schon etwas.«

»Auf Lindhorst ist Verlass«, brummte der, »gerade, wenn es um die Familie geht. Da muss man doch zusammenhalten.«

»Tadeus«, zischte Pastor Mechlenburg, der sich bisher unerwartet zurückgehalten hatte, »du hast dich versündigt.«

Der Kapitän hustete und spuckte seinen Schleim auf den Boden. Dem Blick des Geistlichen wich er aus. »Ach Pastor, was wissen Sie denn schon«, stieß er hervor. »Nicht die Kirche formt den Menschen, sondern das Leben. Mir ist außer dem Krino niemand geblieben. Wer sollte sich denn um mich kümmern, wenn ich gebrechlich werde?«

Mann für Mann betrat der Rest der Suchmannschaft den Dorfkrug. Sie trugen Krino Brahms, dem noch die Harpune im Oberschenkel steckte. Bleich und leise stöhnend, mit geschlossenen Augen ließ er es geschehen, als nähme er keine Notiz mehr von seiner Umgebung. Sie legten ihn auf einen der Tische. Gleich darauf stolperte Händler Poppenbüttel herein, an Hals und Arm blutbesudelt. Entkräftet sackte er auf einen Stuhl, ohne sich umzublicken.

Strandvogt Gulderling rieb sich die Hände. »So, nun ja, dann hätten wir ja alle Verdächtigen beisammen. Meta, jetzt kannst du deine Kunst beweisen. Wirt! Schaff uns Papier, Tinte und Feder herbei. Wir wollen aufschreiben, was wir nun erfahren. Pastor, werden Sie mir helfen, wenn ich Sie darum bitte? Niemand auf der Insel weiß so gut mit dem Schreibzeug umzugehen. Und sind Sie nicht auch daran interessiert, diesen Casus zu einem guten Ende zu bringen?«

Mechlenburg holte tief Luft und blickte mit ernstem Gesicht auf die Anwesenden. Am Ende ruhten seine klaren Augen auf dem Strandvogt, den er stählern anstarrte. Nach einem Moment des Verharrens atmete er aus und nickte. »So will ich denn trotz aller Zwistigkeit zum Wohle unserer Insel mein Können in den Dienst der Krone stellen. Nur, Herr Gulderling, die Moral wird gleichwohl der Macht nicht weichen.«

Der Strandvogt knurrte, deutete aber eine leichte Verbeugung in Richtung des Geistlichen an. Dann drehte er brüsk seinen Kopf, lenkte seinen Blick in den Raum und klatschte in die Hände. »Nun denn. Du und Du, ihr bleibt zur Bewachung hier, der Rest der Leute: hinaus!«, befahl er. »Die Nacht war schon lang genug.«

Kohl beschlich ein ungutes Gefühl. Der Kerl hatte einen Verrat angezettelt, um sich zu bereichern und bei der Tätersuche ganz fragwürdig agiert. Nun wollte er die Untersuchung führen. Auch wenn Pastor Mechlenburg als moralische Instanz anwesend war, so bestand doch die Gefahr, dass Gulderling sich eine weiße Weste bescheinigen würde. Aber Kohl fühlte, dass ihm hier als inselfremdem Festländer die Hände gebunden waren. Er konnte auf die Handlungen der Obrigkeit keinen Einfluss nehmen. So oder so jedoch war wohl die tödliche Bedrohung gebannt, die über der Insel gehangen hatte. Er sah zu Dina hinüber, die müde neben Nickels am Ofen hockte und ihre Arme um den Jungen gelegt hatte. Vielleicht schon morgen könnte er diese Frau für immer verlieren, sein Weg würde ihn weit weg von ihr führen. Ein Schmerz zuckte durch seine Brust, und er rang nach Atem. Wie, als hätte Dina mit ihm gefühlt, sah sie auf. Ihre Blicke trafen sich und verharrten in der Betrachtung des anderen. Ein leichter Tränenschleier legte sich über ihre Augen.

»Herr Schriftsteller, was ist«, fragte der Pastor, »ist Ihnen nicht wohl? Mein Gott, Ihre Gesundheit ist doch schwer angegriffen. Es muss alles etwas viel für Sie gewesen sein. Sie sollten ins Bett.«

Kohl, der eine ganze Zeit lang keinen Gedanken an seine Verletzung verschwendet hatte, spürte wieder ein dumpfes Pochen. Mechlenburg hatte Recht.

»Wenn wir hier nicht mehr von Nutzen sein können, Herr Strandvogt, würde ich gerne Fräulein Martensen und ihren tapferen Retter nach Hause begleiten. Vielleicht könnte uns Ihr Knecht fahren? Wir werden alle zusammenrücken.«

Gulderling, der dem Pastor Papier und Schreibzeug zuschob, sah brummig auf und nickte.

Im Hinausgehen wandte sich Kohl noch dem blutüberströmten

Händler zu. »Herr Poppenbüttel, was hat es mit dem Untergang der Harmonie auf sich?«

Der Bauchladenverkäufer hob langsam sein schmerzverzerrtes Gesicht. Einen Augenblick ruhte sein Blick auf dem Schriftsteller, dann sank er wieder zu Boden.

»Mein Bruder Karl hat hier auf Amrum eingeheiratet, wollte von der Seefahrt leben. Vor zwei Jahren hat er auf ein wichtiges Angebot gewartet. Doch euer Postläufer hat den ersehnten Brief nicht überbracht. Vielleicht war er wieder einmal zu besoffen oder zu faul, rechtzeitig loszugehen. Die Heuer fiel für zwölf Monate aus, Karls Familie konnte auf dieser Insel nicht überleben. Sie gingen ans Festland, kamen nicht mehr auf die Füße und ...«

»... wollten auswandern«, führte Kohl den Satz nicht ohne heimlichen Stolz zu Ende, denn das entsprach genau seinen Überlegungen. »Und mit der Harmonie dann versanken sie in den Fluten«, ergänzte er noch.

»Zwei Kinder, meine Schwägerin und mein einziger Bruder«, murmelte Poppenbüttel und wischte sich mit der gesunden Hand über die Augen. »Am einunddreißigsten August war das, vor knapp drei Wochen. Und alles nur, weil ihr auf Amrum eure Post einem versoffenen Faulenzer überlasst.«

»Und die Markierungen im Watt?«, wollte Kohl weiter wissen. Die anderen Anwesenden sahen ihn fragend an. »Kurz bevor wir den Toten fanden, fehlten auf dem Weg zwischen Föhr und Amrum die Markierungsbüsche«, erklärte er.

»Hab ich bei meinem Gang zurück nach Föhr herausgerissen, nachdem ich die Harpune platziert hatte«, murmelte Poppenbüttel. »Für den Fall, dass mir jemand gefolgt war.«

»Aber warum sind Sie nach der Tat im Watt überhaupt hierher zurückgekehrt? Sie hätten einfach über Föhr ans Festland fliehen können«, wunderte sich Kohl, bevor er vor die Tür des Dorfkrugs trat.

Poppenbüttel stieß ein kurzes Lachen aus. »Damit man behauptet, ich würde die Insel meiden und mich so verdächtig machen? Ich bin an der Küste und auf den Inseln eine markante Erscheinung. Auch diese Insel hier habe ich all die Jahre im

Frühjahr und im Herbst besucht. Im März habe ich gesagt, dass ich im September komme. Wäre es da nicht verdächtig gewesen, ich wäre fortgeblieben und man hätte später von der Tat gehört?«, sprach er und schüttelte den Kopf. »Nein, ich musste ganz offiziell nach Amrum reisen, um mich so normal wie möglich zu geben.«

Letzte Erkenntnisse

»Die Axt, es war die Axt von Kutscher Brahms«, schrie Kohl und wachte schweißnass auf. Sanftes Morgenlicht fiel in die Kammer. Mit weit aufgerissenen Augen blickte er in das Gesicht von Tycho Mechlenburg, der an seinem Bett saß. Der Junge tupfte seine Stirn mit einem kalten Lappen und lächelte.

»Sehr gut kombiniert«, lobte er, »so hat das der Kutscher auch gestanden. Er hat den schwerstverletzten Postläufer auf seinem Weg gefunden, von Poppenbüttels Harpune niedergestreckt. Er habe nicht gewusst, ob Busso da schon tot gewesen sei. Aber all der Groll, der noch wegen des Verräters in ihm war, sei in ihm hochgestiegen. Wie im Rausch hat er die Gelegenheit genutzt und Dahls Kopf mit dem Axtrücken einen Schlag verpasst. Ja, so hat er das gesagt. Danach sei ihm die Idee mit dem Treibholz gekommen, und er hat den Körper mit zugespitzten Holzpflöcken in den Wattboden genagelt. Schließlich habe Busso Dahl ja immer Land gewollt.«

»Woher hat Brahms denn nun von dem Vertrag mit dem Strandvogt gewusst? Hat er sich dazu geäußert?«, wollte Kohl wissen, der nun wieder ganz bei ihrer gemeinsamen Sache war.

»Die Meta hat es erfahren. Sie hat das Schreiben gefunden, als sie in Dahls Haus war, um die kranke Tochter zu besuchen. Seine

Wirtshausprahlerei vom Stück Land hat die Alte wohl neugierig gemacht. Na, und da hat sie gleich die Gelegenheit genutzt und in Bussos Sachen gewühlt.«

»Bevor sie den Kompass zerstört hat«, ergänzte Kohl. Was für eine verlogene alte Frau, dachte er bei sich. Und uns wollte sie weismachen, sie habe die schwangere Magd gerächt. Stattdessen ging es auch ihr um Dahls Verrat.

Tycho fuhr mit seinem Bericht fort, nicht ahnend, dass er unmittelbar an Kohls Gedanken anschloss: »Wegen seiner Gier, so hat Brahms betont, habe er Dahl bestrafen wollen, denn die habe anderen den Tod gebracht.« Tycho lachte in sich hinein. Als er Kohls fragenden Blick sah, erklärte er: »Das mit der Gier und dem Tod eines anderen mochte der Strandvogt natürlich nicht so niederschreiben. Er will verständlicherweise verhindern, dass sein Ruf beim Birkvogt oder an höherer Stelle in Misskredit gerät. Diese Suppe hat mein Vater ihm jedoch versalzen. Er muss sehr laut geworden sein und auch die Bewachung als Zeugen angerufen haben. Da hat Gulderling klein beigegeben. Ein Mechlenburg ist eben der Wahrheit verpflichtet, nur der Wahrheit.«

Kohl lächelte und schlug die Bettdecke auf, um sein Lager zu verlassen. Tycho aber drückte ihn sanft in die Kissen.

»Bitte verzeihen Sie, doch die Mutter dringt darauf, dass Sie länger liegen bleiben. Ich soll Sie ermahnen, dass Sie Ihre Abreise nur verzögern, je unvernünftiger Sie sich benehmen.« Er grinste, als Kohl dem Druck nachgab. Natürlich hatte die Pastorengattin Recht.

»Aber ich muss zu Dina Martensen. Wie geht es ihr?«, fragte er mit matter Stimme. »Sie hat so viel durchgemacht, und Nickels auch. – Was wird mit den Übeltätern geschehen, die vergangene Nacht im Dorfkrug festgesetzt wurden?«

Tycho, der immer wieder die heiße Stirn des Kranken kühlte, lachte auf. »Vergangene Nacht? Herr Kohl, wir haben Samstag. Sie haben den ganzen Freitag verschlafen.« Kohl riss die Augen auf und sah ihn ungläubig an. »Die Mutter hat immer wieder Ihren Verband erneuert, und Sie haben nichts bemerkt. Schlaf sei die beste Heilung, meint sie.«

Kohl schüttelte vorsichtig den Kopf, tatsächlich, es ging schon viel besser. »Freitagmorgen kam ein Polizeiagent auf die Insel«, erzählte Tycho weiter. »Er hatte einen Brief von Dina Martensen dabei, in dem sie der Obrigkeit vom Mord im Watt berichtet hat. Sie muss eindringlich von den Gefahren geschrieben haben, die der freilaufende Totschläger über uns alle hier bringt. Na ja, da war noch nicht klar, wie viele sich an Bussos Leben vergangen haben. Aber aufgrund ihres Schreibens ist der Polizist zur Sicherheit in Begleitung von zwei Landdragonern erschienen. Er hat sich jedes Schriftstück aushändigen lassen, die Beweise gesichtet und nochmals Zeugen wie Verdächtige befragt. Bei sämtlichen Übeltätern hat er auch gleich eine Hausdurchsuchung vorgenommen, er war den ganzen Tag auf der Insel unterwegs.«

»Und, was haben die Durchsuchungen gebracht?«, fragte Kohl.

Tycho zuckte mit den Schultern. »Soweit ich meinen Vater verstanden habe, denn mit dem hat sich der Polizeiagent lange unterhalten, kam wenig dabei herum. Briefe aus Busso Dahls letzter Postkiepe hat er sichergestellt, in der Küche von Krino Brahms. Dina Martensen hatte ihn darauf aufmerksam gemacht. Und beim alten Lindhorst hat er Pulverbeutel, Schrotkugeln und Ladestock gefunden, aber keine Waffe. Als Polizist kam ihm das merkwürdig vor. Das hat meinen Vater stutzen lassen und er hat ihm von dem Anschlag auf Hinrich Gulderling erzählt. – Überhaupt, der Strandvogt. Der ist nicht von der Seite der Polizei gewichen und hat sich bei jedem Verhör eingemischt. So lange, bis der Mann ihm die Tür gewiesen hat. So was ist Hinrich Gulderling wohl noch nie passiert. Er hat natürlich gute Gründe, auf die Untersuchung Einfluss zu nehmen. Schließlich ist seine Rolle eher unrühmlich.«

»Und hat man Lindhorst nach der Waffe gefragt?«, unterbrach Kohl den Pastorensohn, der ihm die jüngsten Ereignisse mit heißen Ohren schilderte.

»Ja, aber der Kapitän muss nur aufgelacht haben, erzählte mein Vater. Lindhorst hat gesagt, so einen kleinen Schreck in der Nacht, den hätte Hinrich Gulderling doch wohl verdient. Da solle niemand ein Verbrechen draus konstruieren. Die paar Einkerbungen im Mauerwerk seien nicht der Rede wert.«

»Lindhorst«, murmelte Kohl, »der fromme Kirchgänger, der nicht fromm ist.« Dem sollte ich noch mal nachgehen, dachte er und sah Tycho an. »Müsste der Polizeiagent mich nicht auch befragen?«, beschwerte er sich matt. »Schließlich haben Dina und ich das Meiste in Erfahrung gebracht, er kann meine Aussage doch nicht übergehen.«

»Dina und Nickels hat er vernommen. Ich glaube, für ihn ist die Beweislage abgeschlossen. Gestern Abend hat er kurz vor der Ebbe noch eine Schmack bestiegen und ist mit den Gefangenen unter Bewachung und allen Unterlagen rüber ans Festland.«

»Eine Schmack, was ist das?«, wollte Kohl wissen.

»Ein Küstensegler mit einem platten Boden«, erklärte Tycho, »so was nutzen wir hier bei uns an der Küste und zwischen den Inseln. Eignet sich besonders gut, um überall an Land zu kommen, und Ladung lässt sich gut darin verstauen.«

Kohl nickte und lächelte. »Na, dann hab ich ja am Ende meiner Amrumer Tage noch was Maritimes dazugelernt. Die Insel und ihre Dünen sind ja bisher allzu kurz gekommen, auch von der Schifffahrt kann ich kaum etwas berichten. Dabei wollte ich eine Reisebeschreibung über die Marschen und Inseln der Herzogtümer Schleswig und Holstein schreiben und keinen Kriminalroman.« Eine vertraute Stimme unterbrach kichernd die Unterhaltung, und sie blickten zur Kammertür.

»Aber das kannst du doch immer noch«, erklärte Dina, die im Türrahmen stand und ihn mit strahlenden Augen ansah. »Du hast so viel über die Insel und seine Bewohner erfahren, damit lassen sich bestimmt einige Seiten füllen, ohne uns Amrumer mit einer Bluttat in Verruf zu bringen. Schlimm genug, dass du in diesen Fall hineingezogen wurdest.«

Sie trat an das Bett, nahm Tycho das feuchte Tuch aus der Hand, und der machte ihr Platz. Kohl fühlte, wie sein Herz heftiger schlug und ihre Nähe ihn belebte. Wieder fing sein Blick jede ihrer Sommersprossen ein, glitt über ihre Wimpern und verharrte bei ihrem fein gezeichneten Mund.

Leise klickte das Türschloss, Tycho hatte die Kammer verlassen. Dina beugte sich zu Johann und küsste ihn zaghaft. Er umfing ihren

Hals und erwiderte den Kuss. Nach einer gefühlten Ewigkeit ließen beide voneinander und sahen sich an.

»Ach, Dina, wie gut das tut, dich zu sehen.«

»Ich habe gerade etwas Butter vorbeigebracht, die hatte ich der Frau des Pastors versprochen. Das war doch ein guter Grund, um mich auch gleich nach dem Wohlbefinden des Herrn Schriftstellers zu erkundigen«, erklärte sie schmunzelnd.

»Wie schön, dass es dir gutgeht«, flüsterte er. »Aber was soll nur werden mit uns? Du weißt ja, wie ich mein Geld verdiene. Ich bin ein ruheloser Schreiberling, auf dem Globus unterwegs, um den Menschen die Welt ins Haus zu bringen. Eine Kraft in mir treibt mich stetig fort. Ich würde eine Frau nur unglücklich machen.«

Wie um ihm zu widersprechen, küsste sie ihn erneut auf den Mund und schüttelte den Kopf. »Johann, Johann, das weiß ich ja. Aber traurig ist es trotzdem. Ob ich jemals einen finde, wegen dem ich dann das rote Häubchen der Tracht tragen darf? Mein Bruder kann sich nicht immer um mich kümmern, wird selbst eine Familie gründen wollen. Und das Los von uns Frauen ist es nun mal, unser Auskommen an der Seite eines Mannes zu suchen. Ich möchte auch nicht so enden wie die alte Meta, alleine und wunderlich. Der Polizeiagent hat sie gestern mitgenommen, um sie einem Richter vorzuführen. Ein sehr schmucker Herr war das, ganz in Schwarz gekleidet und mit guten Manieren. Und er war sogar jünger als du«, lachte sie.

Kohl schüttelte den Kopf und strich ihr eine Haarsträhne aus dem Gesicht. Plötzlich knurrte eindringlich sein Magen. Wann hatte er zuletzt etwas gegessen, überlegte er, dachte dann aber wieder an die Ereignisse. »Wie hast du eigentlich der Polizei deinen Brief geschickt?«, wollte er wissen.

»Vom Haus des Austernfischers aus, erinnerst du dich? Bevor wir mit Nickels geflohen sind. Da hab ich bei der Fischersfamilie einen Hilferuf an den Birkvogt auf Föhr geschrieben, und der gute Fischer hat das Schreiben rübergefahren, sobald es ging. Wie gut, dass die Kanzlei gleich reagiert hat.«

Kohl wischte sich über die Augen, noch fiel es ihm schwer, sich zu konzentrieren. »Wenn ich mir vorstelle, mit wem ich da alles in der Kutsche von Föhr nach Amrum gereist bin. Ein Haufen niederträchtiger Zeitgenossen. Und dann noch der Fund einer Leiche. Im Nachhinein befällt mich das Grauen.«

Dina tätschelte seine Hand und strich ihm zärtlich die Stirn. »Das ist ja nun vorbei«, beruhigte sie ihn. »Selbst Nickels hat das verstanden und fürchtet nicht mehr um sein Leben. Der Strandvogt hat ihm angeboten, Bussos Nachfolger zu werden. Damit hätte er ein schmales Auskommen und kann sich auch sonst in der Gemeinde weiter nützlich machen. Fürs Erste wird er bei mir bleiben. Ja, Johann, noch ein Grund für mich, um Amrum nicht zu verlassen.« Sie erhob sich vom Bett, strich ihr Kleid glatt und ging zur Tür. Im Hinausgehen drehte sie sich zu ihm um. »Ich sage der Küche Bescheid, dass du furchterregend hungrig bist. Mit geschwächtem Magen wirst du nicht genesen. Und morgen komme ich wieder, vielleicht bist du dann kräftig genug für einen kleinen Inselgang?«

Johann Georg Kohl und Dina Martensen saßen in getrennten Kirchenbänken. Der sonntägliche Gottesdienst war gerade vorüber, die Amrumer Gläubigen hatten das Gotteshaus verlassen. Dina fror in den dicken Mauern von Sankt Clemens, auch wenn sie die feiertägliche Sonntagstracht trug. Als Kohls Bank knarrte, sah sie zu ihm hinüber. Er hatte sich erhoben und ging langsam auf den Altar zu. Sie folgte ihm und blieb neben ihm stehen.

»Eine wundervolle Arbeit«, kommentierte Kohl und verharrte mit seinen Augen auf dem Altarbild, dann glitt sein Blick zu Dina, die zaghaft seine Hand fasste und zu ihm aufsah. Eine mit Blumenmustern bestickte Bordüre zierte ihr schwarzes Kopftuch, das sie turbanähnlich über ihre blonden Haare geschlungen hatte. Über ihrem dunkelblauen Rock trug sie eine weiße Schürze, die Schultern bedeckte ein scharlachrotes Tuch. »Wirklich, ganz wundervoll«, wiederholte er und wies lächelnd auf das Oberteil ihrer Tracht. »Wo ist denn der berühmte silberne Brustschmuck? Von dem habe ich schon viel gehört.«

»An Sonntagen tragen wir den nicht, nur an Festtagen.« Sie wich seinem Blick aus und zupfte ihr Schultertuch zurecht. »Haben wir noch Zeit für die Dünen, du und ich?«, fragte sie leise. Er nickte.

»Ich reise morgen ab«, erklärte er mit belegter Stimme und räusperte sich. »Der Austernfischer bringt mich ans Festland. Ich hoffe, ohne meinen Verband aufbrechen können.«

»Herr der Gerechte«, brüllte eine tiefe Männerstimme, und sie erschraken. Die Worte kamen aus Richtung des Altars. Doch bevor sie an etwas Göttliches glauben konnten, schwang die niedrige Tür neben dem Altar auf, und Pastor Mechlenburg stürmte heraus. Die beiden weißen Leinenstreifens seines Beffchens über dem schwarzen Talar bebten, denn Kinn und Bart gaben sein erregtes Zittern weiter. Mit einiger Überraschung sah er zu den beiden hinüber. Dina ließ Johanns Hand hastig los und starrte den Geistlichen an. Er hielt eine Flinte hoch.

»Wer versündigt sich am Hause Gottes?«, zischte er. »In der Sakristei hinter einem Vorhang versteckt. Was um alles in der Welt soll ich davon halten?«

Kohl stutzte, dann lachte er auf. »Aber Herr Pastor«, freute er sich, »so erinnern Sie sich doch. Wer lief Ihnen am Morgen des Anschlags auf den Strandvogt hier vor der Kirche über den Weg, ganz zu Ihrer Überraschung? Ein Frommer, der kein Frommer ist.«

»Lindhorst«, murmelte Mechlenburg, »dieser Heide.«

»Ja, Johann«, sagte Dina leise nach einem Moment der Stille, »die kriminalistischen Rätsel auf Amrum sind gelöst. Jetzt darfst du wohl in Ruhe fahren.«

»Erst, wenn du mir noch einmal die wilden Dünen gezeigt hast. Nur wir beide und die grenzenlose Natur. Und weit und breit kein Verbrechen in der Luft.«

»Aber erst muss ich die feine Tracht gegen Alltagskleider tauschen. Sie ist mit so vielen Nadeln festgesteckt, da kann ich mich kaum bewegen. Es ist, als ob die Tradition nicht wollte, dass wir Frauen freie Schritte tun. Irgendwann muss sich das ändern.«

ENDE

Danksagung

Vielen Dank an Jens Jessen für seine Informationen zu den Daten der Familie Mechlenburg.

Bibliographie

J.A. Petersen:
Wanderungen durch die Herzogthümer Schleswig, Holstein und Lauenburg,
Rendsburg 1839-1847

J.G. Kohl:
Die Marschen und Inseln der Herzogthümer Schleswig und Holstein,
Dresden und Leipzig 1846

Chr. Johansen:
Beschreibung der nordfriesischen Insel Amrum,
Schleswig 1862

G. Quendens:
Amrum - Aus alter Zeit,
Itzehoe 1991

Vom selben Autor

Volker Streiter, Mörderische Nachsaison
Amrum Krimi
214 Seiten, Paperback
8. Auflage 2015
ISBN 978-3-935263-95-5

Nachsaison auf Amrum. Die Insel stellt sich auf ruhigere Zeiten ein. Aber Mord kennt keine Saison. Eine unbekannte Tote in einem Hotelzimmer löst die fieberhafte Suche nach dem Mörder aus, der sich bestens auf der Insel auszukennen scheint. Während Kripo und Inselpolizei ihm eine Falle stellen, hat er schon die nächsten Opfer in seine Gewalt gebracht.
In seinem dritten Kriminalroman vereinigt der Autor, selbst Polizeibeamter, seine Fachkenntnisse mit der Leidenschaft für Amrum. Das Ergebnis ist ein spannender Inselkrimi mit gut beobachtetem Lokalkolorit und sympathisch-lebensechten Figuren.

Vom selben Autor

Volker Streiter, Grab ohne Meerblick
Amrum Krimi
261 Seiten, Paperback
3. Auflage 2014
ISBN 978-3-95475-007-8

In einem Gräberfeld aus der Jungsteinzeit werden ein Skelett mit Amalgamzähnen und eine Strickmütze gefunden. Ist es Zufall, dass ausgerechnet jetzt der Sohn eines Amrumer Hobbyarchäologen bei einem dubiosen Unfall ums Leben kommt? Dann verschwindet auch noch seine Enkelin. Wenig später wird ein abgeschnittenes Ohr gefunden. Hektische Zeiten für die Amrumer Inselpolizei, und das in der Hauptsaison. Da trifft es sich gut, dass gerade eine Kölner Kriminalpolizistin auf Amrum eingetroffen ist und ihren Kollegen tatkräftig zur Seite steht. Auch wenn es ihrem Freund gar nicht gefällt, dass sie sich während des gemeinsamen Urlaubs in Gefahr begibt.
Auch in seinen zweiten Amrum Krimi fließen wieder die Erfahrungen des Autors aus seinem Polizeialltag ein und machen seine sympathischen Figuren so lebensecht.

Vom selben Autor

Volker Streiter, Fressen ihn die Raben
Alpen Krimi
247 Seiten, Paperback
Originalausgabe 2011
ISBN 978-3-935263-80-1

Am Königssee explodiert ein voll besetzter Reisebus. Fieberhaft laufen die Ermittlungen. Jetzt werden alle Polizeikräfte in Berchtesgaden gebraucht. Dagegen scheinen die Probleme oben am Funtensee eher klein: ein erpresserischer Gastronomie-Kritiker und ein gestohlenes Satellitentelefon. Doch dann fällt plötzlich über dem Steinernen Meer eine Hand vom Himmel. Die Hütten-Wirtin ist gar nicht begeistert, als ein Bergwanderer mit diesem Fund zu ihr kommt. Gut, dass gerade eine vermeintliche Rechtsmedizinerin im Haus ist, denn die zuständigen Kommissare Schartauer und Heustapel sind im Tal vorerst unabkömmlich.

Reif für die Insel?

Inselkrimis im Prolibris Verlag

Martin Dodenhoeft

Finale auf Föhr

Paperback, 206 Seiten, ISBN 978-3-935263-56-6

Antje Friedrichs

Letzte Lesung Langeoog

Paperback, 184 Seiten, ISBN: 978-3-935263-00-9

Antje Friedrichs

Letztes Bad auf Norderney

Paperback, 204 Seiten, ISBN 978-3-935263-17-7

Klara G. Mini

Badezeiten

Langeoog Krimi

Paperback, 222 Seiten, ISBN 978-3-935263-64-1

Kai Leuner

Der Pakt

Rügen Krimi

Paperback, 226 Seiten, ISBN 978-3-935263-96-2

Birgit C. Wolgarten

Und es wurde Nacht

Rügen Krimi

Paperback, 251 Seiten, ISBN 978-3-935263-24-5

Birgit C. Wolgarten und Marie Claire Frey

Der Zorn des schwarzen Engels

Rügen Krimi

Paperback, 211 Seiten, ISBN 978-3-95475-078-8